„Wenn du das Glück hast, als junger Mensch in Paris zu leben,

dann trägst du die Stadt für den Rest deines Lebens in dir,

wohin du auch gehen magst, denn Paris ist ein Fest fürs Leben."

Ernest Hemingway

Mascha Felgentreu-Bovensiepen

Ein Engel für Lou

Die Nacht war klar und kalt.

Am Himmel leuchteten tausend Sterne und der Dreiviertelmond stand kühl und schweigend über der schlafenden Stadt. Nur ich war hellwach und lief schnellen Schrittes und dennoch ziellos durch die in Schatten getauchten Straßen.

Meine Rastlosigkeit machte mir Angst. Ich wusste nicht, was mich so im Griff hatte und trieb, denn in meinem Kopf flatterten die Gedanken durcheinander wie Fledermäuse. Ich fühlte mich nicht verfolgt, aber trotzdem wie gehetzt. Ich wusste nicht von was oder wem.

Als ich schwungvoll um eine Ecke bog, stand plötzlich jemand vor mir und ich stoppte abrupt.

Erschrocken wich ich einen Schritt zurück. Die Fledermäuse in meinem Kopf hingen sich schön säuberlich der Reihe nach kopfüber auf, sodass ich klar denken und gegebenenfalls eine lebenswichtige Entscheidung treffen und die Flucht ergreifen konnte.

Ich sah die Gestalt an und versuchte ihr Gesicht auszumachen. Aus irgendeinem Grund konnte ich es nicht erkennen. Sie trug keine Kopfbedeckung oder Maske oder war sonst irgendwie verhüllt, trotzdem war das Gesicht nicht zu erkennen, als wären da ein dunkler Fleck oder grobe Pixel.

Plötzlich hob die Person eine Hand und bedeutete mir, ihr zu folgen. Ich spürte, dass ich es tun musste. Zögerlich nickte ich und wir setzten uns in Bewegung. Schon nach den ersten Schritten spürte ich eine Verbindung, die wie ein Strahl aus Licht oder Wärme zwischen uns flackerte. Noch immer konnte ich das Gesicht nicht sehen und obwohl auch die Statur und die Bewegungen keinen Hinweis auf das Geschlecht dieses Wesens gaben, wusste ich es mit einem Mal.

Es war ein Mann. Er war groß und strahlte plötzlich eine enorme Geborgenheit aus. Ohne dass wir uns berührten, spürte ich seine Gegenwart so stark, dass ich mich mitgezogen fühlte und meine Beine leicht und selbständig einen Fuß vor den anderen setzten.

Wir liefen die ganze Nacht hindurch, ohne ein Wort zu wechseln. Es hätte unheimlich sein können, mit einem fremden Mann ohne Gesicht durch eine totenstille, menschenleere Stadt zu laufen, aber ich fühlte mich wohlig und sicher und genoss seine Gegenwart.

Im Morgengrauen verlangsamten sich unsere Schritte und ich vermutete, dass wir unserem Ziel näherkamen. Es musste ja eines geben, sonst hätten wir uns nicht so zielstrebig bewegt. Ich wunderte mich, dass die Stadt immer noch still und leer war, wo doch die ersten Menschen bereits hätten aufstehen müssen. In meine Ohren drang plötzlich ein leises Piepen, dass langsam lauter wurde, bis es dröhnend meinen Kopf zu sprengen drohte.

Der Wecker holte mich in die Wirklichkeit zurück. Ich öffnete die Augen und blickte an die Decke des im morgendlichen Zwielicht ergrauten Zimmers.

Das war das erste Mal, dass ich von ihm träumte.

Ich schlug die Decke zurück und war froh, dass es nur ein Traum gewesen war.

*

In der Mittagspause blieb ich im Büro und googelte „Engel“.

Daraufhin erfuhr ich, dass Engel für Kinder noch selbstverständlich waren, sie jedoch im Laufe des Lebens für die meisten Menschen immer weniger greifbar wurden.

Generell verband man mit Engeln zarte Geschöpfe im weißen Kleid und mit goldenen Flügeln, stand da.

Ja, das tat ich auch!, dachte ich.

In „Wahrheit" jedoch waren Engel sehr kraftvolle Wesen und den meisten in Form von Schutzengeln bekannt. Wenn man dem Autor glauben wollte, strahlten sie tatsächlich Licht aus und überbrachten alles Mögliche an guten Sachen; unter anderem Frieden, Heilung, Kraft, Liebe und Trost.

Unter Engeln herrschte eine Hierarchie und die normalen Engel waren die Mitarbeiter der Erzengel!

Abgefahren, und sehr irdisch irgendwie, schoss es mir durch den Kopf.

Beruhigend fand ich, dass, selbst, wenn wir an unserem Schutzengel zweifelten, er uns immer zur Seite stand. Er durfte aber nur eingreifen, wenn der kosmische Plan es erlaubte oder aber wir ihn darum baten.

Ich nahm mir vor, falls ich einen Schutzengel hatte, mich nicht auf den kosmischen Plan zu verlassen, sondern ihn immer vorsorglich zu bitten, dass er mir half.

Weiter stand da, Engel hätten eine schnellere und leichtere Schwingung als der menschliche Körper, weswegen wir sie eigentlich nicht sehen können. Andererseits konnten sie, und das war irgendwie eine unheimliche Vorstellung, zu Menschen werden und sich mit eigenem Willen unter uns bewegen.

Ich war froh, als meine Pause zu Ende war und ich wieder an die Arbeit musste, sonst hätte ich mich noch weiter in die übersinnliche Welt der Engel hineingelesen. Und sowas tat mir eigentlich nie gut, weil ich eine beflügelte Fantasie hatte.

Außerdem war es ja nur ein Traum gewesen.

***

Ich saß auf den Stufen des MK2 (Kino) am Quai de la Loire, und obwohl ich mich nur kurz entspannen und die Abendsonne genießen wollte, wanderten meine Augen unruhig umher. Mein Herzschlag stoppte von Zeit zu Zeit, wenn ich dachte, ihn erkannt zu haben.

Ich lachte leise und erklärte mich selbst für verrückt, so verzweifelt zu sein, ihn sehen zu wollen.

Warum sollte er ausgerechnet jetzt, ausgerechnet hier vorbeikommen?

Was würde ich überhaupt sagen?

Selbst auf der Arbeit redeten wir nicht viel, da ich eigentlich jedes Mal, wenn ich ihn sah, so nervös wurde, dass ich mein Französisch vergaß, obwohl ich nun schon seit fast zwei Jahren hier lebte und arbeitete.

Manchmal trafen wir uns vor dem Personaleingang, wenn er vor Arbeitsbeginn seine Zigarette rauchte und ich einen Platz suchte, um mein Rad abzustellen. Er nickte mir dann immer freundlich zu und wartete bis ich umständlich mein Fahrrad mit drei Schlössern gesichert hatte.

Während ich auf ihn zuging, überlegte ich stets schnell, wie ich das Gespräch starten könnte. Wenn ich allerdings den ersten vorgefertigten Satz über die Lippen bringen wollte, verhaspelte ich mich regelmäßig und wurde rot. Er antwortete immer höflich und ignorierte, dass ich nervös eine Beschäftigung für meine Hände suchte, da ich selber nicht rauchte.

Glücklicherweise kamen meist nach ein paar Minuten die anderen Kollegen eingetrudelt. Sie zündeten sich ebenfalls Zigaretten an und begannen, ihre Geschichten vom Vorabend oder vom Wochenende zum Besten zu geben.

Er lachte viel mit seinen französischen Kollegen und zeigte dabei seine zweifellos in der Kindheit durch eine Zahnspange begradigten Zähne.

Wenn die anderen redeten, bemühte ich mich stets krampfhaft, nicht auf die zwei kindlichen Grübchen zu starren, die sich oft zeigten, während seinem Mund ein dunkles, aufrichtiges Lachen entwich.

Seine Augen waren von einem ungewöhnlich intensiven Grün, das, wenn man direkt hineinsah, einen sofort in seinen Bann zog. Einen solchen Blick gönnte ich mir allerdings nicht sehr oft. Zu groß die Gefahr, mich in irgendeiner Art und Weise zu blamieren.

Mir wurde auch oft gesagt, dass ich schöne Augen hatte, was ich manchmal sogar selber fand. Die Farbe allerdings war eine Mischung aus blau und mausgrau, also nichts Außergewöhnliches.

Ich kam mir blöd vor, so verrückt nach ihm zu sein und gleichzeitig zu wissen, dass ich ihm nie näher als bei diesen morgendlichen Treffen in der Raucherecke kommen würde.

Ich seufzte, stand auf und schwang mich auf mein Fahrrad.

Der Rest meines Nachhauseweges führte mich am Bassin de la Villette entlang, an die Ufer des Ourcq und schließlich ein Stück durch den Parc de la Villette, unter dem *péripherique,* der Stadtautobahn, hindurch nach Le Pré Saint Gervais, der kleinen Gemeinde im Pariser Vorort Pantin, in der ich nach langem Suchen eine erschwingliche Wohnung gefunden hatte.

Kapitel 1

Er stand in meinem Büro und sprach mit der hübschen Kollegin aus der Event-Abteilung. Dabei lachte er für meinen Geschmack ein bisschen zu viel.

Ich versuchte, hinter meinem Pony hervor, einen Blick auf die beiden zu erhaschen, während ich blind eine Email weitertippte.

Sie war wirklich hübsch. Dunkle schulterlange Haare, die sie heute offen trug, große braune Augen, dezent geschminkt und immer chic, aber gleichzeitig leger angezogen, Pariserin eben. Dabei kam sie, glaube ich, ursprünglich aus Bordeaux.

Es war keine offensichtliche Anziehung zwischen ihnen zu spüren, sie schienen sich einfach gut zu verstehen, aber ich war trotzdem eifersüchtig.

„Lou, kannst du mir noch die eine Stornierung schicken?“ Dieser Mund, diese Augen, diese Haare ... „Lou?“ Wieviel Zeit er wohl morgens im Bad für diese Haare ... „Lou, hörst du mich?“

Erschrocken kam ich in die Wirklichkeit des Büros zurück und spürte wie ich rot wurde, als er mich mit meinem Namen ansprach, also, einem Teil davon. Eigentlich hieß ich Mary Lou, nicht sehr deutsch, aber meine Eltern waren bei mir, der Zweitgeborenen, kreativ gewesen.

Bei meiner vier Jahre älteren Schwester waren sie noch traditioneller geblieben: Sie hatte den wunderbar zeitlosen Namen Theresa abbekommen. Da ihr Spitznamen wie Tessa oder Resa nicht gefielen, bestand sie auch darauf, so genannt zu werden. Nur unsere Eltern, ihr Freund und ich durften sie Titi nennen.

Ich hatte diverse Spitznamen, aber die meisten nannten mich Lou. So auch die Franzosen.

„Die Stornierung?“

Ich war schon wieder abgedriftet. So langsam musste er mich wirklich für debil halten.

„J-Ja klar, mache ich sofort.“

„Danke.“ Sein Lächeln war merkwürdigerweise authentisch, obwohl er genervt sein musste.

Erst als er die Tür hinter sich schloss, atmete ich aus. So hörbar, dass meine Kollegin Marion aufblickte und mich besorgt ansah. Schnell widmete ich mich wieder meiner Arbeit und hätte natürlich fast vergessen, die Stornierung zu schicken. Er musste mich wirklich für eine Idiotin halten.

Nach der Arbeit ging ich direkt nach Hause. Während ich die Tür aufschloss, hörte ich bereits das Gezeter der verrückten Nachbarin, die mal wieder ihren Mann, Sohn, Bruder, niemand kannte den Grad der Verwandtschaft, anschrie. Der arme Kerl hatte wahrscheinlich wieder vergessen, ihre Zigaretten zu kaufen.

Schnell öffnete ich die Tür meiner Wohnung und schlüpfte hinein. Als erstes öffnete ich die Fenster und die hölzernen Läden, um ein bisschen Luft und Licht in meine 25 Quadratmeter zu lassen.

Der Innenhof war, wie eigentlich immer, leer. Niemand nutzte ihn, wahrscheinlich war es auch nicht erlaubt, aber ich hatte meinen

Vermieter nie danach gefragt. Vermutlich hatte auch niemand Lust, seinen Stuhl oder Tisch wie auf einem Präsentierteller und von grauen Steinwänden umgeben aufzustellen.

Ich machte mir einen Kaffee, setzte mich aufs Sofa und sah auf dem Handy meine Emails durch.

Plötzlich poppte eine Nachricht auf: *Ich könnte spontan nächstes Wochenende kommen!*

Das war Luisa, meine beste Freundin. Ich beeilte mich zurückzuschreiben, wie sehr ich mich freuen würde. Das wäre super, ich brauchte mal wieder eine richtige Freundin, mit der ich über alles reden konnte.

So richtige Freunde hatte ich hier noch nicht gefunden, deswegen freute ich mich riesig darauf, mit ihr die Stadt zu erkunden.

Die Woche bevor sie kam erschien mir ewig lang, aber dann war es endlich so weit. Luisa kam am späten Freitagnachmittag an, nachdem sie sich durch die Blechlawinen auf dem *péripherique* bis in den Pariser Nordosten durchgekämpft hatte.

Ich traf sie am Parkhaus des Parc de la Villette. Noch während sie sich mit einer Schimpftirade über den wahnsinnigen Verkehr aufregte, drückte ich sie herzlich und wir umarmten uns lange bevor wir beide ins Auto stiegen, um es zu parken.

Luisa hatte für ihren Aufenthalt in Paris nicht viel dabei, das Auto aber voll mit Sachen aus ihrer Kindheit, die sie unterwegs bei ihren Eltern eingesammelt hatte. Diese hatten ihr Haus verkauft, um in eine Wohnung im Zentrum von Freiburg zu ziehen und wollten nun alles loswerden.

Luisa und ich hatten uns in Freiburg kennengelernt, wo wir beide studiert hatten, allerdings völlig unterschiedliche Sachen. Witzigerweise war sie dann nach Bremen gezogen, meine Heimatstadt, wo meine Eltern noch wohnten. Und mittlerweile ihre Oma, die mit Anfang siebzig noch einmal geheiratet hatte.

Es musste traurig sein, sein Elternhaus zu verlieren. Ich war froh, dass unsere Eltern nicht den Anschein machten als würden sie etwas anderes suchen, jetzt, da Titi und ich schon länger aus dem Haus waren.

Während Luisa ihren Rollkoffer zog, nahm ich ihren Rucksack. Wir konnten einfach durch den Park laufen, und waren in zwanzig Minuten bei meiner Wohnung. Luisa war schon einmal da gewesen und kannte sich bereits sowohl in meiner Wohnung als auch in meinem Viertel aus. Bei 25 Quadratmetern war man ja auch schnell durch, aber das Apartment hatte so einige Tücken, die man kennen musste. Und was das Viertel betraf, war es zwar nicht ganz so gefährlich wie andere Vororte von Paris, aber eben auch nicht sehr glamourös.

Wenn Besuch da war, ging es eigentlich meist zur Metrostation *Hoche*, um zum Sightseeing in „die Stadt" zu fahren.

Ich hatte mir schon mehrfach überlegt, ein Besucherfahrrad anzuschaffen, machte mir aber jedes Mal klar, dass es sich nicht lohnen würde, da ich nicht sehr oft Besuch bekam. Außerdem hatte ich nichts gegen die Metro, aber ich war ein Frischluftfanatiker und wenn ich die Wahl hatte, nahm ich das Rad.

„Ich muss wahrscheinlich umziehen.", sagte Luisa, als wir später in einem Café am Boulevard Saint Martin saßen.

„Echt? Warum das denn? Du liebst doch deine Wohnung!"

„Ja, aber Tine zieht aus, mit ihrem Freund zusammen, und alleine kann ich mir die Wohnung nicht leisten."

„Och Mann, das sind aber echt dumme Zufälle, deine Eltern und jetzt auch noch deine Mitbewohnerin ... Und einen anderen Mitbewohner suchen kommt nicht in Frage?"

„Da hab ich mir natürlich viele Gedanken gemacht, aber irgendwie hätte ich auch mal Lust, eine Wohnung für mich alleine zu haben. Das WG Leben ist zwar schön, aber irgendwann ist man wahrscheinlich einfach zu alt dafür. Deswegen sehe ich das jetzt als Neuanfang."

„Das klingt doch auch gut. Du hast nicht zufällig Lust, nach Paris zu ziehen?" Ich zwinkerte ihr scherzhaft zu, hatte aber ein winziges Fünkchen Hoffnung, dass sie wahnwitzigerweise „Warum nicht?" antworten würde.

Sie lächelte mich an und sagte: „Ich finde die Stadt wunderschön, das weißt du, und ich wäre gerne hier bei dir, aber ich kann mir ehrlich gesagt nicht vorstellen, auf Französisch zu arbeiten. Das System ist hier ja auch ganz anders."

„Aber das Handwerk glaube ich nicht. Oder haben Franzosen andere Zähne als Deutsche?"

Sie lachte. „Das vielleicht nicht, aber ich fühle mich auch ganz wohl in meiner Praxis und hoffe, dass ich dort noch weiterkomme."

„Das verstehe ich. Es ist wahrscheinlich auch in wenigen Berufen so einfach, ins Ausland zu gehen, wie im Tourismus."

„Kann sein. Wenn man wirklich will, geht es natürlich, aber bei den meisten Menschen ist es einfach die Bequemlichkeit der eigenen Komfortzone."

„Schau mal, das Mädel da vorne. Cooles Outfit, oder?", entfuhr es mir.

„Sieht klasse aus. Wollen wir auch ein bisschen shoppen gehen?", schlug Luisa vor.

Wohl eher windowshoppen, dachte ich, meinen Kontostand im Hinterkopf, sagte dann aber: „Ja, gern."

„Lafayette?", fragten wir gleichzeitig und lachten. Wir bezahlten unseren Kaffee und machten uns auf den Weg zum Boulevard Haussmann.

In der Station Chaussée d'Antin schoben sich die Menschenmassen durch die Gänge und wir wurden mittendrin einfach mitgeschoben, bis wir irgendwann durch einen der Ausgänge auf den Boulevard Haussmann ausgespuckt wurden.

„Wow!“, entfuhr es Luisa. „Es ist jedes Mal wieder toll hier, ich liebe diesen Pomp und Luxus, der einen hier umschwirrt.“

„Ich ehrlich gesagt auch. Das hier gilt allerdings, glaube ich, noch nicht mal als Luxusshopping. Aber die tollen Gebäude, die Schaufenster, ich bin auch gerne hier.“

Mein Zusatz: „Aber eigentlich mag ich fast jedes Viertel auf seine Art.“, ging im Potpourri aus Geräuschen unter, und ich bemühte mich, Luisa wieder einzuholen, die bereits ein paar Meter vorgelaufen war und drohte, in der Masse an Menschen zu verschwinden.

Wir verbrachten den Rest des Tages damit, durch die Jugendstil-Gebäude der Kaufhäuser Lafayette und Printemps zu schlendern und zu stöbern. Luisa kaufte sich ein neues Portemonnaie und ich fand einen Pulli, der reduziert worden und deswegen erschwinglich war.

Zum Abschluss gönnten wir uns einen Kaffee auf der Dachterrasse des Printemps und genossen den Ausblick über die Grands Boulevards, Opera Garnier, Madeleine, Eiffelturm, Arc de Triomphe und auf der anderen Seite sogar Sacré-Cœur auf ihrem Hügel.

„Du kannst dich wirklich glücklich schätzen und stolz auf dich sein, dass du in so einer fantastischen Stadt lebst.“, sagte Luisa und nippte genüsslich an ihrem *café crème*.

„Es ist wirklich schön, ich liebe die Stadt.“, pflichtete ich ihr bei.

Nach einer kurzen Pause fügte ich hinzu: „Aber es kann auch sehr einsam sein.“

Sie sah mich an. „Hast du eigentlich Freunde hier?“

Das hatte mich noch nie jemand gefragt, und auch Luisa schien über sich selbst verwundert, dass ihr die Frage bisher noch nie in den Sinn gekommen war.

„Also ... nein, nicht wirklich. Es ist nicht einfach. Ich habe zwar nette Kollegen, und wir gehen manchmal nach der Arbeit was trinken, aber als Freunde würde ich sie nicht bezeichnen. Man fühlt sich einfach nicht wirklich dazugehörig. Dazu müsste man wahrscheinlich zweisprachig aufgewachsen sein.“

„Du meinst also, es liegt an der Sprache?“

„Nicht nur, aber du weißt ja wie perfektionistisch ich selber in der Hinsicht bin. Und selbst, wenn man umgangssprachliche Wörter oder

Formulierungen kennt, fühlt man sich nicht in der Lage, sie zu benutzen, weil man denkt es klingt lächerlich."

„*Man* oder du?", neckte sie mich.

„Naja, ich kann nur von mir sprechen. Wir haben zwar einige Nicht-Franzosen im Grand, aber die sind alle entweder als Kinder nach Frankreich gekommen oder als Erwachsene schon lange hier. Man hört zwar den ein oder anderen Akzent, aber man merkt, dass sie mehr Routine haben als ich mit meinem etwas aufgehübschten Schulfranzösisch."

„Ach Lou, solange du dich wohlfühlst und nicht komplett vereinsamst, ist es doch einfach eine tolle Erfahrung, die dir keiner nehmen kann. Immerhin hast du schon zwei Jahre durchgezogen. Und ich komme dich besuchen so oft ich kann, weißt du ja! Leider klappt es nicht so oft wie ich es mir wünsche."

„Ich weiß, ich freue mich einfach, dass du gerade da bist."

Kurz überlegte ich, ihr von *ihm* zu erzählen, als jedoch ein Heißluftballon zischend und feuerspeiend direkt über die Dächer der Grands Magasins schwebte, was die Café-Besucher mit lauten *Ohs* und *Ahs* kommentierten, sodass wir abgelenkt wurden.

Als ich später in meiner Wohnung für Luisa die Couch ausklappte, dachte ich noch einmal, wie schön es wäre, sie dauerhaft in meiner Nähe zu wissen. Aber eine beste Freundin war irgendwie immer da, auch, wenn sie nicht neben einem stand.

Mit diesem beruhigenden Gedanken schlief ich gegen Mitternacht ein.

*

Am nächsten Tag hatte ich Frühschicht und hatte mich anschließend mit Luisa an der Metrostation Château de Vincennes verabredet.

Als ich aus der Metro stieg, sah ich sie sofort. Sie saß bereits auf einer Bank, das Schloss im Rücken, und tippte auf ihrem Handy herum. Als ich mich näherte, sah sie auf und steckte es in die Tasche. Ich umarmte sie und wir setzten uns in Bewegung.

Hier war nie viel los, also im Vergleich zu anderen Flecken in Paris, bzw. es verlief sich einfach auf dem riesigen Areal des Schlosses und im *Bois* mit seinen Sportanlagen, Reitställen, Seen und Spazierwegen und natürlich dem Parc Floral.

Wir hatten jedoch kein bestimmtes Ziel und genossen einfach das Grün und die Luft und ließen uns irgendwann mit einem Coffee to go am Ufer des Lac Daumesnil nieder.

„Was magst du eigentlich an den Franzosen?", fragte Luisa mich mehr so nebenbei.

Ich musste allerdings relativ lange nachdenken, um die Frage zu beantworten. Dann sagte ich: „Ich finde, sie sind irgendwie authentisch. Viele würden es vielleicht arrogant nennen, vor allem, weil ihnen nachgesagt wird, dass sie keine Fremdsprachen sprechen. Das liegt aber eher am Schulsystem, und es obliegt ja jedem selbst, ob er das überhaupt als sinnvoll erachtet. Wenn man gut klarkommt, sieht man darin vielleicht keinen Nutzen."

„Ja, stimmt, ich komme ja auch irgendwie klar hier."

„Ich finde, sie sind in angenehmer Art und Weise auf Traditionen bedacht, zum Beispiel was das Essen angeht. Sie haben einen gewissen Stolz und stören sich nicht daran, dass *foie gras* und Froschschenkel anderswo auf Kritik treffen. Insgesamt finde ich sie unkomplizierter als uns Deutsche. Und ich liebe die Kultur der „terrasses", dass man viel draußen vor den Cafés und Restaurants sitzt."

„Ok." Luisa sah fast ein wenig enttäuscht aus. „Und was ist mit ihrem guten Aussehen und der Sexyness, geschweige denn den sagenumwobenen Qualitäten als Liebhaber?"

Ich lachte. „Naja, wie überall gibt es attraktive und weniger attraktive Menschen in Frankreich. In Paris, der Stadt der Mode ... "

„ ... und der Liebe!", unterbrach Luisa mich.

„Und der Liebe.", korrigierte ich mich. „ ... kleiden sich viele natürlich chic, und Kleider machen bekanntlich Leute. Und wer sich chic kleidet, tritt selbstbewusst auf, das macht wiederum attraktiv. Und damit wären wir wieder bei Authentizität, die ja eigentlich nur mit Selbstbewusstsein funktioniert."

„Das klingt ja richtig wissenschaftlich." Luisa nickte anerkennend und ich war selbst erstaunt über meine Erörterung.

„Zu den sagenumwobenen Liebhaberqualitäten kann ich dir leider noch nichts sagen. Aber für einen Ausländer wie mich ist es vor allem auch die Sprache. Sie klingt einfach schön in meinen Ohren."...

... Auch, wenn es über *Voulez-vous couchez avec moi?* hinaus geht.“, fügte ich schließlich noch hinzu.

Wir konnten uns ein albernes Lachen nicht verkneifen. Dann schwiegen wir eine Weile, hingen unseren Gedanken nach und schauten in den Himmel, über den große weiße Bilderbuchwolken huschten.

*

Das Herz ein bisschen schwer, brachte ich Luisa drei Tage später zur Tiefgarage im Parc de la Villette.

Wir schwelgten noch in den Erinnerungen der letzten Tage und ich hatte plötzlich starkes Heimweh, wie immer, wenn mich jemand aus der Heimat besuchte. Ich fragte mich dann jedes Mal, ob es wirklich richtig war, hier zu leben und eher einsam zu sein, als mit Freunden in meinem Heimatland, was vielleicht weniger exotisch war? Ob ich nicht einem Traum und einem Ideal hinterherjagte, die nie Realität werden würden.

Schnell warf ich diese Gedanken über Bord und hatte in nächster Sekunde sowieso keine Zeit mehr zu grübeln, denn als wir am Auto ankamen, stockte uns der Atem.

Die Türen und der Kofferraum waren sperrangelweit geöffnet und überall lagen Luisas Sachen herum. Erst nach einigen Schrecksekunden, trauten wir uns, das Auto näher zu begutachten.

Das Handschuhfach war komplett geleert worden und die Ausbeute unseres Shoppings, die wir bereits am Vortag ins Auto gebracht hatten, lag lieblos auf dem Boden verteilt. Immerhin schienen die Diebe daran kein Interesse gehabt zu haben, dachte ich nur wenig erleichtert.

Doch Luisa hatte ganz andere Sorgen. Sie hob ein altes Tagebuch vom Boden auf. Am meisten hatte sie Angst um ihre Kindheitserinnerungen, die in mehreren Koffern untergebracht gewesen waren. Die Diebe hatten sich die Mühe gemacht, einen zu öffnen, die anderen aber scheinbar aus Zeitmangel einfach ungeöffnet mitgenommen, denn sie waren samt Inhalt spurlos verschwunden. Die Diebe würden sich ärgern, aber für Luisa war es ein großer Verlust.

Dass der Sicherheitsdienst nichts bemerkt hatte, kam mir komisch vor und mich beschlich der Gedanke, dass Diebe und Sicherheitsdienst zusammengearbeitet haben konnten. Das war wahrscheinlich in manchen Fällen ein lukratives Geschäft.

Luisa hatte Tränen in den Augen als sie die verbliebenen Klamotten, Bücher, Stofftiere und das Sammelsurium aus dem Handschuhfach aufsammelte. Traurig stellte sie fest, dass ihr altes TomTom fehlte, welches sie zwar längst nicht mehr benötigte, aber an welchem sie aufgrund vieler verknüpfter Erinnerungen sehr hing. Nun war es weg, und mit ihm die Erinnerungen an erste Fahrten alleine ins Ausland, zu ersten Dates, zum ersten Arbeitstag, und wo das Navi sie noch überall hingebracht hatte.

Wir entschieden uns, nicht zur Polizei zu gehen, da wir das Gefühl hatten, dass sie uns sowieso nicht helfen würde. Zu normal waren Diebstähle dieser Art in dieser Stadt. Und besonders in diesem Viertel.

Nach zahlreichen Umarmungen und ein paar Tränen, fuhr Luisas Polo schließlich durch die Schranke und ich winkte ihr noch lange hinterher.

Langsam machte ich mich zu Fuß auf den Rückweg zu meiner Wohnung und versuchte das Gefühl von Wut und Hilflosigkeit angesichts des Einbruchs ein wenig abzuschütteln. Ich musste an das denken, was Eltern in solchen Situationen zu sagen pflegten: *Man kann fast alles Materielle ersetzen, Hauptsache es ist niemand zu Schaden gekommen.*

Sie hatten ja Recht, aber die Gegenstände aus Luisas Kindheit waren unwiederbringlich verloren.

An der Géode stoppte ich und schaute wie die Wolken in der Spiegelhülle der gigantischen Kugel vorbeizogen. Ich ging weiter und blickte erwartungsvoll in den kleinen Innenhof auf die Magnolie, die mich schon immer fasziniert hatte, weil sie inmitten dieses sehr urbanen, nüchternen Parks so viel Hoffnung und Schönheit ausstrahlte, wenn sie in Blüte stand.

Trotz dieser urbanen Nüchternheit, oder vielleicht gerade deswegen, liebte ich den Parc de la Villette, obwohl er natürlich nicht ansatzweise mit anderen Pariser Parks zu vergleichen war. Wenn man aber hier in Pantin wohnte, war er *die* Anlaufstelle für Jogger, Hundebesitzer und, vor allem am Wochenende, für Familien, die das Angebot der Cité des Sciences nutzten oder einfach auf der grünen Wiese zwischen den knallroten, futuristischen Kunstwerken picknickten.

Generell mochte ich mein Viertel, welches zwar schon nicht mehr innerhalb des *péripherique* lag, aber knapp dahinter, sodass ich mit dem Fahrrad zur Arbeit in den Marais fahren konnte.

Auch Joggingtouren am Canal de l'Ourcq entlang oder lange Spaziergänge am Gare du Nord vorbei, bis die Häuser und Straßen immer schicker, sauberer und pompöser wurden und man schließlich vor der Opéra Garnier stand, waren lagetechnisch möglich.

Die Stadt und ihre Ausläufer faszinierten mich. Ihre offensichtliche Schönheit und Pracht, wenn man durch die Straßen des Zentrums schlenderte. Die Luxusläden rund um die Madeleine, die sich mit ihren mächtigen Säulen über die Rue Royale erhob, welche sich auf die Place de la Concorde öffnete.

Die wunderbare Seine, die wie eine pulsierende Lebensader das Rive Gauche und Rive Droite trennte und in ihrer Mitte die Ile de la Cité umspülte, welche ihrerseits Scharen an Besuchern aus aller Welt in die Sainte Chapelle und Notre Dame de Paris lockte.

Ich liebte aber auch die weniger glamourösen Viertel, neben meinem heimischen Pantin, jene Viertel, die einem den Kopf verdrehten, mit ihrer Mischung aus Kulturen und damit Sprachen und Gerüchen, und teilweise leider manchmal auch Schmutz und Armut.

Auf zahlreichen Radtouren hatte ich auch die Außenbezirke erforscht und hatte viele wunderbare Stunden im Bois de Boulogne und im Bois de Vincennes verbracht.

Meine ersten Erfahrungen in Paris waren allerdings in der Tat weniger glamourös gewesen.

Meine erste Anstellung hatte ich in Pigalle gefunden, ein paar Schritte vom Moulin Rouge entfernt. Es handelte sich um eine spanische Kette mittelklassiger Hotels, von denen hier zwei ziemlich heruntergekommene Exemplare nebeneinander standen. Ich hatte zwar tolle Kollegen, aber man musste sich ständig mit unzufriedenen Gästen herumschlagen, weil die Zimmer komisch rochen, der Fahrstuhl nicht funktionierte oder der Schinken auf dem Frühstücksbuffet nicht mehr ganz so frisch aussah.

Es war ein Sprung ins richtig kalte Wasser gewesen und hatte nichts mit Paris zu tun, wie man es sich vorstellte.

Ich hatte in jener Zeit auch fast nur mit Spaniern zu tun, und die Mentalität und Stimmung machten die Hotels eher zu einer fremd anmutenden Oase inmitten eines der parisischsten Viertel, die es gibt.

Ich war zwar froh, überhaupt erst einmal Fuß gefasst zu haben, und ich hatte tolle, liebenswerte Kollegen, aber nebenbei bewarb ich mich weiter und landete schließlich in einem 4-Sterne-Hotel in der Rue du Faubourg Saint-Antoine, in der Nähe der Madeleine, die mit ihren monumentalen Säulen, die sie umrahmten, eher an einen Tempel erinnerte als an eine Kirche.

Der Kontrast zwischen meinem Arbeitsplatz und meiner Wohnung haute mich jeden Tag aufs Neue um. Gerne verbrachte ich meine Pausen, indem ich mit einem Sandwich und einem Smoothie aus dem Monop' (Minimarkt) in der Hand durch das Vallée Village, einem kleinen Luxus- Einkaufskarree, schlenderte und mir die Auslagen an sündhaft teuren Artikeln von Hermès, Chanel und Dior ansah.

Einmal hatte mich mein Chef gebeten, ein Weihnachtsgeschenk für seine Nichte zu kaufen, indem er mich mit ausreichend Bargeld zu Moncler, einer Marke für luxuriöse Winter- und Skijacken, schickte.

„Sie haben die gleiche Statur wie meine Nichte, suchen Sie doch bitte was Schönes aus."

Ich tigerte also los, ließ mich beraten, probierte alles an, und entschied mich dann für ein cremefarbenes Modell mit Fellbesatz für knapp unter tausend Euro. Ich händigte die Jacke meinem Chef aus, der zufrieden nickte, und machte mich wieder an die Arbeit in der Reservierungsabteilung.

Ich war glücklich. Ich mochte das Gefühl, Teil dieses ganzen Luxus zu sein, den mein Arbeitgeber und dieses Hotel in bester Lage, aber eben auch dieser Teil der Stadt ausstrahlten obwohl ich natürlich lediglich mein normales Gehalt bekam, und definitiv nicht im Luxus lebte.

Es war ein Gefühl der Sehnsucht, obwohl es mich nicht reizte, mir Luxusjacken oder Schönheitsprodukte für ein Monatsgehalt leisten zu können. Und genau deswegen machte es mich glücklich, weil es wie ein dauerhaftes Gefühl der Vorfreude war.

Und genau so war es eben auch mit ihm.

Es war ein Gefühl des ewigen Verliebtseins, einer Sehnsucht, die nie gestillt wurde. Eine dauerhaft währende Vorfreude ohne die Ernüchterung, wenn es tatsächlich zu einer intimeren Begegnung kam und einem urplötzlich und schmerzhaft bewusst wurde, dass man einem Phantom nachgejagt war. Wenn einem wie Schuppen von den Augen fiel, dass man sich in etwas hineingesteigert und die Person glorifiziert hatte, was wiederum unweigerlich dazu führte, dass man sich aus dem Weg ging. Alles was vorher aufregend gewesen war, wurde dann schlichtweg peinlich und unangenehm. Zurück blieb ein Gefühl der Leere und Unzufriedenheit, und man wünschte sich, schnellstmöglich weg von der Person zu kommen, was in meinem Fall mit einem Jobwechsel verbunden wäre.

Aber ich arbeitete gerne im Grand, einem Viersterne-Hotel im Maraisviertel, wo ich seit einem halben Jahr in der Reservierung angestellt war, nachdem mein Vertrag in der Rue du Faubourg-Saint-Antoine ausgelaufen war. Und ich hoffte einfach, dass es ewig so weitergehen würde, mit Nervosität, Herzflattern und ab und zu Frustration. Das fand ich angenehm. Ich hoffte nur, dass er nie jemand anderen finden würde, wobei ich irgendwie davon ausging, dass er Single war und, dass er überhaupt auf Frauen stand. Natürlich konnte ich das nicht wissen, weil wir uns nur auf der Arbeit sahen, aber er musste einfach Single und straight sein.

Bei vielen meiner Touren durch die Viertel in und um Paris erlebte und sah ich schöne und traurige Sachen. Und trotzdem fühlte ich mich nie bedroht oder ließ mich von grauer, trister Architektur oder dem allgegenwärtigen Uringeruch und Müllbergen abschrecken. Alles an dieser Stadt faszinierte mich, und durch die Gegensätze fühlte ich mich wie in meinem eigenen Universum.

Ich hatte irgendwie immer das Gefühl, das Schicksal meine es gut mit mir und diese Stadt passe auf mich auf. Einmal hatte ich bei einer Radtour rund um Paris einen platten Reifen in einem der Außenbezirke, noch weit weg von zuhause. Ich schob mein Fahrrad ein Stück auf der Suche nach einer Metrostation, da tat sich vor mir ein riesiger Decathlon auf, in dem der Reifen sofort geflickt wurde. Wahrscheinlich keine Besonderheit bei der Fülle an Läden überall, aber für mich fühlte sich das an, als wäre mein Schutzengel am Werk gewesen.

Die riesigen Einkaufszentren und Supermärkte gefielen mir. Ich liebte einfach das Gefühl von absoluter Urbanität gepaart mit Schönheit und Vielfalt.

Lediglich das Gefühl, anders zu sein und nicht dazuzugehören, machte mich manchmal melancholisch.

Wenn sich Franzosen unterhielten, hatte ich nach wie vor Mühe mitzuhalten, vor allem, was Humor anging. Und ich meine nicht, einen Witz erzählen, das konnte ich noch nicht mal auf Deutsch. Aber der feine Humor, die Ironie, die kleinen spitzen Bemerkungen, liebenswürdige Neckereien, das alles blieb einem verschlossen.

Kapitel 2

Ein ruhiger Arbeitstag ging zu Ende. Ich schaute auf die Uhr, noch eine Stunde. Ich nahm meinen Kaffeemaschinenschlüssel und machte mich auf den Weg zum Automaten.

Jeder hatte das Recht auf drei Heißgetränke pro Tag, wobei man zwischen *café* (Kaffee), *café au lait* (Kaffee mit Milchpulver), *cappuccino* (Kaffee mit Milchpulver), *chocolat chaud* (heißes Wasser mit Kakaopulver), *thé* (Tee) und einer Flüssigkeit, die heiße Brühe darstellen sollte, wählen konnte. In den acht Monaten, die ich im Grand arbeitete, hatte ich noch nie jemanden Suppe oder Tee aus dem Automaten ziehen sehen, und ich selber hatte mich auch nicht getraut. An die Brühe aus anderen Gründen als an den Tee. Die Brühe war mir nicht geheuer, der Tee war mir peinlich, zu deutsch, zu unfranzösisch. Im ganzen Hotel gab es vielleicht drei Leute, die nicht rauchten, und es stand außer Frage, zu seiner *clope* (Zigarette) etwas anderes als Kaffee zu trinken.

Während ich auf die Maschine wartete, dass sie meinen Kaffee fertig brühte und mit Milchpulver versetzte, merkte ich wie sich in meinem Kopf etwas Verrücktes zusammenbraute.

Mein Herz fing an zu pochen und ich versuchte, den Gedanken schnell wieder loszuwerden. Woher sollte ich den Mut nehmen, das

umzusetzen? Ich würde entweder auf der Stelle sterben oder im Boden versinken, vielleicht mich auch in Rauch auflösen, beziehungsweise, darauf konnte ich nur hoffen, denn bei klarem Verstand und Bewusstsein war das eigentlich nicht durchführbar.

Die Maschine hörte auf zu rödeln und gab den dampfenden Plastikbecher frei. Jemand kam um die Ecke, ich erkannte aus dem Augenwinkel Luc von der Rezeption. Ich hatte keine Lust auf Smalltalk, also löste ich mich schnell aus meinen Gedanken, grüßte kurz und ging an meinen PC zurück.

Marion packte gerade ihre Sachen. Da es wirklich ruhig war, durfte einer von uns eine halbe Stunde früher gehen. Mittwochs hatte sie immer Sport, und da es sonst für sie immer sehr knapp wurde, und ich nach der Arbeit nichts geplant hatte, waren wir uns schnell einig geworden, dass sie diejenige sein sollte.

„Ich habe noch die restlichen Reservierungen eingegeben, es müsste soweit alles erledigt sein."

„Danke, dann bewache ich nur noch das Telefon. Viel Spaß und bis morgen!"

„Danke, bis morgen!"

Sie schaute noch schnell auf ihr Handy, bevor sie auch das verstaute und war auch schon aus der Tür.

Ich saß da und lauschte in die Stille des Büros. Waren echt alle schon weg? In der Gruppenreservierung war das Licht bereits gelöscht. Aber aus der Eventabteilung kamen noch Stimmen. Das mussten Véronique und Khalil sein, die waren verantwortlich für die Abteilung und blieben oft länger als alle anderen.

Die Eingabemaske des Reservierungssystems starrte mich auf meinem Bildschirm an. Ich schaute in meine Emails, keine neuen Nachrichten. Ich ging zum Fax, auch da gähnende Leere. Ich ließ mich wieder auf meinen Stuhl fallen und starrte das Telefon an. Gegen Ende des Spätdienstes passierte eigentlich nichts mehr. Vereinzelt eine Reservierung, die, wenn sie nicht für denselben Tag war, bis zum nächsten warten konnte. Man musste sich also nur auf das Telefon konzentrieren. Doch heute blieb auch das still.

Ich schaute auf mein Handy, keine Nachrichten. Enttäuscht dachte ich daran, dass Luisa eigentlich heute Abend anrufen und mir vorher eine Nachricht schicken wollte. Irgendwie meldete sich in letzter Zeit kaum noch jemand, wahrscheinlich hatte man mich in Deutschland bereits vergessen.

Ich lachte leise, und bevor ich in Selbstmitleid versinken konnte, hatte ich mich entschieden.

Ich nahm einen Schluck von meinem Kaffee und öffnete eine neue Nachricht im internen System. Nervös schaute ich mich um, als ich seinen Namen in die Adresszeile eingab. Niemand näherte sich im Flur.

„*Salut.*", tippte ich. Meine Finger zitterten. „*T'es encore là?*". (Hallo. / Bist du noch da?)

Ohne es kontrollieren zu können drückte ich auf *envoyer.*

Oh Gott, dachte ich, hoffentlich war er NICHT mehr da. Zwar würde ich es nicht mehr löschen oder rückgängig machen können, aber entweder er hätte es dann am nächsten Tag ignoriert oder ich hätte zumindest Zeit gehabt zu überlegen, was mein Anliegen war.

Ich wollte nicht auf den Posteingang starren, aber ich konnte meinen Blick nicht abwenden. Mein Kopf, von einer Sekunde auf die andere leer, bewegte sich nicht einen Millimeter, meine Augen trauten sich nicht zu blinzeln. Ich weiß nicht, ob Sekunden oder Minuten vergangen waren als der Posteingang eine neue Nachricht anzeigte. Am liebsten wäre ich weggerannt. Mit zitterndem Finger drückte ich auf *ouvrir* .

Ein einziges Wort. „Ouais."

Merde, merde, merde. Und jetzt? Denk ... Denk! Was für einen Vorwand hatte ich? Fieberhaft suchte ich mit den Augen auf meinem Schreibtisch nach etwas, was die Buchhaltung betreffen könnte. Nichts. Ich hatte super aufgeräumt, alles abgearbeitet. Ich schaute auf die Uhr. Viertel vor acht. In 15 Minuten hatte ich Feierabend. Ich blickte zum Telefon. Würde jetzt noch ein Anruf kommen? Unwahrscheinlich.

Erneut schaute ich mich nervös um. Ich hörte wie Véro und Khalil sich unterhielten, während sie ihre PCs herunterfuhren. Mein Kopf schrie: "Jetzt oder nie." Ich fuhr wieder herum und tippte blitzschnell: *Peux-tu me retrouver dans le parking avant de partir?* (Kannst du mich in der Tiefgarage treffen bevor du gehst?)

Envoyer.

„Salut, Lou. Einen schönen Abend." Véro und Khalil winkten mir im Vorbeigehen zu.

„S-salut, euch auch einen schönen Abend!", brachte ich hervor, während ich auf meinem Bildschirm hektisch auf die Eingabemaske des Reservierungssystems wechselte.

Ich fühlte mich ertappt. Mein Kopf pochte wie bei einer Migräne. Viel zu laut war das *Pling* des Posteingangs.

D'acc, dans dix minutes? (Ok, in zehn Minuten?) Ich stellte mir seinen überraschten Gesichtsausdruck vor. Nun antwortete ich mechanisch. *OK.*

Ich musste die Luft angehalten haben, denn nun schnappte ich danach. Ich sprang auf und rannte auf die Damentoilette, um einen Blick in den Spiegel zu werfen, nahm mein Spiegelbild aber eigentlich gar nicht wahr. Also ging ich wieder ins Büro.

Die nächsten Minuten verbrachte ich damit, auf mein Handy zu starren. Ich wollte mich ablenken, überflog die mittlerweile eingetroffene Nachricht von Luisa zweimal, ohne jedoch den Inhalt zu verstehen.

Nach acht Minuten machte ich mich auf den Weg in die Tiefgarage.

Er war bereits da und checkte noch sein Handy. Als er mich kommen sah, ließ er es in seine Hosentasche gleiten. Ich konnte nicht anders, als mit gesenktem Kopf auf ihn zuzugehen, und wagte erst aufzuschauen, als ich ihm gegenüberstand. Keine Anzeichen von Nervosität seinerseits. In der einen Hand eine Zigarette, die er gleich rauchen wollte, die andere in der Hosentasche.

„Alles klar?" Seine grünen Augen waren etwas müde, er schien entweder einen langen Tag, oder gestern eine lange Nacht gehabt zu haben. Beim Gedanken an letzteres spürte ich einen Stich in meinem Herzen und hatte Mühe nicht in Panik zu verfallen angesichts der bescheuerten Situation, in die ich mich da manövriert hatte.

„Alles klar, danke.", antwortete ich.

„Hattest du einen guten Tag?", versuchte er, die Konversation aufrechtzuerhalten.

„Ja, danke. Und du?" Ich wartete auf das Loch im Boden, oder die Ohnmacht, oder den Rauch, in dem ich mich auflösen konnte.

Was für ein peinliches Pingpong von Höflichkeitsfloskeln.

„Ein bisschen müde. Wie kann ich dir helfen?", kam er nun auf den Punkt.

Ok, das war er, der berühmte Point of no return. Entweder ich ließ mir jetzt was Triftiges einfallen, oder ich sagte einfach die Wahrheit.

„Ich mag dich.", hörte ich mich sagen und spürte mein Herz in meinem Hals klopfen.

Überrascht, aber noch immer kein bisschen nervös, sagte er: „Äh, danke, ich meine ... das ist schön."

„Ich finde dich attraktiv." Der Damm war gebrochen, es drohte anzufangen zu sprudeln, aber er antworte glücklicherweise schnell, bevor ich mich total blamieren konnte.

„Danke, das freut mich.“ Schweigen. „Ich finde dich auch hübsch.“

Oh Gott, Verzweiflung stieg in mir auf. Ich hatte alles kaputt gemacht. Wie sollte dieses Gespräch nur enden?

Ich entschied mich, es so schnell wie möglich selber zu beenden.

„Das wollte ich dir nur mal sagen.“ Ich befürchtete, einfach loszuheulen und war schon dabei, mich umzudrehen.

„Hey, warte.“, sagte er sanft. „Das ist sehr mutig von dir.“

Ich schluckte. „Danke. Tut mir leid, ich habe mich zum Idioten gemacht.“

„Alles gut, ich freue mich über das Kompliment.“ Er lächelte aufrichtig.

„Ich mach jetzt Feierabend.“, brachte ich mühsam hervor.

„Ich auch. Wir sehen uns morgen.“ Er drehte sich um und ging Richtung Personalausgang.

„Ja, bis morgen.“ Nun hielt ich es nicht mehr aus. Ich rannte förmlich in die entgegengesetzte Richtung durch die Tiefgarage, die Treppen hoch zu meinem Büro, setzte mich in meinen Stuhl und hielt die Tränen zurück. Mein Kopf drohte zu platzen, weil es mich so viel Anstrengung kostete.

Kapitel 3

Noooon, rien de rien. Nooon, je ne regrette rien ..., schmetterte das Radio und der Nachbar unter der Dusche mit.

Ich blinzelte und suchte mein Handy. Ich fand es unter meinem Kopfkissen und ärgerte mich, mich die ganze Nacht der Strahlung ausgesetzt zu haben.

6:45. Der Wecker hätte erst in zehn Minuten geklingelt, dachte ich genervt und wollte mich noch einmal umdrehen, als Bilder meiner gestrigen Aktion wie Blitze in mein Gedächtnis schossen und an Schlaf plötzlich nicht mehr zu denken war.

Die kühle Tiefgarage. Seine schönen, wenn auch müden Augen. Meine zitternden Hände. Der graue Boden.

Ich fühlte mich als hätte ich einen Kater. War das gestern wirklich passiert? Wenn ja, WIE hatte das passieren können? Was hatte mich dazu gebracht, meine kleine heile Welt der Schwärmerei aufs Spiel zu setzen? Man durfte sich nie so bloßstellen und so verletzbar machen. Und trotzdem hatte ich es getan.

Ich richtete mich auf, mein Kopf dröhnte. Hatte ich mich gestern abgeschossen und wusste es nicht mehr? Das wäre sehr ungewöhnlich, ich trank selten über den Durst und schon gar nicht so, dass es zum Ausfall kam.

Andererseits wäre gestern ein perfekter Anlass für solch ein erstes Mal gewesen, denn nun erinnerte ich mich mit schmerzhafter Klarheit an meine gestrige Aktion. Ich spürte leichte Panik aufsteigen. Wie sollte ich ihm heute gegenübertreten? Ob er den anderen etwas erzählen würde? Wie sollte ich bloß jemals wieder vernünftig arbeiten können?

Ich zog in Betracht, alles hinzuschmeißen und wieder nach Deutschland zu gehen. Der Zauber der Stadt würde nicht mehr derselbe sein. Wahrscheinlich hatte ich alles nur durch die berühmte rosarote Brille gesehen, und ab heute würde das schlagartig vorbei sein.

Seufzend setzte ich mich auf und sah auf mein Handy. Ich las noch einmal die Nachricht von Luisa, die ich gestern nicht mehr in Ruhe gelesen hatte, weil ich einfach stumpf ins Bett gegangen war, um dem

Gefühl von Scham und Enttäuschung im Schlaf zu entfliehen.

Luisa entschuldigte sich, dass sie keine Zeit haben würde zu telefonieren, sich aber morgen, also heute, melden würde. Es gäbe große Neuigkeiten.

Ich war froh, dass ich sie gestern offensichtlich nicht versetzt hatte und grübelte fieberhaft, was denn diese großen Neuigkeiten sein könnten. Naja, das musste bis zum Abend warten.

Ich stand auf und stieg in meine klapprige alte Dusche, die schon wieder aus der Halterung zu fallen drohte. Ich hatte sie nur notdürftig befestigt, und hatte ehrlich gesagt keine Lust, mich deswegen mit dem Vermieter auseinanderzusetzen. Zumindest ließ sich das Wasser heute recht schnell auf die richtige Temperatur einstellen und blieb sogar so. Der Hahn hatte keine Feineinstellung, sodass das Wasser oft von eiskalt auf knallheiß umsprang, ohne, dass man dazwischen etwas einstellen konnte. So hatte man sich meist gerade überwunden, in die kalte Dusche zu steigen, nur um in nächster Sekunde verbrüht zu werden. Es war immer Glückssache, ob man eine angemessene Duschtemperatur einzustellen vermochte. Jedenfalls konnte ich mich nicht erinnern, wann ich das letzte Mal krank gewesen war. Diese gezwungenen Wechselbäder schienen eine positive Wirkung auf das Immunsystem zu haben.

Ich hatte mit einem Kollegen getauscht und heute gleich wieder Frühdienst, obwohl ich gestern erst Spätdienst gehabt hatte. Ich hoffte inbrünstig, dass heute keinerlei Kontakt mit der Buchhaltung vonnöten sein würde und nahm mir vor, sonst einfach alles auf Marion abzuwälzen.

Mein Fahrrad würde ich heute vorne, in der Nähe des Haupteinganges parken und mich dort reinschleichen, damit ich nicht Gefahr lief, ihn bei seiner Arbeitsbeginn-Zigarette anzutreffen.

Nach einem schnellen Kaffee, mein Müsli bekam ich heute nicht runter, holte ich mein knallrotes Fahrrad aus dem Abstellraum, den ich mir mit zwei anderen Wohnungen teilte. Mein Fahrrad wurde zwar regelmäßig rausgestellt, weil jemand anders mehr Platz benötigte, dank der drei Schlösser war es jedoch bisher noch nicht geklaut worden. Lediglich einen Reifen hatte mal jemand abmontiert.

Die Sonne schien und die Luft war frisch. Ich liebte es, mit dem Rad durch die Stadt zu fahren. Auch, wenn die Radwege in vielen Fällen dieselben waren wie die Busspuren, oder zwischen PKW und Busspur verliefen. Nicht selten fuhr man in einer dicken Abgaswolke, aber zumindest bewegte man sich oberirdisch und war mobiler als mit anderen Transportmitteln. Außerdem ging der erste Teil meines Weges zur Arbeit am Canal de l'Ourcq lang, und da ließ es sich wunderbar fahren.

Trotz des fabelhaften Wetters, war meine Stimmung mies und ich hatte wirklich keine Ahnung, wie ich ihm heute gegenübertreten sollte. Ich hatte Angst, dass er mir nun entweder komplett aus dem Weg gehen oder, noch schlimmer, sich sogar über mich lustig machen würde.

Gedankenverloren stand ich an einer Ampel des Gare de l'Est als plötzlich ein Auto an mir vorbei über die rote Ampel raste. Ein Seitenspiegel streifte mich und ich wurde ein Stück mitgeschleift, sodass ich mitten auf die Kreuzung geschleudert wurde. Das Kamikaze-Auto fuhr geradewegs in den Strom der in die Kreuzung einfahrenden Autos und brachte so den Verkehr zum Erliegen, nicht ohne den ein oder anderen Crash zu verursachen. Ich hörte Reifen quietschen und Bremsen kreischen, und blickte in die Scheinwerfer eines Taxis, dass gerade noch rechtzeitig vor mir zum stehen kam. Mein rechtes Bein wurde trotzdem ein bisschen erwischt und ein stechender Schmerz fuhr durch meinen Körper. Der Taxifahrer sprang aus seinem Wagen und stürzte auf mich zu.

„Sind Sie verletzt?" Besorgt sah er auf mein Bein.

„Ich weiß es nicht, ehrlich gesagt", brachte ich stammelnd hervor. Der Schmerz war nach wie vor da, aber Blut war keines zu sehen. Ich versuchte, es zu bewegen, ließ aber schnell davon ab, als ein heftiger Stich durch mein Knie fuhr.

Nach wenigen Minuten ertönten Sirenen und Blaulicht. Gott sei Dank schien es kaum Verletzte zu geben, denn was man fast ausschließlich hörte, waren sich anschreiende Fahrer.

Ich konnte noch immer nicht aufstehen, hatte aber den Eindruck, dass die Schmerzen etwas nachließen. Der Taxifahrer stand neben mir und sah besorgt zwischen seinem Auto und mir hin und her. Er schaute immer wieder hektisch auf die Uhr, weil ihm wahrscheinlich die Zeit davonlief und Kundschaft verloren ging. Trotzdem stellte er mir fürsorglich regelmäßig die Frage, ob es wirklich nirgendwo blutete und ob ich klar im Kopf sei.

Bei der letzten Frage war mir fast nach Schmunzeln zumute, wenn die Situation nicht so ernst gewesen wäre.

Wenn ich an meine gestrige Aktion dachte, konnte ich eigentlich nicht ganz klar im Kopf sein, aber selbst das hatte ich in der letzten Viertelstunde verdrängt.

Irgendwann kamen ein Polizist und ein Sanitäter auf uns zu. Der Polizist sprach zunächst mit dem Taxifahrer, der ihm kurz erzählte was passiert war, ihm aber dann zu verstehen gab, dass er unbedingt weiterfahren müsse. Es sah zwar nicht so aus, als würde sich der Verkehr schon wieder auflösen, aber als Taxifahrer kannte er bestimmt Manöver und Schleichwege, die ihn da hinausführten. Er nickte mir noch einmal zu und stieg in sein Auto.

Der Sanitäter hatte sich in der Zwischenzeit mein Bein angesehen und war gerade dabei, in meine Augen zu leuchten.

„Wie heißen Sie?" „Mary Lou."

Ich merkte, wie er kurz zögerte, ob er das glauben sollte, oder ob ich tatsächlich einen Schlag vor den Kopf bekommen hatte, und mich für jemand anderen hielt.

Dann fuhr er aber fort: „Wohin waren Sie auf dem Weg?" „Zur Arbeit ... in den Marais." „Wohnen Sie hier in der Nähe?" „Etwa zehn Minuten von hier mit dem Fahrrad."

„Ist das Ihr Fahrrad?" Er deutete nach links, wo mein Fahrrad auf der Seite lag, scheinbar unversehrt.

„Ja. Ich glaube, ich kann jetzt weiterfahren ... zur Arbeit."

„Mademoiselle, das ist keine gute Idee. Kommen Sie mit." Er führte mich zu einem Krankenwagen und übergab mich einer jungen Frau. Sie maß meinen Blutdruck und leuchtete mir ein weiteres Mal in die Augen. Ich bemerkte wie sie mir ein Pflaster auf die Stirn klebte und mir eine Halskrause anlegte. Während Sie sich an meinem Knie zu schaffen machte, versuchte ich meinen Kopf zu drehen, als mir plötzlich ein bisschen schwarz vor Augen wurde und ich mich fortan nicht mehr freiwillig bewegte.

Mein Knie hatte es scheinbar nicht schlimm erwischt, aber ich bekam einen strammen Verband und spürte nach wie vor ein Ziehen. Nachdem abschließend meine Personalien aufgenommen worden waren, hatte sich der Verkehr wieder in Bewegung gesetzt, und man winkte mir ein Taxi heran. Der Fahrer verstaute erst mein Rad, dann mich und wir setzten uns Richtung Pantin in Bewegung. Unterwegs rief ich im Grand an, um ihnen mitzuteilen, dass ich heute nicht kommen könne und wahrscheinlich ein paar weitere Tage freinehmen müsse.

Ich ärgerte mich sehr, schließlich hatte ich bisher noch keinen einzigen Tag gefehlt. Dann spürte ich aber wieder einen Stich im Knie und die Fixierung um meinen Hals und sah ein, dass ich diesmal wirklich nicht hätte arbeiten können.

Marion wünschte mir gute Besserung und sagte, es sei nach wie vor ruhig, ich solle mir keine Gedanken machen. Sie war wirklich nett. Schade, dass wir über die Arbeit hinaus fast nie etwas unternahmen.

Der Taxifahrer war so hilfsbereit, mir mein Rad in den Innenhof zu schieben, wo ich es ohne abzuschließen an eine Wand lehnte. Erst als ich in meine Wohnung humpelte und mich auf mein Sofa fallen ließ, merkte ich, dass ich doch ganz schön zittrig war und ließ den Unfall noch einmal Revue passieren. Auf das Auto des verrückten Rasers hatte ich nicht mehr geachtet, keine Ahnung wer der Fahrer gewesen war.

Ich machte mir einen Tee und zum ersten Mal seit vielleicht einer Stunde dachte ich wieder an ihn. Ein kleiner Stein fiel mir vom Herzen, dass ich nun ein paar Tage Schonfrist hatte, bis ich ihm nach meiner Blamage wieder gegenübertreten musste.

Ich überlegte, ob ich Mama anrufen sollte, entschied mich aber dagegen, da sie sich nur Sorgen machen würde. Vielleicht morgen.

Ich legte mein Bein hoch und zog meinen Laptop heran, um ein Paar Folgen einer französischen Comedy-Serie zu gucken. Das würde mich hoffentlich ablenken.

Kapitel 4

Die nächsten Tage verbrachte ich damit, so gut es ging einmal wieder gründlich aufzuräumen, wobei mir schnell schwindelig wurde und ich mich immer wieder hinsetzen musste. Mein Knie merkte ich kaum noch, traute mich aber noch nicht, es wieder voll zu belasten. Glücklicherweise hatte ich gerade eingekauft und musste das Haus nicht verlassen, obwohl ich es sehr gerne getan hätte. In meiner kleinen, heruntergekommenen Wohnung mit Blick auf den grauen Innenhof, fiel einem schnell die Decke auf den Kopf. Und zu viel Zeit zum Grübeln konnte ich gerade gar nicht gebrauchen.

Zum Glück hatte Luisa sich noch am Unfallabend gemeldet und mir die große Neuigkeit mitgeteilt, die mich die nächsten Tage beschäftigen sollte. Sie und ihr neuer Freund, sie kannten sich scheinbar bereits seit einem Jahr, aber sie hatte ihn erst vor ein paar Monaten, nach ihrem Besuch in Paris, das erste Mal erwähnt, wollten sich einen Hund anschaffen. Sie hatte mir eine Auswahl an Hunderassen gegeben und mich gebeten, diese einmal sorgfältig durchzugehen, um ihr bei der Entscheidung zu helfen.

Ich fand mich selber spießig, als ich mich bei dem Gedanken erwischte, wie sie denn nach so kurzer Zeit schon über einen gemeinsamen Hund sprechen konnten. Ganz abgesehen davon, dass sie dann wohl zusammenziehen mussten. Wenig überzeugt fing ich an, die Liste abzuarbeiten und googelte Charakter, Größe, Verträglichkeit, Krankheitsanfälligkeit und Lebenserwartung von einem Dutzend Hunderassen. Hunde, die sehr viel Auslauf benötigten, kamen meines Erachtens nicht in Frage, da zumindest Luisa keine große Freundin ausgiebiger Spaziergänge war. Vielleicht war es mit Sven anders, ich kannte ihn kaum. Nur einmal hatten wir zu dritt geskypt, aber da war er mehr mit seinem Handy beschäftigt gewesen, als sich an der Unterhaltung zu beteiligen.

Nach eineinhalb Tagen Recherche hätte ich mich für eine französische Bulldogge oder einen Malteser entschieden und teilte dies Luisa mit. Sie bedankte sich und teilte mir ihrerseits mit, dass sie sich bereits im Tierheim umgesehen hätten und da auf einen ganz süßen Englischen Cocker gestoßen wären. Ich regte mich kurz auf, dass sie mir so viel Zeit geklaut hatte, und ärgerte mich, dass ich mich so bemüht hatte, alles sorgfältig zu prüfen. Aber dann hörte ich die Freude in ihrer Stimme, sie schien sich wirklich in das Tier vernarrt zu haben. Also freute ich mich einfach mit ihr.

Zwei Tage später guckten mich dann auf dem Bildschirm meines Handys zwei dunkle Kulleraugen an und eine braune Nase drückte sich gegen das Display. Schließlich tauchte Luisa im Hintergrund auf und ihre offenen blonden Haare vermischten sich mit den Schlappohren, sodass man nicht mehr erkennen konnte, wo der Hund aufhörte und der Mensch begann.

„Das ist Spikey.", tönte es. „Sag hallo zu Lou." Eine Pfote winkte mechanisch in die Kamera.

Zögernd winkte ich zurück und kam mir ein bisschen blöd vor. Ich hasste schon, wenn jemand sein Baby in die Kamera hielt und man dem winken sollte, oder noch schlimmer, mit ihm reden. Aber einem Hund hatte ich bisher noch nicht zugewunken. Außerdem fand ich den Namen nicht sehr passend, denn der Hund war alles, nur nicht *spiky*, sondern glatt und fließend. Er hatte wirklich schönes Fell.

Auf meinen Hinweis diesbezüglich sagte Luisa, dass der Name so in seinem Pass stand. Und er war auch schon fünf Jahre alt, da sollte er sich nicht umgewöhnen müssen. Das klang vernünftig, und ich freute mich darauf, den glatten Spikey irgendwann kennenzulernen.

Nachdem Luisa aufgelegt hatte, fiel ich plötzlich in ein kleines Loch. Die Hundesuche hatte mich gut beschäftigt und abgelenkt, aber jetzt hatte ich nichts mehr zu tun. Sofort kam schmerzlich die Erinnerung an die peinliche Begegnung in der Tiefgarage und die Erkenntnis, dass ich wahrscheinlich in zwei Tagen wieder arbeiten gehen konnte und ihn somit zwangsläufig wiedersehen würde. Ich wusste nicht, ob es gut war, dass ein paar Tage verstrichen waren, oder ob das alles nur schlimmer machte bzw. nur aufgeschoben hatte.

Ich ging unser Gespräch noch einmal durch und sagte mir, dass ja eigentlich nichts Schlimmes passiert war. Er war sehr höflich gewesen und ich hatte nicht gestottert oder irgendetwas Peinliches gesagt.

Eigentlich hatte ich ihm lediglich ein Kompliment gemacht, und er mir. Bei dem Gedanken wurde mir warm im Bauch.

Nichtsdestotrotz hatte ich mich geoutet und angreifbar gemacht und war mir sicher, dass es ihm auch unangenehm gewesen war.

Ich kannte das ja selber. Mehr als einmal hatte ich mich mit einem Mann gut verstanden, konnte mit ihm lachen und interessante Gespräche führen und fühlte mich in seiner Gegenwart pudelwohl. Bis irgendwann die platonische Ebene überschritten wurde, weil er mir zu verstehen gab, dass er Interesse an mehr hatte. Dann war schlagartig alles vorbei, ich fühlte mich plötzlich unwohl in seiner Gegenwart, und zwangsläufig fing man an sich zu meiden. Ich war genervt und der andere beleidigt. Oder eben andersherum.

Sogar auf meiner Arbeit im Grand war mir das schon passiert, mit Julien von der Rezeption. Und wenn wir uns jetzt begegneten oder arbeitsbedingt kommunizieren mussten, war es ein doofes Gefühl.

Seufzend ging ich zum Kühlschrank und holte mir zwei Ferrero Küsschen. Zum ersten Mal ließ ich die Halskrause weg, und ich merkte weder Schwindel noch Schmerzen. Ich seufzte noch einmal. Dann würde ich ja in zwei Tagen wieder fit sein.

Kapitel 5

„Lou, wie geht es dir?“, riefen Marion und Julie, die aus der Gruppenreservierung zur Tür reinschaute, gleichzeitig.

„Wieder gut, danke!“ Nachdem ich noch einmal erzählt hatte, was passiert war, und die beiden besorgt mein Pflaster auf der Stirn begutachtet hatten, machten sich alle wieder an die Arbeit.

Ich nahm einen Stapel Reservierungen und loggte mich in das System ein. Ich war froh, wieder zu arbeiten und konzentrierte mich auf meine Eingabemaske.

Der Vormittag ging sehr schnell, aber unspektakulär vorbei. Zum Mittagessen holte ich mir schnell einen Salat vom Monop‘ um die Ecke, den ich vor meinem Bildschirm aß.

Nachmittags kam der Besitzer des Hotels vorbei, Monsieur Cohen, der sich so gut wie nie blicken ließ und auch dieses Mal nur kurz den Kopf in jede Abteilung steckte. Er grüßte kurz, aber da er sowieso niemanden der Angestellten kannte, setzte er sich ohne Umschweife mit Steve, unserem Chef, zusammen.

Gerade hatte ich mir meinen nachmittäglichen Café au lait geholt und war in einem Gespräch mit einem aufgebrachten Kunden, der eine nicht zu stornierende Buchung stornieren wollte, als eine neue Nachricht in meinem Posteingang erschien.

Ich klickte darauf während ich versuchte den Akzent des aufgeregten Anrufers zu verstehen, und schaute plötzlich auf ein „Ça va?“ von *ihm*.

Mit Mühe schaffte ich es, mich weiterhin auf den Anruf zu konzentrieren und nach einer gefühlten Ewigkeit hatten wir eine Lösung gefunden. Ich legte auf und starrte auf die Nachricht. Ein simples *Ça va?*, und mein Herz fing wieder an zu flattern. Er hatte also scheinbar nicht vor, mich zu ignorieren. Ich konnte es kaum glauben. Mit klopfendem Herzen beeilte ich mich zurückzuschreiben.

„Je vais bien, merci.“ (Mir geht es gut, danke.) Ich wollte noch etwas hinzufügen, um das Gespräch aufrechtzuerhalten, aber mir fiel nichts Gescheites ein. Ich wartete, aber es kam nichts mehr.

Ein weiterer Anruf. Diesmal ein deutscher Gast, der fragen wollte, ob wir eine Honeymoon Suite oder etwas Ähnliches hätten. Ich bejahte dies und überprüfte die Verfügbarkeit für die Daten, die er mir gab. Nachdem ich ihm versichert hatte, dass wir gegen einen Aufpreis Blumen und Champagner bereitstellten würden, legte er zufrieden auf.

Pling! Eine weitere Nachricht. „Tu veux prendre un verre après le taf?" (Willst du nach der Arbeit was trinken gehen?)

Bevor ich das Gelesene realisieren konnte, klingelte das Telefon erneut. Diesmal konnte ich an die Eventabteilung weiterleiten. Mein Nacken schmerzte und mir war wieder ein bisschen schwindelig. Nach den paar Tagen gezwungener Ruhe, kam es mir heute sehr anstrengend vor.

Ich las noch einmal. War das eine Verabredung? War es aus Pflichtgefühl und hoffte er, dass ich nein sagen würde?

Ich dachte an mein Pflaster auf der Stirn. Ein bisschen humpelte ich auch noch. Das waren eigentlich keine idealen Bedingungen für ein erstes Date.

Oh Gott, ich hoffte, er erlaubte sich keinen Spaß oder hatte Wetten abgeschlossen, ob ich einen Rückzieher machen würde oder Ähnliches.

Dreimal formulierte ich meine Antwort neu, um dann ein einfaches *Avec plaisir* zu senden.

Diesmal kam die Antwort zügig: „OK, je te rejoins à 20:05 devant l'entrée du personnel." (Ok, ich treffe dich um 20:05 vor dem Personaleingang.)

Warum arbeitete er eigentlich in letzter Zeit immer so lange? Eigentlich war die Buchhaltung nur bis 17:30 besetzt.

Die nächsten Stunden stürzte ich mich in meine Arbeit, glücklicherweise gab es genug zu tun. Nur zum Schluss hin wurde es ruhiger und ich ging alle zehn Minuten auf Toilette, sodass Marion schon besorgt fragte, ob alles OK sei. Ich wollte ihr nichts erzählen und sagte einfach, dass mein Knie schmerzte und ich Bewegung brauchte. In Wirklichkeit war die Nervosität kaum auszuhalten, und ich hatte wirklich das Gefühl, ständig auf Toilette zu müssen. Einmal putzte ich noch die Zähne, einmal überprüfte ich meine Haare. Ich zupfte meinen Pony so, dass das Pflaster auf meiner Stirn nicht in seiner vollen

Pracht zu sehen war, sondern nur ein bisschen hervorblitzte. Kurz überlegte ich, es einfach zu entfernen, aber auch wenn die Wunde harmlos war, sah sie nicht sonderlich schön aus. Ich trug kaum Make up, wie immer zur Arbeit, aber jetzt wünschte ich mir, ich hätte ein bisschen Eyeliner oder Mascara zum Auffrischen mitgebracht. Allerdings konnte ja nun wirklich niemand ahnen, dass ich heute ein Date haben würde.

Bei dem Gedanken daran und einem Blick auf die Uhr, spürte ich plötzlich dicke Schmetterlinge in meinem Bauch, und dann fing das Kopfkino an.

Ich stellte mir vor, wie er mir freundlich aber bestimmt sagen würde, dass meine Gegenwart ihm unangenehm war und dass er keinen Kontakt mehr wünschte.

Im nächsten Moment sah ich vor meinen Augen, wie wir uns super unterhielten und lachten, und er ein bisschen näher rutschte.

Mein Herz sackte in meinen Bauch bei der Vorstellung, er würde mir sagen, er fände mich nett, aber er wäre vergeben.

„Lou!“ Ich schrak zusammen und blickte erschrocken zu Marion, die dabei war, ihre Sachen zu packen.

„Du kannst dich ausloggen, es ist 20:00.“ „Oh ... ja ... danke.“ „Hast du Pläne für heute Abend?“

„Nein, ich bin erschöpft und spüre noch die Folgen meines Unfalls, ich werde nach Hause gehen und mich ausruhen.“, log ich und fühlte mich schrecklich dabei.

„Das verstehe ich. Dann bis morgen!“

„Bis morgen, hab einen schönen Abend. Ich räume noch kurz meinen Schreibtisch auf, dann gehe ich auch.“ Ich hoffte innig, dass sie nicht auf mich warten wollen würde, aber zum Glück kam gerade Véro über den Flur, die auch auf dem Nachhauseweg war, und die beiden gingen zusammen Richtung Ausgang.

Ich räumte meinen Locher von rechts nach links und richtete das Keyboard und die Maus aus. Dann lauschte ich, ob noch jemand im Flur war, aber alles war ruhig. Mit klopfendem Herzen nahm ich Jacke und Tasche und ging runter in die Tiefgarage. Wie ein Schwerverbrecher auf der Flucht lief ich so, dass ich mich hinter einer Säule verstecken konnte, falls jemand vorbeikam. Im selben Moment kam ich mir lächerlich vor, weil es sowieso sein konnte, dass am Bedienstetenein-/ausgang, der ja auch als Raucherecke diente, die Hölle los war.

Glücklicherweise war niemand da. Auch er nicht.

Doch bevor die Enttäuschung einsetzen konnte, ging ich durch das Tor auf den Bürgersteig und da stand er und rauchte.

„Hey", sagte er, als er mich sah und blies den Rauch aus.

„Hey" gab ich zurück und suchte fieberhaft nach einem Satz, der ein Gespräch starten könnte. Ich merkte, wie die Nervosität etwas nachließ, jetzt wo ich ihm gegenüber stand, hatte aber trotzdem Angst, kein vernünftiges Wort hervorbringen zu können.

Zum Glück sah er meine Bredouille und beeilte sich zu sagen „Wohin gehen wir?"

„Ich kenne mich nicht so gut aus, aber am Boulevard gibt es ja mehrere Kneipen."

„OK, dann habe ich eine Idee." Er setzte sich in Bewegung und ich folgte ihm.

„Wie lange bist du eigentlich schon in Paris?", fragte er, ließ seine Zigarette fallen und trat sie aus.

„Jetzt sind es ziemlich genau zwei Jahre." „Du sprichst wirklich gut Französisch."

„Danke.", murmelte ich, denn ich hasste es, wenn Franzosen das sagten. Vielleicht lag es daran, dass ich immer sehr kritisch mit mir selber war und es sich für mich immer anhörte wie: Du machst das schon ganz gut, man kann dich verstehen, aber man hört halt, dass du Ausländer bist.

„Mein Englisch ist besser." Keine Ahnung, was ich damit sagen wollte. Dass wir uns besser auf Englisch unterhalten sollten? Ich hatte das Gefühl, ich wollte ihm sagen, dass ich auf anderen Sprachen unterhaltsamer war.

„Ich spreche nicht sehr gut Englisch." Immerhin ging er darauf ein. „Das ist wohl so ein Problem der Franzosen. Selbst wenn wir es einigermaßen sprechen, haben wir so einen starken Akzent, dass es uns peinlich ist, und dann lassen wir es lieber." Dabei sah er mich von der Seite an, um zu prüfen, ob ich lachte.

„Also, ich finde, dass die Pariser recht gut Englisch sprechen, aber so oft habe ich das auch noch nicht gehört.“ Ich wollte das Thema wechseln, zu etwas Spannenderem, aber da waren wir schon an der Cocktailbar angekommen.

Er wies auf einen Tisch. „Sollen wir draußen sitzen?“

„Ja, gerne.“ Ich setzte mich. Er nahm so Platz, dass wir, uns zugewandt, auch das Treiben auf dem Boulevard verfolgen konnten.

„Was trinkst du?“

Ich hatte das Gefühl ich würde ein bisschen Hilfe brauchen und entschied mich für einen Mojito. Da ich aufgrund meines Unfalles noch Schmerzmittel nahm, würde der wahrscheinlich ganz schön reinhauen.

Er nahm einen Cuba libre und die Getränke kamen schnell. Nachdem wir beide einen Schluck genommen hatten, sagte er schließlich: „Das war wirklich mutig von dir.“

Mist, jetzt kam der unangenehme Teil. Ich beeilte mich, noch einen weiteren Schluck zu nehmen, bevor ich sagte: „Ja. Mutig, aber wahrscheinlich auch blöd.“

„Warum?“

„Weil ich mich jetzt dafür schäme. Ich weiß nicht, was ich von dir hören wollte.“

„Ich fühle mich natürlich geschmeichelt. Und ich finde dich auch hübsch, habe ich ja schon gesagt.“

„Ja, danke.“ Ich hoffte inbrünstig, dass wir diese gegenseitigen Schmeicheleien beenden würden. Ich hatte viel mehr Lust, mich über andere Sachen zu unterhalten und ihm zu zeigen, dass ich auch interessante Gespräche führen konnte.

„Wie lange arbeitest du denn schon im Grand?“, versuchte ich die Kurve zu kriegen.

Und dann kamen wir ins Plaudern. Der Mojito half mir, mutiger zu werden und komplexere Dinge zu erzählen. Und der Rum in meinem Blut machte seine grünen Augen noch geheimnisvoller und seine dunklen Haare noch verführerischer. Und in der Mitte des zweiten Mojitos merkte ich, wie ich ihn schwärmerisch anstarrte und meinen Blick nicht von seinen vollen Lippen abwenden konnte, wenn er sprach.

Ich weiß nicht wie lange wir so gesessen hatten, aber die Metro, die mich nach Hause brachte war so gut wie leer, es musste spät sein.

Ich war ziemlich angetüdelt und ging summend den kurzen Weg von der Station Hoche zu meiner Wohnung. Angekommen, konnte ich lange nicht schlafen und versuchte den Abend Revue passieren zu lassen. Im Endeffekt war es entspannt gewesen. Ich hatte mich nicht blamiert und ich hatte den Eindruck gehabt, dass auch er sich ganz wohl gefühlt hatte.

Andererseits wusste ich auch, dass es ohne Alkohol und die abendliche Stimmung auf dem Boulevard wahrscheinlich nicht so einfach gewesen wäre. Im Endeffekt hatten wir einen netten Abend gehabt, aber er hatte wenig Persönliches erzählt, und ich wusste nicht, ob er sich nur auf ein solches Treffen eingelassen hatte, um mir einen Gefallen zu tun und mich anschließend abzuspeisen.

Im nächsten Moment ärgerte mich sehr über diese Gedanken. Was sollte das bringen? Anstatt mich über einen netten Abend zu freuen, redete ich diesen schlecht.

Ich ging ins Bett und schlief dann doch irgendwann ein.

Die Wochen die folgten, litt ich unter fiesem Liebeskummer. Ich hatte Blut geleckt, und jetzt sehnte ich mich nach mehr. Dadurch, dass wir uns, außer uns gegenseitig Komplimente über unser Äußeres zu machen, in keinster Weise über eventuelle Gefühle unterhalten hatten, war die Spannung ungebrochen, und ich schwelgte weiterhin in meiner ewigen Vorfreude.

Allerdings hatte sich natürlich doch etwas verändert.

Wenn mich jemand herzitieren würde, um mir zu sagen, dass er mich attraktiv findet, würde ich das nicht einfach so hinnehmen und mir denken „Mensch, das ist ja nett ... Tschüss."

Damit wollte man doch was bezwecken!

Ich weiß nicht, was ich erwartet hatte. Dass wir nun vertrauter sein würden? Dass er ein weiteres Treffen vorschlagen würde? Dass er mir bei Kontakten auf der Arbeit verliebte Blicke zuwerfen würde?

Nichts davon traf ein. Alles war wie vorher. Wenn ich morgens ankam, nestelte ich nervös an meinen Fahrradschlössern, während er seine Zigarette rauchte. Wenn noch niemand anderes da war, ließ ich mir jetzt noch mehr Zeit mit meinen Schlössern, weil ich Angst hatte, mit ihm alleine dazustehen.

Er machte auch keine Anstalten, auf mich zuzugehen und das Hochgefühl des Cocktailabends schwand immer mehr dahin, bis ich nur noch frustriert zur Arbeit fuhr und lustlos meine Stunden abarbeitete.

Kapitel 6

Dem wunderschönen Frühling folgte ein bezaubernder Sommer, den ich damit verbrachte, im Parc de la Villette oder an den Ufern des Ourcq zu lesen, mit dem Fahrrad den Bois de Vincennes und den Bois de Boulogne zu erkunden, oder lange Spaziergänge an der Seine entlang und durch die Viertel von Paris zu machen.

Ein Highlight war, als Titi mich besuchte.

Wir sahen uns leider nicht sehr oft, weil sie die letzten Jahre hart an ihrer Karriere gearbeitet hatte. Sie war schon immer zielstrebig, verbissen und intelligent gewesen und hatte einen kühlen Charme.

Das hatte sich ausgezahlt und seit kurzer Zeit war sie Key Account Manager in einem Pharmaunternehmen in Frankfurt. Dies bedeutete allerdings auch, dass sie sich nur selten mehrere Tage am Stück freinehmen konnte. Und wenn sie Urlaub hatte, nutzte sie diesen auch fast immer, um sich freiwillig fortzubilden. Aber sie hatte wohl aus unseren Telefonaten gehört, dass es mir wirklich nicht gut ging und ich ein bisschen Schwesternzeit dringend nötig hatte.

„Es war gar nicht so leicht, aber ich konnte mir vier Tage freischaufeln.", begrüßte sie mich, als ich sie am Gare de l'Est abholte. Schlagartig hatte ich wieder ein schlechtes Gewissen, dass sie sich um mich „kümmern" musste, obwohl sie eigentlich besseres zu tun hatte.

„Aber ich freue mich, dich zu sehen, du siehst eigentlich ganz gut aus. Ein bisschen dünn, aber die neue Frisur steht dir gut.", machte sie es wieder gut. Meine Laune besserte sich schlagartig, als sie vorschlug, direkt ein bisschen bummeln zu gehen.

Wir zogen abwechselnd ihren Rimowa Trolley und schlenderten vom Gare de l'Est Richtung République.

„Wie läuft es bei dir im Job?", fragte ich, nicht nur, um von mir abzulenken, sondern weil es mich wirklich interessierte.

Ich hatte immer noch keine genaue Vorstellung davon, woraus ihre tägliche Arbeit eigentlich bestand, aber das lag wahrscheinlich daran, dass sie nicht gerne darüber sprach, bzw. gar nicht darüber sprechen durfte.

„Gut.“, sagte sie zufrieden. „Ich fühle mich sehr wohl bei CPM, und ich mag Frankfurt. Hätte ich nie gedacht.“

„Ich kenne Frankfurt ehrlich gesagt kaum. Ich glaube, ich habe da einmal einen Kumpel besucht, fand es aber nicht sehr heimelig.“

„Heimelig ist vielleicht tatsächlich nicht das richtige Wort. Aber ich mag die internationale und moderne Atmosphäre. Außerdem, würdest du Paris als heimelig bezeichnen?!“

„Naja ... nein, natürlich nicht, aber ich finde es harmonisch, trotz der Gegensätze ... ich mag es einfach. Ich kann es nicht erklären.“

„Muss man ja auch nicht, man kann eine Stadt einfach mögen, weil man sie mag. Wobei Paris natürlich der Oberhammer ist.“ Ich glaube, ich hatte sie noch nie dieses Wort sagen hören. „Diese ganzen Wahnsinns-Gebäude, Kultur, Shopping, Eleganz, schicke Menschen...was gibt es da nicht zu mögen?“

„J-ja stimmt.“ Titi kannte nur die Glanzseiten von Paris, von den Reisen mit unseren Eltern, und hatte das Wort Gegensätze geflissentlich überhört. Sie konnte nicht wissen, dass ich mich auch oft und gerne in den anderen, weniger glanzvollen Vierteln herumtrieb und genau das so spannend fand.

Sie kannte auch noch nicht mein Viertel und meine Wohnung, und würde wahrscheinlich sehr überrascht sein, auch, wenn ich es ihr am Telefon schon öfter beschrieben hatte.

Wir tranken erstmal einen überteuerten Kaffee. Titi erzählte von dem Bewerbungsgespräch, welches sie für den neuen Job hatte durchlaufen müssen. Während ich förmlich das Lampenfieber spüren konnte, dass ich gehabt hätte, war Titi wahrscheinlich völlig cool geblieben, als sie sich vor fünf superwichtigen, alles männlichen, Vorgesetzten behaupten musste. Ich war mächtig stolz auf sie, dass sie den Job bekommen hatte, und auch wie immer ein bisschen neidisch, dass sie die Überfliegerin von uns beiden war.

„Und Björn? Hat der sich gut eingelebt?“, fragte ich.

„Der fühlt sich ja überall wohl, solange sein Fitnessstudio nicht zu weit von seinem Homeoffice entfernt ist.“

Mit Björn war Titi schon echt lange zusammen. War es seit der Schule? Oder zumindest sehr früh im Studium mussten die beiden sich kennengelernt haben. Er war zwar nicht so ein Karrieretyp wie Titi, aber, wie man so schön sagt, bodenständig und schon lange als selbständiger Unternehmensberater erfolgreich. Er arbeitete von Anfang an im Homeoffice und hatte Titi immer den Rücken freigehalten was Haushalt etc. anging, während sie arbeitete und studierte und arbeitete und studierte. Er war auch jetzt ohne zu zögern mit ihr nach Frankfurt gezogen, weil ein Standort für ihn nicht ausschlaggebend war. Wichtig war ihm nur sein Krafttraining, und das konnte er überall machen.

Ich mochte Björn sehr gerne. Er war offenherzig und hilfsbereit, hatte einen tollen Sinn für Humor und war somit ein Gegenpol zu Titis eher ernsterem Charakter. Björn wäre für die meisten eher der Kumpeltyp gewesen, aber für Titi scheinbar die Liebe ihres Lebens.

„Habt ihr denn eine große Wohnung mit Platz für sein Büro?"

„Naja, groß ist übertrieben, aber wir haben ein extra Zimmer, das er als Büro nutzt. Eigentlich braucht er ja nur sein Tablet und sein Handy. Damit geht er allerdings auch oft in das Café an der Ecke, damit ihm nicht die Decke auf den Kopf fällt."

„Ich habe Björn ewig nicht gesehen, ich glaube das letzte Mal Weihnachten vor zwei Jahren? Hat er noch seinen Bart?"

„Ja, aber ein bisschen gestutzt. Das andere war ihm zu pflegeintensiv. Und er fand, er sah aus wie ein Hipster ohne *man bun.* Das war nichts Halbes und nichts Ganzes."

Ich musste schmunzeln. „Stimmt."

Vielleicht würden wir ja alle zusammen Weihnachten feiern dieses Jahr. Ich freute mich auf ein Wiedersehen mit Björn.

Nachdem wir unseren Kaffee ausgetrunken hatten, stöberten wir durch ein paar Geschäfte rund um République bis in den Marais hinein. Ich vermied mit Absicht die Rue Amelot, um nicht am Grand vorbeizukommen und wohlmöglich auf ihn zu stoßen.

Vor Titis Ankunft am Gare de l'Est hatte ich darauf gebrannt, ihr von ihm zu erzählen, und ich wollte sofort losplatzen, sobald sie ausstieg. Aber jetzt hatte ich gar keine Lust mehr, wollte einfach glücklich sein, meine Schwester zu sehen und eine schöne Zeit haben.

Der Nachmittag verging wie im Flug. Während ich wie immer nur in den Läden stöberte, schleppte Titi am Ende eine beachtliche

Ausbeute an Klamotten, Schmuck und Mitbringseln mit, sodass ich ihren Koffer übernahm. Immerhin würden wir die nächsten Tage nicht mit Shopping verbringen müssen, sondern konnten Sightseeing machen.

Wir fuhren mit der überfüllten Linie 5 stehend nach Hause, und obwohl wir total erschöpft in Hoche ausstiegen, konnte Titi sich die Bemerkung, dass es „hier gar nicht mehr wie in Paris aussah" nicht verkneifen.

Müde schlurften wir die paar Meter bis zur Wohnung, ließen drinnen Koffer und Taschen fallen und warfen uns aufs Sofa. Wir schauten uns an und lachten lauthals los. Die knallharte Karrierefrau und die Wahlpariserin hatte eine kleine Shoppingtour völlig fertig gemacht.

„Mannomann, ich bin es echt nicht mehr gewohnt, so viel zu laufen.", stöhnte Titi. „Ich habe meinen Sport in letzter Zeit kläglich vernachlässigt."

„Sport mache ich auch nicht wirklich, aber ich bewege mich viel, laufe, fahre Rad. Aber ich bin auch echt KO. Soll ich uns eine Pizza bestellen?"

„Excellente idée.", kramte Titi ihr Schulfranzösisch hervor. „Kann ich schnell duschen?"

„Ja klar. Aber ich muss dir die Temperatur einstellen, sonst verbrühst du dich entweder oder machst eine unfreiwillige Kneippkur."

Während ich mit langem Arm versuchte das Wasser einzustellen und wie ein Rohrspatz schimpfte, durchwühlte Titi ihren Koffer nach frischen Klamotten. Während sie duschte, kam die Pizza und als ich gerade nach Kleingeld für Trinkgeld suchte, hörte ich ein wildes Prusten aus dem Bad.

„Oh Scheiße, ist das kalt! Louuuuuuuuuu!"

„Ich weiß! Ich hatte dich doch vorgewarnt!", rief ich zurück. Ich bedankte mich beim Pizzalieferanten, schloss die Tür, stellte die Pizzaboxen ab und ging ins Bad.

„Da kann man nichts machen, da musst du jetzt durch." Ich konnte mir ein Schmunzeln nicht verkneifen wie meine Schwester so dastand wie ein begossener Pudel und wild an dem Temperaturregler herumdrehte.

„Lass das lieber.“, warnte ich sie. „Sonst wird es gleich knallheiß, das ist gefährlich.“

Ich verließ das Bad, und unter weiterem Prusten und Protest beendete Titi ihre Dusche. Ich hätte gedacht, ich würde mich schlecht fühlen, meiner Schwester so ein heruntergekommenes, unkomfortables Apartment zu bieten, aber stattdessen war ich ein bisschen stolz auf mich, dass ich es unter solchen Umständen hier aushielt und keine verwöhnte Göre war. Als wir dann mit Pizza und Tee auf dem Sofa saßen, war sie auch schon wieder versöhnt. Und anschließend holten wir noch eine Flasche Wein raus und quatschten bis zum Morgengrauen. Es tat so gut und ich war froh, immer noch die alte Titi zu haben, obwohl wir uns so selten sahen, und ich Angst gehabt hatte, sie hätte sich durch ihren ganzen Karrierewahn vielleicht zum Negativen verändert.

*

Der nächste Morgen begann spät. Titi war vor mir wach und hatte schon lautstark Kaffee gemacht.

„Morgen. Wo ist denn der Zucker?“

Ich wies auf den Schrank über der Spüle und nahm dankbar einen dampfenden Becher entgegen.

„Wozu hast du denn heute Lust?“, fragte ich Titi. „Kennst du schon das Musée des Arts Forains?“

„Ich glaube nicht. Wenn wir es nicht mal mit unseren Eltern besucht haben … “

„Nein, da bin ich ganz sicher. Ich war nämlich total begeistert, als ich das erste Mal da drin war. Es ist wirklich toll. Du magst doch auch Jahrmärkte?“

„Und wie! Weißt du ja. Also, ich war ewig auf keinem und würde mich wahrscheinlich auch in keins der Fahrgeschäfte mehr trauen. Aber du weißt doch wie wild wir als Kinder darauf waren, auf Jahrmärkte zu gehen.“

„Ja, eben, deswegen hat es mich auch so gereizt, und ich wurde nicht enttäuscht.“

„Super, dann lass uns das doch heute machen. Aber vielleicht können wir bei dem tollen Wetter vorher oder nachher auch noch irgendwo flanieren?“

„Auf jeden Fall, du musst ja deine neuen Klamotten ausführen.“, neckte ich sie.

„Also ehrlich, ich trage fast nur noch Anzug oder Kostüm, ich weiß schon gar nicht mehr, was man in seiner Freizeit so trägt. Deswegen freue ich mich total, mal was Normales anzuziehen. Aber schick möchte ich natürlich trotzdem sein. Wir sind schließlich in Paris.“

Ich ging in meinem Kopf meinen eigenen Kleiderschrank durch, und stellte fest, dass ich außer meiner Arbeitskleidung, die elegant, aber privat nicht mein Geschmack war, nichts wirklich Schickes hatte. Auf meinen Spaziergängen und Radtouren trug ich eigentlich immer Jeans und Hoodie, und wenn ich mal wegging, war es eben fast immer ein After-Work, also im Arbeitsoutift.

Schließlich fand ich in einer Ecke meines Kleiderschrankes aber ein Top, welches ich mal in einem Vintageladen gekauft, jedoch erst einmal angezogen hatte, weil es mir im Nachhinein zu extravagant schien. Es war altrosa, mit Puffärmeln aus Chiffon und einem großzügigen Rückenausschnitt mit einer großen Schleife. Als ich allerdings eine Jeans dazu anprobierte, sah es sogar ziemlich gut aus, auch Titi gab einen Daumen hoch. Fertig war mein Outfit für einen nicht zu heißen Sommertag in der Stadt der Liebe.

Die Liebe. Kurz sackte mein Herz ein paar Zentimeter nach unten, als *er* in meinen Kopf schoss. Noch immer hatte ich Titi kein Wort von ihm erzählt. Irgendwie hoffte ich, dass sie mal nachfragen würde, wie es denn bei mir männermäßig so lief. Sie schien aber nur Interesse an meiner Arbeit und meinem Alltag hier zu haben, also hatten wir nur darüber gesprochen. Und natürlich viel über ihr neues Leben in Frankfurt. Und sie hatte sich mehrfach besorgt über meine Figur geäußert, dass ich zu dünn sei. Ich hatte es auch bemerkt, aber für mich war dies immer noch eher eine Genugtuung als Grund zur Besorgnis.

Als Teenager hatte ich stark unter einer Essstörung gelitten, bis ich sogar im Krankenhaus gelandet war. Und auch, wenn es lange her und ich eigentlich vollständig genesen war, achtete ich nach wie vor sehr auf meinen Körper und war lieber eher zu dünn als zu dick, wobei dick natürlich relativ war.

Ich aß zwar normal, bewegte mich aber viel, was manchmal ein bisschen Zwang-Charakter hatte, das merkte ich selber. In letzter Zeit hatte ich wieder sehr auf mein Gewicht geachtet, weil es mir Sicherheit gab. Da mein Selbstbewusstsein Achterbahn fuhr, wollte ich zumindest mit meinem Körper zufrieden sein.

„Hast du was zum Frühstücken?“, riss Titi mich aus meinen Gedanken.

„Äh, nein, Mist, ich wollte gestern noch einkaufen gehen! Wir können ein Stück in die Stadt laufen, am Boulevard kurz hinter dem *périph* (Slang für péripherique) gibt es eine Brasserie, wo wir ein Croissant oder eine *tartine*, ein Baguette mit Butter und Marmelade bekommen. Und natürlich einen Kaffee.“

Titi runzelte die Stirn. „Das soll ein Frühstück sein? Oh je. Ich hätte mein Müsli mitbringen sollen. Aber ich hatte irgendwie die hochgelobte Kulinarik dieses Landes im Kopf, das scheint sich ja nicht aufs Frühstück zu beziehen. Naja, wenn ich schon mal hier bin, möchte auch so leben wie die Franzosen, also los.“

„Wir kaufen einfach heute auf dem Rückweg im Supermarkt hier um die Ecke ein, dann können wir morgen ein schönes ausgiebiges Frühstück machen.“

„Alles gut, tut mir leid. Ich merke wie ich erstmal runterkommen muss, die letzten Wochen waren echt anstrengend. Ich mache mir noch schnell eine Frisur, dann können wir los.“

In dem Moment klingelte Titis Handy und ein Foto von Björn mit gestutztem Bart leuchtete auf dem Bildschirm auf.

„Hi Schatz.“, begrüßte sie ihn und versuchte, sich mit dem Handy am Ohr einen Zopf zu flechten.

Ich suchte bequeme Schuhe aus und setzte mich zum Anziehen auf die Couch. Im Bad hörte ich Titi murmeln. „OK ... ja ... die haben wir ja ewig nicht gesehen ... mach das doch ... ich bin Sonntagabend wieder da ... ich dich auch, bis dann!“

„Björn fährt auch zwei Tage weg.“, erklärte sie mir, als sie mit perfekt geflochtenen Haaren aus dem Bad kam.

„Das ist doch gut. Das tut ihm bestimmt auch mal gut. Ich weiß sowieso nicht, wie man im Homeoffice arbeiten kann. Mir würden die

Kollegen fehlen.“ Neidisch blickte ich auf ihren perfekt geflochtenen Zopf. „Du musst mir unbedingt zeigen, wie du die Frisur machst, sieht super aus.“

„Danke! Kann ich dir heute Abend zeigen. Wollen wir los?“ „Ja. Vergiss nicht deine Sonnenbrille.“

*

Als wir gegen Mittag in Bercy ausstiegen, tummelten sich dort schon die Menschenmassen, um im Bercy Village shoppen oder etwas essen zu gehen. Das Wetter war fantastisch, und die Pavillons, die die Outletshops beherbergten, erinnerten eher an ein Dorf in England oder in Skandinavien.

„Sieht toll aus hier.“ Titi sah sich begeistert um. “Schade, dass wir gestern schon shoppen waren. Vielleicht werde ich nach dem Museum einen klitzekleinen Blick in die Läden werfen ... Warum waren wir mit unseren Eltern nie hier?“

„Damals gab’s das glaub ich in dieser Form noch gar nicht. Außerdem geht es hier ja wirklich nur ums Bummeln, Shoppen, Essen ... keine Kultur. Also, bis auf das Museum, aber, ob Mama und Papa Jahrmärkte als Kultur eingestuft hätten, weiß ich nicht.“

Titi lachte. „Vermutlich nicht, das waren schon immer Hardcore Trips mit denen, von Kirche zu Kirche, von Kunstausstellung zu Kunstausstellung ... “

„Stimmt, aber ich mochte es immer, auch wenn es anstrengend war. Bis heute gucke ich mir gerne Kirchen und Kunstausstellungen an, wenn auch nur ab und zu und nicht in der Konzentration wie damals.“

„Schau mal, da vorne gibt es „La Cure Gourmande“, lenkte Titi ab. „Da muss ich nachher unbedingt rein und was für Björn kaufen. Aber wo ist denn jetzt dieses Museum?“

Das Musée des Arts Forains lag ein bisschen abseits des Trubels in einer alten Weinlagerhalle. Wie erwartet hatten wir sehr viel Spaß und ließen uns von Farben, Federpuscheln, Kostümen, Karusselfiguren und Lichteffekten einlullen und in unsere Kindheit zurückversetzen. Wir durften sogar mit einem alten Karussell fahren, das als

Kulisse für den Film „Midnight in Paris“ gedient hatte.

Als wir heraustraten mussten sich unsere Augen erst wieder an das grelle Sonnenlicht gewöhnen.

„Das war super, Lou, danke, dass du mich hierher gebracht hast!“

„Gerne, ich war auch erst einmal hier, aber alleine macht es nur halb so viel Spaß. Hast du Hunger?“

„Und wie! Wollen wir hier was essen?“

„Ja, da vorne gibt es ein Paradis du Fruit, da gibt es Salate, Bowls und sowas.“

„Klingt super, nichts wie hin.“

Nachdem wir bestellt hatten, kam Titi urplötzlich auf DAS Thema zu sprechen, und ich war überhaupt nicht darauf vorbereitet und verschluckte mich an meinem Smoothie.

„Äh, du meinst, ob ich mit jemandem ausgehe?“, hustete ich.

„Ja, genau, du erzählst irgendwie nie was von irgendwelchen Männern. Seit der Geschichte mit Nils habe ich zumindest in der Richtung nichts mehr gehört. Wenn du nicht darüber sprechen möchtest, ist das kein Problem.“

„N-nein, das hat damit nichts zu tun.“ Ich hatte lange nicht mehr an Nils gedacht, aber jetzt wo sie es ansprach, erinnerte ich mich mit mulmigem Gefühl an die Zeit. Mit Nils hatte ich während meines Studiums eine Beziehung, die für mich mit einem Nervenzusammenbruch, oder wie immer man das im Fachjargon nennt, geendet hatte. Auf jeden Fall ging es mir am Ende richtig mies, und das war auch einer der Gründe, warum ich nach Paris „abgehauen“ war. Ich wollte fliehen und einen kompletten Neuanfang starten, ganz alleine. Und so angsteinflößend das anfangs auch war, bereute ich meine Entscheidung bisher noch nicht.

Es hatte alles ganz harmlos in einem Tanzkurs angefangen. Er war ein fortgeschrittener Tänzer, der einsprang, wenn es zu wenige Männer in den Kursen gab, was eigentlich immer der Fall war. Er war lustig und nett, und es machte sehr viel Spaß mit ihm zu tanzen. Er und sein Kumpel betanzten alle partnerlosen Frauen und benahmen sich ein bisschen wie Partycrasher, aber in angenehmer und unterhaltsamer Art und Weise.

Meine Freundin und ich gingen häufig nach den Kursen mit den beiden oder in größerer Runde noch was trinken, und so kamen wir uns irgendwann näher. Dabei machte ich überhaupt keine Annäherungsversuche, weil mir das Ganze komisch vorkam, und ich dachte, das würde er mit jeder der Tanzschülerinnen machen. Aber eines Abends nach dem Tanzkurs fragte er, ob ich noch mit zu ihm kommen würde, und dann kam eins zum anderen, und wir wurden ein Paar. Am Anfang machte es Spaß, in der Tanzszene zusammen aufzuschlagen, zumindest als die ersten neugierigen Blicke und Bemerkungen verebbt waren. Ich lernte eine Menge und konnte ganz passabel tanzen. Aber irgendwann änderte sich etwas und die Beziehung bewegte sich immer mehr in ungesunde Gefilde. Plötzlich war er wahnsinnig eifersüchtig und ich durfte nicht mehr alleine auf Tanzpartys gehen. Er spionierte mir nach, checkte mein Telefon, und fing an, mich psychisch fertig zu machen, indem er versuchte, mir mein Studium schlecht zu reden.

Ich war aber tief in einer Spirale von Abhängigkeit und Selbstmitleid gefangen und schaffte es nicht aus eigener Kraft, mich von ihm zu lösen. In der Zeit hatte ich wieder starke Probleme mit meinem Essverhalten und ich fühlte mich fett und hässlich. Irgendwie schaffte ich trotzdem mein Studium und meinen Abschluss. Danach hatte ich dann endlich die Entscheidung getroffen nach Paris zu gehen und war quasi in einer Nacht- und Nebelaktion einfach abgehauen. Nils hatte noch ein paar Mal versucht, mit mir zu sprechen, aber ich schaffte es, ihn zu ignorieren. Nur als ich einmal, ca. zwei Wochen nach meinem Entschluss, vor meiner Abreise nach Paris noch meine Eltern besuchte und zwanzig verpasste Anrufe von ihm hatte, rief ich zögernd zurück. Völlig aufgelöst und verzweifelt erzählte er, dass seine Mutter gestorben war. Ich konnte es zuerst nicht so richtig glauben, bzw. wusste nicht, was ich dazu sagen sollte. Ich hatte seine Mutter nie kennen - gelernt, aber er hatte auch nie erzählt, dass sie krank oder sonst irgendwie beeinträchtigt war. Als ich nichts sagte, weil mir einfach nichts Passendes einfiel, fügte er hinzu, sie hätte sich umgebracht. Und dann war nur noch unkontrolliertes Heulen zu hören gewesen. Das Gespräch war furchtbar und endete damit, dass ich sagte, ich könne ihm jetzt auch nicht helfen. Plötzlich hatte sich das Blatt gewendet, und er suchte bei mir nach Halt und erwartete Hilfe. Aber ich hatte meine Entscheidung getroffen. Die Beziehung war unwiederbringlich kaputt. Ich hatte keine Kraft mehr, ihm nochmal zu begegnen.

Mit dunklen Gedanken im Kopf und schrecklichen Bildern vor Augen hatte ich meinen Umzug nach Paris angetreten. Ich hatte wie betäubt zusammengekauert auf meinem Platz im Flixbus gesessen und aus dem Fenster gestarrt. Überwältigt von dem abgeschlossenen Lebensabschnitt, der auf diese unsanfte Weise geendet hatte, und von der Aussicht, mein Leben in einer komplett neuen Umgebung, in einer anderen Sprache, weiterzuführen, versank ich immer mehr in einem Strudel aus Unsicherheit und Zukunftsangst, der sich Gott sei Dank mit dem ersten Mega-Stau bei der Einfahrt nach Paris über die Porte Maillot langsam auflöste, und mich in die Realität zurückschmiss.

„Und?", jetzt war es Titi, die mich in die Gegenwart zurückholte. „Gibt es jemanden?"

„Ja, also .... ja, irgendwie schon.", brachte ich hervor.

„Wie cool! Erzählst du mir ein bisschen mehr?"

„Es gibt da einen Kollegen, der mich total nervös macht."

„Nervös? Also, nervös wie "aufgeregt"? Schmetterlinge?"

„Naja, irgendwie schon, aber es ist kein klassisches Verliebtsein, und es steht unter keinem guten Stern."

„Was meinst du damit?"

„Ich mache mich ein bisschen zu verrückt. Wir können uns eigentlich gar nicht so richtig unterhalten, und er sieht auch viel zu gut aus ... und ich weiß nicht, ob er jemanden hat ... und, ach es macht mich wahnsinnig.", platzte es aus mir heraus.

„Oha, das klingt kompliziert."

„Ja, ist es auch. Ich kann gar nicht mehr richtig arbeiten."

Die Bedienung brachte das Essen und wir nahmen erstmal einen Bissen und kauten nachdenklich.

„Aber, wie lange geht das denn schon so, dass du dich so stresst? Und, ich meine, weiß er, dass du ihn gut findest und lässt er irgendwie durchblicken, wie ER über DICH denkt?" Titi nahm einen Schluck von ihrem Wasser.

„Ich bin ja jetzt seit einem halben Jahr im Grand, und aufgefallen ist er mir sofort. Aber wir haben uns eben nie wirklich unterhalten, deswegen war es immer nur eine Schwärmerei, bis wir dann einmal was getrunken haben.

„Soweit seid ihr schon?! Na dann tut sich doch was, oder?"

„Das ist das Problem. Seitdem herrscht quasi Funkstille. Also, er behandelt mich nach wie vor freundlich und beruflich kommunizieren wir ab und zu, aber sonst auch nichts."

„Sehr merkwürdig. Warum sollte er mit dir ausgehen, wenn er kein Interesse an dir hat. Aus Höflichkeit?"

„Ich fürchte, ja. Es ist sogar noch schlimmer. Ich habe ihm gesagt, dass ich ihn attraktiv finde und er hat sich höflich bedankt."

„Äh, warte mal, wie hast du ihm das denn gesagt, in welchem Zusammenhang, zu welchem Anlass?"

„Ich habe ihn kurz vor Arbeitsschluss in die Tiefgarage zitiert und ihm gesagt, dass ich ihn attraktiv finde, wortwörtlich, das war vor unserem „Date"."

„Und dann seid ihr was trinken gegangen, aber da ist nichts weiter zur Sprache gekommen, geschweige denn passiert?"

„Nada."

Ein kurzes Schweigen während Titi nachdachte.

„Das klingt tatsächlich nicht gut, tut mir leid, Lou. Ich glaube, ihr seid in der Friendzone."

„Noch nicht mal das, wir sind lediglich Kollegen."

„Ach Mensch, das ist wirklich doof, wie sieht er denn aus?"

Und dann versuchte ich, ihn einigermaßen nüchtern zu beschreiben, ohne schwärmerisch peinliche Ausschmückungen.

Als ich fertig war, fühlte ich mich irgendwie leer. Titi hatte mir bestätigt, dass es aussichtslos war mit diesem verdammt gut aussehenden Franzosen, der zudem auch noch nett war und kein Arschloch zu sein schien. Ich weiß nicht, was ich mir erhofft hatte, aber jetzt so bedröppelt dazusitzen sicherlich nicht. Ich hatte irgendwie gedacht, dass Titi als Außenstehende einen Aspekt finden würde, der zeigte, dass er doch Interesse an mir hatte. Aber sie hatte von Friendzone gesprochen, ein schlimmes Wort.

„Komm, wir laufen ein bisschen, das bringt dich auf andere Gedanken. Kannst du die Bedienung rufen?"

Nachdem wir bezahlt hatten, machten wir uns auf den Weg an der Seine entlang zur Ile de la Cité. Und Titi hatte Recht, nach ein paar Schritten, ging es mir schon besser. Ich atmete ein paarmal tief durch und sog die wunderbare Sommerluft ein, die an diesem Tag erstaunlich sauber und gar nicht nach Metropole roch. Ich liebte die Seine. Ich konnte stundenlang an ihr entlang flanieren und war schon oft vom Eiffelturm bis Notre Dame und zurück gelaufen.

Notre-Dame war immer wieder faszinierend. Ob es ihre Geschichte war, ihre Symmetrie, ihre Wasserspeier oder ihre prominente Lage auf der Insel im Herzen von Paris, sie zog nicht umsonst Menschen aus aller Welt an. Auch ich war ein oft gesehener Bewunderer hier. Selbst jetzt, eingerüstet und angeschlagen nach dem zerstörerischen Feuer, bei dem sie ihren Vierungsturm eingebüsst hatte, stand sie stolz und mächtig aufrecht.

Wir holten uns ein Eis und schauten einigen Skatern zu, die in wildem Tempo Slalom um ihre Hütchen fuhren.

„Wow, guck mal, der da!" Titi zeigte auf einen noch sehr jungen Skater, der auf einem Bein elegant um die Kegel fuhr. Ein anderer, vermutlich sein großer Bruder, beäugte ihn mit einer Mischung aus Besorgnis und Stolz.

Während wir unser Eis genossen und die Sportlichkeit der Skater bewunderten, bemerkten wir nicht die zwei Gestalten, die durch die Menschenmenge schlichen.

„Paris ist sehr schön, ich kann verstehen, warum du hierhergekommen bist.", sagte Titi.

„Das freut mich, dass du das sagst. Mama und Papa sind immer noch skeptisch. Sie finden, dass ich mich hier nicht weiterentwickle."

„Ich verstehe das nicht. Mama hat so oft erzählt, dass sie auch gerne als junger Mensch ins Ausland gegangen wäre, da müsste sie doch stolz auf dich sein!"

„Ich weiß auch nicht. Ich glaube das ist sie auch, aber sie billigt meinen Job einfach nicht. Sie denkt, Hotellerie ist nicht so gut angesehen, man hätte keine richtigen Aufstiegschancen, ach, keine Ahnung."

„Ich glaube, ich weiß, was du meinst. Also, ich finde es mutig, und du bist glücklich mit deiner Entscheidung, das ist das was zählt. Außerdem, wenn ich schon das Wort „angesehen“ höre, kriege ich Wutpickel.“

„Was sind denn Wutpickel?“, fragte ich lachend. „Meinst du vielleicht Stresspickel?“

„Ist ja egal.“ Titi war gar nicht zum Lachen zumute. “Auf jeden Fall macht es mich aggressiv. Wer hat denn das Recht zu entscheiden, welche Jobs „besser“ und „wertvoller“ sind als andere. Ich meine, auch Mama reist gerne und steigt gerne in Hotels ab, oder? Wer meint sie denn, sorgt dafür, dass alles reibungslos läuft?“

„Naja, das ist ja generell so in unserer Gesellschaft. Ohne Müllmänner, Putzfrauen ... “

„So darf man sie nicht mehr nennen, Lou!“, unterbrach Titi mich empört.

„Ja, entschuldige, naja, jedenfalls läuft ohne sie nichts, und trotzdem hat keiner den ausdrücklichen Wunsch, einen solchen Berufsweg einzuschlagen.“

„Das stimmt. Aber wenn man erstmal anfängt, läuft ja in unserer Gesellschaft so einiges sch...“

Titi konnte ihren Satz nicht beenden, denn im nächsten Moment spürte sie ein Ziehen an ihrer Handtasche und als sie sich umdrehte blickte sie in die Klinge eines Messers.

Erschrocken schrie ich laut auf, während Titi vor Schreck die Sprache wegblieb. Ich sah wie das Messer heruntersauste und den hellbraunen Lederträger durchtrennte. Eine Gestalt mit Kapuzenpulli, bei der Wärme eigentlich sehr auffällig, zog an der Tasche, Titi hielt aber aus Reflex fest. Die Gestalt zog noch einmal mit einem kräftigen Ruck und die Tasche entglitt Titis Hand, während sie selbst nach vorne geschleudert wurde und auf dem Boden landete.

Ich sprang auf und zögerte kurz, dem Taschendieb hinterherzulaufen, entschied mich dann aber, erst einmal meiner Schwester aufzuhelfen. Ihr war nichts passiert, aber sie hatte sich verständlicherweise ganz schön erschrocken. Die Aktion war natürlich nicht unbemerkt geblieben, und der Dieb würde nur schwer entkommen können, denn wo er, oder sie, man konnte es nicht erkennen, durch die Menschen preschte, öffnete sich eine Schneise.

Es dauerte ein paar Sekunden, aber dann setzte sich plötzlich einer der Skater in Bewegung und nutzte die freie Gasse, um dem Dieb in waghalsigem Tempo, den Füßen der Schaulustigen im Slalom ausweichend, hinterherzurasen.

Der Dieb nahm die Bewegung wahr und wurde erschrocken schneller. Irgendjemand war aber so geistesgegenwärtig und stellte ihm einen Haken, sodass er der Länge nach nach vorne fiel.

Das Messer fiel aus der Tasche des Kapuzenpullis und blitzte in der Sonne auf. Die Umstehenden wichen erschrocken zurück. Im nächsten Moment hatte der Skater den auf dem Boden liegenden Dieb erreicht und fuhr ihm, ob aus Versehen oder mit Absicht, über die Hand, in der er die Handtasche krampfhaft festhielt. Man hörte einen Schmerzensschrei und der Griff um die Tasche löste sich. Der Dieb rappelte sich auf und verschwand kurz darauf in der Masse von Menschen, die weiter weg standen und von alledem nichts mitbekommen hatten, weil sie den Blick auf die Schönheit von Notre-Dame gerichtet hatten.

Unter Klatschen und Johlen der Schaulustigen kam der plötzliche Held, sich elegant schlängelnd mit Titis Tasche in der Hand, in unsere Richtung zurück. Es war der Skater, der mit seinem kleinen Bruder da war.

Titi errötete und nahm schüchtern und ziemlich perplex ihre Tasche entgegen und murmelte ein „Merci“. Der Skater nickte ihr zu und verschwand mit einem „Pas de soucis“ zu seinen Kumpels, die ihn grölend einer nach dem anderen abklatschten. Sein kleiner Bruder umarmte ihn stolz und jubelte.

Es muss schön sein, einen großen Bruder zu haben, der so mutig ist und auf einen aufpasst, dachte ich für mich. Dann wandte ich mich an meine große Schwester, die bereits wieder lächelte, aber noch etwas blass um die Nase war. Die Skater widmeten sich wieder ihren Slalomhütchen und die Schaulustigen setzten sich wieder in alle Himmelsrichtungen in Bewegung.

„Und jetzt?“, fragte ich unsicher. „Sollen wir nach Hause fahren?“

„I-ich weiß nicht.“, stotterte Titi. „Das bringt ja auch nichts, also, ich meine es ist ja nichts passiert, wir können einfach weiter Sightseeing machen."

„Ja, wahrscheinlich ist das sogar besser, damit wir ein bisschen auf andere Gedanken kommen. Guck doch mal in deine Tasche, ob wirklich nichts fehlt."

„Ja, stimmt, das sollte ich machen." Immer noch ein bisschen verwirrt öffnete sie den Reißverschluss und prüfte den Inhalt. Alles war noch da, der Dieb hatte ja auch kaum Zeit gehabt während seiner Flucht.

Ein bisschen mulmiges Gefühl hatten wir beide, schließlich war der Dieb auf freiem Fuß. Und im Nachhinein waren da noch andere auffällige Gestalten mit Kapuzenpullis herumgeschlichen. Und derjenige hatte ein Messer dabeigehabt, zwar in diesem Fall nur als Schneidewerkzeug, aber wahrscheinlich wäre es im Notfall auch anders eingesetzt worden.

„Na komm, wir gehen ein bisschen ins Quartier Latin.", motivierte ich uns.

Eigentlich hatte ich mich bisher immer sicher gefühlt, auch wenn mir natürlich klar war, dass in einer Stadt wie Paris eine ausgeprägte Kriminalität an der Tagesordnung sein musste. Man sah auch oft die Polizei im Einsatz, da besonders an den sehr touristischen Orten sicherlich viele Taschendiebe unterwegs waren. Ich hatte auch gehört, dass sie gut organisiert waren, aber nie, dass sie Gewalt anwandten. Naja, uns war ja jetzt auch nichts passiert. Und Dank des mutigen Einsatzes des sportlichen, jungen Mannes musste Titi nun nicht ohne Geld und Ausweis, und vor allem ohne Handy, durch die Gegend laufen.

Um den Schreck aus unseren Knochen zu schütteln, gingen wir Richtung Fontaine St. Michel und stürzten uns in das bunte Treiben des Quartier Latin.

***

Als ich mit Titi drei Tage später wieder am Gare de l'Est stand, hielten wir uns lange im Arm und schworen uns, wie jedes Mal, dieses Mal nicht wieder so lange mit einem Wiedersehen zu warten. Wir wussten aber auch, dass Titi mit ihrem neuen Job nicht so bald wieder die Möglichkeit haben würde, nach Paris zu kommen. Und ich wollte mir über Weihnachten ein paar Tage freinehmen, deswegen würde ich mir vorher keinen Urlaub nehmen können, um sie in Frankfurt zu besuchen. Andererseits war Weihnachten ja bereits in einem halben Jahr, viel öfter sahen wir uns sonst auch nicht.

Auf jeden Fall hatte ich einen kleinen Stein auf dem Herzen, als ich sie loslassen musste, damit sie in den Zug steigen konnte. Ihre Handtasche hatten wir dilettantisch mit einer Sicherheitsnadel geflickt, und sie sollte sie noch an den einzigen unangenehmen Vorfall unserer ansonsten wunderbaren vier Tage erinnern. Zuhause würde sie die Tasche wahrscheinlich entsorgen, aber für die Heimfahrt musste es so gehen.

„Grüß Björn ganz lieb!", rief ich ihr über die Köpfe der hinter ihr Einsteigenden zu.

„Danke, das mache ich!", rief sie zurück. Und fügte noch hinzu: „Und viel Glück mit deinem Franzosen!"

Einer der anderen Fahrgäste, der offensichtlich Deutsch verstand, lächelte amüsiert, und ich merkte, wie sich meine Wangen röteten.

Hastig winkte ich Titi noch einmal zu und lief dann schnell durch die Bahnhofshalle zum Eingang der Metrostation.

Kapitel 7

Ich war das erste Mal seit Wochen wieder zum Sport gegangen, weil der Juli extrem heiß geworden war, und ich hatte die erste halbe Stunde richtig zu kämpfen gehabt. Jetzt merkte ich aber wie der Kreislauf in Schwung und die Energie zurückkam und strengte mich mit jedem Kick mehr an.

Der Kickboxing Trainer war ein sehr attraktiver Südamerikaner und die Französinnen liebten ihn, außer offensichtlich für seinen schönen Teint und den Knackpo, für seinen süßen Akzent.

Auch ich konnte mich seinem Charme nicht erwehren und strengte mich immer besonders an, wenn er in meine Richtung guckte. Ein attraktiver Trainer, egal ob männlich oder weiblich, machte jede Sportart angenehmer und es einem einfacher, den inneren Schweinehund zu überlisten. Ich bewegte mich eigentlich gerne, aber selbst ich musste mich oft aufraffen, nach der Arbeit noch zum Sport zu gehen. Da war die Motivation größer, wenn man sich auf einen tollen Knackpo und einen süßen Akzent freuen konnte.

Im Moment hatte ich allerdings auch noch eine andere Motivation. Im September sollte nämlich von einem berühmten Reiseveranstalter ein Marathon durch Paris organisiert werden. Alle Angestellten von Hotels, die mit ihm zusammenarbeiteten, konnten sich anmelden und eine Auszeichnung bekommen. Man musste natürlich keinen kompletten Marathon laufen, sondern die Strecke war in 5er Schritten gestaffelt. Ich würde wahrscheinlich nur 5 km mitlaufen, aber ich wollte unbedingt dabei sein. Das klang nach einem tollen gemeinschaftlichen Erlebnis und war vielleicht eine gute Gelegenheit, den einen oder anderen Kollegen besser kennenzulernen.

Aber bis dahin war noch Zeit und der ganze August lag vor mir. Der Monat, in dem die Weltstadt Paris abseits der Touristenziele in den wohlverdienten Sommerschlaf verfiel. Der Großteil der Pariser fuhr dann in den Urlaub, und die Stadt hatte ein ganz besonderes Flair.

Auf den großen Boulevards stauten sich nicht mehr die Autos, und man konnte ungestört und gefühlt abgasfrei mit dem Rad durch die

Gegend fahren. Die Stationen der stadteigenen Leihfahrräder waren überall gut bestückt und alle Vehikel unversehrt. Wenn man doch mal die Metro nahm, waren die *rames* (Zug einer U-Bahn) auf manchen Linien gespenstisch leer, und man konnte sich einen Sitzplatz aussuchen und ein gutes Buch lesen.

Die Touristen kamen natürlich trotzdem nach wie vor, bzw. aufgrund der Schulferien vermehrt, sodass die Hauptattraktionen vor Menschenmassen überquollen. Aber da viele Paris nur als Zwischenziel ihrer Europareise anvisierten, blieben sie meist nicht lang und grasten wirklich nur die weltberühmten Sehenswürdigkeiten wie den Eiffelturm, den Louvre, Place de la Concorde, die Kirchen Notre-Dame und Sacré-Cœur etc. ab. Paris Plage, der Strand an der Seine, war auch unter Touristen beliebt, aber zu bestimmten Zeiten konnte man auch als Einheimischer davon profitieren.

Es fühlte sich komisch an, wenn ich mich als Einheimische betrachtete, aber irgendwie war ich das ja.

Im Parc de la Villette gab es ein Open Air Kino, das ich im ersten Jahr ein paar Mal alleine besucht hatte, und es hatte mir nichts ausgemacht. Ich mochte es, mich mit niemandem unterhalten zu müssen, einfach nur die Atmosphäre und den Film genießen zu können und mir die Leute anzugucken.

All diese Gedanken gingen mir durch den Kopf während ich kickte und boxte und meinen Körper spürte und auf den Knackpo schaute.

„Und jetzt gebt nochmal alles vor dem Cooldown!" Und dann ertönte :

// Been working So hard
I'm punching My card //

Und Fäuste und Beine flogen noch einmal mit letzter Kraft in die Luft.

// You can fly if you only cut loose
footloose,
Kick off your Sunday shoes... //

Und ein paar Minuten später kam endlich der ersehnte Cooldown, bei dem noch einmal ordentlich gedehnt wurde.

Dafür, dass ich in meiner Jugend jahrelang Ballett gemacht und Spagat gekonnt hatte, fand ich mich mittlerweile relativ steif und nahm mir immer wieder vor, mich auch in meiner Freizeit zu Hause

mal zu dehnen. Aber wie das so ist, machte ich es dann meistens doch nicht.

Auf jeden Fall fühlte ich mich gut und war froh, im Studio duschen zu können, so musste ich nicht zu Hause in meine - *Überraschung! Es ist kalt! Jetzt ist es heiß! Jetzt wieder eiskalt!* - Dusche steigen.

Das Fitnessstudio war gleich um die Ecke, sodass ich den lauen Sommerabend genoss und langsam durch den kleinen Park nach Hause lief.

Ich erschrak richtig, als ich die Tür zum Innenhof öffnete und dort Leute vorfand.

Jemand hatte einen Tisch und Stühle aufgestellt und es roch köstlich nach Mittelmeer. Eine rundliche Dame trug gerade eine Schüssel aus dem Haus, hinter ihr, wie im Gänsemarsch, drei Kinder, ebenfalls mit Schüsseln.

„Salut, Lou!", sagte das Größte freudig, als es mich sah. Neugierig drehten daraufhin alle ihre Köpfe in meine Richtung. Die rundliche Dame stellte ihre Schüssel auf den Tisch, wischte sich die Hände an ihrer Schürze ab und kam auf mich zu.

„Ciao, sono la nonna di Andrea, Giulia e Luca." (Hallo, ich bin die Oma von Andrea, Giulia und Luca.)

Das Wort *nonna* hatte ich schonmal gehört, das hieß Oma.

„Das ist unsere Oma.", kam Luca, der Jüngste, mir zu Hilfe, und ich fühlte mich wie in einem kitschigen Film. Ja, sie sah aus wie eine *nonna*, wie eine italienische *nonna* aus dem Bilderbuch. Mit ihrem Kleid über dem runden Bauch, der Schürze und den altmodischen Sandalen. Und sie hatte sogar ein Kopftuch um ihre hochgesteckten, von Silberfäden durchzogenen dunkelbraunen Locken gebunden. Ich fühlte mich sofort zu ihr hingezogen und fand mich auch schon zur Begrüßung in ihren Armen wieder. Leider konnte ich kein Wort italienisch und sagte auf französisch: „Ich bin Lou. Schön, Sie kennenzulernen."

Genauso energisch wie sie mich umarmt hatte, ließ sie mich wieder los und strahlte mich an. Sie erzählte mir, wie Giulia, die Mittlere, mir simultanübersetzte, dass sie für zwei Wochen hierbleiben würde, und ihr Herz überquoll, so die Übersetzung, weil sie endlich ihre drei *orsetti*, ihre Bärchen, wiedersehen konnte.

„Lou, schön, dass du da bist. Du isst doch mit uns zu Abend, oder?" Nun kam auch Frau Mancini aus der Tür und schickte energisch die Kinder wieder ins Haus, um das restliche Essen zu holen.

„G-gerne.", stammelte ich. Die Mancinis wohnten über mir, in einer Wohnung, die nur geringfügig größer war als meine, und ich konnte so gut wie ihr ganzes Familienleben mitverfolgen. Ich traf sie auch oft im Flur, und mit den Kindern war ich schon ein paar Mal zur Metrostation gelaufen. Aber ich konnte nicht behaupten, dass ich sie gut kannte.

Nichtsdestotrotz, freute ich mich riesig, dass endlich mal was los war in unserem Innenhof. Man musste sich inmitten dieser lebensfrohen, herzlichen Familie einfach wohlfühlen. Und ehrlich gesagt hatte ich auch richtig Hunger und beim Anblick der leckeren Speisen lief mir das Wasser im Mund zusammen.

„Lou, come stai?", begrüßte mich nun auch Herr Mancini, der mit zwei Flaschen Wein aus dem Haus trat. Er sprach mich immer auf italienisch an, weil er selbst noch immer recht holprig französisch sprach. Aber er verstand es natürlich, und wir wechselten auch eigentlich immer nur Höflichkeitsfloskeln, während ich mich mit seiner Frau und den Kindern auf französisch ganz gut unterhalten konnte.

Er stellte die Flaschen auf den Tisch und zog einen Stuhl heraus, den er mir anbot. „Prego."

Ich nahm dankend an und setzte mich. Andrea, der vierzehnjährige Älteste, setzte sich neben mich.

„Warst du beim Sport?", fragte er.

„Ja, ich war im Fitnessstudio. Es war anstrengend, aber jetzt fühle ich mich gut. Vor allem bei euch hier. Deine *nonna* scheint eine sehr herzliche Frau zu sein."

„Sie ist toll, sie erdrückt einen fast mit ihrer Liebe, aber unsere *nonna* ist unser Fels in der Brandung. Unsere Eltern haben es hier nicht leicht ... und sie arbeiten viel, deswegen sind wir viel alleine. Wir freuen uns also umso mehr, dass *nonna* zwei Wochen bleibt und Zeit mit uns verbringt, bzw. alles für uns macht." Er lachte.

„Was arbeiten deine Eltern denn eigentlich?" „Mein Papa arbeitet als Techniker beim RATP."

„Wirklich? Das ist ja ein recht sicherer Job, denke ich ... Das ist toll. Und deine Mama arbeitet mit älteren Menschen, hat sie mal erzählt."

„Ja stimmt. Meine Mama ist eigentlich Übersetzerin, aber im Moment kümmert sie sich um mehrere ältere Damen, hilft ihnen beim Haushalt, einkaufen, kochen, Arztbesuchen etc."

„Warum seid ihr denn überhaupt nach Paris gekommen?"

„In unserer Region gibt es leider immer weniger Arbeit. Wir kommen aus *Calabria*. Meine Mama wohnte eigentlich in Catanzaro, ist aber wegen meinem Papa nach Cosenza gezogen. Mein Papa hatte da einen guten Job als Ingenieur in einer Lebensmittelfabrik. Aber als ich noch klein und Giuli gerade geboren war schloss die Fabrik, und meine Mama bewarb sich, trotz uns zwei kleinen Kindern, bei einem großen Übersetzungsbüro. Sie hatte Glück und konnte im Homeoffice arbeiten. Das hat uns erstmal über Wasser gehalten, aber Papa war total unzufrieden und wollte auch wieder arbeiten. Und natürlich brauchten wir auch mehr Geld. Es war eigentlich Zufall, dass er die Stellenbeschreibung für den Job hier in Paris gelesen hat, und er war auch gar nicht überzeugt, sich zu bewerben. Er konnte sich nicht vorstellen, mit zwei kleinen Kindern und ohne Sprachkenntnisse ins Ausland zu ziehen. Aber Mama, deren Leidenschaft eben Sprachen sind, und sie hatte schon immer eine besondere Schwäche für Französisch, bestärkte ihn, bzw. überredete ihn dann irgendwann. Und mit einem Französisch-Crashkurs und aufgrund seiner sehr guten Referenzen, hat Papa dann den Job bekommen und wir sind nach Paris gezogen." Andrea holte Luft und lachte. „Sorry, ich hoffe, das war jetzt nicht langweilig."

„Überhaupt nicht! Und Luca ist also hier geboren?" Ich griff nach einem köstlich aussehenden Gebäckstück und legte es auf meinen Teller.

„Ja, Luca ist komplett hier aufgewachsen."

„Das klingt ja alles ganz schön spannend. Und, vermisst du Italien?"

„Also, vermissen würde ich nicht sagen. Ich bin ja jetzt auch schon lange hier, und hier ist mein Leben. Aber natürlich bin ich auch mit der italienischen Kultur aufgewachsen und freue mich immer sehr, nach Italien zu reisen. Meine Eltern haben noch viele Freunde und auch Familie in Cosenza. Und meine *nonna* wohnt auch noch dort."

Ich blickte die alte Dame an. Sie lachte gerade lauthals über etwas, das Luca gesagt hatte und drückte ihn an sich.

Ich schaute in die Runde und mir wurde ganz warm ums Herz. Die Sommersonne zog sich gerade aus dem Innenhof zurück, der nach und nach in Schatten getaucht wurde. Aber es war mollig warm, und die grauen Wände, die uns umgaben, strahlten die gespeicherte Hitze ab. Der Tisch war geschmackvoll mit Blumen dekoriert worden und stand wie eine Oase inmitten der farblosen Gebäude.

Die Herzlichkeit der Italiener lullte mich ein, und obwohl ich so gut wie nichts von den auf italienisch geführten Gesprächen verstand, und ich diese Menschen ja eigentlich gerade erst kennenlernte, fühlte ich mich mit ihnen verbunden. Ich hätte es nicht erklären können, aber es gibt eben diese Menschen, bei denen man sich sofort willkommen fühlt.

Und sicherlich war es auch diese Harmonie, die die Familie austrahlte, auch, wenn ich durch die dünne Zimmerdecke bereits andere Situationen mitbekommen hatte.

Aber jetzt gerade in diesem Moment, vielleicht besonders, weil die *nonna* da war, merkte man die Verbundenheit. Und sicherlich war auch ein bisschen Wehmut meinerseits dabei, weil ich keine Großeltern mehr hatte und in meiner Familie auch nie so intensive Herzlichkeit erfahren hatte.

Später kam noch das norwegische Paar aus dem dritten Stock durch die Innenhoftür und wurde ebenfalls an den Tisch eingeladen. Sie waren noch relativ frisch Eltern einer kleinen Tochter und zögerten zunächst, ob es dem Baby nicht zu laut sein würde. Dann nahmen sie aber dankbar an, und das kleine Mädchen schlief, bis auf eine Stillpause, bis zur Auflösung der Tafel friedlich in der Trage an der Brust seiner Mama.

Ich bot an, beim Aufräumen zu helfen, die Mancinis lehnten aber ab und bedankten sich ihrerseits, dass ich dabei gewesen war. Ich wusste nicht, wie ich mich verhalten sollte, denn ich war es ja, die sich bedanken musste. Deswegen schleppte ich gegen den Protest zwei Stühle nach oben und bedankte mich mehrfach für den schönen Abend.

Als ich in mein Bett fiel, merkte ich, dass ich ganz schön angetüdelt war von dem leckeren Wein, von dem immer wieder eine „letzte" Flasche geholt worden war. Ich kuschelte mich in die Kissen, gab mich dem wohligen Gefühl des schönen Abends und der Schwere des italienischen Weines hin und schlief tief und traumlos die ganze Nacht.

Kapitel 8

„Bist du morgen dabei?“ Marion lehnte sich in ihrem Stuhl zurück und biss in ihren Apfel, um sich eine kurze Pause zu gönnen.

„Ja, ich bin dabei, du auch?”

„Ich mache zwar gerne Sport, aber joggen ist so überhaupt nicht mein Ding. Ich werde euch aber natürlich kräftig anfeuern.“, grinste sie.

„Wer macht denn überhaupt sonst noch mit, weißt du das?“ „Also, definitiv weiß ich es nur von Julien von der Rezeption.“ Kurz dachte ich genervt: *Oh nein, nicht ausgerechnet Julien.*

Ihn hatte ich ja zurückweisen müssen, nachdem er mehr als Freundschaft wollte, und die Vorstellung, mit ihm zu laufen, war nicht sonderlich angenehm. Andererseits würden bestimmt noch andere dabei sein, und viel reden würde man beim Laufen sowieso nicht können.

Ich freute mich wirklich sehr auf den morgigen Tag. Ich lief gerne, und auch, wenn ich das meistens alleine tat, würde es in Gemeinschaft umso mehr Spaß machen. Im Endeffekt war es nur eine riesige PR Aktion und das Laufen stand nicht im Vordergrund. Wenn ich es richtig verstanden hatte, sollten immer wieder Stopps bei den verschiedenen Hotels, die mit der Buchungsplattform zusammenarbeiteten, gemacht werden, wo es dann zu essen und zu trinken gab.

„Ich bin auch dabei!“ Steve, unser Boss, steckte seinen Kopf zur Tür rein. „Und ehrlich gesagt ist das glaube ich auch schon alles. Die andern haben alle einen Rückzieher gemacht.“

„Schade.“, sagte ich. „Aber dann gibt es mehr Snacks und Stärkungen für uns.“, versuchte ich einen Scherz zu machen, aber wie immer fanden die Franzosen es nicht witzig.

Der Arbeitstag war geschäftig, verlief aber ohne nervige Zwischenfälle.

Immer wieder hatte ich gehofft, irgendwie herauszufinden, ob *er* dabei sein würde.

Allgemein schien das Interesse an diesem Event nicht sehr groß zu sein, obwohl es bedeutete, dass morgen alle früher Schluss machen und die einlaufenden *marathoniens* begrüßen durften. Irgendwie hatte ich das Gefühl, dass die Pariser nicht leicht zu begeistern und zu beeindrucken waren. Das trug sicherlich dazu bei, dass sie auf den einen oder anderen tatsächlich arrogant wirken konnten.

Als ich gerade meinen PC herunterfuhr, hörte ich seine Stimme an der Kaffeemaschine. Er unterhielt sich mit Clément, seinem Kollegen, mit dem er die Buchhaltung schmiss.

„Ich glaube, sie ist von der Elfenbeinküste."

„Na dann, halt mich auf dem Laufenden, wie sie so ist. Wann holst du sie denn ab?"

„Morgen Abend, CDG."

Den Rest des Gesprächs blendete ich aus. Ich hatte Angst, mehr zu erfahren.

Ich nahm nur wahr wie die Kaffeemaschine rödelte und hörte irgendwann die Tiefgaragentür, durch die die beiden zur Raucherecke verschwanden.

Na toll. Ich hatte mich wirklich auf den nächsten Tag gefreut, und nun kämpfte ich mit aller Macht gegen die lächerliche, unbegründete Panik an, die in mir aufstieg. Er war NUR ein Kollege. Er hatte kein Interesse an mir, aber mein Leben hing nicht von seiner Zuneigung ab.

Und doch fühlte es sich so an. Ich hasste mich dafür, so ausgeliefert zu sein. Ich fühlte mich wie ein kleines Mädchen, dem man das geliebte Spielzeug wegzunehmen drohte. Nein, das war sogar noch nachvollziehbar, kein guter Vergleich. Ich war einfach nur irrational, schwach, armselig.

Ich packte meine Sachen zusammen und verließ durch den Haupteingang das Hotel.

Kapitel 9

„Lou, bist du bereit?“ Steve erschien im Joggingoutfit und sah richtig sportlich aus.

„Ja, ich komme.“ Ich hatte mich bereits vor einer Stunde umgezogen und mich dann nochmal in Sportklamotten vor den PC gesetzt, bis es dann endgültig losging. Mein Outfit bestand aus einer schwarzen Leggings und einem T-Shirt, das extra für das Event vom Hotel erstellt worden war. Es war schwarz mit pinker Aufschrift und sah ziemlich cool aus. Ich weiß nicht wie viele sie davon gedruckt hatten und fand die Vorstellung sehr ärgerlich, dass im Endeffekt nur drei Leute mitlaufen würden. Naja, die anderen konnten ihre T-Shirts ja auch zum Jubeln anziehen.

Wir gingen in den wunderschönen Innenhof des Hotelkomplexes, wo bereits einige Angestellte des Nachbarhotels versammelt waren. Steve ging auf die Gruppe zu und war sofort in ein Gespräch verwickelt.

Ich hatte mich noch nicht viel in diesem Innenhof aufgehalten, weil ich eigentlich keinen Grund dazu hatte. Lediglich bei einer schnellen Führung an meinem ersten Tag und zu einer Feuerübung war ich hier gewesen.

Es war eine Oase der Ruhe inmitten des Marais. Die Gebäude waren, so meinte ich mich zu erinnern, aus dem 17. Jahrhundert. Sie waren wunderschön renoviert worden, und mit ihren Balkonen und der üppigen Bepflanzung fühlte man sich fast wie in dem Hof eines Palastes.

„Alles klar bei dir?“

Ich drehte mich um und sah in Juliens freundliches, wenn auch etwas angespanntes, Gesicht.

„Oh hi! Ja, alles klar. Und bei dir?!“ Bisher hatte ich ihn immer gemieden, was die ganze Stimmung zwischen uns aber nur noch schlechter gemacht hatte. Deswegen war es vielleicht ganz gut, dass wir heute gezwungen wurden, ein bisschen Zeit miteinander zu verbringen.

„Mir geht es gut, danke. Ich hatte die letzten zwei Wochen Urlaub.“

„Cool, wo warst du denn?“

„Ich war mit zwei Kumpels in Italien, und dann habe ich noch für ein paar Tage meine Eltern in der Normandie besucht."

„Das klingt super." Nervös band ich meinen Zopf unnötigerweise noch einmal neu.

„Ja, es war schön." Ich merkte wie er gerne das Gespräch beendet hätte, aber er war zu höflich und fragte: „Und, was gibt's bei dir Neues?"

„Hmmm, eigentlich nichts. Ich wohne immer noch in Pantin. Außer arbeiten und Paris erkunden mache ich eigentlich nicht viel."

„Das klingt ein bisschen einsam.", konnte er sich nicht verkneifen.

„Nein, das ist es nicht ... nur manchmal. Aber ich habe Freunde aus Deutschland, die mich besuchen kommen, und letztens habe ich sogar mal meine Nachbarn kennengelernt. Eine italienische Familie."

„Italiener sind toll. Das haben wir gerade auch wieder erlebt. " Juliens Mine entspannte sich ein bisschen und wir hätten vielleicht tatsächlich ein nettes Gespräch führen können, aber da ging es auch schon los.

Steve rief uns zu sich und wir setzten uns in Bewegung. Ich hatte ehrlich gesagt keine Ahnung gehabt, wie das Tempo werden würde, und hatte kurz Bedenken, ob ich mithalten können würde. Es stellte sich aber schnell heraus, dass das Tempo sehr gut zu schaffen war.

Und nach zehn Minuten waren wir auch schon am ersten Stopp angekommen. Es war ein kleines 3 Sterne Hotel, das sich sehr viel Mühe mit der Erfrischungsstation gegeben hatte. Auf mehreren Tischen waren Getränke, Obst und Muffins stilvoll angerichtet, und obwohl ich keinen Hunger hatte und sonst nie auf die Idee gekommen wäre, WÄHREND ich Sport machte zu essen, genoss ich einen Muffin und eine leckere Limonade. Nach ein paar Minuten und ein bisschen Smalltalk mit den entfernten Kollegen, ging es auch schon weiter. Der Verkehr war für dieses Event nicht gesperrt worden, sodass wir uns durch den normalen Wahnsinn an Radfahrern, Fußgängern und teilweise auch Autos vorbeikämpfen mussten. Die meisten machten natürlich sofort Platz, als sie sahen, dass es sich um eine friedliche PR Veranstaltung handelte. Manche klatschten sogar.

Auf unserer Route von fünf Kilometern klapperten wir sechs Stationen ab. Unter anderem kamen wir an Nation, Gare de Lyon, Bastille und République vorbei. Wäre ich nicht bereits in diese Stadt verliebt gewesen, hätten mich spätestens jetzt die Gebäude, die Statuen und Monumente, die *terrasses* der Cafés und die Seine verzaubert. Die Stimmung war klasse, und meine auch. Ich fühlte mich leicht, voller Kraft und super sportlich, und hatte dank des ganzen Trubels gar nicht so viel Zeit zum Nachdenken. Mein Kopf fühlte sich endlich einmal leicht und unbeschwert an.

Beim Einlauf in den Innenhof des Grand wurden wird überraschend begeistert begrüßt.

Die sonst so kühlen, eventmüden Pariser hatten sich fast alle in die extra angefertigten T-Shirts geschmissen und jubelten uns drei *marathoniens* zu. Julien, Steve und ich ließen uns zu einem high five hinreißen, und ich war richtig stolz auf mich und ein bisschen euphorisch vom Laufen und der ungewohnten Aufmerksamkeit der Kollegen.

Auch unser Hotel hatte sich nicht lumpen lassen und einen schicken Erfrischungsstand aufgebaut, auf dem doch tatsächlich exotische Häppchen aus unserer hauseigenen 2-Sterne Küche aufgereiht waren. Ich fand das ein bisschen übertrieben und hätte lieber zu einem Muffin, einem Käsebällchen oder ähnlichem gegriffen, aber ich hatte unterwegs schon sehr viel mehr gegessen, als ich eigentlich wollte und war sowieso bereits satt.

Großen Anklang fanden die Gurken-Canapés mit Garnelen und das Roquefort-Lamm-Bruschetta allerdings bei den Hotelgästen, die sich angesichts des Trubels neugierig aus ihren Zimmern in den Innenhof gewagt hatten. Ob das so gedacht war, wusste ich nicht, aber man konnte ja den zahlenden Gästen schlecht sagen: Tut mir leid, nicht für Sie!

Außerdem war die Stimmung einfach viel zu gut, und je mehr Leute, umso mehr Feierlaune.

Die milde Septemberluft und der Flair des Innenhofes mit seinen Pflanzen und dem Vogelgezwitscher machten es einem leicht, in Wochenendstimmung zu kommen. Ich fühlte mich komplett im Hier und Jetzt. Überdeutlich nahm ich die Gerüche und Geräusche wahr und während ich selig den Moment genoss, sah ich aus dem Augenwinkel jemanden auf mich zukommen. Es war Julien, der genauso zufrieden aussah, und mit seinem von Schweiß und Wind verwuschelten Haar ein ziemlich süßes Bild abgab. Seine roten Wangen glühten und er sah aus wie ein kleiner Junge, obwohl er riesig war.

„Das war toll.“, sagte er und fasste sich ein bisschen nervös durch die Haare.

„Ja, es hat Spaß gemacht.“ Auch ich nestelte nervös an meinem Ohrring herum. Es war schön, dass wir unser unangenehmes Schweigen und Sich-aus-dem-Weg-gehen ein bisschen unterbrochen hatten. Aber nun wusste ich nicht mehr, was ich sagen sollte.

Man sah, dass es ihm auch nicht leichtfiel, aber schließlich machte Julien den Schritt und fragte: „Hast du Lust, später was trinken zu gehen?“

Ich fühlte, wie ich absagen wollte. Ich hatte einfach keine Lust, das Ganze noch einmal von vorne zu beginnen. Andererseits wollte ich auch keine eingebildete Zicke sein, und außerdem unterstellte ich ihm ja dann arroganterweise, dass er immer noch hinter mir her war. Also willigte ich ein.

„Wann und wo, hast du eine Idee?“, fragte ich.

„Also, ich brauche eine Dreiviertel Stunde mit dem RER nach Vélizy. Ich könnte dann gegen 19:00 wieder irgendwo hier sein.“

„Ich brauche nicht ganz so lange, aber ehrlich gesagt, habe ich auch gar keine Lust Hin und Her zu fahren.“

„Ich auch nicht, aber wo sollen wir duschen und uns umziehen? Die Bediensteten-Duschen hier im Hotel sind glaub ich nur zur Zierde da, da kommt kein Wasser.“

Ich überlegte kurz. „Weißt du was? Wir holen einfach ein paar leckere Sachen aus dem Supermarkt und gehen auf die Ile de la Cité. Einfach so, ohne duschen.“

Auf Juliens Gesicht zeigte sich ein vorsichtiges Lächeln. Ich glaube, auch er ahnte, dass wir unsere Freundschaft vielleicht wieder herstellen konnten. Ungeduscht und in Sportklamotten, das war definitiv *friend zone.* Und ... das war es ja auch gewesen, was seine Gegenwart so angenehm gemacht hatte, diese Ungezwungenheit, ich konnte bei ihm einfach ich selbst sein. Auch er schien dafür bereit und nicht mehr enttäuscht und eingeschnappt zu sein. Und plötzlich fing mein Herz ein bisschen an zu flattern. Nicht wie bei *ihm*, einfach, weil ich so froh war, dass ich vielleicht doch einen guten Freund hatte, hier in der Weltstadt mitten unter Franzosen.

Zwanzig Minuten später saßen wir unter der Trauerweide an der Spitze der Ile de la Cité. Neben Magnolien, waren Trauerweiden meine zweitliebsten Bäume, und ich liebte diesen Platz. Das taten natürlich viele, sodass dieses begehrte Fleckchen Paris immer voll mit Menschen war, die ein bisschen das Gefühl von Freiheit brauchten. Hier konnte man die Füße baumeln lassen. Vor sich mal keine Gebäude, sondern nur die, zugegebenermaßen vielbefahrene, Seine.

„Ich war lange nicht hier", sagte ich.

„Ich war glaube ich war noch nie hier.", sagte Julien. „Ich bin zwar schon fünf Jahre in Paris, aber ich bin ehrlich gesagt nicht der Sightseeing Typ."

„Das hattest du schon mal erwähnt.", sagte ich. „Das kann ich überhaupt nicht nachvollziehen, ich hätte gerne noch viel mehr Freizeit, um mir alles anzugucken. Ich mag übrigens auch die *banlieues*, nicht nur den Pomp und die schönen Ecken."

Er lachte. „Du wohnst ja auch selber im *banlieue*."

„Du auch!", sagte ich, als müsse ich mich dafür rechtfertigen. Schnell fügte ich dann aber hinzu: „Nein, entschuldige, Vélizy ist kein *banlieue*. Aber weit draußen ist es auch."

„Ja, und ich mag es. Also, es ist natürlich einfach praktisch, weil wir da ja die Wohnung meiner Oma haben, aber ich mag es auch wirklich. Ich bin zum Beispiel ab und zu im Parc de Versailles. Aber ich habe auch wirklich nicht viel Zeit neben der Arbeit und dem Sport."

„Trainierst du immer noch so viel?"

„Muss ich! Wenn ich jetzt nachlasse wäre das ärgerlich, bald sind die Playoffs."

„Ich kenne mich ehrlich gesagt nicht wirklich aus, aber das heißt, dass du echt gut bist, wenn du da mitspielen darfst, oder?"

„Es heißt, ich trainiere für die LNB, Ligue Nationale de Basket, ja, das ist schon nicht schlecht. Gehst du noch ins Fitnessstudio?"

„Ja, ich mache Kickboxing. Ich würde auch gerne tanzen, aber ich traue mich nicht."

„Wieso nicht? Was denn tanzen?"

„Als Kind habe ich Ballett gemacht, das würde ich gerne mal wieder probieren."

„Und was hindert dich daran?"

„Also, ich rede mir ein, nicht genug Zeit zu haben, aber ich glaube, es ist einfach die Vorstellung, dass hier alle richtig gute Tänzer sind, weil hier die Opéra Garnier ist."

Julien lachte laut. „Naja, du weißt ja hoffentlich selber, dass das Quatsch ist!"

Ein kurzes Schweigen, während Julien unsere Pappbecher erneut mit Wein befüllte.

„Sag mal, bist du eigentlich zufrieden an der Rezeption?", fragte ich ihn, das Thema wechselnd.

„Ja, es macht mir immer noch Spaß."

„Wie lange kann man denn eigentlich in der Hotellerie arbeiten?"
„Wie meinst das? Bis zur Rente ... "

„Ja, aber ist es nicht irgendwann unangemessen? Ich meine, wir sind alles junge Leute. Und auch sonst habe ich noch nie jemanden, sagen wir, über 40 an der Rezeption eines Hotels gesehen."

„Ich schon, aber es ist selten, das stimmt. In der Hotellerie gibt es natürlich, wie du ja auch weißt, viel Personalwechsel, weil es in der Branche attraktiv ist, viel auszuprobieren und vor allem auch, ins Ausland zu gehen. Es ist einfach. Einfacher als in anderen Berufen. Du musst nur die jeweilige Sprache und vielleicht noch ein neues Reservierungssystem lernen."

„Das stimmt, wie in der Gastronomie." „Ja, da ist es auch einfach."

„Aber bedeutet das nicht, dass unsere Jobs nicht sehr anspruchsvoll sind?"

„Quatsch! Also, erstmal, ist es für einen Arzt, oder einen IT- Menschen auch möglich, ins Ausland zu gehen. Das hat mit anspruchsvoll nichts zu tun. Und außerdem liegt halt jedem was anderes. Um in der Hotellerie zu arbeiten, brauchst du gute *soft skills*." Er sagte das mit seinem französischen Akzent mit langgezogenem „i". „Du musst geduldig und freundlich sein und daran auch noch Spaß haben, sonst kommst du nicht authentisch rüber."

„Du hast Recht. Ich mache mir nur immer Gedanken, weil ich denke, meine Eltern sind nicht so stolz auf mich wie auf meine Schwester, die eine erfolgreiche ... wie heißt das denn auf Französisch ... Key Account Manager ist."

„Ich verstehe schon, ein bisschen Englisch spreche ich ja auch", sagte er gespielt beleidigt. „Das glaube ich nicht. Aber sprich doch mal mit ihnen offen darüber."

„Nein, das kann ich nicht." Ich dachte an meine Eltern, die zwar liebevolle Eltern waren, aber so einer Frage geschickt aus dem Weg gegangen wären. „Ist ja auch egal, momentan fühle ich mich wohl hier. Wer weiß, was die Zukunft bringt."

„Tja, wer weiß." sagte er plötzlich traurig und blickte in die Ferne. Ich merkte es, aber ich wollte nicht darauf eingehen, denn ich hatte eine Ahnung, warum er plötzlich so wehmütig wurde. Unser Picknick hatte uns wieder näher gebracht, und die vertraute Stimmung machte ihn nachdenklich, ob in der Zukunft vielleicht doch Platz für uns Zwei war. Ich fühlte mich auch sehr wohl. Warm ums Herz und richtig glücklich. Aber für mich war es nach wie vor nur Freundschaft. Eine sehr schöne Freundschaft. Er schien seine Gefühle innerlich abzuschütteln und sagte plötzlich: „Hast du Lust auf den Eiffelturm?"

Überrascht blickte ich in sein Gesicht, um zu prüfen, ob er einen Scherz machte oder es ernst meinte. Er meinte es todernst und sah mich erwartungsvoll an.

„Äh, ja, warum nicht." Es war noch nicht sehr spät, aber die Septembersonne ging bereits roséfarben unter. Romantischer hätte ein Abend nicht sein können, dachte ich ironisch.

Wir packten unsere Sachen zusammen und nahmen die Metro 4 und dann die 6 zum Eiffelturm.

Ich war erst zweimal auf dem Eiffelturm gewesen und noch nie seit ich in Paris wohnte. Irgendwie hatte sich das nie ergeben und es war immer wahnsinnig voll, wenn ich mal in der Nähe war, sodass ich keine Lust hatte, mich in die Schlange zu stellen.

Auch heute tummelten sich die Leute auf dem Platz unter dem Ungetüm aus Stahl, das zu seiner Zeit so unerwünscht, und nun absolut nicht wegzudenken war aus dieser Stadt. Wir entschieden uns, die Treppe bis zum zweiten Stockwerk zu nehmen. Das musste reichen.

In der Schlange mischten sich die Sprachen. Man sah kinderreiche Familien und Pärchen, Backpacker und in Schale geworfene junge Frauen und Männer, die in Feierlaune waren. Die Luft hatte sich etwas abgekühlt, war aber immer noch mild. Der Sonnenuntergang war fast abgeschlossen, aber das Licht war noch fantastisch.

„Schade, dass es gleich dunkel sein wird, wenn wir oben sind.“, sagte ich.

„Oh, warte ab, die Lichter werden dich entschädigen.“ Julien, der Basketballer, spähte mühelos über die Köpfe der anderen Besucher zum Kassenhäuschen. „Ich schätze, zehn Minuten müssen wir noch warten.“

„Kein Problem, es ist spannend hier. Schau mal, die Typen da.“ ich zeigte auf eine Gruppe junger, offensichtlich alkoholisierter Männer, einer davon in einem Bierdosenkostüm.

„*Putain*, ein Junggesellenabschied? Der Arme.“

Ich lachte. „Ja, da muss man wohl durch. Ich wusste gar nicht, dass man das hier in Frankreich auch macht. Ich dachte, das sei typisch deutsch.“

„Also, sehr oft sieht man es in der Form auch nicht, mit Verkleidung und so. Ich glaube aber auch, dass das keine Franzosen sind. Hör mal hin.“

Ich lauschte und vernahm bruchstückhaft englisches Kauderwelsch. Wahrscheinlich war das noch nicht mal ein Junggesellenabschied, sondern einfach nur ein gewöhnliches Feierwochenende, für das sie rübergekommen waren. „Nee, stimmt.“, sagte ich.

Als wir uns wieder der Schlange widmeten, waren wir ein ganzes Stück vorangekommen, und schon kurze Zeit später hatten wir die Sicherheitskontrolle passiert und begannen unseren Aufstieg.

Da wir bereits fünf Kilometer gelaufen waren, brannten unsere Oberschenkel ganz schön, als wir Stufe um Stufe erklommen. Aber oben angekommen wurden wir dafür schnell entschädigt. Unter uns glitzerte die Stadt. Nur noch entfernt hörte man den Straßenlärm, und die Menschen, die mit uns den Ausblick genossen, sprachen ehrfürchtig leise oder gar nicht und genossen einfach das Lichtermeer. Die Ausnahme waren ein paar Kinder, die aufgeregt herumrannten und versuchten, durch Hüpfen einen Blick durch eines der Fernrohre zu erhaschen.

Wir gingen einmal um die Plattform herum und erkannten la Grande Arche, den Invalidendom, das Grand Palais und die Champs Elysées, die Madeleine, den Tour Montparnasse, Sacré-Cœur auf ihrem Hügel und natürlich Notre-Dame. Und wir konnten die Spitze der Ile de la Cité erahnen, auf der wir noch kurz vorher gesessen hatten.

Ich war überglücklich. Was für ein schöner Tag.

Auch Julien blickte verklärt über diese Stadt, die für diesen einen Lebensabschnitt unsere Heimat war. Als dann um Punkt neun der Turm anfing zu glitzern, legte Julien vorsichtig den Arm um meine Schultern, und ich ließ es geschehen. Immerhin hatte ich mich immer wohl in seiner Gegenwart gefühlt, und mit einem guten Freund durfte man auch mal kuscheln. Überwältigt von der Schönheit der Stadt und des Momentes lehnte ich meinen Kopf an seine Brust und so standen wir da. Schweigend. Noch lange über das Glitzern hinaus.

Kapitel 10

„Hat jemand Lust aufs Moulin Rouge?“, tönte es durch den Bürotrakt.

„Immer!“

„Auja!

“Schon wieder?“ „Langweilig!

“Ruhe, ich telefoniere hier!”, kamen im nächsten Moment die Antworten aus den verschiedenen Ecken und jemand pfiff den Cancan.

Steve steckte seinen Kopf in unser Büro und wedelte mit einem Stapel Broschüren.

„Wir haben ein Kontingent für rabattierte Karten für eine Spätvorstellung. Im Gegenzug sollen wir versuchen, die Show verstärkt an unsere Gäste zu verkaufen.“, erklärte er.

„Ich war schon sehr oft da.“, murmelte Marion. „Und die neue Show kenne ich glaub ich auch schon.“

„Ich hätte Interesse.“, sagte ich, und Steve gab mir eine Broschüre. Dann ging er weiter in die Gruppenreservierung.

Kurz sah ich mir das Bild auf der ersten Seite an und legte die Broschüre dann neben mich.

„Lohnt es sich?“, fragte ich Marion.

„Auf jeden Fall! Deswegen war ich auch schon so oft da. Also, es ist natürlich Geschmackssache.“

Ich warf einen erneuten Blick auf die Titelseite der Broschüre, wo eine Frau mit Federschmuck ihr Bein senkrecht in die Luft warf. Luisa wollte mich vor Weihnachten nochmal besuchen kommen, vielleicht kam es ja so hin, dass wir zusammen hingehen konnten.

Das Telefon klingelte und ich meldete mich mit meinem wohleinstudierten Begrüßungsspruch.

„Ja, äh hallo, bonjour. Sprechen Sie Allemand?“, kam es zurück. Ich hielt inne, hatte ich mich verhört?

„Bonjour Monsieur, oui, ja, ich spreche Deutsch ... “ Dann fragte ich zögerlich: „Papa?“.

„Lou, du bist es, Gott sei Dank!“

„Papa! Wieso rufst du mich hier an, ist was passiert?“ „Ja, nein, also

... ich weiß es nicht."

„Was ist los, Papa? Du machst mir Angst." Marion hob erschrocken den Kopf. Sie konnte kein Deutsch, es war aber nicht zu überhören, dass irgendetwas nicht stimmte.

„Mama hatte einen Unfall auf dem Weg von der Arbeit nach Hause."

„Oh nein, geht es ihr gut?" Mein Herz fing an zu rasen und ich vergaß, dass ich an meinem Arbeitsplatz saß und sprach viel zu laut.

„Ja, ihr ist nichts Schlimmes passiert, nur ein leichtes Schleudertrauma."

Ich atmete auf und sah peinlich berührt zu Marion rüber, aber sie nickte mir nur mitfühlend zu.

„Dann ist ja gut. Was ist denn passiert?"

„Genau weiß ich das auch nicht, aber sie ist wohl auf den Wagen vor ihr aufgefahren."

„Mama? Die ist doch die vorausschauendste Fahrerin, die es gibt."

„Das fand ich auch immer, deswegen hat es mich so gewundert. Passieren kann das natürlich jedem mal." Er machte eine Pause. „Also, der Unfall ist auch gar nicht das Problem."

„Was ist denn das Problem?!" Jetzt machte ich mir wieder Sorgen. Wieso druckste er so herum?

„Die Polizei hat routinemäßig einen Alkoholtest gemacht, und da kam raus, dass sie 1,3 Promille hatte."

Schweigen. Ich wusste nicht, was ich dazu sagen sollte.

Papa hielt mein Schweigen eine kurze Zeit aus, dann sagte er: „Es ist mitten in der Woche, mitten am Tag ..." Mehr brauchte er nicht zu sagen.

„Wo ist sie denn jetzt? Und wie geht es ihr?"

„Wir sind zu Hause, sie hat sich hingelegt. Es ist ihr sehr unangenehm und sie steht ein bisschen unter Schock. Es tut mir leid, dass ich dich auf der Arbeit anrufe, Lou, ich musste mit jemandem reden, und mir fielst nur du ein. Und du bist nicht ans Handy gegangen."

„Nein, mein Handy ist natürlich während der Arbeit aus.", sagte ich etwas zu vorwurfsvoll. „Entschuldige, alles gut, Papa. Ich bin froh, dass nicht mehr passiert ist. Aber, was heißt das denn jetzt? Warte mal.“ Ich hielt kurz den Hörer weg und gab Marion zu verstehen, dass ich kurz rausgehen und Pause machen würde. „Ich rufe dich in zwei Minuten zurück“, sagte ich ins Telefon und legte auf. Dann nahm ich mein Handy und ging in die Tiefgarage. Es klingelte ein paar Mal, bis Papa endlich ranging.

„Ich bin schnell mal aus dem Büro raus, also, was passiert denn jetzt?“

„Ihr wurde der Führerschein für drei Monate abgenommen, das ist nicht so schlimm.“

„Was ist denn schlimm?“, fragte ich, obwohl ich natürlich wusste, was da in der Luft schwebte, aber ich traute mich nicht, es auszusprechen.

Papa schien sich auch schwer zu tun, sagte dann aber: „Ich konnte mir nicht erklären, warum sie um diese Tageszeit und überhaupt so alkoholisiert sein konnte. Wir trinken, wie du weißt, beide gerne mal einen Wein, aber immer in Maßen ... und vor allem, wenn, dann abends oder zu besonderen Anlässen.“

„War vielleicht etwas Besonderes auf der Arbeit? Ein Geburtstag, ein Jubiläum, irgendwas zum Feiern?“

„Soweit ich weiß nein, aber ich kenne natürlich Mamas Arbeitsalltag nur bedingt, alles kriege ich auch nicht mit. Normalerweise erzählen wir uns aber immer, wenn irgend so etwas ansteht, ich kenne ja auch viele ihrer Patienten ... äh, Kunden. Und sie einige von meinen Kollegen.“

„Was sagt Mama denn zu dem Ganzen?“

„Wie gesagt, ihr ist das sehr unangenehm und wir haben bisher kaum gesprochen. Ehrlich gesagt, haben wir in letzter Zeit sowieso wenig gesprochen.“ Er klang plötzlich eher traurig als besorgt.

„Also, ich würde erstmal abwarten, was sie sagt. Sie wird dir ja wohl erzählen, was genau passiert ist. Sollen wir heute Abend nochmal telefonieren?“

„Lieber morgen, da wissen wir sicherlich schon mehr. Heute möchte ich mich um Mama kümmern ... wenn sie es zulässt.“

„Alles klar, dann melde ich mich morgen nach der Arbeit. Bitte grüße sie ganz lieb.“ Bei dem Gedanken, dass meine Mutter unter

Schock stand und nicht sprach, wurde mir ganz komisch. Sie war selten still und plauderte immer fröhlich mit allem und jedem. Aber ich wollte stark sein und versuchte, es mir nicht anmerken zu lassen.

„Mach ich. Tschüß, mein Schatz.“

“Tschüß, Papa.” Ich drückte den roten Knopf und ließ den Arm mit dem Handy sinken. In meinem Kopf drehte sich alles im Kreis. Sorgen machte mir hauptsächlich, dass Papa, der nie telefonierte, mich angerufen hatte. Während der Arbeit. Das musste ihn schon sehr mitgenommen haben.

Klar, ich konnte mir meine Mutter auch nicht am helllichten Tag betrunken vorstellen. Ich hatte weder meinen Vater noch sie je betrunken erlebt.

Naja, es gab bestimmt irgendeine plausible Erklärung. Ich atmete tief durch und machte mich wieder auf den Weg ins Büro. Als ich, noch in Gedanken, die Tür zum Flur mit der Kaffeemaschine aufriss, stand *er* plötzlich da. Er steckte gerade den Kaffeeschlüssel in die Maschine und drehte den Kopf zur Tür, die ihm entgegenflog.

„Oh ... entschuldige.“, sagte ich, und dachte nur: *Auch das noch.*

„Geht’s dir gut?“, fragte er wie immer höflich und mit scheinbar ehrlichem Interesse. Wahrscheinlich sah ich nicht gerade entspannt aus. Und das war ich auch nicht.

„Ja, danke.“, sagte ich fast ein bisschen genervt und wollte einfach nur schnell an meinen Schreibtisch. „Ich muss arbeiten.“, brachte ich noch hervor und ging dann einfach weiter.

Das hätte ich mir sonst nicht erlaubt, aus Angst, mich noch uninteressanter zu machen. Aber gerade war mir alles egal. In meiner Familie war etwas nicht in Ordnung, und das war wichtiger als eine dumme, fruchtlose Schwärmerei.

„Alles in Ordnung?”, fragte auch Marion als ich zurückkam. „Ja, danke. Meine Mutter hatte einen Unfall, aber es geht ihr gut.“

„Ach du Schande, das tut mir leid! Aber gut, dass nichts Schlimmes passiert ist.”

„Ja.” Ich setzte mein Headset auf, das ich eigentlich immer mied, weil ich damit nicht gut klarkam und den Hörer bevorzugte, aber so würde ich hoffentlich in Ruhe gelassen werden.

Der Arbeitstag verlief unspektakulär.

Kurz vor Feierabend kam Steve und sagte, wir sollten uns mal über unsere Urlaubsplanung über Weihnachten Gedanken machen. Ich überlegte, welchen Monat wir hatten und dachte nur: Das ist noch so weit weg. Ich hatte gerade so gar keine Lust, an Weihnachten zu denken.

Außerdem hatte ich nach dem ersten Abflauen des komischen Gefühls nach dem Telefonat mit Papa, doch wieder Platz in meinem Kopf für ihn gehabt.

Das flüchtige Zusammentreffen am Kaffeeautomaten blieb natürlich nicht ohne Auswirkungen. Ich dachte wieder an das Gespräch, welches ich überhört hatte, mit dem Mädchen oder der Frau von der Côte d'Ivoire. Bis heute wusste ich nicht, was es damit auf sich hatte. Allerdings hatte ich seit dem kaum ein Wort mit ihm gewechselt, was meine Befürchtung schürte, dass er tatsächlich seine Freundin vom Flughafen abgeholt hatte.

Kapitel 11

Es goss in Strömen als ich aus der Metro stieg. Ich ärgerte mich, nicht den kleinen silbernen Regenschirm gekauft zu haben, den ich letztens bei Promod gesehen hatte. Meinen letzten, einen wunderschönen alten Knirps mit Blumenmuster, den ich von meiner Oma geerbt hatte, hatte ich in der Metro vergessen. Somit war er für immer verschwunden und ich war untröstlich gewesen.

An meinem Mantel war noch nicht einmal eine Kapuze, sodass meine Haare nach den paar Metern von der Metro bis zum Eingang des Moulin Rouge klitschnass waren. Ich hatte mir ausnahmsweise Zeit genommen und die Haare in Form geföhnt, um sie offen zu tragen. Aber nun hingen sie in nassen Strähnen schlapp herunter. Seufzend zog ich das Haargummi, das ich immer dabei hatte, von meinem Handgelenk und machte mir einen Zopf.

Ich schaute mich um, ob bereits jemand da war. Im Endeffekt wusste ich gar nicht, wer für diesen Termin Freikarten genommen hatte.

Als erstes sah ich Steve und seine Freundin unter einem Regenschirm zusammengedrängt auf mich zukommen. Hinter ihnen ein weiteres Paar. Sie schienen zusammen zu gehören, wahrscheinlich Freunde.

„Salut Lou.“, grüßte Steve.

“Salut.”, sagte auch seine Freundin und gab mir zwei *bisous*.

Auch die anderen beiden stellten sich mit ihren Namen und *bisous* vor, dann wandten sich die Vier einander zu und unterhielten sich über das neue Hotel, dass gerade in der Nähe des *Grand* eröffnet hatte.

Ich versuchte, nicht einsam und verlassen auszusehen, und widerstand der Versuchung, mein Handy aus der Tasche zu holen und vorzugeben, ich hätte Wichtiges zu lesen oder Mails zu beantworten. Stattdessen schaute ich mir die Menschen in der Schlange vor dem Einlass an. Viele waren richtig schick gemacht. Vor allem die Damen sahen wie Pariserinnen aus dem Bilderbuch unangestrengt perfekt und trotz allem natürlich aus. Bei ihren männlichen Begleitern, wenn es welche gab, war von Jeans und Turnschuhen, über Jackett und Jeans bis zum Anzug alles dabei. Ich wurde mir meines eigenen Outfits bewusst und fand mich ausnahmsweise auch mal richtig schick. Ich hätte glatt als Pariserin durchgehen können, dachte ich. Unter meinem grauen Mantel trug ich ein schwarzes kurzes, aber locker anliegendes Kleid mit kleinen Goldapplikationen auf den Schultern und um die Taille. Dazu blickdichte schwarze Strumpfhosen und weinrote Stiefeletten, die einzigen Absatzschuhe, die ich besaß. Ich hoffte, dass ich auch mit meinem Zopf noch gepflegt aussah und mein Mascara nicht bereits vom Regen verwischt war.

Dann tat sich was in der Schlange und man begann mit dem Einlass. Vom Grand war niemand mehr dazu gekommen, und ich wusste nicht, ob ich erleichtert oder enttäuscht sein sollte. Eigentlich war es sicherlich auch ein tolles Erlebnis, wenn man alleine war. Während der Vorstellung konnte man sich bestimmt sowieso nicht unterhalten.

Ich wurde durch den gleichsam stilvollen und verrucht in samtenem Rot gehaltenen Eingangsbereich in den Showraum an einen der Tische geführt, an dem bereits ein Pärchen im Alter meiner Eltern saß.

Wir grüßten uns freundlich und ich setzte mich auf meinen Platz.

Die Tische waren nicht groß und so gestellt, dass man dicht an dicht mit Menschen saß, die man nicht kannte. Steve und Co saßen ein paar Tische entfernt und köpften bereits ihre Flasche Champagner. Ich hatte die Option *Ticket plus 1/2 Flasche Champagner* gewählt und wartete sehnsüchtig auf diese, damit ich mich an meinem Glas festhalten konnte, wenn ich hier schon allein saß.

Da kam auch schon ein Kellner um die Ecke und bediente unseren Tisch. Erleichtert füllte ich mein Glas und prostete höflich meinen Tischnachbarn zu. Wie schön wäre es jetzt gewesen, Luisa dabei zu haben. Ich merkte richtig einen Stich im Herzen, so sehr vermisste ich sie gerade. Leider hatte sie keinen Urlaub bekommen, bzw. musste sich den aufsparen, um mit ihrem Freund in den Skiurlaub zu fahren. Sie hatte am Telefon ganz enttäuscht geklungen, denn sie hatte gar keine Lust auf Skifahren und war nicht besonders gut darin. Sven zuliebe hatte sie aber zugesagt. Beziehungsweise, wenn ich es richtig verstanden hatte, hatte er sie richtig unter Druck gesetzt, weil er jedes

Jahr in den Skiurlaub fuhr und dort seine Eltern und Geschwister traf. Ich hoffte, sie würde jedenfalls keinen Unfall bauen, sie war wirklich recht tollpatschig.

Während ich noch sehnsüchtig und ein bisschen mitleidig an meine beste Freundin dachte, blieb mir plötzlich der gerade genommene Schluck Champagner im Hals hängen, und ich hatte Mühe, nicht loszuprusten.

Er stolperte gerade noch in den Saal, bevor die Türen sich für die Vorstellung schlossen. Schnell wurde er von einem Mitarbeiter an seinen Tisch schräg vor mir geführt. An diesem Tisch saßen außer ihm zwei Damen mittleren Alters, der Stuhl neben ihm blieb frei.

Nachdem ich mich vom ersten Schreck erholt hatte und der Hustenreiz nachließ, nahm ich jetzt bewusst mein Herz wahr, das wie verrückt gegen meinen Brustkorb hämmerte.

Er sah fantastisch aus.

Mir wurde bewusst, dass ich ihn noch nie in normaler Kleidung, sondern immer nur in seinem Arbeitsoutfit gesehen hatte. Jetzt trug er ein hellblaues Sakko über einem weißen Hemd. Das unterschied sich gar nicht so groß von seinen Anzügen auf der Arbeit, aber dazu trug er eine Jeans, was sehr sexy aussah, selbst im Sitzen. Meine Augen wanderten von seinen Beinen zu seinen schwarzen Locken, die auch ein bisschen lockerer frisiert waren als auf der Arbeit. Und während ich so auf seinen Hinterkopf starrte, als die Lichter langsam gedimmt wurden, drehte er sich plötzlich um und sah mich direkt an. Hatte er meinen Blick gespürt?! Wie vom Blitz getroffen, konnte ich nicht anders und starrte einfach weiter. Auf seinem Gesicht zeigte sich erst Überraschung und dann ein Lächeln. Er griff die ihm zugeteilte Flasche Champagner und ein Glas, entschuldigte sich noch schnell bei den beiden Damen, und schlich dann gebückt zu meinem Tisch, wo er sich auf den ebenfalls noch freien Stuhl neben mir fallen ließ. Gerade noch rechtzeitig bevor die Musik anging und die ersten leicht bekleideten Damen das Publikum mit Federn und viel Glitzer sofort in ihren Bann zogen.

Ich rückte vor Schreck ein bisschen näher an den Herrn auf dem Stuhl neben mir heran, um ein bisschen mehr Abstand zwischen uns zu schaffen, was schwer war, weil alles recht knapp bemessen war. Er schien das zu ignorieren und beugte sich zu mir herüber und sagte: „Cool, dich hier zu sehen." Ich spürte seinen Atem an meinem Ohr und ein Blitz ging von meinen Nackenhaaren aus durch meinen gesamten Körper. „Bist du alleine da?", fügte er hinzu.

„Offensichtlich.", wollte ich sagen, brachte aber nur ein „Ja." hervor.

Die Musik war kurz so laut, dass ein weiteres Gespräch sowieso unmöglich war. Ich versuchte mich auf die perfekten Körper und Bewegungen der Tänzerinnen zu konzentrieren und nahm noch meinen letzten Schluck Champagner. Er sah, dass mein Glas leer war und schenkte mir nach, wobei er sich konzentrieren musste, im Dämmerlicht das Glas zu treffen. Anschließend öffnete er seine Flasche, schenkte sich ein und hob sein Glas. Ich hatte Angst, unsere Gläser würden zerspringen, so ungelenk prostete ich ihm zu.

Nun kam der zweite Showact, bei dem auch Männer dabei waren. Es brannte mir auf der Zunge, ihn zu fragen, warum er alleine hier war, aber ich konnte mich nicht überwinden, ihm ins Ohr zu schreien.

Die Show war großartig und es reihte sich ein Spektakel ans nächste, bis man richtig benommen war von der ganzen nackten Haut, den riesigen bunten Federn und den Glitzerkostümen. Es gab sogar Clowns, Ponys und viel Akrobatik. Das Flair wechselte von Las Vegas zu 1001 Nacht. Für einen Act wurde ein massives Wasserbecken auf die Bühne gefahren, in dem sich dann eine Dame mit riesigen Schlangen räkelte.

Der Champagner tat sein übriges, und ich war völlig gefangen im Moment. In dem unwirklichen, schillernden Universum des berühmtesten Cabarets der Welt, in der im Hier und Jetzt, wenn auch nur auf einer Bühne, das Leben nicht nur pulsierte, sondern schamlos überbordete.

Dass der Mann, nach dem ich so verrückt war, so nah neben mir saß, dass unsere Oberschenkel sich berührten, machte alles noch unwirklicher und ich hatte dieses Mal wirklich Mühe, nicht euphorisch zu werden. Ich war nicht betrunken, aber in meinem Kopf drehte es sich schon ein bisschen. Mein ganzer Körper war plötzlich entspannt und von einer angenehmen Wärme durchzogen. Rauch, Glitzer,

Musik, hier und da ein nackter Busen oder Po. Ich hatte noch nie gekifft, aber so stellte ich mir einen richtig guten Trip vor.

Die Stelle, wo sich unsere Oberschenkel berührten brannte förmlich, und ich musste mich mit aller Kraft zusammenreißen, nicht meine Hand auf sein Bein zu legen. Mein Blick wanderte zu seiner linken Hand, die auf dem Tisch vor seinem Champagnerglas ruhte, und auch hier verspürte ich den Drang sie zu berühren. Aber wenn ich jetzt in irgendeiner Art und Weise den ersten Schritt machte, war alles vorbei, dann würde ich emotional völlig nackt dastehen.

Er schien die Show ebenfalls zu genießen und wippte mit dem Fuß zur Musik. In diesem Moment fiel mir auf, dass ich noch nicht einmal wusste, ob er Pariser war oder von woanders zugezogen wie die meisten. Ich war immer davon ausgegangen, dass er mit dieser Stadt verwachsen war und sie ihn langweilte, weil er bereits alles kannte. Deswegen wunderte es mich umso mehr, ihn hier zu sehen. Mit vielen anderen Kollegen hätte ich gerechnet, aber nicht mit ihm.

Von Zeit zu Zeit nahm er einen Schluck aus seinem Glas und schenkte uns irgendwann noch ein letztes Mal nach, dann war auch seine Flasche leer. Hatte er sich wirklich eine ganze Flasche allein bestellt, oder hatte er vorgehabt, mit jemand anderem zu kommen? Wenn letzteres, was war passiert? Warum war diese Person nicht gekommen?

Ich fing an mich zu ärgern, weil ich eigentlich einfach den Moment genießen und nicht grübeln wollte. Trotzdem hätte ich gerne gewusst, ob er bewusst alleine hier war, oder vielleicht sogar versetzt worden war.

Die rasante Show dauerte gut zwei Stunden ohne Pause. Als abschließender Höhepunkt kam der französische Cancan und das Publikum tobte. Es gab minutenlangen Applaus bis schließlich das Licht anging und der Saal sich nach und nach leerte. Die Menschen waren in Hochstimmung und man hörte durchweg positive und begeisterte Meinungen. Fast hatte man das Gefühl, sich eine dreistündige Oper angeguckt zu haben, und das belesene Publikum diskutierte jetzt Kostüme, Inszenierung und Leitmotiv.

Ich merkte nun doch ordentlich den Champagner und hoffte, nicht zu stürzen und noch vernünftig sprechen zu können. Wir hatten noch kein Wort wieder gewechselt, und ich trottete einfach stumm hinter ihm her.

Als wir nach draußen traten, empfing uns zwar der hell erleuchtete Boulevard de Clichy, dennoch kam zunächst die Ernüchterung, weil niemand bunte Federn trug und nichts mehr glitzerte. Aber es hatte aufgehört zu regnen, und die frische Luft tat all den champagnerseeligen Menschen gut.

Er schaute kurz auf sein Handy, steckte es zurück und zündete sich dann eine Zigarette an. Ich sortierte meinen wirren Kopf und fragte ihn: „Wie fandest du's?"

„Richtig gut! Ich war vorher noch nie im Moulin Rouge gewesen und stehe eigentlich auch nicht auf sowas, aber mit der Freikarte hat es sich echt gelohnt. Außerdem sollte ich eigentlich mit Aminata kommen, deswegen hatte ich zugesagt, aber sie konnte doch nicht."

Ich schluckte, als ich den Frauennamen hörte und musste mich überwinden zu fragen: „Wer ist denn Aminata?"

Mein Kopf bereitete sich bereits darauf vor, die nun kommende Information entweder zu verdrängen oder irgendwie erwachsen zu verarbeiten.

„Sie ist das Au Pair meiner Schwester. Sie kommt von der Elfenbeinküste."

Ich war plötzlich völlig nüchtern und mit einem Mal viel selbstbewusster was mein Französisch anging, sodass ich mich traute zu fragen: „Ach so, geht ihr öfter aus?"

„Eigentlich nicht. Aber da wir ja die Freikarten hatten, hatte ich ihr angeboten, sie mitzunehmen."

„Wie alt sind denn die Kinder deiner Schwester?"

„Vier und sieben. Jeanne und Timothée. Sie sind ziemlich anstrengend, und meine Schwester und ihr Mann beruflich sehr eingespannt, deswegen haben sie sich ein Au Pair genommen ... Was eine gute Entscheidung war."

„Und warum konnte sie heute nicht mitkommen?"

„Mein Schwager ist auf Geschäftsreise und meine Schwester musste unplanmäßig länger arbeiten, deswegen konnte sie nicht weg."

In meinem Kopf ratterte es. Also war er eventuell tatsächlich *parisien*, wenn seine Schwester auch hier wohnte.

Ich war so erleichtert, dass sich das Mysterium des Mädchens von der Elfenbeinküste aufgeklärt hatte, dass ich allen Mut zusammennahm und ihn fragte, ob er noch was trinken gehen wollte. In dem Moment kamen Steve und seine Freundin mit dem anderen Pärchen im Schlepptau auf uns zu.

„Salut mec, alles klar?", grüßte Steve ihn mit Faustcheck.

„Ja, es war cool."

„Wir wollten noch was trinken gehen, habt ihr Lust?" Steve war offensichtlich auch zufrieden mit dem Abend und bester Laune.

Er blickte mich an und ich nickte, auch, wenn ich lieber mit ihm allein gewesen wäre. Wir gingen ein kurzes Stück Richtung Place de Clichy und bogen dann in eine Seitenstraße ab, wo Steve eine kleine Kneipe kannte.

Wir fanden einen winzigen freien Tisch, an den wir kaum alle dranpassten, und ich saß eingequetscht zwischen den beiden Frauen, während er mir gegenüber saß und sofort ein Gespräch mit Steves Kumpel anfing.

Wir bestellten eine Runde Bier. Steves Freundin und auch die andere Frau waren sehr nett, und ich konnte mich richtig gut mit ihnen unterhalten. Es stellte sich heraus, dass beide auch bereits im Ausland gelebt hatten, und sie sprachen gutes Englisch. Obwohl ich mich sehr wohl fühlte, wanderte mein Blick immer wieder zu ihm. Er sah jetzt noch besser aus als in seinen Arbeitsklamotten. Sein Sakko hatte er ausgezogen und das weiße Hemd saß perfekt. Fein zeichneten sich die Muskeln der Arme ab, und er hatte eine schicke, aber schlichte Uhr am linken Handgelenk. Aber das sexieste, zumindest wenn man ihn nur bekleidet angucken durfte, waren nach wie vor seine Augen. Einmal konnte ich nicht schnell genug wegschauen und wir blickten uns für ein paar Sekunden direkt in die Augen. Er hätte sofort wieder wegschauen können, aber er hielt meinen Blick ein bisschen zu lange fest. Und lächelte sein perfektes Lächeln. Ich spürte das vertraute Kribbeln.

Kapitel 12

Der Herbst ging in den Winter über, der ähnlich wie bei uns in Bremen war. Viel Regen, nur der Wind war nicht so kalt.

Von Ende November an war im Grand nochmal richtig viel los, weil alle zum Weihnachtsshopping und wegen der Dekorationen nach Paris kamen. Das Hotel war voll und an manchen Tagen überbucht. Wir hatten viel zu tun und die Arbeitstage vergingen wie im Fluge. Ich hatte mir über die kommenden Weihnachtstage drei Tage frei genommen. Einerseits freute ich mich, hatte aber auch ein bisschen Angst, was mich zu Hause erwarten würde.

Der Unfall meiner Mutter hatte einige unangenehme Sachen zu Tage gebracht, und scheinbar hatte sie es wirklich geschafft, über einen nicht geringen Zeitraum ein Alkoholproblem zu verstecken. Zwar hatte sie der Unfall ein wenig wachgerüttelt, aber es war ihr wohl so unangenehm, dass sie sich niemandem anvertrauen wollte, sodass selbst zwischen Papa und ihr so gut wie Funkstille herrschte.

Ich hatte ein paar Mal mit ihr telefoniert, und es waren nette Gespräche gewesen, ohne dass eine von uns das Thema ansprach. Papa sagte, sie würde weiterhin ganz normal zur Arbeit gehen, sie fuhr jetzt immer mit dem Bus, und man würde ihr als Außenstehender nichts anmerken. Zu Hause allerdings schaffte sie es nicht, alles zu vertuschen, was sie anscheinend dennoch versuchte, obwohl Papa ja nun Bescheid wusste und sie mit allen Mitteln unterstützt hätte. Immer wieder fand er leere Flaschen, die in ihrem Kleiderschrank versteckt waren. Er hatte sie einmal darauf angesprochen, und sie war so ausgerastet, dass er es von da an nie wieder getan hatte.

Ich war froh, dass Titi und Björn auch dabei sein würden, dann standen Papa und ich nicht alleine mit dem Problem da. Andererseits hatte ich sowieso keine Ahnung, wie wir ihr helfen sollten. Da sie ja wohl keine körperlichen Beschwerden hatte, hatte sie es völlig selbst in der Hand, sich Hilfe zu suchen. Aber wahrscheinlich sah sie noch nicht die Notwendigkeit. Ich war auf jeden Fall froh, dass ihr Problem zu Tage gekommen war, denn so war es noch in einem Stadium, in dem man ihr helfen konnte. So hoffte ich zumindest, ich kannte mich mit Alkoholismus nicht aus.

Heute war ein verrückter Tag auf der Arbeit. Das Telefon klingelte unentwegt und das Faxgerät spuckte kontinuierlich neue Reservierungen aus. Vom Email-Posteingang der Reservierung ganz zu schweigen.

Ihn hatte ich seit Tagen nicht gesehen, und seit unserem Abend im Moulin Rouge hatten wir keine Gelegenheit mehr gehabt, uns in irgendeiner Form zu unterhalten. Das Wetter war so gruselig, dass ich lieber die Metro nahm als das Fahrrad, sodass ich keinen Vorwand mehr hatte, am Personaleingang herumzulungern, da ich von der Station einfach durch die Lobby in die im Untergeschoss gelegenen Büroräume gehen konnte.

Nachdem wir uns im Moulin Rouge körperlich so nahe gewesen waren, hatte ich tatsächlich mittlerweile alle Hoffnung aufgegeben, dass es jemals etwas mit uns werden könnte. Hätte er nur ein Fünkchen Interesse gehabt, wäre das ja *die* Gelegenheit gewesen. Er hätte meine Hand nehmen oder mich sonst wie berühren können, angeregt von der schwirrenden, spannungsgeladenen Atmosphäre und dazu noch Unmengen Champagner! Er hätte sich nur ein paar Zentimeter bewegen müssen, um mir zu zeigen, dass er mich mochte. Aber nichts dergleichen war passiert und das kam einem Korb gleich. Wenn man etwas für jemanden empfand, und die Gefühle in einer solchen Atmosphäre nicht unweigerlich ausbrachen, dann waren Hopfen und Malz verloren.

Mit gemischten Gefühlen versuchte ich, mich ein bisschen zu distanzieren.

Ich machte mir wieder bewusst, warum ich nach Paris gekommen war, und zwar um meine Sprach- und Fachkenntnisse zu erweitern, und weil mich diese Stadt seit meinem ersten Besuch als kleines Mädchen vor fast 20 Jahren nicht wieder losgelassen hatte. Und nicht, um mich von einer zerstörerischen Beziehung in das nächste Gefühlschaos zu stürzen.

Ich hatte mich ein paar Mal wieder mit Julien getroffen, der mittlerweile eine Freundin hatte, was unsere Freundschaft nun entspannt und leicht machte. Obwohl ich am Anfang natürlich doch ein bisschen eifersüchtig gewesen war.

Einmal war ich sogar mit einem anderen Kollegen was trinken gegangen, was ich mich vorher nie getraut hatte, weil ich Angst hatte, *er* würde denken, ich wäre vergeben.

Das Telefon klingelte wieder. Ich meldete mich. « Hôtel Le Grand Marais, c'est Mary Lou, que puis-je faire pour vous ? » (Hôtel Le Grand Marais, hier ist Mary Lou, was kann ich für sie tun?)

Es war Monsieur Cohen, der eigentlich mit Steve sprechen wollte. Dieser war aber gerade nicht am Platz, und auf meine Bitte, ob wir ihn zurückrufen könnten, schrie Monsieur Cohen nur ins Telefon, dass er nicht warten könne. Er benötigte ein Zimmer für einen wichtigen Geschäftspartner aus Dubai, aber wir waren die nächsten Tage komplett ausgebucht. Ich hielt den Hörer zur Seite und fragte Marion, was wir machen könnten, aber sie zuckte nur mit den Schultern. Ich bat Monsieur Cohen, einen Moment zu warten und rief die Rezeption an, ob es bereits absehbar war, dass es irgendwelche No-Shows geben würde, oder, ob sie irgendetwas ummodeln konnten. Aber die Kollegen an der Rezeption hatten gerade alle Hände voll zu tun mit Anreisenden, Beschwerden über die gerade vergebenen Zimmer und Gästen, die Infos über Sightseeing wollten, denn der Concierge hatte gerade Mittagspause. Ich nahm den Anruf mit Monsieur Cohen wieder auf und sagte ihm, wir könnten nichts machen.

Das hätte ich nicht tun sollen, denn er war völlig außer sich. Obwohl erfahrener Hotelier, oder vielleicht gerade deswegen bestand er darauf, eine Lösung zu finden, sprich: Einen Gast rauszuschmeißen, bzw. woanders einzumieten. Allerdings war wahrscheinlich gerade ganz Paris voll. Ich suchte im System eine Suite, die eigentlich für einen anderen Gast für die kommenden fünf Tage reserviert war und buchte diese nun auf den Namen, den Monsieur Cohen mir durchgab. Ich wollte ihn noch fragen, wie diese Buchung abgesichert war, also, welche Kreditkarte ich eingeben sollte, aber er hatte bereits aufgelegt. Ich hatte überhaupt kein gutes Gefühl und schrieb schnell in die Kommentare, warum ich diese Reservierung geändert hatte.

Am nächsten Tag bekam ich kurz vor Feierabend einen Anruf von der Rezeption, weil sie eine Reservierung nicht finden konnten. Als Stéphanie mir den Namen durchgab, packte mich sofort das schlechte

Gewissen, denn es handelte sich um den Namen des Gastes, den ich ausgebucht hatte.

„Spinnst du? Wieso hast du denn einfach einen anderen Gast eingetragen? Ich meine, ich hab gerade gelesen, dass es ein Bekannter von Monsieur Cohen ist, aber ... " und jetzt flüsterte sie: "Vor mir steht Gad Elmaleh mit Charlotte Casiraghi und die wollen ihre Suite."

Mir stand plötzlich der Schweiß auf der Stirn. „Wieso Gad Elmaleh, der Name der Buchung war doch ganz anders!"

„Ja, natürlich buchen die nicht unter ihren offiziellen Namen, das war so eine Art Deckname eines Assistenten. Das steht übrigens auch in den Anmerkungen." Ihre Stimme wurde jetzt wieder lauter und sie klang ziemlich sauer.

Schnell öffnete ich die Buchung und überflog die Kommentare. Und tatsächlich, da stand es. Ich hatte es in der Hektik überlesen.

„Oh nein, was machen wir jetzt?" Mehr brachte ich nicht hervor.

„Ich habe keine Ahnung, wir schmeißen jemand anderen raus, aber das ist echt ... *merde*. Vor allem ist in der Reservierung von Monsieur Cohen keine Garantie hinterlegt."

„Ich weiß, ich wollte ihn noch fragen, aber du kennst ihn doch, er hatte schon aufgelegt. Und außerdem ist es sein Hotel, da wird er wohl Interesse haben, dass das Zimmer auch bezahlt wird." Kleinlaut fügte ich hinzu: „Tut mir leid."

„Schon gut, ich guck, was wir machen können." Stéphanie knallte den Hörer auf.

Wie erstarrt saß ich vor meinem Bildschirm und starrte auf die Namen Elmaleh und Casiraghi in den Kommentaren. Ich hatte mir nicht die Zeit genommen runterzuscrollen und nur die Hälfte gelesen.

Jetzt konnte ich nichts mehr tun und hoffte, dass Stéphanie keinen Ärger bekam, nur weil sie zufällig Dienst hatte, als diese wichtigen Gäste ankamen.

Als ich am nächsten Tag ins Büro kam, suchte ich sofort die Reservierung für Monsieur Cohens Geschäftspartner. Es war ein No-show gewesen.

Kapitel 13

Es hatte ziemlich Ärger gegeben. Monsieur Elmaleh und Mme Casiraghi hatten wir zwar bei uns unterbringen können, dafür hatten wir aber einen Stammgast auslogieren müssen, der daraufhin sofort in seinem illustren Bekanntenkreis Negativwerbung für uns machte, wie uns recht bald zu Ohren kam. Das für Monsieur Cohens Gast reservierte Zimmer war natürlich bezahlt worden, aber es hatte trotzdem für ziemlichen Wirbel gesorgt. Der Schaden, der durch den Verlust des Stammgastes entstanden war, war wesentlich größer als der eines unbezahlten No-shows gewesen wäre.

Ich hatte ehrlich gesagt damit gerechnet, rauszufliegen, aber dann sah man irgendwie ein, dass es doch eher Monsieur Cohens Schuld gewesen war, und alles beruhigte sich wieder. Auch, weil es weiterhin sehr viel zu tun gab und niemand Zeit hatte, sich lange mit dieser Sache aufzuhalten.

Meine Stimmung war die nächsten Tage trotzdem katastrophal. Mein Selbstvertrauen war im Keller und ich hatte überhaupt keine Lust, ins Hotel zu fahren. Ich kämpfte mich regelrecht durch die Schichten und war froh, als endlich der 23. Dezember da war.

Um Punkt 15 Uhr loggte ich mich aus und räumte meinen Schreibtisch auf. Ich zog meinen Mantel, Mütze und Handschuhe an und nahm meinen Koffer, der fertig gepackt in der Ecke stand. Schnell umarmte ich Marion und verteilte noch *bisous* in der Gruppenreservierung.

Ich rief „Joyeux Noël“ und konnte nicht schnell genug aus dem Hotel rauskommen. Um nicht noch an der Raucherecke vorbeizumüssen, nahm ich den Weg durch die Lobby. Eigentlich wollte ich unbemerkt an der Rezeption vorbeischleichen, aber Julien fing mich ab und drückte mir noch schnell *bisous* auf die Wangen.

„Frohe Weihnachten, Lou. Sei stark.“ Ich hatte ihm flüchtig von meiner Mutter erzählt.

„Danke, Julien, Frohe Weihnachten auch für dich. Ciao!“

Die Luft war jetzt kalt und winterlich, und kurz verspürte ich eine unerklärliche Traurigkeit, so als würde ich diese Stadt für immer verlassen. Schnell schüttelte ich dieses Gefühl ab und stieg die Treppen der U-Bahn hinunter. Ich nahm die Linie 5 die paar Stationen zum Gare de l'Est und konnte eine Dreiviertel Stunde später in den ICE einsteigen.

Die acht Stunden Zugfahrt mit zwei Umstiegen erschienen mir ewig lang, und ich kam mitten in der Nacht am Bahnhof in Bremen an. Glücklicherweise fand ich sofort ein Taxi und stand 15 Minuten später vor meinem Elternhaus. Kurz dachte ich, ich hätte meinen Schlüssel vergessen, fand ihn dann aber im Innenfutter meiner kaputten Manteltasche. Leise ließ ich mich ins Haus und stellte meinen Koffer im Flur ab. Schnell zog ich Mantel und Schuhe aus, kramte meine Kulturtasche aus meinem Koffer und ging ins Bad. Ich wusch mir die Hände, putzte die Zähne, ging aufs Klo und öffnete dann die Tür des Gästezimmers, meines ehemaligen Kinderzimmers. Sofort entdeckte ich den Zettel auf dem Kopfkissen. Dort stand in der Handschrift meiner Mutter: *Willkommen zu Hause, mein Schatz.*

Ich setzte mich aufs Bett und starrte auf den Zettel. So kannte ich sie, ich konnte mir nicht vorstellen, dass sie jetzt irgendwie anders sein sollte. Bevor ich lange grübeln konnte, übermannte mich jedoch die Müdigkeit. Als ich ins Bett sank, stellte ich noch schnell das Roaming auf meinem Handy aus. Dann schlief ich erschöpft ein.

Am nächsten Morgen - oder war es schon mittags? – hörte ich ein vorsichtiges Klopfen an der Tür. „Lou, bist du wach?"

Hellwach sprang ich aus dem Bett und öffnete die Tür. Dort standen meine Eltern mit einem liebevoll hergerichteten Frühstückstablett. Ich umarmte stürmisch meinen Vater und ein bisschen vorsichtiger meine Mutter, weil sie das Tablett trug. Ich traute mich ein paar Sekunden nicht, ihr in die Augen zu sehen, aber dann überwand ich mich. Sie sah aus wie immer. Oder? Vielleicht hatte sie ein paar Fältchen mehr und ihre Haare waren nicht so sorgfältig zurechtgemacht wie sonst. Aber ansonsten sah sie aus wie immer.

„Schön, dass du da bist, Lou.", ergriff Papa das Wort. „Wie war die Reise?"

„Gut.", sagte ich. „Keine Störungen und trotz Weihnachten nicht so voll wie ich dachte."

„Wir hatten schon Angst, dass du acht Stunden stehen müsstest.“, sagte nun Mama und reichte mir das Tablett.

„Danke. Habt ihr schon gefrühstückt?“

„Es ist elf Uhr.“, sagte Papa. „Ich habe schon zweimal gefrühstückt!“

„Setzt ihr euch mit mir hin?“, fragte ich.

„Also, ich muss in einer halben Stunde los, Titi vom Flughafen abholen. Aber einen Kaffee trinke ich noch.“

„Vom Flughafen? Sie ist von Frankfurt hierher geflogen?“

„Nein! Sie musste für ihre Firma noch nach London, keine Ahnung was die da kurz vor Weihnachten noch zu besprechen hatten.“

„Ach so.“, sagte ich. „ Die kommt ja richtig rum in ihrem neuen Job.“

„Ja, Björn hat sich wohl auch schon beschwert, dass sie nie zu Hause ist.“ Mama reichte Papa seine Tasse Kaffee. „Naja, er ist ja auch der größte Stubenhocker, den ich kenne. Er könnte sie ja auch mal begleiten.“

„Ach, das kann man gar nicht so sagen.“, verteidigte ich Björn. „Er arbeitet halt von zu Hause aus, und den Rest der Zeit verbringt er im Fitnessstudio.“

„Wie geht es dir denn, Schatz? Was gibt es neues?“, bemühte sie sich, das Thema zu wechseln.

„Och, eigentlich nicht viel. Letztens wäre ich fast rausgeflogen aus dem Grand.“

Beide guckten erschrocken „Wie kam das denn?“, fragten sie gleichzeitig.

In Kurzform erzählte ich, was passiert war, und Mama war ganz begeistert, dass wir königliche Gäste in unserem Hotel empfingen. Ich hatte aber keine Lust, mich an die unangenehme Geschichte zu erinnern und schwenkte jetzt meinerseits schnell um.

„Wie geht es dir denn, Mama? Hast du arbeitstechnisch viel zu tun?“

„Ehrlich gesagt, nein ...“ Sie zögerte kurz. „Ich habe meine Stunden reduziert.

„Geht es dir denn gut?“

Sie schaute konzentriert auf ihre Fingernägel und antwortete dann mit leichter Verzögerung. „Ja. Ich glaube ich brauche nur mal eine kleine Auszeit."

„Auszeit? Von der Arbeit?", fragte ich etwas skeptisch. Sie hatte ihre Arbeit als freiberufliche Physiotherapeutin immer geliebt. Durch sie hatte ich früh gelernt, dass Arbeit kein notwendiges Übel war, um über die Runden zu kommen, sondern einen durchaus erfüllen und dem Leben einen Sinn geben konnte.

Dann merkte ich einen Stich in der Magengegend. „Oder von Papa?" Es sollte als ein Spaß rüberkommen, ich blickte zu ihm hinüber.

In dem Moment klingelte das Telefon und für einen kurzen Moment sah ich die Erleichterung in ihren Augen, dass sie die Frage vorerst nicht beantworten musste. Und in Papas, dass er die Antwort nicht hören musste.

Während meine Mutter telefonierte, aß ich gedankenversunken mein Brötchen zu Ende. Dann schenkte ich mir Kaffee nach und öffnete die Schiebetür zur Terrasse. Mit meinem Kaffee setzte ich mich auf die Stufen, die in den Garten führten und atmete die kalte, trockene Luft. Es hatte gefroren und der Frost glitzerte auf den Grashalmen. Ich fröstelte und überlegte kurz, meine Jacke zu holen, aber irgendwie tat es auch gut, seinen Körper zu spüren und der Kälte auszusetzen.

Was war los mit meinen Eltern? Hatten Sie echt vor, sich zu trennen? Das war zumindest mein erster Gedanke gewesen, als Mama mit ihrer Antwort gezögert und, offensichtlich erleichtert, vom Telefon gerettet worden war. Ich konnte auch total falsch liegen, aber irgendetwas war ja passiert.

Ich wusste nicht, ob und wie ich sie auf die Geschichte mit dem Alkohol ansprechen sollte. Ich war noch nie mit Süchten jeglicher Art konfrontiert worden, dachte ich. Im selben Moment fiel mir wieder meine Magersucht ein. Aber, auch, wenn es Magersucht hieß und vielleicht genauso gefährlich werden konnte, war es in meinen Augen nicht mit einer „echten" Sucht, wie Alkohol, Zigaretten oder Drogen vergleichbar.

Ich würde später mal mit Papa sprechen müssen.

Erst als Mama rief: „Bist du eingefroren?“, merkte ich wie kalt es war. Zitternd trank ich meinen mittlerweile kalten Kaffee aus und ging ins Haus.

„Schatz, ich muss einmal zur Nachbarin rüber, sie braucht meine Hilfe.“

„Frau Siemers?“, fragte ich. Das war die nette Dame, die im Haus neben uns mittlerweile alleine wohnte, seit sie ihren Mann vor zwei Jahren verloren hatte.

„Ja, sie hat ein Problem mit ihren Jalousien ... Das ist nicht das erste Mal.“ , sagte Mama ein bisschen belustigt. „Möchtest du mitkommen?“

Ich überlegte kurz. Eigentlich hätte ich gerne erst geduscht. Aber ich mochte Frau Siemers und hatte sie lange nicht gesehen. Also suchte ich eine Strickjacke aus meinem Koffer und kam in den Flur. Mama nahm den Haustürschlüssel und öffnete die Tür. Ich stutzte kurz, weil sie ihre Hausschlappen anhatte und offensichtlich in ihnen das Haus verlassen wollte. Das war eigentlich immer undenkbar gewesen, Mama legte großen Wert auf ein gepflegtes Äußeres, wenn sie das Haus verließ. Sie trat aus der Tür und wickelte ihr dünnes Hermès Halstuch, das ich ihr letztes Jahr zu Weihnachten geschenkt hatte, fest um die Schultern.

Als würde das was nützen, dachte ich schmunzelnd. Das wiederum war typisch meine Mutter, Hauptsache elegant, auch bei Kälte.

Wir öffneten das kleine weiße Gartentor zu Frau Siemers Vorgarten, der wie immer sehr gepflegt war. Als wir klingelten, öffnete sie uns mit roten Wangen und wischte gerade die Hände an ihrer Schürze ab. Sie strahlte, als sie mich sah, und ich freute mich, dass sie sich so freute.

„Lou!“ Sie nahm meine Hand in ihre noch feuchten Hände. „Das ist ja eine Überraschung. Also, ich weiß ja, dass ihr immer zu Weihnachten kommt, aber letztes Jahr haben wir uns ja verpasst. Da war ich in Köln.“

„Ja, stimmt, wir haben uns lange nicht gesehen.“, sagte ich und blickte in ihre wachen blauen Augen.

„Dieses Jahr kommt Florian zu mir. Und er bringt seine neue Freundin mit.“ Ihre Augen leuchtenden jetzt noch mehr. „Kommt doch bitte rein.“

Das ganze Haus duftete nach Keksen, und als wir an der Küche vorbeikamen, sah ich wieso. Da standen ungefähr zehn Bleche voll mit Keksen. Jedes mit einer anderen Sorte.

Frau Siemers bemerkte meinen überraschten Blick und sagte stolz: „Die sind für die Tafel, das mache ich jedes Jahr.“

„Die sehen super aus.“, lobte ich. „Und sie riechen himmlisch.“ „Ihr könnt euch natürlich gleich eine große Tüte mitnehmen.“ „Welche Jalousie ist es denn dieses Mal?“, fragte Mama.

„Wieder die im Wohnzimmer, alle drei. Wir müssen sie unbedingt hochkriegen, sonst ist es den ganzen Tag düster hier im Haus. An Heiligabend lasse ich sie doch hoch, damit alle meinen schönen Weihnachtsbaum sehen können.“

Stolz öffnete sie die Tür zum Wohnzimmer und da stand das Prachtstück. Also, mein Geschmack war es überhaupt nicht, aber er sah auf jeden Fall sehr festlich aus, mit viel klassischem Gold und Rot. Sie hatte sogar Lametta irgendwo aufgetrieben.

Mama machte sich am Schalter der elektrischen Jalousien zu schaffen. Es sah ziemlich professionell aus, anscheinend hatte sie tatsächlich schon öfter aushelfen müssen.

Ich schaute mich im Wohnzimmer um. Es war sauber und aufgeräumt und gemütlich eingerichtet. Aber man merkte, dass es wenig genutzt wurde, und obwohl Frau Siemers eine gesunde fröhliche Frau war, wirkte das Haus bei genauem Hinsehen ein wenig einsam und traurig. Ich dachte an meine kleine Pariser Wohnung, und ob die wohl auch so wirkte. Natürlich war sie eher praktisch und mit nur wenigen persönlichen Dingen eingerichtet. Und da sie nur aus zwei Zimmern bestand, hatte ich keine Ecke, die ich nicht täglich nutzte.

Der Gedanke an meine Wohnung ließ Paris und somit mein Leben dort so weit weg erscheinen, obwohl ich es erst vor noch nicht einmal 24h verlassen hatte. Es war immer so, wenn ich nach Hause fuhr, dass der Gedanke an die Größe der Stadt, die Vielfalt der Menschen, die fremde Sprache, den verrückten Verkehr, Zweifel aufkommen ließ, ob ich dort wirklich hingehörte. Die letzten Tage mit dem Wirbel um die Suite im Hotel holten mich wieder ein und verstärkten diese Unsicherheit.

In dem Moment gingen die Jalousien hoch und die Wintersonne drang ins Haus. Ich schrak aus meinen grübelnden Gedanken und blickte anerkennend zu Mama.

„Oh, vielen Dank!“ Frau Siemers drückte Mama dankbar die Hand und ging dann zum Weihnachtsbaum, um die Lichterkette einzuschalten. Der Baum erstrahlte in goldenem Licht und sah plötzlich nicht mehr kitschig, sondern einfach nur festlich aus.

Frau Siemers bot uns einen Kaffee an und stellte einen großen Teller Kekse auf den Wohnzimmertisch. Ich ließ mich auf dem Sofa nieder und beschloss, mich ab jetzt weihnachtlich zu fühlen und die Zeit mit meiner Familie zu genießen.

Es war ein netter Plausch und die Kekse waren köstlich. Ich probierte zunächst drei Sorten, die anderen wollte ich nachmittags zu Hause genießen. Außerdem hatte ich ja gerade erst gefrühstückt.

Frau Siemers zeigte uns auf ihrem Handy ein Bild von ihrem Sohn und dessen neuer Freundin. Sie waren ein sehr süßes Paar, fand ich, und versuchte nicht neidisch zu sein, dass ich mal wieder niemanden zu Weihnachten mit nach Hause gebracht hatte.

Etwas über eine Stunde später gingen wir wieder rüber zu uns, und ich wunderte mich noch einmal über den ungewohnten Anblick meiner Mutter auf der Straße in Hausschuhen.

Der Wagen stand wieder auf der Auffahrt, das hieß, Papa und Titi waren da. Jetzt durfte es wirklich Weihnachten werden, dachte ich und öffnete fröhlich die Haustür. Nach zwei Schritten hielten jedoch sowohl Mama als auch ich inne, denn aus der Küche hörte man lautes Schluchzen.

Als wir eintraten, blickten uns Titi und Papa entgegen, die eine in Tränen aufgelöst, mit verschmiertem Mascara, der andere tollpatschig und etwas hilflos ihre Hand haltend.

Ich sah die Erleichterung in Papas Gesicht, dass wir da waren und übernehmen konnten.

„Oh nein, was ist passiert?“, riefen Mama und ich im Chor und stürzten uns auf das heulende Elend.

Da dieses vor lauter Schluchzen keinen Ton hervorbrachte, antwortete Papa: “Björn“.

„Oh nein!”, rutschte es mir heraus und ich schaute Mama an, die mit den Schultern zuckte und Titi mütterlich den Arm um die Schulter legte. Ihr Blick sagte: Erst mal abwarten, was sie erzählt. Und sie hatte Recht. Also saßen wir alle ein paar Minuten schweigend da, während Titi herzzerreißend weinte und ein Taschentuch nach dem anderen aus dem Spender zog, den Papa vorsorglich vor sie gestellt hatte.

Papa guckte uns an und formte tonlos die Worte: *Das geht seit dem Flughafen so!*

Als das Heulen abebbte und meine Schwester sich etwas gefasst hatte, fragte ich vorsichtig: „Wie lange schon?“

„Heu-e-te.“, sagte Titi zwischen zwei Schluchzern.

Ich wollte eigentlich cool bleiben und beruhigend wirken, aber das überraschte mich nun doch. Ich meine, lange konnte es natürlich nicht her sein, das hätte sie mir gesagt, oder ich hätte es über unsere Eltern erfahren. Aber heute, wo er doch eigentlich hätte kommen und mit uns Weihnachten hätte feiern sollen?

Mama war nun auch neugierig: „Wie, heute? Ihr habt euch doch seit Anfang der Woche gar nicht gesehen, oder wie lange warst du in London?“

Titi hatte sich nun wieder im Griff und war bereit zu erzählen.

„Ja, ich war seit Dienstag unterwegs. Und da war eigentlich auch alles in Ordnung. Also, wir hatten ein paar Probleme in den letzten Monaten, aber wir haben uns am Dienstag ganz normal verabschiedet und gesagt, dass wir uns zu Weihnachten dann hier treffen.“

„Und, hattet ihr die letzten Tage Kontakt während du in London warst?“

Titi musste kurz überlegen. „Ich ... weiß es gar nicht ... Doch, ich hatte ihm einmal abends geschrieben, aber er hat, glaub ich, nie geantwortet.“ Sie kramte in ihrer Handtasche nach ihrem Handy, zog aber zuerst eine englische Cosmo heraus und reichte sie mir ohne aufzuschauen. „Möchtest du sie haben? Ich habe sie ausgelesen.“

„Ja, gerne.“ Ich nahm sie und freute mich darauf, sie auf der Rückfahrt im Zug zu lesen.

Titi scrollte durch ihre WhatsApp Nachrichten. „Nein, er hat nie geantwortet. Aber das ist ja jetzt auch eg-al.“ Das letzte Wort endete wieder in einem Schluchzer.

„Was ist denn überhaupt passiert?“ Ich konnte mich nun nicht mehr gedulden. „Habt ihr euch tatsächlich getrennt?“

„Wir?!“

Das ist gut, dachte ich, die Trauer geht schon in Wut über.

„Er hat mich heute Morgen angerufen, um mir zu sagen, dass er nicht kommt.“

„Und wie hat er das begründet?“, fragte ich vorsichtig.

Kurz drohte Titi wieder anzufangen zu weinen, aber dann riss sie sich zusammen. Sie atmete tief durch bevor sie sagte. „Er hat eine andere.“

„Was?!“, sagten Mama und ich im Chor. Papa schien es die Sprache verschlagen zu haben.

„Oh ... das tut mir leid.“, fasste ich mich als erste wieder. Wieder betretenes Schweigen.

Dann konnte ich mir nicht verkneifen zu sagen: „Und das ist ihm heute eingefallen?“

„Ich habe ehrlich gesagt, keine Ahnung.“

„Was hat er denn gesagt, Liebes?“ Auch Mama wollte nun endlich mehr wissen.

„Oder möchtest du nicht drüber reden?“, mischte sich nun auch Papa ein, dem das alles unangenehm war, und der die Hoffnung hatte, sich nicht gerade jetzt, an Heiligabend, die komplette Geschichte anhören zu müssen.

Er wurde allerdings enttäuscht, denn Titi holte Luft und fing an zu erzählen.

„Es lief ja schon länger nicht mehr so gut.“

Oh je, dachte ich, das war natürlich meist der Anfang vom Ende.

„Ich war halt viel unterwegs, beruflich, aber auch privat, meist mit Kollegen. Und er hat ja nun mal keine Kollegen in dem Sinne. Ab und zu geht er mal auf eine Fortbildung, aber oft läuft das auch schon digital ab. Er arbeitet echt viel, und zum Ausgleich macht er dann seinen Sport. Aber ansonsten hat er kein Interesse auszugehen oder was zu unternehmen.“

„Aber das fandest du ja nie schlimm, oder?“, warf ich ein.

„Nein. Wir haben uns trotzdem immer gut verstanden und uns auf unseren gemeinsamen Urlaub, einmal im Jahr, gefreut. Also, es ist schon länger so, dass jeder sein Ding macht, und im Nachhinein haben wir uns vielleicht ein bisschen auseinander gelebt. Aber seit unserem Umzug nach Frankfurt, hatte ich das Gefühl, dass es sogar wieder ein bisschen besser geworden war. Wir kannten die Stadt ja beide noch nicht und haben an den Wochenenden ein bisschen Sightseeing gemacht. Das hat ihm auch Spaß gemacht ... Den Eindruck hatte ich zumindest.“

„Und wie und wann soll er dann eine andere kennengelernt haben?“

„Ich weiß es auch nicht.“, sagte Titi traurig. Meine große Schwester tat mir richtig leid. „Ich meine, ich arbeite viel und bin tagsüber nicht zu Hause ...“

„Ja, aber er arbeitet ja auch. Und in Fitnessstudios wird zu viel getratscht, als dass da irgendwas geheim gehalten werden kann.“, sagte ich mit einem Seitenblick zu Papa und gab ihm zu verstehen, dass er vielleicht auch mal was sagen sollte.

„Äh, ja genau. Das kann ich mir auch nicht vorstellen. Was genau hat er denn heute Morgen gesagt?“ Ich glaube, wir alle wollten nun wissen, wie Titi auf die Idee kam, dass er fremd ging. Beziehungsweise, es klang ja so, als wäre er mit der Neuen bereits zusammen.

„Ehrlich gesagt, war ich so geschockt, als er sagte, er käme zu Weihnachten nicht, dass ich den Rest gar nicht mehr richtig gehört habe.“, gab Titi kläglich zu. „Aber er hat gesagt, er bräuchte mal Zeit für sich und würde Weihnachten mit seinen Eltern verbringen.“

„Naja, das ist ja auch sein gutes Recht.“, mischte sich nun Mama ein. „Ich meine, die Formulierungen „Zeit für sich“ und „Abstand“ oder „Pause“ bedeuten leider oft, dass sich die Beziehung tatsächlich auf dünnem Eis bewegt, aber ...“

Ich stutzte. Hatte Mama nicht vorhin selber gesagt, sie bräuchte mal eine „kleine „Auszeit“? Also lag ich wahrscheinlich gar nicht falsch, mit meiner Vermutung, dass auch die Beziehung meiner Eltern im Argen lag. Kurz stieg in mir Panik auf, als ich das Gefühl hatte, meine ganze Familie würde auseinander fallen. Aber ich riss mich zusammen, jetzt ging es erstmal darum, sich um Titi zu kümmern.

„ ... aber, er hat ja offensichtlich nichts von einer anderen Frau erzählt, oder?“ fragte ich.

Titi überlegte kurz. „Nein. Aber seine Eltern wohnen ja in Stuttgart, und da in der Nähe wohnt auch Lisa.“

„Lisa?“, fragte ich alarmiert. „Die Lisa, die mit euch studiert hat?“

„Ja, die.“, sagte Titi ausdruckslos und griff nach einem von Frau Siemers Keksen. „Und die hat er auch besucht, als er die paar Tage weg war, als ich dich im Sommer in Paris besucht habe ...“

Ich versuchte mich an Lisa zu erinnern, ich hatte sie einmal getroffen. Klein, zierlich, dunkle Haare, und sie hatte eine ziemlich witzige Art, die sowohl Männer als auch Frauen zu ihr hinzog. Sie war Titi schon immer ein Dorn im Auge gewesen, auch, wenn Björn immer sagte, er würde ernstere Frauen bevorzugen. Und immerhin war er ja auch mit Titi zusammen, die eher einen trockenen, gesetzteren Humor hatte. Den ich übrigens auch sehr mochte.

Wenn ich mir Björn und Lisa vorstellte, waren sie tatsächlich nicht das ideale Paar, aber was hieß schon ideal. Kurz schweiften meine Gedanken ab zu *ihm*. *Wir* waren ja offensichtlich das Gegenteil von ideal. Schnell schob ich sein Gesicht mit seinen grünen Augen, dem Dreitagebart und den schwarzen Locken aus meinem Kopf und versuchte wieder in der Gegenwart, bei meinen Eltern, in meinem Elternhaus, zu sein. Mit meiner am Boden zerstörten Schwester neben mir.

„Also, dass Lisa zufällig in der Nähe seiner Eltern wohnt, das finde ich jetzt nicht so verdächtig. Aber, dass er sie im Sommer besucht hat, ist schon etwas merkwürdig. Hatte er, oder hattet ihr denn immer Kontakt mit Lisa gehalten?“

„Nicht wirklich.“ Titi und nahm sich einen weiteren Keks, einen mit richtig dick Schokolade und Nüssen drauf. „Wir haben uns vor zwei Jahren auf einem Ehemaligentreffen gesehen. Ich weiß natürlich nicht, mit wem, und wie intensiv, Björn mit anderen Kontakt hält, darüber reden wir eigentlich nicht. Wenn wir uns abends sehen, erzählen wir uns wie unser Tag gelaufen ist und am Wochenende machen wir Sport oder Sightseeing. Manchmal gehen wir zusammen ins

Kino, aber oft bin ich eben auch alleine mit Freunden oder meist eher Kollegen unterwegs, während er zu Hause bleibt."

Nun meldete sich Papa wieder mit elterlicher Vernunft zu Wort.

„Naja, das klingt aber ja so, als wüsstest du gar nicht genau, was dahinter steckt, dass er nun nicht kommen wollte.", gab er zu bedenken. „Vielleicht wollte er dieses Jahr wirklich mal an Heiligabend bei seinen Eltern sein und nicht immer bei uns. Der Umzug war für ihn bestimmt auch spannend, vielleicht möchte er einfach mal in Ruhe mit seiner Familie reden."

Titi sah nicht überzeugt aus. „Das kann er ja aber auch sonst mal machen. An Weihnachten sind wir halt immer hier." Das klang fast schon ein bisschen kindlich trotzig.

Nun war es an Mama, mütterlichen Rat zu geben: "Ich würde sagen, wir feiern heute erstmal Weihnachten. Und morgen oder übermorgen rufst du ihn mal in Ruhe an, wenn du ein bisschen drüber geschlafen hast ... und er auch. Vielleicht meldet er sich ja auch."

Titi sah immer noch nicht überzeugt aus, aber ich hatte das Gefühl, sie wollte nun auch lieber Weihnachten feiern als weiter zu grübeln und zu jammern. Sie fragte Mama, ob sie ihr einen heißen Kakao machen könne. Dann schnappte sie sich die Tüte Kekse und verschwand in das andere Gästezimmer, ihr ehemaliges Kinderzimmer.

Kurz überlegte ich, anzuklopfen, gerne hätte ich noch unter vier Augen mit ihr gequatscht. Aber sie musste erschöpft sein, vor allem, wenn sie bis vor ein paar Stunden noch in London in wichtigen Besprechungen gesessen hatte.

Ich beschloss, ein bisschen ins Arbeitszimmer zu gehen und alte Fotoalben durchzustöbern. Das machte ich immer gerne, wenn ich an Weihnachten da war und es langsam besinnlich wurde. Wir hatten unendlich viele Alben, da Papa schon immer Hobbyfotograf gewesen war und über die Jahre immer viel Geld in die neuesten Kameras gesteckt hatte. Soweit ich weiß, besaß und benutzte er immer noch eine alte Canon, und er fand es schrecklich inflationär wie heutzutage mit Handys von allem und jedem Fotos gemacht wurden.

Ich war über die Jahre chronologisch vorgegangen, und war mittlerweile bei der Hochzeit meiner Eltern angelangt. Dieses Album hatte ich mir natürlich schon oft angeguckt, weil Mädchen nun mal auf Hochzeiten und Traumkleider stehen. Trotzdem freute ich mich, als ich die Postkarte mit dem Eiffelturm herauszog, die ich letztes Jahr als Markierung in das Regal hinter das letzte Album, das ich mir angesehen hatte, gesteckt hatte, und nun das besagte Album herausnahm.

Der einst silberne Einband schimmerte nur noch leicht und wies starke Gebrauchsspuren auf. Auf der ersten Seite klebte eine getrocknete Blume, ein Überbleibsel des Brautstraußes. Es folgte ein ziemlich kitschiges Bild des Brautpaares, bei dem Papa allen Ernstes so tat, als würde er vor Mama versuchen zu flüchten, während sie ihn an seinem Hosenbund zurückhielt. Sie hatten sehr viel Geld für den Fotografen ausgegeben, hatte Mama mal erzählt, und im Endeffekt waren sie nicht sehr zufrieden, weil die meisten Fotos eben so gestellt aussahen. Nichtsdestotrotz war die Feier in allen Details eingefangen worden, was es leicht machte, sich den Tag in Erinnerung zu rufen.

Es war eine ziemlich große Party gewesen, weil meine Eltern beide aus großen Familien kamen. Wie es aussah hatten sie damals auch noch sämtliche Kollegen, Nachbarn und Bekanntschaften aus Kirche und Sportverein eingeladen. Die Hochzeitsfeier hatte im Vereinsheim des Kegelclubs stattgefunden, eine nicht sehr romantische, aber praktische Location.

Ich blätterte durch die Fotos von der Trauung in der Kirche, dem Reiswerfen, der Fahrt zum Kegelclub auf einem Tandem, wobei sich Mamas Kleid den Erzählungen nach wohl mehrfach in den Speichen verheddert hatte, und unzählige Fotos der Gäste, die alle vor dem Eintreten in den „Festsaal“ posieren mussten. Ich erkannte Mamas

beste Freundin und ihren damaligen Mann. Meine Tanten und Onkel posierten teilweise bereits mit ihren Kindern, und es gab unzählige Bilder mit Babys und Kleinkindern, die ich nicht auseinander halten konnte. Meine Cousins und Cousinen waren mittlerweile, so wie ich, in aller Welt verstreut, sodass wir nur sporadisch und meist digital Kontakt hatten.

Bei einem Bild verweilte ich länger. Es war eine Frau, mit einem Baby, das ca. ein Jahr alt sein musste. Das Baby sah aus wie alle anderen, aber die Frau kam mir bekannt vor. Es war ungewöhnlich, eine

Frau ohne Partner zu sehen, weil es in Mamas und Papas Bekanntenkreis unglaublich viele, zumindest nach außen hin, stabile Partnerschaften gab. Auch nach den ganzen Fotos von Pärchen mit und ohne Kinder, wirkte diese Dame mit ihrem Baby etwas verloren. Sie war sehr hübsch, mit dunklen Augen, dunkler Haut und kontrastreichem hellem Haar, das zu einem eleganten Dutt hochgesteckt war. An ihren Ohren funkelten teure Ohrringe. Das Baby war schick gekleidet, man konnte aber nicht erkennen, ob es ein Junge oder ein Mädchen war. Mir wollte partout nicht einfallen, wo ich diese Frau schon einmal gesehen hatte. Sie war ja auch im Alter meiner Eltern und sah wahrscheinlich mittlerweile etwas anders aus.

Ich merkte plötzlich, wie mein Nacken wehtat von der gebeugten Haltung, und dass ich hungrig war. Sorgfältig legte ich die Eiffelturm-Postkarte in das Album, klappte es zu und stellte es zurück ins Regal.

Als ich in die Küche kam, saß Titi über einer Tasse Kakao und schnäuzte sich gerade wieder in ein Taschentuch, während Papa sich am Ofen zu schaffen machte. Auf dem Tisch standen Töpfe mit Kartoffeln und Rotkohl, bereit, später auf den Herd gestellt zu werden, wenn die Weihnachtsente soweit war.

„Entschuldigt, ich war in die Fotoalben vertieft.“, sagte ich. „Kann ich helfen?“

„Du kannst mich mal drücken.“, sagte Titi, und schenkte mir einen Hundeblick. Ich musste mich zusammenreißen, um nicht zu grinsen. Meine große, erfolgreiche Schwester brauchte eine Umarmung von mir. Ich drückte sie und setzte mich dann neben sie, ohne eine weitere Antwort auf meine Frage, ob ich helfen konnte, abzuwarten.

„Hat er sich gemeldet?“, fragte ich. „Nein.“

„Nun lass ihn doch erstmal Weihnachten feiern.“, mischte sich Papa ein.

Er wollte irgendwie absolut nicht wahrhaben, dass Björn sich vielleicht wirklich von Titi getrennt hatte. Oder er hatte einfach keine Lust, sich davon Weihnachten versauen zu lassen.

Ich ehrlich gesagt auch nicht, deswegen unterstützte ich ihn: „Ja, genau, gib ihm doch ein bisschen Zeit. Und lass uns erstmal gemütlich Weihnachten feiern.“

Titi sah mich wenig überzeugt an, sagte aber: „Ja, okay."

„Könntet ihr bitte schon mal den Tisch decken?", beeilte Papa sich, uns was zu tun zu geben, bevor wir weiter nachdenken konnten.

Wir nahmen Teller, Besteck und Servietten mit ins Wohnzimmer und zogen den Esstisch aus. In der gewohnten Schublade suchten wir nach der Weihnachtstischdecke, konnten sie aber nicht finden.

„Ich frag mal Mama.", sagte ich und ging zurück in die Küche.

„Wo ist eigentlich Mama?", fragte ich Papa, der gerade seine Ofenhandschuhe überstreifte.

„Keine Ahnung. Sie hat gesagt, sie wollte noch eine Runde walken gehen, das war vor einer halben Stunde."

„Alles klar. Weißt du wo die Weihnachtstischdecke ist?"

„Habt ihr in der Schublade geguckt?"

„Ja, da ist sie nicht."

„Ach, ich hab ein paar Sachen in die Garage geräumt. Da müsste eine ganze Weihnachtskiste stehen."

Ich ging in die Garage und fand mehrere Kisten, die, wie sollte es bei Mama auch anders sein, sorgfältig beschriftet waren, sodass ich nicht lange suchen musste. Ich entschied mich, einfach die ganze Kiste mit ins Haus zu nehmen, es fehlte nämlich auch noch der Stern auf dem Weihnachtsbaum. Ich war bereits wieder durch die Verbindungstür zum Haus getreten, als ich, gerade als die Tür ins Schloss fiel, noch ein anderes Geräusch hörte.

Ich stutzte. War etwas umgefallen?

Eigentlich war ich vorsichtig gewesen. Ich hatte keine Lust, nochmal zurückzugehen, vielleicht hatte ich mich auch getäuscht. Dann dachte ich aber, dass vielleicht etwas auf eins der Autos gefallen war, also stellte ich die Kiste ab und ging nochmal zurück. Ich ging um die Autos herum, fand aber nichts und wollte ein zweites Mal die Garage verlassen.

Da sah ich aus dem Augenwinkel eine Bewegung im Inneren des Audis. Mein Herz blieb für einen Augenblick stehen, und ich konnte mir einen schrillen Schrei des Erschreckens nicht verkneifen. Im

nächsten Moment war ich erleichtert, aber nach wie vor überrascht.

Aus dem Fahrersitzfenster blickte mich Mama an. Sie sah erschrocken aus und ich hatte den Eindruck, sie fühlte sich ertappt. Schnell fasste sie sich aber wieder, öffnete die Tür und stieg aus. Sie hatte Sportklamotten an.

„Hi Schatz."

„H-hallo, Mama. Bist du ... Auto gefahren?", fragte ich vorsichtig.

„Nein, natürlich nicht, ich fahre doch momentan kein Auto. Ich musste etwas holen." Sie hielt ihre Handtasche in beiden Händen und sah mich abwartend an.

„Ach so. Kommst du mit rein? Ich habe die Weihnachtsdecke für den Tisch gesucht, die Kiste steht schon drinnen."

„Ach ja, die hatte ich vergessen, ich wollte sie eigentlich geholt haben, aber dann saßen Titi und Papa heut Morgen in der Küche ..."

Sie schloss die Wagentür und drückte auf den Schlüssel. Als sie hinter mir her ins Haus ging, hatte ich einen säuerlichen Geruch in der Nase, wie Wein oder Sekt.

***

„Ah, da seid ihr ja!", wurden wir von Papa empfangen. „Die Ente braucht noch eine halbe Stunde, dann können wir essen."

„Sehr gut, ich gehe mich umziehen." Mama drückte Papa einen Kuss auf die Wange und verschwand ihm Badezimmer. Ich sah wie Papa ihr für eine Millisekunde traurig hinterher sah, und ich vermutete, dass er es auch gerochen hatte.

Ich hörte Titi telefonieren und lachen und erinnerte mich selber daran, dass wir gesagt hatten, wir wollten jetzt gemütlich Weihnachten feiern.

„Ich ziehe mich auch noch schnell um.", sagte ich zu Papa und ging in mein ehemaliges Zimmer.

Bevor ich mich umzog setzte ich mich kurz aufs Bett und dachte an *ihn*. Wo er jetzt wohl war? Vermutlich auch bei seiner Familie, wo auch immer die war. Es war schon komisch, dass wir uns eigentlich gar nicht kannten. Ich hatte das Gefühl, dass er schon ewig mein Gefühlsleben beherrschte, aber ich wusste so gut wie gar nichts über ihn, nur, dass er eine Schwester hatte. Und die lebte scheinbar auch in Paris oder Umgebung, denn da war das Au Pair angekommen. Und sie hätte mit ins Moulin Rouge kommen sollen. Ich wehrte mich dagegen, besagten Abend Revue passieren zu lassen, denn ich wollte jetzt in Ruhe mit meiner Familie feiern.

Aus meinem Koffer nahm ich ein Kleid, das ich mir extra noch bei Zara in der Nähe der Opéra Garnier gekauft hatte. Es war aus dunkelblauem Samt und hatte eine matt silberne Schleife um die Taille. Es war irgendwie kitschig, aber durch die Dreiviertelärmel und die perfekte Länge, kurz über den Knien, auch wieder chic. Außerdem, wen interessierte es wie ich heute aussah? Meine Familie hätte mich auch in Jeans oder Jogginghose mitfeiern lassen. Naja, bei letzterem hätte Mama wahrscheinlich die Nase gerümpft. Aber ich drehte mich vor dem Spiegel und fühlte mich gut. Gerne hätte ich ein Selfie gemacht und es ihm geschickt. Im selben Moment fiel mir ein, dass ich seine Nummer gar nicht hatte. Ausserdem war das Versenden von Selfies eigentlich überhaupt nicht meine Art.

Ich zog einfache Ballerinas an und nahm die Geschenke für meine Familie aus meinem Koffer. Titi bekam ein neues Armband für ihre Swarovski Uhr. Das hatte sie in Paris gesehen und ich hatte es ein paar Tage später besorgt. Ich hoffte, dass sie es sich nicht inzwischen selber gekauft hatte.

Für Mama hatte ich einen süßen Kalender mit Cartoons über Paris besorgt, der ihr bestimmt gut gefallen würde.

Und für Papa war mir wie immer nichts Gescheites eingefallen, deswegen bekam er eine große Box Macarons von Fauchon.

Ich nahm die Geschenke, die trotz der Reise in ihrem Geschenkpapier zum Glück kaum zerknautscht waren, ging ins Wohnzimmer und legte sie sorgfältig unter den Tannenbaum. Titi kam auch gerade rein und legte ihre Geschenke, die alle einen „duty free“ Sticker trugen, dazu.

„Sag mal, Lou, wie geht es dir eigentlich? Entschuldige, dass ich so reingeplatzt bin und sämtliche Aufmerksamkeit auf mich gezogen habe, das war nicht meine Intention.“, sagte sie.

Ich sah sie überrascht an: „Natürlich nicht, das ist ja wohl klar. Mir geht es gut, danke. Ich bin froh, Paris mal für ein paar Tage den Rücken zu kehren ..."

„Aber ist dort drüben alles in Ordnung?"

„Ja. Die Vorweihnachtszeit ist nur immer etwas stressig, da ist halt viel los."

„Das glaube ich. Ich war leider noch nie zu dieser Zeit in Paris, aber London war auch unfassbar voll. Ich war ja eigentlich gar nicht richtig in der Stadt, aber am Flughafen war die Hölle los. Ich hätte fast meinen Flieger verpasst, weil ich noch Geschenke besorgen musste." Ihr Blick fiel auf einen der „duty free" Aufkleber.

„So, Mädels, habt ihr Hunger?" Papa stand im Türrahmen und zog gerade seine Schürze aus.

„Und wie!", riefen wir im Chor und folgten ihm in die Küche, um das Essen zu holen.

Die Ente war köstlich. Papa hatte ein neues Rezept im Internet gefunden und es war super gelungen. Ich aß einen großen Teller. Die Stimmung war schön und vertraut, und auch Titi schien sich vom ersten Schrecken erholt zu haben und ließ sich unter die schützenden Flügel, die nur eine Familie ausbreiten kann, ziehen.

Die Bescherung zog sich in die Länge, weil das Telefon für einen Heiligabend ungewöhnlich viel klingelte. Zuerst rief Mamas beste Freundin an. Das tat sie jedes Jahr, und auch dieses Mal legte Mama anschließend zufrieden und entspannt auf. Die beiden sahen sich mittlerweile nur noch selten, weil Hannah in die Schweiz gezogen war.

Dann meldete sich ein ehemaliger Kollege von Papa, der vor genau einem Jahr von seiner Frau verlassen worden war und es nun an Heiligabend allein zu Hause nur schwer aushielt. Papa konnte ihn ein bisschen trösten und versprach, sich zwischen den Jahren mal in Ruhe bei ihm zu melden.

Als ich gerade mein Geschenk von meinen Eltern auspacken wollte, klingelte es erneut. Es war Björns Vater. Papa hatte abgehoben und wollte an Titi weitergeben, hielt dann aber inne, aufgrund von etwas, das Björns Vater sagte.

„Mhm ... ja ... ok ... ich richte es aus." Wir alle starrten ihn an, und Titi drohte zu platzen vor Neugier.

Eine gefühlte Unendlichkeit und einige *mhms* später legte Papa endlich auf. Noch bevor der Hörer seine endgültige Position erreicht hatte, riefen wir im Chor: „Was hat er gesagt?!"

„Klaus wollte uns Frohe Weihnachten wünschen, auch in Björns Namen."

Titi wollte es nicht glauben: „Das war alles? Das hat er in der ganzen Zeit gesagt? Ist Björn denn bei ihnen? Warum kann er nicht selber reden?"

„Nein, er ist nicht bei ihnen, es tobt wohl in Mitteldeutschland ein ziemlicher Schneesturm. Er konnte nicht mehr weiterfahren und übernachtet jetzt bei einer Bekannten."

Ich wagte nicht Titi anzusehen.

„Und sein Handy hat er zu Hause vergessen.", fügte Papa noch schnell hinzu, um zumindest eine der drohenden Fragen im Keim zu ersticken. Das besänftigte Titi jedoch keinesfalls.

„Und diese „Bekannte" hat kein Telefon, von dem aus er anrufen könnte?" Sie hatte Mühe, ihre Wut im Zaum zu halten.

Ich dachte dasselbe, wollte mich aber nicht einmischen und lieber endlich meine Geschenke auspacken.

„Wir können jetzt nichts machen, Liebes." sagte Mama zum Glück besänftigend. „Hauptsache ist doch, dass es ihm gut geht, und er sicher und trocken irgendwo Heiligabend verbringen kann."

Ich sah Titi an, wie sie innerlich vor Wut kochte, sich dann aber auf ihre Vernunft besann und sich aus Höflichkeit ihrer Familie gegenüber zusammenriss.

Sie nickte mir zu und schaute auf das Geschenk auf meinem Schoß. Ich sah ihr in die Augen und nickte zurück. Vorsichtig wickelte ich das Papier auseinander und zum Vorschein kam ein wunderschöner grauer Pulli. Ich liebte graue Pullis. Sie sahen zu Blue Jeans und Turnschuhen einfach chic aus und ich hatte immer ein absolutes Lieblingsstück, das ich gefühlt jeden zweiten Tag trug. Ich schaute auf das Etikett, es war eine recht teure Marke, von der ich mir nie selber etwas gegönnt hätte. Um den V-Ausschnitt und die Bündchen an den Ärmeln hatte er feine Silberstickereien. „Danke!", sagte ich und umarmte meine Eltern einen nach dem anderen.

Dann war Titi dran. Und obwohl sie in Gedanken noch bei dem Anruf war, das sah man ihr an, war sie neugierig, ihr Geschenk zu öffnen. Für sie konnte man nicht einfach Klamotten kaufen, sie hatte ganz genaue Vorstellungen. Aber Mama und Papa wussten natürlich, mit was man sie glücklich machen konnte, und so gab es dieses Jahr eine schicke neue Yogamatte.

Für einen Moment vergaß sie, was sie bedrückte und man sah echte Freude auf ihrem Gesicht. Wegen ihrer rasanten beruflichen Entwicklung hatte sie in den letzten Jahren wenig Zeit für Sport gehabt, bzw. sich gegönnt, bestand aber auf ihre 15-minütigen Yoga-Sitzungen morgens oder abends, je nachdem wie der Tag es zuließ. Auch über das Armband von mir freute sie sich aufrichtig und gab mir sogar einen dicken Kuss auf die Wange. Ich wickelte mein aufwendig verpacktes Duty Free Geschenk aus und freute mich ebenfalls aufrichtig über eine neue Flasche Eau de Parfum „Mademoiselle“ von Chanel. Meine Flasche zu Hause in Paris neigte sich dem Ende, keine Ahnung, ob und wenn woher Titi das wusste.

Wie die Tradition es wollte, sangen wir nach der Bescherung noch ein paar Weihnachtslieder und setzten uns dann mit einem dampfenden Kakao oder mittlerweile gegebenenfalls einem Grog in den Garten.

„Rauchst du eigentlich noch?“, fragte Mama an Titi gewandt. „Nein, aber ich würd gerad gern.“

„Ach Süße, Rauchen ist auch keine Lösung, wenn man gestresst ist.“

„Ach ja, aber Alkohol?“

Es war als platzte eine Seifenblase, und die festliche Stimmung war von einer Sekunde auf die andere dahin. Papa und ich verspannten uns merklich und warteten erschrocken auf Mamas Reaktion. Innerlich war ich aber froh, dass das Thema endlich zur Sprache kam.

Mama war jedoch ganz ruhig und blickte Titi ernst an. „Nein, natürlich nicht.“

Niemand sagte etwas, deswegen fuhr sie fort. „Mir ist bewusst, dass ich ein Problem habe. Ich hatte ziemlich viel Stress in letzter Zeit. Ich muss mir Hilfe suchen.“

Titi hatte ein schlechtes Gewissen und nahm sie in den Arm. „Entschuldige, Mama. Ich wollte nicht ... ich weiß auch nicht, ich bin einfach nicht in bester Stimmung."

„Ich weiß, mein Schatz, das ist verständlich." „Was stresst dich denn so?", fragte ich.

„Ach, mit meiner Arbeit lief es in letzter Zeit nicht mehr so gut. Mein Rheuma ist schlimmer geworden und manche Griffe und Bewegungen bereiten mir Probleme. Ich musste bereits einige Termine absagen, weil ich solche Schmerzen hatte."

„Oh nein, das tut mir leid, du arbeitest doch so gerne.", sagte ich.

„Das tue ich, deswegen stresst es mich ja auch so. Und nun kann ich ja nicht mehr mit dem Auto zu meinen Terminen fahren, deswegen ist alles etwas komplizierter. "

Papa guckte bedröppelt und sagte: „Aber du hast nie erzählt, dass du so schlimme Schmerzen hast. Wieso hast du mir nichts gesagt?"

„Du hattest doch auch genug um die Ohren, ich wollte dich nicht beunruhigen. Und die meisten Sachen kriege ich ja auch alleine in den Griff." Mama nahm einen großen Schluck von ihrem Grog.

„Natürlich, aber das hat ja damit nichts zu tun. Man hat ja nun mal Familie, um sich jemandem anvertrauen zu können, wenn es einem nicht gut geht." Überrascht sah ich meinen Vater an, der selten solch emotionale Dinge von sich gab.

„Quatsch, deswegen hat man doch nicht Familie. Dazu hat man eher Freunde, oder Professionelle.", widersprach sie.

„Ist das so?", fragte ich. „Einen Partner sucht man sich ja schon, weil man sich geliebt und geborgen fühlen möchte. Und dazu gehört ja auch, dass derjenige für einen da ist, wenn man Probleme hat."

„Das dachte ich bisher auch immer.", meldete sich Titi zu Wort, und konnte den bösen Unterton nicht gänzlich unterdrücken. „Aber Björn vertraut sich ja wohl gerade auch lieber einer „Bekannten" an als mir."

Ich wollte ihr sagen: *Ruf ihn doch morgen einfach mal an!*

Aber dann fiel mir ein, dass Papa gesagt hatte, Björn hatte sein Handy vergessen. Das kam mir allerdings sehr komisch vor, denn Björns Handy war mit ihm quasi verwachsen. Als Selbständiger musste er jederzeit erreichbar sein, und war es eigentlich auch. Auch privat. Es schien schon ungewöhnlich, dass er mit seinem Kopf so woanders gewesen sein sollte, dass er sein wichtigstes Utensil vergaß. Auf einmal hatte ich ein richtig schlechtes Gefühl wegen Björn und Titi.

Es gab gerade irgendwie einige Ungereimtheiten in meiner Familie. Auch, dass Mama ihre gesundheitlichen Probleme so zu schaffen machten, dass sie scheinbar auf dem Weg zur Alkoholikerin war, sah ihr überhaupt nicht ähnlich. Aber was wusste ich schon, wie schlecht es ihr tatsächlich ging. Und da es sie nun auch in ihrer Arbeit einschränkte, konnte das natürlich schon eine große Belastung sein. Dennoch war es merkwürdig, dass sie sich Papa nicht anvertraut hatte. Die beiden konnten eigentlich immer über alles reden, deswegen hatten sie bis dato auch in meinen Augen eine gute Ehe geführt. Gott, wie spießig das klang, eine gute Ehe führen.

„Mir ist kalt, wollen wir reingehen?“, fragte Titi und trank den letzten Schluck ihres Grogs.

Ich fröstelte. „Ja, es ist echt kalt. Vielleicht gibt es sogar Schnee.“

„Das wär ja mal was.“, sagte Papa und klemmte sich die Sitzpolster unter den Arm. „Ich glaube, die letzten zehn Jahre war das höchste der Gefühle hier in unseren Breiten ein gepflegter Schneeregen.“

„In Paris schneit es auch so gut wie nie. Beziehungsweise, wenn es das mal tut, hält es natürlich nicht lange.“

Ich konnte mich erinnern, dass es in den zwei Jahren, die ich in Paris lebte, einmal „geschneit“ hatte. Kleine, dünne Miniflocken, die den Bürgersteig vor dem Hotel, in dem ich zu der Zeit arbeitete, weiß puderten. Nach zehn Minuten war jedoch alles weggetrampelt und übrig blieben von regenbogenfarbenen Schlieren durchzogene Matschpfützen.

Wir gingen ins Haus und setzten uns mit einem letzten Getränk ins Wohnzimmer, wo der Weihnachtsbaum vor sich hin schimmerte. Auch, wenn der Zauber der Kindheit lange verpufft war, war der Anblick unseres Weihnachtsbaumes mit den mittlerweile „erwachsenen“ Geschenken darunter ein Quell der Ruhe und des Behütetseins. Wenn nicht dieses blöde Gefühl in meinem Bauch gewesen wäre, und mein Kopf weiterhin grübelte, was wohl bei Mama wirklich dahintersteckte.

Gegen Mitternacht waren alle müde. Erschöpft ging jeder mit seinen Gedanken in sein Bett.

***

Am nächsten Tag schneite es nicht, aber es war noch kälter geworden und der Garten war weiß gefroren. Nach einem ausgiebigen Frühstück testete Titi ihre neue Yogamatte und ich schlüpfte in meinen neuen Pulli. Wir konnten es uns nicht verkneifen, ein Selfie mit unseren Weihnachtsgeschenken zu machen.

Nachmittags fuhren wir mit der Bahn ins so gut wie menschenleere Stadtzentrum. Wir bummelten durch die festlich geschmückte Fußgängerzone und tranken einen Kaffee im Schnoor. Zum Abschluss mussten wir natürlich noch an der Schlachte entlang flanieren, was sich allerdings angesichts der Kälte und der geschlossenen Weihnachtsmarktbuden als eher tristes Unterfangen herausstellte.

Erleichtert ließ ich mich in den Sitz in der mollig warmen Straßenbahn fallen und dachte, dass ich Bremen zwar noch als zu Hause empfand, mich aber in Paris weitaus wohler fühlte.

*

„Kann ich mal kurz ins Internet?", fragte ich am späten Nachmittag. „Ich müsste mein Zugticket für morgen ausdrucken."

„Natürlich.", sagte Papa. „Aber ich dachte, das sei alles digital heutzutage."

„Ja, ist das Meiste auch. Ich bin aber irgendwie altmodisch und habe gerne ein Ticket in der Hand. Ich weiß auch nicht wieso."

Er schmunzelte liebevoll und sagte: „Geh bitte in Mamas Büro, bei mir im Dachgeschoss ist Chaos."

Nun schmunzelte ich, weil mir wieder auffiel, wie verschieden meine Eltern in einigen Sachen waren. Chaos hätte es bei Mama nie gegeben.

Als ich jedoch in ihr Büro trat, erwartete mich ein ungewohntes Bild.

Der Schreibtisch war nicht aufgeräumt. Handschriftliche Notizen zu Patientenakten, die mittlerweile auch digital waren, lagen herum und es stand sogar eine alte Tasse Kaffee dazwischen, die unschöne Flecken auf dem Schreibtisch hinterlassen hatte.

Auf dem Sofa lagen Klamotten und Wollmäuse tummelten sich in den Zimmerecken. Mama schien hier länger nicht aufgeräumt zu haben, was ihr völlig unähnlich sah. Ich ging zum PC und loggte mich unter „Gast" ein. Kurz checkte ich meine Emails und druckte dann das Ticket aus. Ich nahm das Papier aus dem Drucker und loggte mich aus.

Als ich aufstand viel mein Blick auf den Mülleimer, der in der Ecke zwischen Schreibtisch und Regal ganz hinten stand, als wäre er unbeholfen versteckt worden. Normalerweise interessierten mich Mülleimer nicht, aber ich wurde stutzig, weil ich eine Flasche darin sah. Ich zog den Eimer ein bisschen vor und nahm die Flasche heraus. Es war eine leere Flasche Prosecco, in der noch ein kleiner Rest drin war, als wäre sie eilig nicht ganz leer getrunken worden. Als ich in den Eimer schaute, sah ich bestimmt zwanzig Verschlüsse genau solcher Flaschen wie die, die ich in der Hand hielt.

Ich fühlte einen Stich in meinem Bauch. Das konnte nur bedeuten, dass Mama heimlich trank. Denn normalerweise würde sie nie eine Flasche einfach so in einem Büromülleimer entsorgen, sondern ordnungsgemäß zum Glas für den Container stellen. Obwohl ich mir schlecht vorkam, herumzuschnüffeln, schaute ich, einer Ahnung folgend, klopfenden Herzens in die Schubladen des Schreibtisches.

Außer Büroutensilien und zahlreichen Fachzeitschriften fand ich allerdings nichts.

Das Regal an der Wand hatte einen eingebauten Schrank. Ich öffnete die Tür und ein menschlicher Schädel fiel mir entgegen. Nach einer Schrecksekunde hob ich ihn schmunzelnd auf und schaute auf Modelle von menschlichen Gelenken, Muskelsträngen und Wirbelsäulen.

Ich erinnerte mich, dass Mama schon immer solche Modelle gehabt hatte, aber mittlerweile hatte sie eine beachtliche Sammlung. Schnell schloss ich die Tür wieder, denn ein bisschen unheimlich war dieses anatomische Kabinett schon.

„Lou, bist du da drin?"

Die Stimme meiner Schwester bescherte mir fast einen Herzinfarkt. Schnell stellte ich die Flasche zurück in den Mülleimer und schob ihn wieder in die Ecke. Eigentlich hätte ich mit Titi darüber reden sollen, aber irgendwie wollte ich Mama auch nicht in die Pfanne hauen, wegen einer Flasche. Außerdem wussten wir ja, dass sie trank. Sie gab es sogar zu. Trotzdem hatte sie versucht, die Flasche zu verstecken, es war alles wirklich komisch.

„Ja, ich bin hier.", sagte ich.

Die Tür öffnete sich und Titi kam herein. Sie wirkte ein bisschen aufgewühlt.

„Ich hab mein Zugticket ausgedruckt.", sagte ich mit dem Gefühl mich rechtfertigen zu müssen.

„Wann fährst du morgen?"

„Mein Zug geht um 11:00. Und Du?"

„Ich fahre erst nachmittags, ich hab's ja nicht so weit." Sie sagte das hastig und wollte ansetzen, etwas hinzuzufügen.

„Wann kommt Björn nach Hause?", fragte ich im gleichen Moment, und sie antwortete ungeduldig: „Übermorgen. Da er ja mit Verspätung bei seinen Eltern angekommen ist, möchte er noch ein paar Tage bleiben. Arbeiten kann er ja auch von da."

„Was hast du denn für ein Gefühl wie es mit euch weitergeht?"

Dafür, dass sie gestern noch ein Häufchen Elend gewesen war, schien sie sich jetzt ganz gut mit der Situation abgefunden zu haben und klang ziemlich abgeklärt.

„Ehrlich gesagt, weiß ich es nicht. Wir kennen uns ja schon so lange, dass ich es mir eigentlich ohne ihn nicht vorstellen kann. Andererseits habe ich schon länger gemerkt, dass wir uns jeder in seinem eigenen Alltag eingerichtet hatten und, ja, wahrscheinlich sind wir auf gutem Wege, uns auseinander zu leben. Wenn wir es nicht schon getan haben ...".

Sie ließ sich auf das Sofa einfach auf Mamas Klamotten fallen.

„Autsch!" Titi fasste unter ihren Hintern und zog den Verschluss einer Flasche hervor. „Was macht der denn hier?"

Wahrscheinlich war jetzt doch ein guter Zeitpunkt, um ihr die

Flasche zu zeigen. Ich holte sie hervor und sagte: „ Der gehört hierzu."

Auch Titi schien alarmiert zu sein. „War die hier im Zimmer?"

Ich nickte. „Mehr oder weniger versteckt im Mülleimer. Und da sind noch mehr solcher Verschlüsse."

Titi atmete hörbar aus, bevor sie sagte: „Mama kam gerad aus dem Badezimmer und roch so komisch, da habe ich, obwohl ich es nicht wollte, mal im Bad geguckt ..."

„Und?" Ich hatte ein bisschen Angst vor der Antwort.

„Unter dem Waschbecken, hinter den Reinigungsmitteln, steht auch so eine Flasche."

„Oh Mann, dann ist es ja schlimmer als ich dachte." Mir war ein bisschen flau im Magen. Ich erinnerte mich, als ich sie an Heiligabend in der Garage angetroffen hatte, wahrscheinlich hatte sie da auch heimlich getrunken. „Wieviel trinkt sie wohl so am Tag?"

„Ich weiß es nicht. Aber wenn sie es zu verheimlichen versucht, hat sie es ja noch nicht so wirklich verstanden, bzw. will es doch nicht wahrhaben."

Ich nickte traurig.

„Aber weißt du, was viel komischer ist?"

Ich sah Titi entgeistert an. Was kam denn jetzt noch?

„Sie hatte ihr Handy im Bad liegen lassen. Es war nicht gesperrt, und eine Facebookseite war geöffnet, das hat mich stutzig gemacht. Du kennst mich, ich bin wirklich nicht der Typ, der spioniert, aber ich konnte mir nicht erklären was Mama auf Facebook machen sollte."

Ich nickte noch einmal und wartete auf die Pointe.

„Und, da war das Profil von ..." sie wischte auf ihrem Handy herum und hielt es mir schließlich vors Gesicht. „ ... von diesem Typen."

Ich starrte auf das Profilbild und dann meine Schwester an. „Oh Gott, meinst du, Mama geht fremd?"

Titis Fantasie war wohl nicht so lebhaft wie meine und sie lachte nervös laut auf. „NEIN, das glaube ich nicht. Daran habe ich jetzt nicht als erstes gedacht. Vielleicht ist es ein Patient von ihr."

„Dessen Profil sie sich auf Facebook anguckt?"

„Ok, das wäre zugegebenermaßen schon ungewöhnlich.", gab Titi zu. „Aber guck doch mal ..." Wieder hielt sie mir das Handy vor die

Nase. „Der ist doch nicht älter als wir, also als ich. Vielleicht zwei Jahre? Es passt schon mal überhaupt nicht zu Mama, dass sie fremdgeht, und dann noch mit einem Mann, der ihr Sohn sein könnte? Das kann ich mir einfach nicht vorstellen."

„Ich auch nicht.", sagte ich, aber so richtig überzeugt war ich nicht. Was für eine Erklärung konnte es denn geben? Ich merkte, wie mir ein bisschen schwindlig wurde und ließ mich, die Flasche noch in der Hand, neben Titi aufs Sofa sinken.

Das war alles doch ein bisschen viel. War Mama etwa unglücklich verliebt und versuchte, den Kummer wegzutrinken? Oder hatte sie aus Versehen Facebook geöffnet und es war Zufall, dass das Profil

dieses Mannes gerade aufpoppte? Ich musste kurz innerlich lachen, das war ja SEHR wahrscheinlich.

Schweigend saßen wir eine Minute nebeneinander und suchten in unseren Köpfen nach einer Erklärung.

Titi sprach es schließlich aus: „Wir werden es nicht erfahren, es sei denn wir fragen Mama."

„Ich traue mich nicht, du?"

„Nein! Das ist ja ein super heikles Thema. Mannomann, was ist bloß los mit unserer Familie?"

„Was meinst du?"

„Naja, du bist unglücklich in einen Franzosen verliebt, mein Typ verlässt mich, weil ich ihn vernachlässige und nun soll unsere Mutter auch noch unseren Vater betrügen? Mit einem Mann, der halb so alt ist wie sie? Das ist schon heftig, oder?"

„Wenn es denn so ist, ja."

Entschlossen stand Titi auf. „Wir können aktuell nichts machen. Ich muss noch ein bisschen was von London aufarbeiten, morgen schaffe ich es wahrscheinlich nicht, und nächste Woche muss ich schon die Ergebnisse präsentieren."

„Alles klar, ich packe schon mal meine Sachen, wir sehen uns dann zum Abendessen."

Titi öffnete die Tür und versicherte sich, dass weder Mama noch Papa in der Nähe gewesen waren. Ich hielt sie zurück. „Kannst du mir nochmal den Namen zeigen?"

„Klar." Sie hielt mir ihr Display hin und ich prägte mir den Namen ein.

***

„Hast du alles?" Papa holte meinen Koffer aus dem Kofferraum und zog fürsorglich den Griff für mich heraus.

„Ich glaube schon, ich hatte nicht viel mit. Ansonsten hoffe ich ja, dass ihr mich bald mal in Paris besucht." Es sollte nicht so vorwurfsvoll klingen wie es herauskam.

„Das werden wir, Schatz. Wir haben hier nur gerade ein bisschen viel zu tun."

Wahrscheinlich mehr als du denkst, dachte ich, und spürte einen Kloß im Hals.

„Ja, alles gut, macht euch keinen Stress, ich würde mich auf jeden Fall freuen. Tschüss, Papa." Ich drückte ihm einen Kuss auf die Wange und ging auf den Bahnhofseingang zu.

In meinem Rücken spürte ich seinen Blick und fühlte mich schlecht, weil ich etwas wusste, was ihn verletzen konnte. Ich konnte mich da aber nicht einmischen, wir waren alle Erwachsene Menschen, Eltern hin oder her.

Der Zug war proppenvoll und ich kam gar nicht bis zu meinem Sitz durch, weil alle mit ihrem Gepäck in den Gängen standen. Ich reihte mich ein und versuchte mich auf meinen Koffer zu setzen, aber das war mehr Sport als Entspannung, weil ich mein ganzes Gewicht auf die Beine verlagern musste. Erst in Köln stiegen so viele Leute aus, dass ich schnell zu meinem Platz gehen konnte, bevor der Gang sich wieder mit stehenden Gästen füllte. Ich atmete auf und grüßte meinen Sitznachbarn, einen freundlich aussehenden älteren Herren, der sich sofort wieder in sein Buch vertiefte.

Ich nahm mein Handy heraus und öffnete Facebook. Ich musste einfach mehr erfahren. Leider war die Internetverbindung im Zug mies, und es dauerte ewig bis sich die Seite aufbaute.

Alexis Bachmann oder Buchmann. Ich war mir nicht mehr sicher. Ich startete mit *u*.

Das Profilbild sah anders aus. Er konnte es natürlich auch in der Zwischenzeit geändert haben. Ich versuchte es zu vergrößern, aber das ging nicht, weil ich nicht mit ihm befreundet war. Irgendwie sah die Person aber anders aus, als die, die Titi mir gezeigt hatte.

Ich versuchte es mit *a* und fand ein paar Profile mit diesem Namen, auch nicht wenige Frauen. Eines der Profilbilder kam mir bekannt vor, ich klickte darauf.

Das Internet ließ sich Zeit, aber nach einer gefühlten Ewigkeit war die Seite komplett. Und dieses Mal erkannte ich ihn wieder. Das Profilbild war noch dasselbe. Er musste wirklich nur wenig älter sein als Titi, vielleicht 30. Er hatte gebräunte Haut und dunkle, ehrliche Augen. Er war attraktiv.

Sein Hintergrundbild zeigte Berge. Ich schaute, ob ich mehr Bilder von ihm sehen konnte, aber sie waren nicht freigegeben. Aus seinen wenigen persönlichen Angaben konnte ich auch nicht viel ableiten.

Ich würde ihm eine Freundschaftsanfrage schicken müssen, um mehr von ihm sehen zu können, aber unter welchem Vorwand? Und vor allem, was war, wenn Mama und er sich wirklich kannten, dann würde er doch stutzig werden bei meinem Nachnamen. Ich musste Titi nochmal fragen, ob das Profil auf Mamas Handy mehr hergab, das heisst, ob sie tatsächlich auf Facebook befreundet waren, oder, ob Mama ihn auch erst einmal nur ausfindig gemacht hatte, aus welchen Gründen auch immer.

Ich schloss kurz die Augen und merkte plötzlich wie müde ich war. Die drei Tage zu Hause hätten eigentlich eine entspannte Zeit werden sollen, in der ich mich nicht verstellen musste und einfach mal ich sein konnte. Aber irgendwie war alles anders gekommen. Ich steckte das Handy weg, und entschloss mich, erstmal alles sacken zu lassen.

Leise seufzend nahm ich die englische Cosmo aus meinem Rucksack und las sie in einem Rutsch durch.

Nach und nach leerten sich die Gänge, und der Geräuschpegel ebbte ab. Ich merkte, wie ich ein wenig wegduselte und als ich wieder aufwachte, hielten wir bereits in Baden-Baden, wo mein Sitznachbar ausstieg. Da vorerst niemand den Platz wieder einnahm, breitete ich mich ein bisschen aus und aß das Brötchen, das Mama mir noch geschmiert hatte. Von dem Servicewagen gönnte ich mir ein Orangina.

Ich dachte an Paris und das Grand. Morgen hatte ich Spätschicht, und konnte den Vormittag nutzen, um mich wieder mental auf die Arbeit einzustellen. Es war wirklich verrückt. Auch nach einer kurzen Abwesenheit, so wie jetzt, drei Tage, erschlug mich die Stadt mit einer Wucht, die schwer zu ertragen war, jedes Mal, wenn ich wieder zurückkehrte.

Das Stimmengewirr am Gare de Lyon, das so anders war als in Bremen, würde mich empfangen, und auch die Hektik und Betriebsamkeit waren eine andere.

Natürlich hatte ich schon viele große Bahnhöfe in vielen anderen Städten im In- und Ausland gesehen. Aber keiner gab mir das Gefühl wie, in diesem Fall der Gare de Lyon, aber auch der Gare du Nord und der Gare de l'Est.

Es war ein Gefühl von Nachhausekommen gepaart mit dem Kribbeln vor einer großen Prüfung.

Kapitel 14

Es war ein kühler, aber für Anfang Februar verhältnismäßig milder Abend, und in dem kleinen Park bei der Kirche auf dem Weg nach Hause saßen einige *Pantinois* und genossen den angenehmen fast frühlingshaften Abend.

Ich fühlte mich gut, Sport half einfach immer. Mein Körper war noch warm und die kühle Luft war angenehm.

Leichtfüßig ging ich durch den Park und dachte, dass ich mal wieder neue Sportklamotten gebrauchen könnte. Die Hose war schon ziemlich ausgeleiert und ich hatte seit zwei Jahren ein und dasselbe Turnschuhpaar zum Joggen und fürs Fitnessstudio benutzt, die konnte ich auch bald entsorgen.

Plötzlich hörte ich ein leises „Eh mademoiselle, vous êtes très charmante.“ (Sie sind sehr charmant/reizend)

Es kam von einer Bank, an der ich gerade vorbeigelaufen war. Ich murmelte ein „Merci.“ und ging im gleichen Tempo weiter.

„Eh, j'ai dit que vous êtes charmante.“ (Ich habe gesagt, Sie sind charmant), ertönte es nun etwas lauter.

Ich ging immer noch weiter, jetzt ein bisschen schneller. Da hörte ich Schritte auf dem Kies, die mir folgten. Ich widerstand dem Instinkt loszurennen und blieb stattdessen stehen und drehte mich um. Ein Mann kam mir entgegen, etwas älter als ich, so um die dreißig. Er war nur wenig größer als ich und hatte die Kapuze seines Hoodies tief ins Gesicht gezogen, trotz des relativ milden Abends. Das machte ihn nicht gerade sympathischer.

Als er sah, dass ich stehen blieb, kam er bis auf eineinhalb Meter an mich ran und blieb ebenfalls stehen. Ich hatte nicht wirklich Angst, es waren noch andere Leute im Park. Allerdings saßen die meisten weiter weg und waren in ihre Gespräche vertieft. Wir standen jetzt hinter einem großen Holunderstrauch in der Nähe des Ausgangs, durch den ich immer nach Hause ging.

„Ça va?“, fragte er.

„Ça va, merci.“, antwortete ich und machte Anstalten weiterzugehen.

„Eh oh, pas si vite. Comment tu t'appelles? » (Nicht so schnell, wie heißt du?) Nun duzte er mich plötzlich.

Jetzt wurde es mir doch unheimlich und ich ging auf den Ausgang zu während ich zurückrief: „Ça te regarde pas." (Das geht dich nichts an.)

Er folgte mir und hatte mich schnell eingeholt. Auf der Straße hinter dem Ausgangstor liefen Leute vorbei, aber keiner schenkte uns Aufmerksamkeit. Alle wollten schnell nach Hause zu ihren Familien nach einem langen Arbeitstag oder dem abendlichen Einkauf.

„Alors, comment tu t'appelles?" (Wie heißt du denn nun?), wiederholte der Mann jetzt und griff nach meinem Arm. Erschrocken fühlte ich nun doch leichte Panik aufsteigen und versuchte, mich ihm zu entziehen. Er hielt mich jedoch mit eisernem Griff fest und versuchte mich hinter den Busch zu ziehen.

Ich wehrte mich mit aller Kraft und schaffte es schließlich meinen Arm zu befreien. Mit klopfendem Herzen stolperte ich zum Ausgang hinaus auf die Straße und hätte fast einen Mann umgerannt.

„Lou, tutto bene?" Verwirrt schaute ich auf und blickte in das Gesicht von Monsieur Mancini. Ich war so erleichtert, ihn zu sehen, dass ich ihm am liebsten in die Arme gefallen wäre, hielt mich aber zurück.

„Si ... oui.", stammelte ich und sah noch einmal durch das Tor in den Park. Der Typ war nicht mehr zu sehen.

„Ist was passiert?", fragte Monsieur Mancini mich nun auf Französisch.

„Nein, nicht wirklich." Es war mir peinlich was passiert war, und ich wollte lieber nicht darüber reden. Aber innerlich zitterte ich und mein Herz klopfte.

„Warst du beim Sport?" Wahrscheinlich merkte man mir an, dass etwas nicht stimmte, aber der ohnehin zurückhaltende Monsieur Mancini schien froh zu sein, nicht weiter darauf eingehen zu müssen.

„Ja. Kommen Sie von der Arbeit?", bemühte ich mich, trotz meines Zustandes Smalltalk zu machen.

„Ja, es war ein langer Tag, ich freue mich auf zu Hause."

Schweigend liefen wir das kurze Stück zu unserem Haus nebeneinander her. Als wir ankamen, tippte Monsieur Mancini den Code ein und hielt mir die Tür auf.

„Danke.“, sagte ich. „Ich wünsche Ihnen einen schönen Abend.“

„Danke, das wünsche ich dir auch. Ist wirklich alles in Ordnung?“ Er blickte mich noch einmal mit aufrichtiger Sorge an.

Ich nickte. „Ja, danke.“

Während er die Treppe hoch in den ersten Stock ging, sah er nicht, wie meine Hand zitterte als ich versuchte, meinen Schlüssel in meine Wohnungstür zu stecken. Ich atmete zweimal tief durch und schloss auf.

In meiner Wohnung angekommen, drehte ich den Schlüssel innen sicherheitshalber einmal mehr im Schloss. Ich ging zu den Fenstern im Hauptraum und schloss die Rollladen. Ich überprüfte das Fenster im Schlafzimmer und hängte meine Wolldecke davor, obwohl es zu einem kleinen Innenhof rausging, der eigentlich nur von diesem, meinem Fenster und dem der Nachbarwohnung zugänglich war. Dann machte ich überall Licht an, bevor ich mich auf die Couch setzte. Eigentlich war ich nie ein ängstlicher Mensch gewesen, wahrscheinlich weil ich so behütet aufgewachsen war. Aber jetzt merkte ich wie schwach meine Beine waren und mein Herz schien dumpf in meinem Bauch zu klopfen.

Sowas war mir noch nie passiert, egal wo ich gewesen war. Wenn ich darüber nachdachte, war mir nie Schlimmes widerfahren, außer, als mir einmal auf einem Konzert mein Portemonnaie geklaut worden war. Deswegen hatte ich eine gewisse Naivität in mir, die mich immer erst einmal glauben ließ, dass Menschen gut waren.

Auch jetzt war ja nichts passiert. Trotzdem wollte ich nicht daran denken, was hätte passieren können, wäre Herr Mancini nicht zur Stelle gewesen. Ich saß eine Weile da und grübelte.

Schließlich raffte ich mich auf und stieg in die Dusche. Ich drehte den Regler voll auf, mir war egal, ob heiß oder kalt, ich hatte keine Lust, mit meiner Dusche zu kämpfen. Diese überraschte mich ironischerweise mit einer konstant milden Temperatur, als wolle sie zeigen, dass man sie nur machen lassen solle.

Es war kein schönes Gefühl, in so eine Lage gekommen zu sein, auch, wenn nichts passiert war. Ich ging ins Schlafzimmer und suchte aus meinem Stoffschrank von Ikea eine Unterhose, Leggings und ein bequemes Langarmshirt heraus. Als ich am Spiegel vorbeikam, blieb ich stehen und blickte mir selber in die Augen. Bevor dies unheimlich werden konnte, machte ich in nostalgischer Erinnerung an meinen Ballettunterricht als Kind ein paar Pliés und Cambrés vor dem Spiegel. Zum Abschluss verharrte ich auf Zehenspitzen bis ich einen Krampf im linken Fuß bekam.

Irgendwie wollte ich heute nicht im Schlafzimmer schlafen. Ich ging ins Wohnzimmer und klappte mein Schlafsofa aus. Dann machte ich es mir mit meinem Laptop gemütlich, und nach ein paar Folgen The Marvellous Mrs Maisel fühlte ich mich schon besser. Entschlossen nahm ich mir vor, den Vorfall so schnell es ging zu vergessen. Ich wollte nicht, dass mein geliebtes Pantin nicht mehr sicher war.

*

Die nächsten Tage hatte ich allerdings noch ziemlich zu kämpfen und war froh, wenn ich auf der Arbeit im belebten, zentralen Marais war.

Ich ertappte mich dabei, dass ich die Menschen auf der Straße, in der Metro und in den Läden genauer beobachtete. Und wenn mir jemand in irgendeiner Weise unangenehm war oder zu nahe kam, entfernte ich mich schnell.

Am schlimmsten war natürlich der Weg von der Station Hoche zu meiner Wohnung. Ich hatte meinen Schlüssel in der Hand und ging im Stechschritt den kurzen Weg, während ich mich immer wieder umdrehte. Hastig gab ich dann den Eingangscode zum Innenhof ein und knallte die Tür hinter mir ins Schloss. Selbst beim Durchqueren des Innenhofes schaute ich mich noch einmal um, bis ich endlich den Schlüssel in meine Haustür steckte und diese nach einer kraftvollen Drehung aufsprang.

Ich ärgerte mich, dass mich der Vorfall noch so verfolgte, und es machte mich traurig, denn ich wollte mich nicht ängstlich durch Paris bewegen. Mir war klar, dass es nun mal passiert war und es wahrscheinlich noch eine Weile dauern würde, bis es mich wieder los ließ.

An diesem Abend rief ich Luisa an, mit der ich ewig nicht gequatscht hatte. Ich hoffte, dass die Stimme meiner besten Freundin und ein paar News von ihr mich ablenken würden. Mit einem heißen Kakao machte ich es mir auf dem Sofa bequem und wählte ihre Nummer.

Es klingelte sehr lange, ohne, dass jemand abhob. Gerade als ich auflegen wollte, meldete sich eine flüsternde Luisa.

„Ich kann gerad nicht reden. Ich rufe dich später an. Wir sind im Kino."

„Alles klar." flüsterte ich und hörte im selben Moment, dass sie auflegte.

Warum schaltet sie das Handy im Kino nicht einfach aus?, dachte ich ein bisschen beleidigt und nahm einen Schluck von meinem Kakao.

Ein paar Sekunden saß ich unschlüssig darüber da, was ich nun anstatt des eingeplanten Gesprächs machen konnte. Dann schoss mir etwas in den Kopf. Ich nahm meinen Laptop und öffnete Facebook.

Zunächst scrollte ich durch meinen Newsfeed und fand ein paar, mal mehr mal weniger spannende, Fotos meiner Facebook - Bekanntschaften. Die üblichen Verdächtigen zeigten Fotos von sich in jeder Lebenslage und sammelten Likes. Wie immer gab es die meisten Likes für das fotografierte Mittagessen, oder das Selfie im Fitnesscenter, oder das kontemplative Kaffeetrinken mit abschweifendem Blick in einer coolen Location. Dann gab es die etwas fragwürdigeren Posts, die eine Trennung oder eine schwere Krankheit bekanntmachten. Eine Bekannte hatte sogar ein Ultraschallbild ihres ungeborenen Babys eingestellt, was bereits wenige Minuten später zur einer Explosion von Herzchen und Glückwunsch-Kommentaren geführt hatte.

Ich tippte „Alexis Bachmann" und fand ihn diesmal auf Anhieb, obwohl er sein Profilbild jetzt geändert hatte.

Das neue Bild zeigte ihn in Bergsteigermontur vor einem Gipfelpanorama. Ich versuchte zu erkennen, um welche Berge es sich handelte, meine geographischen Kenntnisse reichten allerdings nicht aus. Auf jeden Fall waren die Gipfel schneebedeckt und sahen ziemlich hoch aus.

Ich klickte auf „Friends" und scrollte mich durch die Namen und Profilbilder. Irgendwie hoffte ich, auf ein bekanntes Gesicht zu stoßen, um einen Hinweis zu finden, wie er mit meiner Mutter in Verbindung stand. Aber niemand dieser Personen sagte mir etwas. Es waren viele spanische Namen dabei. Auch aus seinen wenigen persönlichen Angaben wurde ich nach wie vor nicht schlau.

Langsam hatte ich den Verdacht, dass Mama tatsächlich aus Versehen auf dem Profil dieses Mannes gelandet war. Vielleicht hatte sie einen anderen Alexis Bachmann gesucht. Oder sie hatte sich vertippt und hatte eigentlich Buchmann gesucht. Oder vielleicht war er eben auch einfach ein Patient von ihr. Es gab viele mögliche Erklärungen.

Kurz zog ich in Erwägung, sie einfach anzurufen und zu fragen. Vielleicht war ja alles ganz harmlos. Im Endeffekt konnte ich mich jedoch nicht überwinden, aus Angst, eine Lawine loszutreten.

Seit Weihnachten hatte ich ein paar Mal mit Titi gesprochen. Sie hatte auch nicht mehr herausgefunden. Allerdings hatte sie auch andere Sorgen und wie immer nicht viel Zeit. Björn hatte sich tatsächlich von ihr getrennt, und sie stürzte sich mit Feuereifer in ihre Arbeit. Er hatte gesagt, er brauche eine Pause. Als würde er Titi kein bisschen kennen. Denn er musste wissen, dass sich Titi nicht auf eine „Pause" einlassen würde. Sie machte immer Nägel mit Köpfen, entweder ganz oder gar nicht.

Wenn ich es richtig verstanden hatte, war er einfach bei seinen Eltern geblieben und arbeitete von dort aus. Seine Sachen waren noch immer in der gemeinsamen Wohnung und er sagte, er würde sie bei Gelegenheit abholen. Titi hatte nie nachgefragt, ob es etwas mit Lisa zu tun hatte, sie wollte es wahrscheinlich gar nicht wissen.

Es kam ihr wohl in diesem Fall zu Gute, dass Gefühlsduselei und Drama nicht ihr Ding waren. Zumindest nach außen hin wirkte sie meist sehr selbstbewusst und mit sich im Reinen. Dass ich sie an Weihnachten so verletzlich und ein bisschen verzweifelt hatte sehen dürfen, war schon ungewöhnlich gewesen.

Einerseits war ich froh, dass sie ganz gut mit der Situation klar zu kommen schien und nach vorne schaute, andererseits wusste ich eben nicht, wie es wirklich in ihr aussah. Aber sie war erwachsen und nicht der Typ, der innerlich langsam verzweifelte ohne sich jemandem anzuvertrauen bis es zu spät war. Also sprach ich sie auch nicht auf Björn an, sondern wartete, ob sie darüber reden wollte. Bisher war sie generell allerdings eher kurz angebunden gewesen, was sicherlich auch daran lag, dass sie wirklich in ihrer Firma sehr eingespannt war, und ihr Ehrgeiz, alles perfekt zu machen und voranzukommen sie antrieb.

Der Zustand von Mama hatte sich leider verschlechtert. Ich telefonierte regelmäßig mit Papa, und manchmal auch mit ihr selber. Es blieb dann bei ein bisschen Smalltalk, was mich immer mit einem flauen Gefühl im Magen zurückließ.

Papa hatte erzählt, dass er immer wieder leere Flaschen fand. Bisher hatte er diese stillschweigend entsorgt, ohne sie darauf anzusprechen.

Das Erschreckende war, dass man ihr wohl gar nichts anmerkte. Sie wirkte nicht betrunken oder fahrig und fuhr jeden Tag mit dem Bus oder dem Taxi zu ihren Kunden. Papa wirkte immer ruhig, aber ich konnte ihm anmerken, dass er sich große Sorgen machte.

An Weihnachten hatte sie ja noch gesagt, dass sie sich Hilfe holen würde, aber das eine ist die Erkenntnis, das andere ist es, den Schritt dann auch zu gehen.

Als selbständige Physiotherapeutin hatte sie sich einen Namen gemacht und arbeitete in großen Unternehmen, wo sie in den Mittagspausen die Mitarbeiter von ihren Schreibtischen wegholte und mit ihnen Übungen machte, um sie wieder gerade zu biegen. Würde bekannt werden, dass sie, ich konnte es nur schwer in meinem Kopf aussprechen, Alkoholikerin war, würde sie bestimmt viele Kunden verlieren.

Das Verrückte war, dass wir als ihre Familie wirklich hilflos zusehen mussten und sie so tat als sei alles beim Alten.

Was war nur passiert?

Warum konnte sie mit Papa nicht darüber reden? Oder mit uns Töchtern? Wie sollte es vor allem weitergehen? Wir konnten ja nicht warten, dass sich ihre Gesundheit immer weiter verschlechterte. Denn auf Dauer konnte man ja nicht solche Mengen Alkohol zu sich nehmen ohne dass der Körper letztendlich Schaden nahm.

Titi und ich steckten in einer ziemlichen Bredouille, denn wir wussten ja vielleicht mehr, konnten es aber irgendwie nicht ansprechen. Was hatte es nur mit diesem Mann auf sich?

Ich schreckte hoch, als mein Handy klingelte.

Auf dem Display lachte mir Luisa entgegen. Ich war froh aus meinen Grübeleien gerissen zu werden und beeilte mich ranzugehen.

„Hallo!“

„Hi Lou, wir sind draußen, tut mir leid, hat länger gedauert.“

„Kein Problem. Wie war der Film?“

„Für meinen Geschmack zu blutig, aber Sven steht ja auf sowas. Wie geht es dir?“

„Gut, danke. Was macht ihr jetzt noch?“

„Sven zieht noch mit ein paar Kumpels los, ich bin aber müde und fahre jetzt mit der Bahn nach Hause. Wir können gerne weiter telefonieren.“

„Ja, unbedingt, das ist für dich auch sicherer. Du musst ja am Bahnhof umsteigen, und wo du wohnst ist ja generell nicht das sicherste Viertel.“

„Nee, stimmt. Leider. Aber wir haben echt keine andere Wohnung gefunden, zumindest nicht mit unserem Budget.“

„Fühlt ihr euch denn trotzdem wohl? Also, klappt es gut mit dem Zusammenwohnen? Und wie geht es Spikey?“

„Also, die Wohnung an sich ist ziemlich schön und auch recht geräumig. Aber die Umgebung ist echt ein bisschen runtergekommen. Und für Hunde gibt es nicht so richtig viele Auslaufmöglichkeiten. Wir, bzw. ich, habe ihn immer an der Leine, so richtig frei laufen kann er nirgends. Und Sven kümmert sich eigentlich gar nicht. Er gibt ihm zwar sein Fressen, und ist somit der Held, aber was Gassi gehen und Tierarztbesuche angeht, das mache alles ich.“

„Hm, so war das ja eigentlich nicht geplant, oder? Wenn man sich einen Hund zusammen anschafft, muss es schon gerecht aufgeteilt sein.“

„Ja klar, so war es auch abgemacht, aber die Realität sieht leider, wie so oft, anders aus.“ Ich hörte, wie sie nervös lachte, und dann wechselte sie das Thema. „Und bei dir Lou? Alles in Ordnung?“

„Ja, eigentlich schon.“ Ich zögerte, ob ich ihr von meinem Zwischenfall nach dem Sport erzählen sollte, entschied mich aber dagegen, weil ich sie nicht beunruhigen wollte. Vor allem, weil sie gerade selber eine nicht so angenehme Rückfahrt vor sich hatte, da würde so eine Geschichte auch nicht helfen.

„Gibt es was Neues von deiner Mum?“, hakte Luisa nach, als die Pause zu lang wurde.

„Nicht wirklich. Sie arbeitet wohl weiterhin ganz normal und lässt sich nichts anmerken. Aber Papa findet halt regelmäßig Flaschen. Sie versucht zu Hause nicht, es zu verheimlichen.“

„Merkwürdig. Aber irgendwie kann es ja so nicht weitergehen. Ich meine, auch wenn sie gesund wirkt, hat so starker Alkoholkonsum ja Langzeitschäden zur Folge, oder?“

„Davon gehe ich aus.“

Am anderen Ende der Leitung hörte ich das Quietschen der Bremsen der Straßenbahn. Bisher hatte ich Luisa noch nicht von dem Unbekannten auf Facebook erzählt, weil mir das irgendwie zu persönlich war und nur meine Familie was anging. Andererseits war Luisa meine beste Freundin und ich hatte das Bedürfnis, es jemandem zu erzählen. Also holte ich tief Luft und legte los.

Gerade als Luisa ihre Haltestelle erreichte war ich fertig. Ich hörte, wie sie ausstieg und die Türen sich hinter ihr mit Druckluft schlossen.

„Also, das klingt schon ziemlich verrückt.“, sagte sie. „ Aber solange ihr nicht wisst, was dahinter steckt, kann man eben nur spekulieren. Ich befürchte, ihr müsst sie darauf ansprechen. Kann Titi das nicht machen? Die ist doch sonst immer so direkt und nimmt kein Blatt vor den Mund.“

Ich musste lachen, weil es stimmte.

„Ja, aber in diesem Fall ist es ihr irgendwie auch unangenehm. Wer weiß, was man damit lostritt?“

„Aber wäre es nicht wichtig, es endlich herauszufinden, zumal es ja eventuell wirklich etwas mit dem Problem deiner Ma zu tun hat? Also, es ist natürlich als Unbeteiligte immer leicht gesagt ... aber das schwelt ja nun schon lange in der Luft. Und weder du noch Titi habt eure Köpfe frei.“

Nach einer kurzen Pause fügte sie hinzu:

„Und denk mal an deinen Vater. Er leidet am meisten, weil er vor Ort ist und sich das tagtäglich angucken muss. Wenn die Möglichkeit besteht, ein bisschen Licht in das Ganze zu bringen, muss eine von euch über ihren Schatten springen."

Ich hatte gehofft, dass Luisa vielleicht eine andere Erklärung haben würde, die plausibel genug war, das Thema fallen zu lassen. Dann dachte ich aber an Papa, der wirklich der Leidtragende war. Ich war nach Paris geflüchtet, Titi nach Frankfurt, und er musste die Stellung halten.

Ein freudiges Kläffen ertönte in der Leitung und Luisa sagte: „Du, ich muss jetzt auch aufhören. Ich drehe noch eine schnelle Runde mit Spikey, und dann geh ich ins Bett. Ich bin wirklich hundemüde, und morgen muss ich früh raus. Mach dir bitte nicht zu viele Sorgen, und ziehe in Erwägung, es einfach mal anzusprechen, vielleicht löst sich dann alles ganz schnell auf."

„Alles klar, danke, es hat gut getan mit dir zu quatschen. Bis bald, *bisous.*"

„*Bisous, ma chérie.*", sagte Luisa stolz. Sie hatte wieder angefangen ihr Französisch aufzufrischen.

Ich legte auf und lauschte in die Stille meiner Wohnung.

Ganz still war es eigentlich nie, aber die Geräusche der Straße und der Nachbarn waren nur gedämpft zu hören und es kam mir ohne Luisas Stimme sehr ruhig vor.

Noch einmal schaute ich auf die Facebook Seite von Alexis Bachmann.

Und da fiel es mir auf.

Ich hatte diese Augen und die dunkle Haut mit dem hellen Haar schon einmal gesehen.

Kapitel 15

„Hat jemand eine Kopfschmerztablette?“ Steve schaute um die Ecke und hielt sich theatralisch den Kopf.

„Ja, ich glaube schon.“ Marion hob ihre Tasche vom Boden auf und kramte darin herum. Nachdem sie einen Haufen Kaugummis, Pflaster, diverse Lippenpflegestifte und eine Packung Zigaretten auf dem Tisch ausgebreitet hatte, beförderte sie schließlich eine halbleere Durchdrückpackung Doliprane zutage, die sie Steve reichte.

„Danke, du bist ein Engel.“, sagte Steve übertrieben, drückte sich eine Tablette heraus und gab Marion die Packung zurück.

Ich musste nach langer Zeit mal wieder an meinen Traum mit dem Engel denken. Das war nun schon lange her, aber so richtig ging er mir nicht aus dem Kopf.

Wie leichtfertig man sagte: „Du bist ein Engel.“, weil die Person einem in dem Moment aus einer misslichen Lage half. Kinder wurden auch oft als Engel bezeichnet, obwohl sie meiner wenigen Erfahrung nach oft eher das Gegenteil waren.

Für viele Menschen wurden Verstorbene zu Engeln, die sie vom Jenseits begleiteten.

Meine Lieblingsvorstellung war auch immer noch die von einem Schutzengel, am besten nicht unbedingt jemand Verstorbenes, den ich kannte, sondern lieber ein außenstehender Engel. Ein Wesen, das über mich wachte und mich begleitete und vor dem Schlimmsten bewahrte, wenn es darauf ankam.

Das Telefon klingelte und riss mich aus meinen wirren Gedanken. Und zwar sehr unsanft, denn als ich auf das Display sah, stand da: *comptabilité*.

Ich ließ es noch zweimal klingeln, bevor ich genervt abhob.

„Salut Lou.“ Es war Clément.

Ich atmete unhörbar auf und sagte erleichtert: „Salut, ça va?

„Ça va, merci.“ Nach der floskeligen Begrüßung trug Clément sein Anliegen vor.

Es ging um mehrere Einzüge für zu spät getätigte Stornierungen, die jedoch nicht durchgegangen waren. Wir mussten sie noch einmal abgleichen.

Schließlich sagte er: „Ouf, ich glaube, ich werde heut Überstunden machen müssen. Ich bin diese Woche ja alleine, Raphaël hat Urlaub, der ist bei einer Freundin in Biarritz."

Wie vor den Kopf gestoßen, verflog meine Erleichterung schlagartig, als ich seinen Namen im Zusammenhang mit Urlaub und Freundin hörte, und ich wollte das Gespräch einfach nur beenden.

„Oh. Das wusste ich nicht. *Bon courage alors.*", sagte ich und legte mit etwas zu viel Schwung den Hörer auf.

Das muss echt aufhören, sagte ich im Kopf zu mir selbst. Du kannst nicht die ganze Zeit dasitzen und hoffen, dass er außer der Arbeit kein Leben hatte und wenn sein Privatleben dann doch mal durchblitzte, in miese Laune oder Panik verfallen.

Außerdem hatte ich ja gar nicht gewollt, dass er dran war, weil ich Angst hatte, mit ihm zu sprechen. Jetzt war ich sauer, weil er nicht da war. Ich musste echt erwachsen werden.

Zum Glück klingelte das Telefon wieder und eine deutsche Kundin, die ihren Junggesellinnenabschied in Paris feiern wollte, bombardierte mich mit Fragen zum Hotel und zur Stadt, die ich ihr geduldig beantwortete. Sie war so aufgeregt und gut gelaunt, dass es sogar Spaß machte, ein paar Empfehlungen zu geben und Ideen einzubringen. Und ich stellte sie mir als eine wunderschöne Frau Ende zwanzig, Anfang dreißig vor, die mit ihren Freundinnen durch Paris schwirren würde. Durch Museen und Kaufhäuser, über Flohmärkte, entlang der Seine und nach einem Besuch des glitzernden Eiffelturms ins Nachtleben, wo sie den französischen Männern den Kopf verdrehen würden. Sie würde einen Geschmack von Schönheit, von Freiheit, von Kunst, von Liebe, von Leben mit nach Hause nehmen, um dann die Liebe ihres Lebens zu heiraten. Ich fragte mich, ob man die rosa Wolken über meinem Kopf sehen konnte, die bei so schnulzigen Gedanken unweigerlich da sein mussten.

„Also, dann würde ich gerne die zwei Suiten buchen.", hörte ich schließlich aus weiter Ferne die Stimme der jungen Frau durch das Telefon. Wieder musste ich erst einmal zurück in die Wirklichkeit meines Büros kommen bis meine Augen sich wieder auf meinen Bildschirm fokussierten. In der Eingabemaske öffnete ich eine neue Reservierung und nahm die Buchung vor. Die Frau bedankte sich mehrfach, und ich wünschte schon mal einen guten Aufenthalt in Paris.

Ich hatte Frühschicht gehabt und war am frühen Nachmittag fertig.

Nach der Arbeit schlenderte ich Richtung République, vorbei am Cirque d'hiver und wechselte dann auf die andere Straßenseite, um einen Zwischenstopp in meinem Lieblingsgeschäft auf dieser Strecke, einem riesigen Laden für Kunst- und Bastelbedarf, einzulegen. Wie immer kaufte ich nichts, aber ich liebte es, die vielen Aufkleber, Perlen, Glöckchen, Drähte, Bänder und zahlreiche außergewöhnliche Bastelutensilien anzuschauen, und nahm mir vor, für den nächstbesten Anlass etwas Schönes zu basteln. Vielleicht für einen Geburtstag, eine Hochzeit oder gar eine Geburt.

Als ich aus dem Geschäft trat, dachte ich an meinen eigenen Geburtstag in zwei Wochen. Letztes Jahr hatte ich mit Marion und Julie nach der Arbeit einen Cocktail getrunken, und sie hatten mir sogar ein kleines Geschenk gemacht, einen winzigen silbernen Delfin für ein Charmarmband, welches ich bisher allerdings noch nicht besorgt hatte, sodass ich den Charm in meinem Portemonnaie mit mir herumtrug.

Am Place de la République angekommen, überlegte ich kurz, dort in die Metro zu steigen, entschied mich dann aber, einfach weiterzulaufen, denn es war wunderschönes Wetter. Der Wind trieb ein paar Wolken über den ansonsten blauen Himmel, es war kühl, aber in der Luft lag bereits ein Hauch von Frühling, obwohl es erst Ende Februar war. Ich folgte dem Boulevard Saint Martin, der irgendwann in den Boulevard Bonne Nouvelle und schließlich in den Boulevard Haussmann überging, wo die Gebäude, Geschäfte und Cafés luxuriöser wurden und sich die Touristen drängten.

Bevor es weiter zu den Galeries Lafayette ging bog ich nach links ab und landete schließlich auf dem Vorplatz der wie aus einem Bilderbuch entsprungenen Opéra Garnier. Während ihrer Entstehungsphase mit Kritik überhäuft, wie ihre Kollegin, *La Dame de Fer*, war sie nun nicht mehr aus Paris wegzudenken und einer der größten Touristenmagneten.

Schon oft war ich hier gewesen und hatte auf den Stufen des Eingangs gesessen und über die Avenue de l'Opéra in die Ferne auf die Dächer des Louvre geschaut. Ich hatte gelesen, dass Haussmann seinerzeit sämtliche Häuser, die auf direkter Linie zwischen dem Louvre und der Opera gestanden hatten, auf Geheiß Napoleons III hatte plattmachen müssen, um den Boulevard de l'Opéra zu bauen, damit er, Napoleon III, der im Louvre residierte, einen freien Blick und einen schnellen Zugang zur Oper hatte.

Und ich konnte es verstehen. Die Oper war immer einen Blick wert. Mit ihrer faszinierenden Symmetrie, den stattlichen Säulen, zahlreichen dekorativen Details und natürlich den goldenen Engeln, die sich hoch oben rechts und links auf dem Gebäude über die Stadt erhoben.

Da waren sie wieder, die Engel. Mein Schutzengel musste nicht unbedingt golden sein, dachte ich amüsiert.

Ich nahm mir vor, endlich einmal im Internet nach Karten für ein Ballett zu schauen, das wäre bestimmt ein tolles Erlebnis. Eigentlich wäre es auch schön, das mal mit meiner kulturbegeisterten Familie zu machen, vielleicht in der Vorweihnachstzeit. Aber das war ja noch ewig hin, das Jahr hatte gerade erst angefangen. Außerdem würde es wie immer schwierig werden, alle zusammen zu bekommen.

Lange schon liebäugelte ich auch damit, einmal im Café de la Paix, direkt neben der Oper, einen sündhaft teuren Kaffee zu trinken, aber alleine kam mir das armselig und traurig vor. So gerne ich auch alleine meine Kreise durch Paris zog, manche Dinge musste man einfach zu zweit machen.

Ich wandte mich ab und stöberte noch kurz durch ein paar Läden bevor ich in die Metro nach Pantin stieg.

Kapitel 16

Nervös öffnete ich den Anhang der Mail.

Das Foto brauchte eine gefühlte Ewigkeit zum Laden. Ich trommelte mit den Fingern auf den Laptop. Hoffentlich hatte Titi das richtige erwischt. Ich weiß nicht, warum sie es per Mail geschickt hatte und welche Auflösung sie für den Versand genommen hatte, aber als es endlich fertig geladen war, prangte über meinen gesamten Bildschirm eine Stirn. Eine schöne Stirn, die einer Frau.

Ich scrollte langsam herunter, bis die Augen zum Vorschein kamen. Mein Herz begann zu klopfen, als eine erste Erkenntnis durchsickerte. Ich scrollte weiter. Die Nase, der Mund, das Kinn. Dann scrollte ich zur Seite und nach unten, bis das Baby ins Bild rückte. Es hatte dieselben Augen wie seine Mutter, und dieselbe milchkaffeefarbene Haut. Haare hatte es noch keine, aber man konnte die Gene ganz eindeutig erkennen.

Ich nahm mein Handy vom Sofa und gab bei Facebook den Namen Alexis Bachmann ein. Ich vergrößerte das Profilbild und hielt das Handy neben den großen Bildschirm. Vor mir sah ich ... Alexis Bachmann. Einmal als Baby und einmal als jungen Mann. Es gab keine Zweifel, dass dies ein und dieselbe Person war. Ich scrollte noch einmal zurück zu den Augen der Mutter und verfluchte Titi innerlich für dieses dämliche Format. Warum hatte sie es nicht einfach per WhatsApp verschickt?!

Die Ähnlichkeit war unverkennbar. Das Baby war der Mann, und die Frau war die Mutter dieses Mannes, beide sehr attraktive Menschen. Ich ließ mich zurück ins Sofa sinken und meinen Blick einen Moment aus dem Fenster schweifen, weil ich so angestrengt auf den Bildschirm gestarrt hatte, dass meine Augen wehtaten.

Und was bedeutete das jetzt? Ich war ziemlich stolz auf mich, endlich einen Zusammenhang zwischen dem unbekannten Menschen auf dem Handy meiner Mutter und unserer Familie gefunden zu haben. Sie waren Hochzeitsgäste meiner Eltern, und mich schauderte kurz, als ich mich erinnerte wie ich beim Durchblättern des Albums an diesem Bild kurz hängengeblieben war. Gab es doch so etwas wie Eingebung? Schnell schüttelte ich das unheimliche Gefühl ab und griff wieder zu meinem Handy, um Titi anzurufen.

„Hi Lou.“, keuchte es von der anderen Seite der Leitung und man hörte ein Surren im Hintergrund.

„Bist du wieder auf dem Hometrainer?“, fragte ich, obwohl ich die Antwort bereits kannte.

„Ja. Warte ... ich muss ... nur noch ... den ... Endspurt ... machen.“ Ich hörte wie die Pedale malträtiert wurden, bis ein Piepen ertönte, um anzuzeigen, dass die Strecke geschafft worden war.

„So, jetzt.“, sagte Titi und atmete schwer.

„Übertreibst du es nicht ein bisschen mit dem Hometrainer?“, wagte ich zu fragen. „Du verbringst ja gefühlt jede freie Minute darauf.“

„Naja, ich möchte halt fit sein und brauche das als Ausgleich zu meinem Job.“

„Und mit deinem neuen Kollegen hat das zufällig nichts zu tun?“ Ich versuchte ein albernes Kichern zu unterdrücken.

„Nein, Lou, das hat mit niemandem etwas zu tun, das mache ich ganz für mich alleine.“ Sie schien nicht sauer zu sein, sondern sagte das ganz sachlich.

„Hör mal, ich wollte dir nochmal danke sagen, dass du den Umweg über Bremen gemacht und das Foto besorgt hast.“

„Kein Problem. Ich war ja sowieso beruflich in Hamburg, und es war schön, Mama und Papa kurz zu sehen. Mama sah allerdings nicht so gut aus, fand ich.“

„Was meinst du damit? Papa sagt immer, man würde ihr nichts ansehen oder -merken.“

„Also, sie lallt nicht und torkelt nicht durch die Gegend, das ist schon alles normal, sonst könnte sie ja auch nicht arbeiten. Und sie scheint sich auch sehr zusammenzureißen, damit sie ihre Arbeit weiter ausüben kann, die ist für sie ja super wichtig, weißt du ja.“

„Ja.“

„Aber zumindest zu Hause hatte ich den Eindruck, sie würde sich etwas gehen lassen. Ihre Haare waren nicht so gepflegt wie sonst, sie war nicht so chic gekleidet und sie wirkte auch etwas unentspannt, dass ich so spontan vorbeigekommen bin. Sie hat mich auch nur ganz flüchtig umarmt. Aber für die Arbeit reißt sie sich wohl richtig zusammen, man würde es ja schnell bemerken in ihrem Job. Sie kommt recht nah an ihre Kunden ran, man würde wahrscheinlich eine Alkoholfahne riechen."

„Ja, das stimmt. Ich hab auch keine Ahnung wie sie das macht, weil Papa doch immer diese ganzen Flaschen findet." Ich machte eine kurze Pause und Titi schien auch nachzudenken. Dann sagte ich: „Aber das Foto ... "

„Ach ja, erzähl! Mama und Papa haben sich ganz schön gewundert, dass ich mir das Hochzeitsalbum unbedingt angucken wollte, ich interessiere mich ja sonst gar nicht für sowas." Ich hörte wie sie schmunzelte, und sie klang fast ein bisschen verschwörerisch.

„Es ist tatsächlich das Baby auf dem Foto.", sagte ich stolz.

„Mamas Lover?"

„Naja, das bleibt nach wie vor ein Mysterium, was er auf Mamas Handy zu suchen hat. Aber zumindest handelt es sich hier nicht um einen komplett Fremden, und vielleicht ist seine Mutter eine Freundin von Mama, und sie hat sich einfach dafür interessiert was aus ihm geworden ist."

„Das klingt super. Und total plausibel, das nehmen wir als Erklärung. Mann, bin ich froh, dass wir das endlich gelöst haben."

„Ja, das klingt tatsächlich plausibel. Und viel weniger spektakulär, Gott sei Dank. Aber wir wissen immer noch nicht, warum Mama sich so komisch verhält.", gab ich zu bedenken.

Titi seufzte und ich hörte wie sie etwas in ein Glas goss. „Nein, da hast du Recht."

„Ich würde trotzdem gerne wissen, wer die Frau, seine Mutter, ist. Und wie sie zu unserer Familie steht."

„Das kannst du Papa ja ganz unbefangen fragen. Das musst DU jetzt mal machen.", sagte Titi plötzlich ungewohnt genervt.

„Ja, Ok." Ich wechselte das Thema: „Hast du eigentlich mal wieder was von Björn gehört?"

„Nur über seinen Bruder, der hat mich mal angeschrieben. Er

wohnt wohl immer noch bei seinen Eltern, ist aber gerade im Urlaub."

Das Wort „Urlaub" sagte sie so verächtlich, dass sie es quasi ausspuckte. Ich wusste auch, warum. Björn hatte eigentlich nie freiwillig Urlaub gemacht, er war einfach lieber zu Hause in seinem gewohnten Umfeld. Aber nach einer Trennung erfanden sich Menschen ja bekanntlich neu, es war also nicht so ungewöhnlich, und ich fand, man musste nicht gleich vermuten, dass er das aus Rache oder mit seiner neuen Flamme tat.

Deswegen sagte ich nur: „ Ist doch gut, das wird ihm gut tun, er muss ja auch mal den Kopf frei kriegen."

„Ach Schwesterherz, du wünscht echt niemandem etwas Schlechtes und denkst immer an das Gute im Menschen."

Ich dachte an den Typen, der mich im Park nach dem Sport belästigt hatte. Gerne hätte ich Titi davon erzählt, und von meiner Ernüchterung, was „Das Gute im Menschen" betraf. Aber irgendwie wollte ich niemanden beunruhigen, weil ich Angst hatte, dass sie noch versuchen würden, mir Paris auszureden.

Also sagte ich nur: „Ja, ich denke, dass die Menschen gut sind. Ich sehe hier in Paris viel Egoismus, aber an vielen Ecken auch Rücksichtnahme und Nächstenliebe. Und das ist in so einer so großen, bunten Stadt voller sozialer Gegensätze gar nicht so selbstverständlich, finde ich. Was machst du jetzt noch?"

„Ich werde schnell duschen und essen. Und dann muss ich noch dringend ein paar Sachen durchgehen für morgen. Eine meiner Kolleginnen bekommt ein Kind und geht bald in Elternzeit und ich muss teilweise ihre Arbeit übernehmen. Das ist ziemlich krass, sie ist gerade mal ein halbes Jahr da und geht jetzt schon wieder ein Jahr raus. Ich glaube nicht, dass sie ihre alte Stelle danach wieder bekommt, die kann man in Teilzeit eigentlich nicht bewerkstelligen."

„Tja, irgendwann muss man halt mal Kinder bekommen, also, wenn man welche möchte. Es passt wahrscheinlich nie so richtig. Dann hoffe ich, dass du schnell durch bist und dich danach noch ein bisschen entspannen kannst. Du kannst ja nicht nur arbeiten und den Hometrainer an seine Grenzen bringen."

Titi lachte. „ Alles klar, Lou. Mach dir auch einen schönen Abend.

Und halte mich auf dem Laufenden mit deinen Ermittlungen über die mysteriöse Fremde und ihr Baby, bzw. den mysteriösen attraktiven jungen Mann."

Nun musste ich auch lachen. „Das mache ich, bis bald!" „Bis bald!"

Titis Stimme hallte noch nach in meinem Kopf. Es war schön, eine Schwester zu haben. Man war nie alleine.

Ich zögerte kurz, dann rief ich Papa auf seinem Handy an. Er ging sofort ran, weil er an seinem Schreibtisch saß und sein Handy neben sich hatte. Das teilte er mir mit, als wolle er sich entschuldigen und betonen, dass er kein Handyjunkie war.

Ohne Umschweife nannte ich ihm mein Anliegen. Er klang ein wenig verwundert, ging dann aber und holte das Album. Während er es durchblätterte erzählte er, dass Mama den Abend bei einer Freundin verbrachte, und er schien froh darüber, dass sie mal rauskam, außerhalb der Arbeit. Ich fragte, welche Freundin, denn so viele hatte Mama gar nicht mehr vor Ort, aber Papa kannte sie nicht.

„Komisch, Titi wollte sich das Album auch schon angucken, was habt ihr vor? Welches Bild suchst du nochmal?", fragte er als er halb durch das Hochzeitsalbum war.

„Eine Frau mit einem Baby, da gibt es nicht so viele, das meiste sind Fotos von Familien. Warte, ich kann es dir auch schicken. Aber es ist riesig, ich weiß nicht, wie lange das bei eurer Internetverbindung dauert."

„Ha ha.", sagte Papa. „Nun hack nicht immer auf unserem Internet rum. Schick's rüber."

Überraschenderweise lud das Bild wohl in null komma nix. Es folgte jedoch eine kurze Stille. Dann sagte Papa: „ Ach das, also, das … äh … das ist eine Freundin … eine Bekannte, ja, eine Bekannte von … Mama."

Ich wurde stutzig. Warum stotterte er denn plötzlich so und war so unsicher?

„Und, haben die beiden noch Kontakt?"

„Nein, schon länger nicht mehr." „Weißt du, wie sie heißt?"

„Ja, sie heißt Marta. Marta Fernandez. Wieso interessierst du dich für sie?"

„Ach, Titi hatte sich ja das Hochzeitsalbum angeguckt, als sie letztens bei euch war. Und da hat sie ein paar Bilder abfotografiert, von denen sie nicht wusste, wer die Personen sind. Wir wollten euch vielleicht zum 30. Hochzeitstag nächstes Jahr etwas basteln."

Ich fühlte wie meine Wangen heiß wurden von dieser Lüge. Ich war eine sehr schlechte Lügnerin, und vor meinem Vater fühlte ich mich besonders schlecht, und glaubte, dass er hören konnte, dass ich log.

Aber er sagte nur: „Dann bin ich ja mal gespannt. Hast du noch mehr unidentifizierte Hochzeitsgäste?"

Ich lachte, obwohl mir eigentlich nicht danach zumute war. „Nein, Papa, danke. Mach dir noch einen schönen Abend, und grüß Mama, wenn sie wieder kommt."

„Das mache ich, danke. Tschüß, mein Schatz."

Ich legte auf und wurde das Gefühl nicht los, dass es Papa unangenehm gewesen war, danach gefragt zu werden. Warum hatte er so gestottert und war von Freundin auf Bekannte umgeschwenkt?

Im gleichen Moment merkte ich, wie müde ich war. Ich fühlte mich regelrecht erschöpft. Schnell zog ich mir meine Schlafsachen an, putzte die Zähne und legte mich in mein Bett. Fünf Minuten später war ich eingeschlafen, ohne weiter grübeln zu können.

Kapitel 17

Der Regen prasselte gegen die niedrigen Fenster, die unsere Büros im Souterrain mit der Außenwelt verbanden. Ein leichtes Gefühl der Enttäuschung machte sich in mir breit.

Als Norddeutsche hatte ich überhaupt nichts gegen Regen und Schmuddelwetter, aber morgen, Samstag, wollten wir Versailles besuchen. Natürlich war es im Schloss egal, ob es draußen regnete, aber schöner war alles sicherlich bei strahlender Sonne. Vor allem der Spiegelsaal. Und in die Gärten wollte ich eigentlich auch gerne.

Naja, morgen konnte es ja ganz anders aussehen, und außerdem hatte ich noch eine viel größere Sorge.

Es handelte sich um einen Ausflug auf Kosten des Hotels. Es hieß, dass sowohl die Einzel- als auch die Gruppenreservierung und die Eventabteilung hingehen sollten.

Véro und Khalil hatten allerdings keine Zeit, und deswegen durfte, und das machte mich nervös, die Buchhaltung mit. Ich hatte Raphaël so lange nicht wirklich gesehen, dass ich befürchtete, die ganze Zeit schmachtend hinter ihm herzudackeln, nur, um anschließend total frustriert und neu entflammt nach Hause zu gehen.

Vielleicht wurde es aber ja auch entspannt. Schließlich waren wir nicht alleine, und ich musste überhaupt nichts mit ihm zu tun haben, wenn ich es nicht wollte. Wahrscheinlich verlief sich in der riesigen Anlage sowieso alles. Ich würde mich an Marion halten. Plötzlich freute ich mich richtig auf den Ausflug.

Am nächsten Morgen fuhr ich mit dem RER C zur Station Versailles Château Rive Gauche. Von der Station waren es ca. zehn Minuten zu Fuss bis zum imposanten Vorplatz, dem *Cour d'honneur,* des Schlosses.

Wieder spürte ich mein Herz klopfen, während ich nach bekannten Gesichtern Ausschau hielt. Es war Samstag und obwohl es noch früh war, strömten bereits Massen von Besuchern aus allen Ecken auf die Fassade des Schlosses zu.

Das Wetter war wohlgesonnen, und von den goldgesäumten Dächern des Palastes strahlte das Licht des Sonnenkönigs persönlich.

In mir kribbelte es vor lauter Vorfreude. Als Kind war ich angeblich schon einmal mit meinen Eltern hier gewesen, aber daran konnte ich mich nicht erinnern. Soweit ich wusste, war ich auch nicht die ewige Prinzessin gewesen, wie es bei den meisten Mädchen der Fall ist. Ich hatte kaum Prinzessinnenkostüme und kein Barbieschloss oder ähnliches gehabt. Dafür konnte ich mir jetzt als Erwachsene mit meiner ausgeprägten Fantasie großartige Luftschlösser erschaffen.

Ich ging weiter über den Vorplatz in Richtung des goldenen Eingangstores und wartete dort auf meine Kollegen. Als erstes kam Julie von der Gruppenreservierung und begrüßte mich mit zwei *bisous*. Sie lachte und wischte mir ungewohnt freundschaftlich ein paar Krümel von der Wange. Sie hatte sich unterwegs noch einen Kaffee und ein Croissant gekauft, und bot mir jetzt an, mir ein Stück abzubrechen. Dankend lehnte ich ab, ich war viel zu nervös zum Essen. Mit Julie hatte ich nicht viel zu tun, aber sie war super nett und quatschte immer gern, was es mir leicht machte, mich mit ihr wohlzufühlen. Ein paar Minuten später tauchten auch ihr Kollege, Etienne, und meine Kollegin Marion auf. Sie wohnten in der gleichen Gegend und waren zusammen mit Marions Auto gekommen. Von „der Buchhaltung“ war natürlich mal wieder nichts zu sehen. *Er* machte es immer spannend.

Wie ein Superstar, dachte ich und merkte wie die Nervosität in Angst überging, dass ich mich vor Aufregung blamieren würde. Ich spürte ein flaues Gefühl im Magen und ärgerte mich jetzt, Julies Croissant abgelehnt zu haben.

Dann sah ich ihn endlich gemächlich, mit einer Zigarette in der Hand, über den Vorplatz auf uns zu schlendern. Ich spürte wie mein Herz gegen meinen Brustkorb hämmerte und bemühte mich, normal zu atmen. Als er uns fast erreicht hatte, hielt ihn eine junge Frau an und fragte ihn offenbar nach Feuer. Galant zündete er ihre Zigarette an und schenkte ihr ein strahlendes Lächeln, das sie genauso strahlend erwiderte, bevor sie kichernd zu ihren Freundinnen zurückging, die sich alle nach ihm umdrehten. Ich spürte ein solch starkes Gefühl von Eifersucht, dass ich am liebsten einfach weggerannt wäre. Mir war schon klar, dass bei seinem Aussehen ich garantiert nicht die einzige war, die ihn attraktiv fand, aber dass er eine Wildfremde so anlächeln musste, fand ich nun doch übertrieben. Falls er eine Freundin hatte, konnte ich mir nicht vorstellen, wie sie das aushielt.

Als er uns erreichte, drückte er seine Zigarette aus und begrüßte Etienne mit einem Faustcheck und uns Mädels mit *bisous*. Auch nach zwei Jahren wusste ich nicht so genau wohin mit meinen Händen bei den *bises*, und ich hatte die Angewohnheit, den Ellenbogen meines Gegenübers zu greifen, so auch jetzt. Ich spürte den Luftzug des flüchtigen Kusses auf meiner Wange und in meiner Nase kribbelte der Tabakgeruch. Unter meinen Fingern spürte ich den Stoff seines Kapuzenpullis und ich hielt ihn wohl ein bisschen zu lange fest, denn er befreite sich mit einem leichten Ruck, obwohl das Ganze nur wenige Sekunden gedauert haben konnte.

„Wo ist Clément?“, fragte Etienne.

„Ich habe keine Ahnung. Wir arbeiten nur zusammen, ich weiß nicht wieso uns alle immer als eine Einheit behandeln.“, sagte Raphaël gespielt beleidigt. Unter seinem Dreitagebart zeichnete sich ein Grübchen ab.

„Da kommt er!“, sagte Marion und nickte mit dem Kopf vage in eine Richtung, ohne den Blick von ihrem Handy zu heben.

Endlich waren alle beisammen und wir stellten uns in die Schlange der auf den Einlass Wartenden. Da wir bereits Tickets hatten, ging es zum Glück schnell voran, und schon bald befanden wir uns mit Audioguides bewaffnet im ersten prunkvollen Saal des Schlosses.

Auch, wenn ich bereits viele Schlösser in meinem Leben, hauptsächlich in meiner Kindheit, gesehen hatte, erschlug mich zunächst die Pracht und Fülle der Deckenverzierungen und der Gemälde an den kunstvoll tapezierten Wänden. Schwere Vorhänge schmückten die Fenster und das alte Holzparkett glänzte mit dem Kronleuchter um die Wette. Mein Audioguide teilte mir mit, dass es sich hier um einen der weniger prunkvollen Räume für diverse Funktionen handelte. Ich fragte mich, wie viel prunkvoller es noch werden sollte.

Staunend durchschritt ich einen Raum nach dem anderen und hörte mir gewissenhaft alle Informationen dazu an.

Im Schlafzimmer von Marie Antoinette erzählte mir der Audioguide, dass es so restauriert worden war, wie es zum Zeitpunkt ihrer Flucht im Oktober 1789 ausgesehen haben soll. Die Königin war durch eine Geheimtür geflohen, die ich jetzt allerdings nirgendwo erkennen konnte.

Es hieß, während Marie Antoinettes Zeit am Hofe von Versailles wurden die seidenen Wandbehänge ihres Schlafzimmers jeweils mit den Jahreszeiten ausgewechselt. Soweit ich erkennen konnte, waren die Wände in Gold und Pastell, vor allem rosa, gehalten. Es waren nicht sehr herbstliche Farben, die es ja zum Zeitpunkt der Flucht hätten sein müssen, sondern erinnerten eher an Frühling oder Sommer.

Nach einer Weile schaute ich mich nach den anderen um. Außer Marion und Julie, die nebeneinander vor einem riesigen Gemälde einer Schlachtszene standen, war niemand zu sehen. Hatten die Männer schon keine Lust mehr gehabt und standen rauchend im Garten? Ich spürte ein Ziehen in der Brust und hätte mir so sehr gewünscht, dass *er* ein bisschen Interesse an mir zeigen würde. Ich stellte mir vor, wie schön es wäre, jetzt mit ihm nebeneinander vor einem Gemälde zu stehen, so wie Marion und Julie, oder eine goldverzierte Stuckdecke zu bewundern bis der Nacken schmerzte.

Wie immer blieb das leider nur ein Wunschtraum und so ging ich weiter, von einem königlichen Gemach zum nächsten. Meinem Audioguide hörte ich mittlerweile nur noch mit halbem Ohr zu, da ich dem Overload an Information nicht mehr folgen konnte. So ließ ich mich treiben und dachte mir meine eigenen Geschichten aus, wer in diesen zugegebenermaßen kurzen, aber mit kostbaren Stoffen behangenen Betten geschlafen und wer auf den brokatbezogenen Sesseln gesessen hatte.

Bisher hatten sich die Menschenmassen gut verlaufen, aber plötzlich kam es zu einem Stau und im nächsten Moment sah ich auch warum. Der nächste Saal war endlich der weltberühmte, geschichtsträchtige Spiegelsaal. Hatten die meisten Besucher die normalen Räume im Schnelldurchgang abgehakt, verweilten sie in dem Festsaal aus Gold und Glas ein bisschen länger und der Fluss kam ins Stocken.

Am Eingang stand ein Sicherheitsbeamter und überwachte, dass nicht zu viele Menschen gleichzeitig in den Saal drängten. Langsam kam ich voran und stand schließlich in einem unendlichen Meer aus goldenen Figuren, kristallenen Lüstern und natürlich riesigen Spiegeln.

Ich wusste gar nicht, wo ich zuerst hinschauen sollte, also nahm ich mir vor, alles ganz in Ruhe, Schritt für Schritt anzusehen. Ich blieb vor einer der goldenen Statuen stehen, die die Seiten des Saales über die gesamte Länge säumten. Sie stand auf einem Sockel und trug auf einer Art Säule einen goldenen Kerzenhalter, von dem dicke Kristalltropfen herabhingen. Die Figur, eine Dame, stand in einem Winkel, der es ihr in Wirklichkeit schwer gemacht hätte, dass Gewicht des Kandelabers zu tragen. Sie wäre wahrscheinlich vornüber gefallen.

Plötzlich tippte mir jemand auf die Schulter. Ich drehte mich um und blickte in grüne Augen.

„Wahnsinn, oder?", sagte er.

„J-ja, Wahnsinn."

Waren meine Gedanken von vorhin von irgendwem erhört worden? Irritiert schaute ich wieder auf die goldene, lüstertragende Dame. Diese schien mir aufmunternd zuzulächeln, und ich schaffte es,

mich von dem Schrecken zu erholen und fasste mich so gut es ging. Zum Glück sprach Raphaël jetzt weiter, sodass ich mir nicht krampfhaft etwas überlegen musste.

„Wenn man sich die ganzen modernen Klamotten und die Handys wegdenkt, kann man förmlich die Barockkleider rascheln hören und die gepuderten Perücken riechen.", sagte er.

Plötzlich streckte er mir völlig unvermittelt seine Hand entgegen und fragte mit einer angedeuteten Verbeugung: „Darf ich bitten, Mademoiselle?"

Nervös schaute ich mich um und nahm sie nach einem kurzen, ungläubigen Zögern. Sie fühlte sich warm und kräftig und etwas rau an.

Mit einem eleganten Schwung führte er mich in eine Drehung, und für eine Sekunde hatte ich das Gefühl zu schweben. Der Moment war jedoch genauso schnell vorbei wie er gekommen war, da die neben uns stehenden Besucher uns missbilligend ansahen und übertrieben empört zur Seite sprangen.

„Excusez-nous.“, sagte er mit halb ehrlichem halb gespieltem schlechten Gewissen und wir schauten uns grinsend einen Moment verschwörerisch in die Augen.

Langsam gingen wir weiter durch den Saal an Selfies knipsenden Menschen vorbei. Mir war immer noch leicht schwindelig, allerdings nicht von der Drehung, sondern von dem unerwarteten Adrenalinkick.

Endlich fand ich den Mut, etwas zu sagen.

„Schau dir mal die Decke an.“ Ich legte den Kopf in den Nacken und er tat es mir nach.

Auch in den vorangegangenen Sälen hatte es bemalte Deckengewölbe gegeben, aber hier hatte man sich noch einmal selbst übertroffen an Farben, Gemälden, Stuckarbeiten und goldenen Details.

Auch, wenn man wusste, dass das Leben am Hofe teilweise alles andere als glamourös gewesen sein musste, wollte das Gehirn sich jetzt einfach nur Kerzenschein und attraktive, gut riechende Damen in rauschenden Ballkleidern und Männer auf Absatzschuhen vorstellen.

Louis XIV hatte sich mit diesem Palast einen Traum erfüllt und nebenbei ein Denkmal für die Ewigkeit geschaffen, das noch heute jeden Besucher verzauberte und zum Schwärmen brachte. Das musste erstmal einer hinkriegen.

Wir drehten uns, den Blick weiter nach oben gerichtet, einmal um uns selbst, um das ganze Deckenkunstwerk zu sehen. Durch die Menschenmassen „mussten“ wir so dicht aneinander stehen, dass sich unsere Handrücken berührten. Wo seine Haut meine berührte fühlte es sich wie elektrisiert an, und ich konnte mein Glück kaum fassen, diesen Moment mit ihm teilen zu dürfen. Leider ging auch dieser Augenblick viel zu schnell vorbei und wir beeilten uns, den Saal mit seinem Gedränge zu verlassen. Im angrenzenden Raum stießen wir auf Clément, der seinerseits gerade Etienne wiedergefunden hatte.

„Das ist schon beeindruckend.“, sagte auch Etienne. „Der gute Louis hat alles richtig gemacht.“

„Naja, ganz unumstritten war er ja auch nicht.“, warf Clément ein.“ „Aber es lässt sich natürlich nicht bestreiten, dass er klug war und ein Faible für das Künstlerische und Schöne hatte.“

„Und wusste, wie man sich selbst feiert.“, sagte nun Raphaël.

„Und sich mit schönen Frauen umgibt.“, traute ich mich zu sagen. Und die drei Franzosen lachten.

Den Rest der Tour blieben wir Vier zusammen. Und obwohl wir nicht viel sprachen, lief Raphaël in meiner Nähe, und zeigte mal hier auf ein Gemälde, mal da auf eine Statue. Er schien mich also nicht abstoßend und auch nicht allzu langweilig zu finden.

In der königlichen Kapelle stießen wir auf Marion und Julie und verließen schließlich den Palast gemeinsam. Blinzelnd traten wir in das gleißende Licht der Realität auf den *Cour d'honneur*.

Bis auf Julie und mich zündeten sich alle sofort eine Zigarette an.

„Das war schon mal cool.“, sagte Marion, während sie den Rauch ausblies. „Wollt ihr noch in die Gärten? Ich habe leider keine Zeit.“

„Ich auf jeden Fall.“, sagte ich, und hoffte, dass ich nicht übermotiviert rüberkam.

„Ich nicht.“, sagte nun Julie. „Ich treffe mich noch mit einer Freundin.“

„Ich hab mir die Gärten und den *Hameau de la Reine* schon mehrfach angesehen. Mich hat nur das Schloss interessiert.“, sagte Etienne.

„Ich gehe heute Abend noch weg und ruhe mich lieber ein bisschen aus.“ Das war Raphaël und der Zauber unserer vorsichtigen Vertrautheit im Schloss war schlagartig verflogen, und ich spürte wieder die nagende Eifersucht. Wie ein Schlag traf mich die Realität, und ich hatte Mühe, meine Enttäuschung zu verbergen.

„Also, ich würde noch mitkommen.“, sagte nun Clément, aber ich nahm es nur wie durch einen Schleier war.

Ich spürte die *bises* von Marion, Julie und Etienne und küsste mechanisch die Luft neben ihren Wangen zurück. Als Raphaël an der Reihe war, ließ ich besonders viel Luft zwischen unseren Wangen.

Die anderen zogen ab Richtung RER oder Parkplatz und Clément und ich standen nun alleine da.

Ich hatte keine Lust, nur mit ihm in die Gärten zu gehen, weil ich ihn eigentlich gar nicht kannte. Lieber hätte ich alleine vor mich hin geschmollt und in Selbstmitleid gebadet. Aber, wenn er Lust hatte, mit mir alleine ein paar Stunden seines Samstags zu verbringen, fasste ich das als Kompliment auf. Und nett war er ja.

„On y va?“ fragte Clément.

„On y va.“ bestätigte ich und wir gingen wieder Richtung Schloss, aber dieses Mal zu einem Seiteneingang, der in die Gärten führte.

Wir kamen direkt zum *Parterre d'eau* mit den zwei symmetrischen Wasserbecken. Von hier aus konnte man, den Rücken zum Château, über die komplette Ost-West-Achse zum Apollo-Brunnen und weiter zum Grand Canal schauen.

Wir standen einige Minuten da und ließen das Panorama auf uns wirken. Dann mussten wir uns entscheiden, welchen Weg durch den riesigen Park wir einschlagen wollten.

„Rechts oder links?“, fragte er.

„Ich würde gerne rechts runtergehen, denn da müsste die Apollo Grotte sein, die würde ich mir gerne anschauen.“, sagte ich. Aber wie immer wollte ich nicht aufdringlich und egoistisch wirken und fügte schnell hinterher: „Wir können aber auch was anderes machen.“

„Nein, das ist gut, ich kenne die Grotte auch noch nicht.“

Wir liefen eine Weile schweigend nebeneinander her, und ich überlegte, wie ich ein vernünftiges Gespräch starten konnte. Schließlich war es aber Clément, der als erster das Wort ergriff.

„Woher aus Deutschland kommst du eigentlich genau?“

„Aus Bremen, das ist im Norden, bei Hamburg.“ Ich erwähnte immer Hamburg, wenn mich jemand das fragte, da ich davon ausging, dass Hamburg jedem ein Begriff war.

„Und was hat dich nach Paris geführt?“

Ich hatte keine Lust, auszuschweifen und ihm von meiner Flucht aus Freiburg vor meinem eifersüchtigen Ex-Freund zu erzählen. Also erwähnte ich mein Tourismusstudium, und dass mich Sprachen und ein Auslandsaufenthalt schon immer gereizt hätten, was der Wahrheit entsprach.

„Paris kannte ich von Reisen mit meinen Eltern als Kind und hatte tolle Erinnerungen. Außerdem, wer möchte nicht mal in Paris wohnen?“ Ich meinte das völlig ernst.

„Naja.“, sagte er. „Natürlich ist Paris eine wunderschöne Stadt, aber wie du wahrscheinlich selber weißt, wird man schnell desillusioniert, wenn man sich z.B. auf Wohnungssuche begibt. Und man muss ja auch erstmal so gut Französisch sprechen, dass man sich einen Job und eine Wohnung suchen kann. Und dann die ganzen Formalitäten wie Versicherungen, Bankkonto einrichten, etc., das stelle ich mir in einer Fremdsprache nicht so einfach vor. Ich bewundere Menschen wie dich."

Ich merkte wie ich leicht errötete.

„Danke.", sagte ich und freute mich tierisch über das Kompliment, fügte dann aber hinzu: „Ich habe immer Angst, nicht gut genug Französisch zu sprechen und langweilig auf euch Muttersprachler zu wirken."

„Ach Quatsch, davon darf man sich nicht abschrecken lassen. Wir sind es ja, die Respekt vor dir haben müssen, weil du dich den Sprung ins kalte Wasser getraut hast. Ich könnte mir nicht vorstellen, ins Ausland zu gehen."

Wir waren bei der Grotte angekommen und bewunderten die künstlich geschaffenen Felsen, in denen Apoll sich von den Nymphen Neptuns umsorgen ließ, während die Tritonen ihre Sonnenrosse versorgten.

All das hatte ich mir vorher angelesen, wer wer war, und konnte nun damit angeben, auch, wenn mir die eine oder andere Vokabel fehlte. Clément schien schwer beeindruckt.

„Woher kommst *du* eigentlich?" fragte ich ihn.

„Aus Clichy."

„Also bist du Pariser!"

„Nein, Clichy ist ein Vorort, als Pariser würde ich mich nicht bezeichnen."

„Oh, entschuldige, damit habe ich immer noch Probleme. *Arrondissements, petite couronne.*"

„Kein Problem, das muss man auch nicht so genau wissen." Er lächelte mich aufrichtig an. „Wollen wir weiter? Unten wartet noch der „richtige" Apollo auf uns, mit seinem Wagen."

„Ja, gern."

Wir setzten uns wieder in Bewegung und ich fühlte mich langsam sehr wohl mit ihm, sodass ich mich traute nach seiner Familie zu fragen.

„Mein Vater wohnt noch in Clichy. Meine Schwester ist nach Monaco gegangen."

„Und deine Mutter?", fragte ich vorsichtig, in der Annahme, dass seine Eltern getrennt lebten.

„Sie ist vor zwei Jahren gestorben."

Oh Mist, dachte ich, und ärgerte mich über meine Neugier. Damit hatte ich nicht gerechnet.

„Das tut mir leid, entschuldige."

„Alles okay, das ist ja kein Geheimnis. Sie war Alkoholikerin und ist recht plötzlich sehr krank geworden."

Unwillkürlich blieb ich stehen und sah ihn an. „Das tut mir sehr leid.", sagte ich noch einmal und dachte betrübt an meine eigene Mutter. Ich überlegte, ob ich ihm davon erzählen sollte, oder ob es ihn eher nerven würde, weiter über dieses Thema zu reden. Schließlich war es ja sehr persönlich.

Ich entschied mich, erst einmal nichts zu sagen und wir gingen ein Stück schweigend die Allée Royale hinunter, bis die Figurengruppe des Apollo Brunnens in Sicht kam.

Dann fasste ich mir ein Herz und hatte plötzlich das Bedürfnis die Gelegenheit zu ergreifen, mit jemand völlig außenstehendem über meine Mutter zu sprechen. Es belastete mich doch mehr als ich wahrhaben wollte, und hier war jemand, der mich vielleicht verstehen würde.

„Weißt du, meine Mutter hat auch ein Alkoholproblem."

Er sah mich an. „Wirklich? Ist es schlimm?"

„Ehrlich gesagt wissen wir es nicht. Es ist vor einem halben Jahr rausgekommen, und sie verhält sich relativ normal. Sie arbeitet, trifft Freunde ... "

„So war es bei meiner Mutter auch, man hat ihr lange nichts angemerkt. Aber das ist das Gefährliche. Wir dachten, ihre Krankheit wäre ganz plötzlich gekommen, aber im Nachhinein wurde festgestellt, dass sie bereits über Jahre regelmäßig nicht unerhebliche Mengen Alkohol getrunken hatte. Nachdem sie gestorben war, hat mein Vater das Haus verkauft und wir haben beim Ausräumen in allen Schränken und Ecken tonnenweise leere Flaschen gefunden, die sie aus Angst versteckt hatte."

Mir wurde ein bisschen schwindelig und ich hielt nach einer Bank Ausschau, aber es gab keine in der Nähe. Ich biss die Zähne zusammen und konzentrierte mich auf meine Schritte. Was er erzählt hatte, kam mir bekannt vor, und ich musste an Papa denken, der mir immer erzählte, dass er Flaschen entsorgte.

Clément sah mich besorgt an. „Geht es dir gut, Lou?“ „Ja, es geht.“, sagte ich. „Wollen wir uns kurz hinsetzen?“

„Ja, da drüben ist eine Bank.“ Er berührte meinen Rücken und schob mich sanft in die Richtung.

Nachdem ich mich hingesetzt hatte, ging es mir besser, und ich schaute mir die massive Figurengruppe, die sich aus dem großzügigen Wasserbassin erhob, genauer an.

Zentrum war auch hier der Gott Apollo. Er, ein muskelbepackter, wenig bekleideter Jüngling, saß auf einem Wagen, der von vier kraftvollen Pferden gezogen wurde, die sich aus dem Wasser zu erheben schienen. Begleitet wurden sie von hornblasenden Wesen, die halb Mensch, halb Fisch verkörperten. Die Pferde rissen die Köpfe nach oben und schienen zu wiehern. Die aufgeblasenen Backen der Fischwesen entlockten mit aller Kraft ihren Blasinstrumenten stille Töne, alles schien in Bewegung zu sein. Man konnte die unglaubliche Kraft und Energie der Figuren förmlich spüren.

Plötzlich schoss eine riesige Wasserfontäne vor der Figur Apollos senkrecht in den Himmel. Kurz darauf brodelte auch das Wasser vor den Pferden und Fontänen erhoben sich. Auch aus den Hörnern ergoss sich jetzt, statt imaginärer Töne, Wasser.

Es war ein unglaubliches Schauspiel. Überall sprudelte es und Wassertropfen glitzernden in der Sonne. War das Arrangement vorher schon beeindruckend gewesen, wurde es jetzt zu wahrhaftem Leben erweckt. Es riss den Betrachter mit und entführte ihn ungefragt in die Welt der Götter.

„Es ist schon merkwürdig, was das Leben so mit einem macht.“, sagte Clément über das Rauschen des Wassers hinweg.

„Ja, ich denke auch viel darüber nach. Viel zu viel.“

„Ich hoffe, dass es deiner Mutter bald besser geht.“

„Danke, wir überlegen schon die ganze Zeit, wie wir ihr helfen können.“

„Leider ist man meistens ziemlich machtlos.“, sagte er traurig. „Meine Mutter hat es sich nie eingestanden, und wir kamen nicht an sie ran. Ist denn jemand bei ihr?“

„Du meinst, ob sie im Alltag jemanden hat? Ja, meinen Vater.“

Einem Impuls folgend legte Clément den Arm um meine Schultern und drückte mich an sich. „Das wird schon wieder.“

Mit dieser freundschaftlichen Geste hatte ich nicht gerechnet, und ich traute mich nicht, mich zu rühren. Der Tag hatte eine überraschende Wendung genommen und ich konnte gerade keinen klaren Gedanken fassen. Es fühlte sich aber gut an. Und so saßen wir da und schauten auf die sprudelnden Wassermassen, denen der vergoldete Apollo mit seinen Rössern entstieg.

Kapitel 18

Mittlerweile war der Frühling in Paris eingekehrt. Über der Stadt lag die Leichtigkeit der heller und wärmer werdenden Tage. Die Vélib-Stationen waren leergefegt und in der Metro hatte man ein bisschen mehr Luft. Die Pariser ließen ihre Jacken zu Hause und verlegten ihre after-works auf die *terrasses* oder an die Ufer der Seine und der Kanäle.

Auch entlang des Canal de l'Ourcq wimmelte es um diese Zeit von Menschen, und ich genoss die Luft und das Gewirr der Stimmen, als ich aus der Station Ourcq auf die Avenue Jean Jaurès trat. Ich hatte mich entschieden, ein paar Stationen früher auszusteigen und den Rest am Kanal nach Hause zu laufen.

Motiviert setzte ich mich in Bewegung und philosophierte vor mich hin.

Wie kam es, dass Menschen so anders waren, wenn die Sonne schien? Also, natürlich ist die Motivation größer, seine vier Wände zu verlassen, wenn es warm und trocken ist, aber auch eine kalte Wintersonne konnte uns aus dem Haus locken.

Wahrscheinlich ist es das Licht. Licht ist bekanntlich etwas, was der Mensch zum Leben braucht. Aber wir brauchen auch die Nacht, sonst würden wir nie zur Ruhe kommen und könnten nie die Sterne sehen.

Auch ich sehnte mich nach Licht. Ich war zwar von meinen heimischen norddeutschen Gefilden nicht sonnenverwöhnt, was aber nicht hieß, dass ich sie nicht brauchte. Aber noch wichtiger als Sonne war mir frische Luft. Ich riss zu Hause als erstes immer die Fenster auf, wenn ich nach einem langen Tag zurückkam. Ich hasste stickige Heizungsluft, und beim Autofahren machte ich lieber alle Fenster runter, als dass ich die Klimaanlage einschaltete.

Umso mehr freute ich mich, dass jetzt eine leichte Brise wehte. Die Sonne, der Wind, es war wunderbar.

Trotzdem fühlte ich mich seltsam melancholisch und musste wieder an meinen Engel denken. Vergangene Nacht hatte ich wieder von ihm geträumt, und obwohl ich sein Gesicht noch immer nicht sehen konnte, schien er mir ein Stück vertrauter. Wir waren in den Bergen gewesen und stundenlang durch die Natur gewandert. Scheinbar war es das, was mein Schutzengel besonders gut konnte, laufen. Im ersten Traum waren wir auch nur gelaufen. Aber genau das fühlte sich gut an. Dass da jemand war, der nichts weiter tat als da zu sein und einen zu begleiten.

Ich dachte an meine Eltern. Ich hatte bei ihnen immer das Gefühl gehabt, dass sie sich gegenseitig aufrecht hielten. Dass sie sich respektierten und unterstützten und dem anderen nur Gutes wünschten und gönnten. Das klang alles so banal und selbstverständlich in einer Beziehung, aber in der Realität war es sicherlich alles andere als einfach. Das hatte sogar ich bereits festgestellt, während meiner paar Erfahrungen, die ich im Nachhinein als Beziehung bezeichnen würde.

Dennoch schien die Beziehung meiner Eltern in letzter Zeit durch irgendetwas erschüttert worden zu sein, denn sonst hätte Mama sich mit ihren Problemen Papa rechtzeitig anvertraut.

Ich hatte noch keine Lust, direkt nach Hause zu laufen. Also suchte ich mir einen freien Platz am Wasser und setzte mich im Schneidersitz auf den Boden. Dann holte ich mein Handy heraus und gab bei Google „Marta Fernandez“ ein. Die Suchmaschine hatte tonnenweise Vorschläge wen ich meinen könnte. Ich klickte auf Fotos und scrollte durch die Gesichter in der Hoffnung, die Dame aus dem Hochzeitsalbum zu finden.

Wieso hatte sie auch so einen Allerweltsnamen?, dachte ich genervt.

Auf Seite vier der Suche stoppte ich endlich abrupt. War sie das? Ich merkte, wie mein Herz schneller klopfte und hielt die Hand über das Display, damit die Sonne nicht so blendete. Die Frau auf dem Foto war Mitte fünfzig und hatte dunklere Haare als die im Album. Aber das Gesicht und vor allem die Augen waren eindeutig dieselben. Sie sah genau so schick und gepflegt aus wie am Tag der Hochzeit und hatte das gleiche hübsche, aber irgendwie traurige Lächeln.

Aufgeregt klickte ich auf das Foto und landete auf der Seite einer orthopädischen Praxis.

Ok, das machte Sinn, sie kannte also meine Ma wahrscheinlich durch die Arbeit. Ich klickte auf den Reiter „Unser Team“ und da war ihr Foto wieder.

Dr. Marta Fernandez Bachmann – Fachärztin für Orthopädie.

Neben ihrem war das Foto eines Mannes, unter dem stand:

Prof. Dr. Joachim Bachmann – Arzt für Orthopädie und Unfallchirurgie

„Bachmann.“, sagte ich leise und ein bisschen enttäuscht zu mir selbst. Das machte ja Sinn. Dann war Alexis also der Sohn dieser beiden, nichts Aufregendes. Trotzdem blieb die Frage warum Mama sich Alexis‘ Profil auf Facebook angesehen hatte ... Wenn sie es denn wirklich bewusst getan hatte.

Ich ließ das Handy sinken und blinzelte über das Wasser. Ein Boot, das gerade vorbeigefahren war, ließ Wellen an die Uferbefestigung schwappen. Wahrscheinlich gab es tatsächlich eine ganz harmlose Erklärung, und ich verschwendete meine Zeit.

In dem Moment klingelte mein Handy. Es war Luisa.

„Hi Süße!“, rief ich freudig ins Telefon. Es würde gut tun, jetzt mit ihr zu reden.

Als Antwort bekam ich jedoch ein Schluchzen.

„Was ist passiert?“, fragte ich erschrocken.

Ich vernahm weiterhin nur ein unkontrolliertes Schluchzen. „Luisa, was ist los?“, wiederholte ich nervös. „Sve-Sve-hen.“, kam es zwischen zwei Schluchzern.

Oh nein, dachte ich, nicht du auch noch.

Es hatte mir schon für Titi so leidgetan, jetzt war auch noch Luisa verlassen worden. Für einen kurzen Moment war ich einfach nur froh, Single zu sein.

„Ach Süße, das tut mir leid. Wie kam es denn dazu? Hat er Schluss gemacht?“

Jetzt fing Luisa richtig an zu weinen. „Wir haben uns nicht getrennt.“, sagte sie unter Tränen.

Nun verstand ich gar nichts mehr. Waren es Freudentränen? Hatte er ihr einen Heiratsantrag gemacht?

„Versuche dich doch bitte zu beruhigen. Was ist denn passiert?“ War was mit dem Hund?

„Er hat mich geschlagen.“, brachte sie endlich hervor.

Ich brauchte ein paar Sekunden, um das gehörte zu verarbeiten.

„Was?! Was ist denn vorgefallen? Kannst du reden?“

„Ja, ich bin alleine ... Also ... Spikey ist da. Der gute Kerl, er hat mich verteidigt.“

„Also, jetzt mal der Reihe nach, wie kam es denn dazu?“

Luisa erzählte, dass es schon länger zwischen den beiden kriselte, was mich nicht überraschte. Das hatte ich bereits herausgehört. Ich hatte von Anfang an den Eindruck gehabt, dass die beiden kein sehr gutes Paar abgaben, aber man will sich da ja nicht einmischen.

„Wir haben uns oft wegen des Hundes gestritten, weil er ihn irgendwann total nervig fand. Und generell klappte es mit der gemeinsamen Wohnung nicht wirklich gut.“

„Das ist aber ja kein Grund so aggressiv zu werden. Da muss doch mehr vorgefallen sein.“, sagte ich skeptisch.

„Naja, nach unserem Zusammenzug habe ich schnell gemerkt, dass Sven ziemlich egoistisch und faul ist. Ich hab’ eigentlich immer alles gemacht und er gar nichts. Aber, wenn ich ihn darauf angesprochen habe, wurde er immer sofort sauer, teilweise richtig cholerisch. Gestern ist es dann ausgeartet. Ich habe es einfach nicht mehr ausgehalten und wollte mit ihm reden, dass wir uns besser organisieren müssten, sonst würde ich das nicht mehr alles schaffen mit Arbeit, Haushalt und Hund. Leider habe ich einen schlechten Moment abgepasst, denn er hatte mit seinen Kumpels Fußball geguckt und war ziemlich angetrunken und ist sofort auf den Hund losgegangen, von wegen, dass der Scheißköter doch nur die Wohnung verdrecke und Zeit und Geld fresse. Ich glaube er wollte ihn sogar treten, aber ich bin dazwischen gegangen, und dann hat er mich gegen die Wand gedrückt und mir eine Ohrfeige verpasst. Spikey hat ihn ins Bein gezwickt. Keine Ahnung wo er jetzt ist. “

„Ach du Schande, das geht ja gar nicht.“ Wie ich diesen Typen plötzlich hasste. „Du musst sofort weg aus der Wohnung, Luisa. Also, ich meine, für immer. Du musst dich trennen und ausziehen, das ist ja wohl klar.“

„Ich weiß.“, sagte sie kleinlaut. „Aber wo soll ich hin? Und was mache ich mit Spikey? Alleine werde ich ihm nicht gerecht, wir hatten ihn uns ja geholt in dem Glauben, dass wir uns beide um ihn kümmern würden.“

„Das ist ja wohl die kleinste Sorge. Du wirst schon eine Lösung finden. Es gibt doch Hundesitter. Oder deine Oma."

„Meine Oma ist allergisch gegen Hundehaare, deswegen konnte sie mich auch nie besuchen kommen."

„Ach stimmt ja, das hatte ich vergessen. Auf jeden Fall würde ich sofort handeln, du darfst ihm nicht mehr unter die Augen treten, sonst versucht er noch, sich zu entschuldigen und alles wieder gerade zu biegen."

„Meinst du nicht, dass das vielleicht auch möglich ist?", fragte sie vorsichtig. „Streiten sich nicht alle Paare?"

Ungläubig musste ich mir eingestehen, wie naiv meine beste Freundin war. „Streiten, ja, aber nicht handgreiflich werden. Bitte, Süße, pack deine Sachen, schnapp dir Spikey und geh zu Freunden. Ruf doch Tine mal an."

„Ach, Tine. Mit der habe ich schon lange nichts mehr zu tun. Die ist total abgehoben, seit sie mit ihrem Instagramaccount durchgestartet ist. Außerdem würde er mich bei Freunden sofort finden, wenn er wollte." Sie zögerte einen Augenblick. „Kann ich nicht zu dir kommen? Nur für ein paar Tage? Dann habe ich richtig Abstand."

Wow, das kam jetzt plötzlich. Ich bereitete mich eigentlich gerne darauf vor, wenn sich Besuch ankündigte, auch wegen meiner Schichtzeiten. Andererseits hatte ich wie immer nichts Konkretes geplant die nächsten Tage, das sich nicht verschieben ließe. Und sie war schließlich meine beste Freundin.

„Okay.", sagte ich. „Kannst du dir denn freinehmen?"

„Ich werde mich krankschreiben lassen. Mit meinem blauen Auge kann ich sowieso nicht arbeiten, stell dir die ganzen Fragen vor."

„Stimmt. Dann guck doch schnell wie die Züge fahren, das Auto solltest du jetzt besser stehen lassen, und sag mir, wann ich am Gare de l'Est sein soll. Die nächsten zwei Tage habe ich Frühschicht, bis 15:00."

„Mach ich, danke Lou. Ach so, ich muss Spikey mitbringen, ist das in Ordnung?"

„Ja klar! Dann lerne ich ihn endlich kennen. Hoffentlich übersteht er die Zugfahrt gut. Halt die Ohren steif und lass dich nicht umstimmen. Die Stadt der Liebe erwartet dich."

*

Am nächsten Tag um 17:00 stand ich an Gleis drei am Gare de l'Est und wartete auf die Einfahrt des ICE. Ich war ein bisschen früh dran und hatte Zeit, mir die Leute anzugucken, die wie Ameisen in Züge ein- oder aus Zügen ausstiegen und durch die riesige Halle wuselten. Das Rollen der Koffer auf dem Bahnsteig machte es fast unmöglich die blechernen Durchsagen zu verstehen, die ohne Pause zu hören waren. Leger gekleidete Touristen und chic gekleidete Businessmenschen mischten sich, und ein Geruch von Kaffee, Croissants und sowas wie Döner lag in der Luft.

Ich prüfte die Zeit auf meinem Handy. In zwei Minuten müsste der Zug einfahren. Kurz packte mich ein Anflug von Heimweh, als sich eine deutschsprechende Familie an mir vorbeidrängelte.

Im nächsten Moment sah ich die Schnauze des ICE, der langsam in den Bahnhof einfuhr. Ich trat einen Schritt zurück, um den Aussteigenden nicht im Weg zu stehen. Die Türen öffneten sich und nun hieß es Augen offen halten. Massen an Menschen strömten an mir vorbei, und ich hatte Mühe, den Rollen der Koffer auszuweichen. Der Zug war ziemlich lang und der Strom der Reisenden schien nicht abzubrechen, aber schließlich sah ich im Getümmel eine rötliche Hundeschnauze und im nächsten Moment einen buschigen wedelnden Schwanz. Dahinter, an einer Leine hängend, tauchte auch Luisa auf, die Mühe hatte, dem Hund mit ihrem sperrigen Koffer zu folgen. Meine Güte, was hatte sie alles mit? Sie hatte doch nur von ein paar Tagen gesprochen.

Der Hund wollte achtlos an mir vorbeilaufen, wurde aber ruckartig zurückgezogen, als Luisa stehen blieb und mir in die Arme fiel. Wir drückten uns lange, während Spikey sich mit seiner Leine um unsere Beine wickelte. Er schnüffelte neugierig an mir, und ich beugte mich zu ihm herunter und streichelte seinen Kopf. Er war weich und warm, und die großen dunklen Augen blickten direkt in meine.

„Wie geht es dir?“, wandte ich mich an meine Freundin, und nachdem wir uns enttüdelt hatten, setzten wir uns in Bewegung.

„Gut, danke. Mir geht es viel besser, das war genau die richtige Entscheidung. Hier fühle ich mich sicher.“

„Das kannst du auch. Ich glaube nicht, dass er so verrückt ist, dich hier zu suchen, und er ist ja hoffentlich auch kein Freak, sondern nur ein Choleriker und vielleicht beziehungsunfähig."

„Sind wir das nicht alle? Beziehungsunfähig, meine ich. Wer, den wir kennen, hat denn schon mal eine richtig lange, erfüllende Beziehung geführt? Außer deiner Schwester vielleicht."

„Tja, aber das hat sich ja nun auch erledigt."

„Ach, das ist ja was ganz anderes. Auseinanderleben kann man sich immer. Aber bei denen war es schon ernst, glaube ich."

„Na komm, wir machen uns jetzt erstmal ein paar schöne Tage, ohne Männer. Außer Hundemänner.", sagte ich mit einem Blick auf Spikey.

Kapitel 19

Die Tage mit Luisa und Spikey vergingen wie im Flug.

Die ersten beiden Tage hatten wir nach meiner Frühschicht jeweils die Nachmittage zur Verfügung. Wir unternahmen Spaziergänge in den Parc de la Villette und entlang des Ourcq. Auf Sightseeing hatten wir keine Lust und ließen uns einfach mal treiben und genossen die unverhoffte Zeit zusammen.

Morgens telefonierte Luisa, um zu klären wie es nun weitergehen sollte. Ihre Eltern waren ziemlich erschrocken und hatten ihr geraten, Sven anzuzeigen, aber das wollte sie nicht. Er hatte sich bei ihr gemeldet und sich aufrichtig entschuldigt. Es kam raus, dass er Schulden hatte, und, verstärkt durch den Alkohol, verzweifelt und nicht Herr seiner Sinne gewesen war.

Das machte das Geschehene zwar nicht besser, aber er sah ein, dass die Beziehung keinen Sinn mehr hatte und erklärte sich bereit, die Wohnung aufzulösen und sich um einen Nachmieter zu kümmern. Luisas Vater vermittelte ihr die Wohnung eines Kollegen, dessen Tochter, die bisher darin gewohnt hatte, ins Ausland gegangen war. Sie würde einen Monat bei ihrer Oma wohnen müssen, aber dann konnte sie die Wohnung zu sehr fairen Konditionen übernehmen.

Wenn ich Spätschicht hatte, konnten wir danach abends auch mal weggehen und am nächsten Tag ausschlafen. Zumindest bis Spikey uns weckte, weil er raus musste.

An den kleinen Kerl hatte ich mich schnell gewöhnt. Und er schien sich auch in meiner Wohnung pudelwohl zu fühlen. Am ersten Abend hatte er sich zufrieden und klaglos vor meinem Bett zusammengerollt und die Nacht durchgeschlafen. Nur an den Haarteppich, den er unermüdlich hinterließ, konnte ich mich nicht gewöhnen. Mein alter Staubsauger, den ich in der Wohnung beim Einzug gefunden hatte, hatte seine liebe Mühe, die Massen an blonden Haaren aufzunehmen.

Der letzte Tag, bevor Luisa wieder zurückfahren musste, war ein Samstag und ich hatte frei. Wir fuhren ins Zentrum und entschieden uns für einen Spaziergang in den Tuilerien. Vor der Pyramide des Louvre zogen sich Besucherschlangen über den Hof davor.

Wir schritten durch den Triumphbogen in die weitläufige Parkanlage der Tuilerien.

„Paris ist wirklich schön.“, sagte Luisa.

„Find ich auch. Ich fühle mich auch wirklich sehr wohl hier. Nur ein paar Freunde wären schön.“

„Och, Lou.“ Luisa blieb kurz stehen und drückte mich. „Ich würde super gern hier bei dir sein. Aber ich kann nicht. In meiner Praxis fühle ich mich pudelwohl. Außerdem kann ich mir einfach nicht vorstellen, so gut Französisch zu sprechen, dass ich in der Sprache arbeiten kann. Was heißt denn überhaupt Zahn?“

„Dent.“

„Aha. Heißt das nicht so viel wie „von“? Habe ich mich gerade in meinem Selbstlernkurs mit beschäftigt.“

„Das ist *dont* – d-o-n-t.“

„Siehst du, das ist mir zu kompliziert. Und ehrlich gesagt, bleibe ich gerne in meiner gewohnten Umgebung ... ich bin doch ein kleiner Schisshase. Aber ich komme dich sehr gerne so oft es geht besuchen.“

Nach einer kleinen Pause fügte sie scherzhaft hinzu: „Ich kann dir Spikey dalassen, das ist der beste Freund, den man sich vorstellen kann.“

Ich lachte und schaute auf den Hund, der mit der Nase am Boden hektisch zickzack vor uns herlief. Ihn mussten die ganzen neuen Geruchseindrücke hier verrückt machen.

Am Ende der Tuilerien kamen wir an der Orangerie vorbei, in der sich Monets berühmte Seerosen befanden. Wir überlegten kurz, ob Luisa reingehen sollte, sie hatte sie noch nie gesehen. Einer musste ja mit Spikey draußen bleiben, deswegen konnten wir nicht zusammen gehen. Sie entschied sich aber dagegen und wollte es lieber irgendwann einmal mit mir zusammen machen. Also gingen wir weiter zum Place de la Concorde und machten eine kleine Pause, um den Blick auf den Obelisken und den Eiffelturm im Hintergrund zu genießen. Wir liefen einen kleinen Bogen, damit ich ihr das Hotel zeigen konnte, in dem ich vor meiner Anstellung im Grand gearbeitet hatte. Wir schauten nur schnell in die Lobby, da es mir ein bisschen unangenehm war und niemand, den ich kannte an der Rezeption stand. Schließlich bogen wir auf die Rue Royale ein und stellten uns in die Schlange vor La Durée. Mit einer kleinen aber feinen Auswahl an *macarons*, die unser Budget gerade noch vertragen konnte, setzten wir uns wenig später auf die Stufen der Madeleine und ließen es uns gut gehen. Der Cocker rollte sich auf unseren Füßen zusammen, er musste hundemüde sein nach dem ganzen Geschnüffel.

Am nächsten Morgen standen wir früh auf und fuhren mit Hund und Gepäck zum Gare de L'Est. Ich fühlte eine leichte Traurigkeit, Luisa ziehen zu lassen. Es tat wirklich immer gut, sie zu sehen.

In guten wie in schlechten Zeiten, dachte ich amüsiert. Zum Glück hatte sich ihre Situation schnell geklärt und ich wünschte ihr, dass sie sich in der neuen Wohnung schnell einlebte und Sven sie wirklich in Ruhe ließ.

An Gleis drei stand der ICE schon bereit. Wir nahmen uns zum Abschied in den Arm und als wir uns voneinander lösen wollten, merkten wir, dass der Hund uns wieder mit der Leine gefesselt hatte. Lachend tüdelten wir uns aus und ich beugte mich noch einmal herunter, um Spikey ordentlich durchzukraulen. Er nutzte das schamlos aus und schmiss sich auf den Rücken, damit ich auch seinen Bauch erwischte. Wir lachten, und auch einigen Vorbeieilenden entlockte die Szene ein Lächeln. Eine Durchsage kündigte die baldige Abfahrt des Zuges an und Luisa schnappte sich den Griff ihres Koffers. Sie gab mir die Hundeleine, damit sie ihren Monsterkoffer in den Zug hieven konnte und schob diesen ein Stück in den Gang.

Sie streckte ihre Hand aus, um nach der Leine zu greifen, hielt dann aber inne.

„Lou?"

„Ja?"

„Kann Spikey bei dir bleiben?"

„Was?! Äh, nein, ich meine, wie lange?"

„Für immer."

Ich musste ziemlich dämlich gucken, denn sie fügte schnell hinzu: „Ich finde ihn toll, aber ich habe gemerkt, dass ich kein Hundemensch bin. Ich werde ihm einfach nicht gerecht. Und wenn ich jetzt erstmal zu meiner Oma gehe, kann ich ihn ja gar nicht mitnehmen. Bitte Lou, ich habe euch die letzten Tage beobachtet, ihr seid wie füreinander gemacht."

„Naja, da bin ich mir jetzt nicht so sicher … " stammelte ich. „Ich habe doch kaum Platz, und die Arbeit … ich bin immer lange weg."

Es piepte und die Zugtüren schlossen sich. Luisa warf mir einen Luftkuss zu und hob Daumen und kleinen Finger ans Ohr zum Zeichen, dass sie mich später anrufen würde. Dann setzte der Zug sich in Bewegung und fuhr langsam mit der winkenden Luisa aus dem Bahnhof.

Perplex blickte ich dem ICE nach, bis er ganz aus meinem Blickfeld verschwunden war. Als ich die Umgebung wieder wahrnahm, war der Bahnsteig leergefegt. Nur ich stand noch da, mit „meinem" Hund an der Leine, der mich abwartend ansah und zögerlich mit dem Schwanz wedelte.

Ich fühlte mich überrumpelt und spürte Ärger auf Luisa aufsteigen, und dann Panik. Was sollte ich mit einem Hund in dieser großen Stadt? Weder meine Wohnung noch mein Lebensstil waren aktuell ideal, um ein Haustier zu halten.

Dann sortierte ich meine Gedanken. Im Moment konnte ich nichts tun, auch, wenn ich am liebsten dem nächstbesten Passanten die Leine in die Hand gedrückt hätte.

Ich würde später mit Luisa sprechen, wir mussten da eine andere Lösung finden.

Tolle beste Freundin, dachte ich. Da hast du es dir ganz schön leicht gemacht.

Laut sagte ich: „Komm, Spikey, wir gehen nach Hause."

Und kurze Zeit später saßen wir wieder in der Metro 5 Richtung Pantin.

Kapitel 20

Der nächste Tag war ein verregneter Montag. Zum Glück hatte ich Spätschicht, sodass ich zunächst einen ausgedehnten Spaziergang mit Spikey machen und dann die Wohnung hundesicher machen konnte. Ich hatte keine Ahnung, wie er sich verhalten würde, wenn man ihn alleine ließ. Luisa hatte aus dem Zug nochmal angerufen, aber nach kurzer Zeit war die Verbindung weggewesen. Seitdem hatte ich nichts wieder von ihr gehört.

Ich räumte alles Essbare aus den unteren Schränken der Küche in die oberen und stellte all meine Schuhe ins Schlafzimmer, von dem ich die Tür sorgfältig schloss.

Das Badezimmer ließ ich offen und stellte eine Schale mit Wasser auf die Fliesen, da konnte er ruhig rumkleckern. Dann nahm ich ein paar Handtücher und legte sie auf die Couch im Wohnzimmer, falls er es sich da gemütlich machen wollte. Plötzlich fiel mir ein, dass er ja was fressen musste. Das Hundefutter, das Luisa mitgebracht hatte, hatte sie natürlich wieder mitgenommen. Ich schaute in meinen Kühlschrank und fand ein bisschen Milch und ein gekochtes Ei. Auf der Arbeitsfläche lag noch eine Tüte mit einem Stück trockenen Baguette. Ich schälte das Ei und nahm eine weitere Schale, in der ich alles sorgfältig zusammenmixte.

Die Schale stand noch nicht ganz auf dem Boden, da hingen die Schlappohren schon darin, und nach gefühlten zwei Sekunden war nichts mehr da und „der improvisierte Fressnapf" blitzblank ausgeleckt. Spikey schaute mich auffordernd an und leckte sich die Schnauze.

„Tut mir leid, mehr habe ich nicht.", sagte ich und versuchte auszublenden, dass ich mich mit einem Hund unterhielt. „Vor der Arbeit kaufe ich noch schnell Futter und bringe es heute Abend mit."

Er sah mich immer noch mit der gleichen Miene an. „Versprochen.", fügte ich schuldbewusst hinzu.

Bevor ich die Wohnung verließ, sah ich mich noch einmal um, ob ich irgendetwas vergessen hatte, was in irgendeiner Weise gefährlich für den Hund oder durch den Hund gefährdet war. Zufrieden schnappte ich Jacke, Tasche und Schlüssel und öffnete die Tür. In einem Affenzahn drängte Spikey sich an mir vorbei und flitzte in den Flur.

„Nein!“, rief ich erschrocken. „Du kannst nicht mitkommen.“

Er schien mich nicht zu verstehen und sog mit Inbrunst die Luft des Innenhofes durch den Spalt unter der Eingangstür. Ich packte ihn am Halsband und beförderte ihn zurück in die Wohnung.

„Du bleibst!“, sagte ich bestimmt und blockierte mit meinem Bein den Spalt, den die halb geschlossene Tür freiließ. „Bis später, Spikey.“, sagte ich energisch, und während ich die Tür schloss, guckten mich die traurigsten Hundeaugen an, die ich jemals gesehen hatte.

Ich atmete einmal tief durch bevor ich die Eingangstür des Gebäudes hinter mir zuzog und in den Innenhof trat. Mit aufkeimendem schlechten Gewissen schaute ich auf die geschlossenen Läden meiner Erdgeschosswohnung, hinter denen nun ein Hund mit gebrochenem Herzen saß. Schnell schüttelte ich das Bild ab und machte mich auf den Weg zur Station Hoche. Jetzt musste ich mich beeilen, wenn ich vor Arbeitsbeginn noch Hundefutter kaufen wollte.

Im Monop neben dem Grand kaufte ich einen 5 Kilo Sack Hundefutter und erntete neugierige Blicke, als ich damit in mein Büro trat.

„Salut Lou. Was ist das, Hundefutter?“ Marion legte ihr Handy zur Seite, auf dem sie gerade eine private Nachricht geschrieben hatte.

„Ja.“, schnaufend stellte ich den Sack in die Ecke.

„Hast du einen Hund?“

„Ja, seit gestern.“ Es klang ziemlich verrückt in meinen eigenen Ohren. Kurz erzählte ich Marion was passiert war und sie war wenig hilfreich, indem sie zu bedenken gab, dass ein Hund doch ziemlich viel Arbeit machen musste.

Wir wurden unterbrochen, weil ihr Telefon klingelte, und ich richtete mich an meinem Platz ein und nahm einen Stapel Reservierungen aus dem Faxgerät.

Der Tag verlief ruhig und ich hatte mehr Zeit zum Nachdenken als mir lieb war. Ständig dachte ich, ob es Spikey wohl gut ging, oder ob er sich vor Kummer unters Sofa verkrochen hatte.

Immer, wenn jemand in unser Büro kam, musste ich erzählen, was es mit dem Futtersack auf sich hatte. Es stellte sich heraus, dass es unter meinen Kollegen viele Hundefans gab. Die meisten sagten, dass sie es cool fänden und auch gerne selber einen Hund hätten, aber sich das aufgrund von Platzmangel und zu wenig Zeit nicht vorstellen konnten. *Mir geht es nicht anders*, dachte ich genervt, fand es aber eigentlich auch ganz schön, mal im Zentrum der Aufmerksamkeit zu stehen.

Am Nachmittag stattete uns die Buchhaltung während einer Kaffeepause einen Besuch ab und ich kam wieder auf den Boden der Tatsachen zurück. Ehrlich gesagt wusste ich seit unserem Besuch in Versailles jetzt gar nicht mehr, was ich fühlen und denken sollte. Wieder hatte ich für einen kurzen Moment eine Vertrautheit zwischen Raphaël und mir verspürt, wie damals im Moulin Rouge. Immerhin hatte ich mit dem Mann, der mich regelmäßig um den Verstand brachte, im Versailler Spiegelsaal ein „Tänzchen" gewagt. Das konnten nicht viele Frauen behaupten. Andererseits war mir an dem Tag Clément auf einer ganz anderen Ebene begegnet und war seitdem sehr aufmerksam und nahm mich mehr zur Kenntnis.

Im Grunde war mir das aber alles unangenehm, und ich tat so, als würde ich konzentriert arbeiten, während die beiden sich mit Marion unterhielten. Erst nachdem sie wieder weg waren atmete ich innerlich auf und entspannte mich wieder.

Um Punkt 20:00 schnappte ich mir den Futtersack und verließ durch die Tiefgarage und den Raucherausgang das Büro. Niemand war mehr da.

Die Metro war angenehm leer, sodass ich mich hinsetzen konnte. Plötzlich fühlte ich mich erschöpft. Nicht vom Tragen des Futters, sondern von den Ereignissen der letzten Tage, Wochen und Monate. Was sollte ich denn jetzt machen mit diesen dämlichen Gefühlen für Raphaël? Wie lange sollte es so weitergehen? Würde das irgendwann abflauen, oder würde ich irgendwann verrückt werden?

Zu lange schon richtete sich meine Gefühlswelt hauptsächlich nach ihm. Meine Laune stand und fiel mit den flüchtigen Begegnungen auf der Arbeit. Ich musste an Titis Kommentar mit der friendzone denken und dachte bitter, dass wir keine Freunde waren. Wir waren eigentlich gar nichts. Er schien sich einen Spaß daraus zu machen, ab und zu zu testen, ob ich ihn noch vergötterte, indem er in den magischsten Umgebungen (Moulin Rouge, Versailles) auftauchte und meine Gefühle kitzelte, indem er mit mir interagierte und sogar leichte Berührungen zuließ. So baute er eine trügerische Vertrautheit auf, nur um dann wieder wochenlang lediglich über Rechnungen und Stornos zu kommunizieren.

Meine Ma machte mir auch nach wie vor Sorgen. In den letzten Telefonaten war sie mir auffällig verwirrt vorgekommen. Wenn sie mich dann an Papa weitergab, klang der immer sehr traurig und sagte, dass die Flaschen zwar nicht mehr würden, sie sich aber immer mehr gehen ließe, zwar noch arbeitete, aber ihren Teil des Haushalts nicht mehr schaffte.

Ich nahm mir vor, ihn am nächsten Tag anzurufen und noch einmal nachzuhaken, was es mit Marta Fernandez auf sich hatte. Irgendwie hatte ich im Gefühl, dass es wichtig war, da mal nachzuforschen. Hatte sie etwas mit Mamas Verwandlung zu tun?

„*Prochain arrêt: Hoche*“, tönte es aus dem Lautsprecher und ich erhob mich, hängte mir meine Tasche um, nahm den Futtersack auf die Arme und marschierte nach Hause.

Kaum hatte ich die Wohnungstür aufgeschlossen, da schob sich eine Schnauze in den Spalt und drückte die Tür mit aller Gewalt auf. Im nächsten Moment sprang Spikey wie verrückt an mir hoch, und versuchte mir das Gesicht abzulecken.

Ich legte alles ab und kniete mich in den Flur, um ihn beruhigend kraulen zu können. Wieder drehte er sich auf den Bauch und so saßen und lagen wir ein paar Minuten da. Über mir hörte ich Schritte auf der Treppe.

„Ciao Lou.“ Es war Frau Mancini.

„Bonsoir, Madame.“, sagte ich und stand auf. Spikey sprang auf die Beine und näherte sich neugierig der Nachbarin. Ich wollte ihn zurückrufen, aber Frau Mancini ließ ihn an ihrer Hand schnüffeln und strich ihm dann über den Kopf.

„Ist das dein Hund?“

„Ja.“, sagte ich zögernd. Ich wusste nicht, ob Hunde in dem Gebäude überhaupt erlaubt waren. „Also, eigentlich gehört er einer Freundin, aber ich werde ihn eine Weile behalten.“

„Er ist sehr süß. Hör zu, uns stört es nicht, wir sind den ganzen Tag unterwegs, und mit drei Kindern sind wir wahrscheinlich auch nicht die leisesten hier im Haus. Aber Madame Monnier hat sich heute bei mir beschwert, dass ein Hund den ganzen Tag gebellt hätte und ob ich wüsste, woher das käme."

Oh nein, dachte ich, das würde auf Dauer riesige Probleme bereiten.

Madame Monnier war die alte kettenrauchende Dame, die mit dem Mann zusammenwohnte, von dem niemand wusste, in welchem Verhältnis er zu ihr stand. Sie war sehr gehässig und liebte es, sich über ihre Nachbarn zu beschweren. Bestimmt hatte sie bereits den Hausverwalter oder meinen Vermieter informiert. Sie kannte wahrscheinlich sämtliche Telefonnummern, um immer schnellstmöglich zu handeln.

„Oh nein, das tut mir leid.", sagte ich zerknirscht. „Ich kenne ihn ehrlich gesagt erst seit ein paar Tagen und habe keine Ahnung, wie man mit einem Hund umgehen muss."

„Ich habe Madame Monnier erstmal beschwichtigt und gesagt, ich würde mich darum kümmern, das gibt dir ein paar Tage Zeit."

„Danke." Die Mancinis waren echt tolle Menschen und Nachbarn.

„Also, die Kinder würden sich bestimmt mit Begeisterung ab und zu mal um den Hund kümmern. Wie heißt er eigentlich?"

„Spikey."

„Sie würden bestimmt gerne nach der Schule mit Spikey eine Runde drehen."

Ich blickte sie dankbar an. „Das wäre toll! Dann wäre er nicht ganz so lange alleine, vielleicht hilft das ja."

„Ich erzähle ihnen aber erst morgen davon, sonst schlafen sie heute nicht." Madame Mancini zwinkerte mir zu.

„Vielen Dank. Ich habe morgen Nachmittag Zeit, dann können sie ja runterkommen und ich stelle ihnen Spikey vor."

„Das machen wir. Soll ich sie so um halb fünf runterschicken?"

„Perfekt. Dann bis morgen."

„Bis morgen, Lou." Madame Mancini verschwand hinter dem Treppenabsatz und ich betrat erleichtert meine Wohnung.

Mich empfing absolutes Chaos.

*

Ich brauchte ewig, um die Wohnung wieder in einen vernünftigen Zustand zu versetzen.

Der Hund musste unter akuter Langeweile gelitten haben. Oder er wollte sich dafür rächen, dass ich ihn alleingelassen hatte.

Die Handtücher, die ich vorsorglich auf die Couch gelegt hatte, lagen nun auf dem Boden und über das dunkle Polster der Couch zog sich ein blonder Haarteppich. Ein Handtuch wies einen Fleck auf und als ich vorsichtig daran roch, bestätige sich meine Befürchtung, dass Spikey sein Bein daran gehoben hatte.

Böses ahnend schaute ich mich weiter um, und entdeckte, dem Geruch folgend, vor der Küche einen dicken Haufen. Mein Magen zog sich zusammen, als ich eine Mülltüte hervorkramte und den Haufen angewidert aufhob. Da ich nicht wusste, wohin damit, öffnete ich die Läden und die Fenster und legte ihn außen auf die Fensterbank. Stickige Luft vom Innenhof wehte herein, aber ich empfand es trotzdem als willkommene Erfrischung.

Überall in der Wohnung lagen Fetzen von Klopapier herum, und als ich ins Bad ging, fand ich die leere Klopapierrolle noch in der Halterung hängend.

Ich sammelte alles ein und warf die Handtücher in die Waschmaschine. Dann schnappte ich mir den Staubsauger, um den Bergen an Fell Herr zu werden. Anschließend wischte ich gründlich den Boden und fand dabei unter der Couch leere Chocobon Verpackungen.

Panisch blickte ich den Hund an.

„Hast du das alles gefressen?“

Ich hatte schon mehrfach gehört, dass Schokolade giftig für Hunde war. Er schaute mich nur treuherzig an. Mein Blick fiel auf die leere Schale auf dem Couchtisch, in der die Chocobons gelegen hatten. Die hatte ich vergessen wegzuräumen. Seufzend warf ich die Verpackungen in den Müll und hoffte, dass ihm die Nascherei nicht zum Verhängnis werden würde.

Schließlich war alles beseitigt und ich wollte mich gerade erschöpft auf die Couch fallen lassen, als mir einfiel, dass der Hund ja auch noch raus musste. Ich raffte mich auf, nahm ein paar Tüten für eventuelle Hundehaufen mit, und drehte eine Runde um den Block. Wieder zu Hause füllte ich zwei Hände voll Hundekroketten in eine Schale und setzte sie Spikey vor. Zufrieden knusperte er alles auf und leckte sich anschließend die Schnauze. Dann kam er zu mir zur Couch, legte seinen Kopf auf meine Knie und sah mich dankbar an.

Ich streichelte seinen Kopf und konnte ihm trotz allem nicht böse sein. Schließlich kam für ihn auch alles sehr überraschend. Er war aus seiner gewohnten Umgebung gerissen und erstmal stundenlang alleine gelassen worden. Wahrscheinlich hatte er Hunger gehabt und hatte verzweifelt seine Notdurft in der Wohnung verrichtet, weil es einfach zu lange war. Eigentlich war er nämlich absolut stubenrein.

Ich stand auf, putzte meine Zähne, zog mich aus und fiel ins Bett. Spikey folgte mir und rollte sich vor meinem Bett zusammen.

***

„Tschuldigung, ich bin zu spät." Außer Atem ließ ich mich in meinen Bürostuhl fallen und stellte meine Tasche ab.

„Kein Problem.", sagte Marion, die wahrscheinlich wie immer, bereits seit ein paar Minuten vor Arbeitsbeginn vor ihrem Bildschirm saß.

Jetzt stand sie aber auf, und fragte mich, ob ich auch einen Kaffee wollte. Ich bejahte und bedankte mich überschwänglich. Sie konnte wirklich nett sein.

„Ist alles in Ordnung?", fragte sie, während sie ihren Kaffeeschlüssel suchte.

„Ja, alles in Ordnung. Ich musste nur noch mit dem Hund raus. Vor der Frühschicht muss man dafür ganz schön früh aufstehen."

„Das glaube ich. Wie gesagt, für mich wäre das nichts. Aber hast du mal ein Foto?"

„Klar, warte." Ich nahm mein Handy aus meiner Tasche und suchte in den Fotos nach einem von den Tagen mit Luisa, auf dem Spikey gut zu sehen war.

„Er ist wirklich süß.“, gab Marion zu, und machte sich auf den Weg zum Kaffeeautomaten.

Während ich mich einloggte hörte ich im Flur Cléments Stimme, der Marion fragte, ob ich schon da sei.

Verwundert drehte ich mich in Richtung Tür, und da stand er auch schon.

„Bonjour, Lou.“

„Bonjour.“, sagte ich irritiert. „Du bist aber früh dran heute.“

„Ja, es gibt viel zu tun. Ähm, ich wollte dich fragen, ob du diese Woche mal Zeit hast?»

Ich wurde ein bisschen nervös. Was war das denn jetzt in aller Öffentlichkeit?

„Ja klar, wann passt es dir denn?“, fragte ich ein bisschen unsicher.

„Übermorgen nach der Arbeit?“

Ich musste darauf hoffen, dass die Mancinis mit Spikey gehen würden. Ich ging einfach davon aus und sagte: „Das geht. Wo sollen wir denn hingehen?“

„Das ist ganz egal. Indiana Café République?“

„Okay.“ Mein Herz klopfte und ich versuchte, Marion zu ignorieren, die mit unseren Kaffees wartend in der Tür stand und grinste.

Sie hatte aber den Anstand, keine doofen Kommentare zu machen, nachdem Clément gegangen war.

Es fiel mir schwer, mich auf die Arbeit zu konzentrieren, weil ich wahnsinnig neugierig war, was er mir mitzuteilen hatte.

Die Zeit verging im Schneckentempo und ich hoffte inbrünstig, dass Spikey nicht gerade wieder das Haus zusammenbellte und Haufen in die Wohnung machte.

Der Ärger auf Luisa kam wieder hoch, weil sie mich in diese miss - liche Lage gebracht hatte. Wie sollte ich mich um einen Hund kümmern, wenn ich mich noch nicht mal vernünftig um mich selber kümmern konnte? Ich war von einem Tag auf den anderen total unflexibel geworden, weil zu Hause immer jemand auf mich wartete.

Hoffentlich hatten die Kinder wirklich Lust, ihn mal Gassi zu führen, das würde ja schon helfen. Heute Abend wollte auch Luisa anrufen, das hatte sie über WhatsApp versprochen. Vielleicht gab es da ja auch Neuigkeiten. Wahrscheinlich vermisste sie ihn und wollte ihn wieder nach Deutschland holen, wenn sie in die neue Wohnung zog.

Trotzdem saß ich wie auf heißen Kohlen und war froh als endlich Schichtwechsel war.

Auf dem Weg nach Hause ging ich noch in ein Zoofachgeschäft und kaufte zwei Näpfe, Leckerlis und einen kleinen Spender für Hundehaufentüten, den man an der Leine befestigen konnte. In einem anderen Laden erstand ich einen Überwurf für meine Couch.

Die Wohnung sah diesmal super aus. Lediglich das Klopapier hatte mal wieder herhalten müssen. Und ich hatte offensichtlich vergessen, die Schlafzimmertür zu schließen, denn als ich erschrocken nachschaute, sah ich eine Kuhle auf dem Bett, die, wie ich feststellte, noch warm war.

Spikey sprang an mir hoch und forderte eine Krauleinheit als Belohnung dafür ein, dass er so brav gewesen war. Gerne tat ich

ihm diesen Gefallen, denn mir fiel ein Stein vom Herzen, dass man ihn scheinbar doch beruhigt alleine lassen konnte.

Um Punkt 16:30 klingelte es an meiner Tür. Ich öffnete, und die drei Mancini Kinder schauten mich gespannt und mit leuchtenden Augen an.

„Können wir ihn sehen?“, fragten sie im Chor. Das ließ der Cocker sich nicht zweimal sagen und drängte sich an mir vorbei in den Flur.

„Oh, ist der süß!“, rief Giulia und ging sofort in die Knie. Ich hatte keine Ahnung, ob Spikey Erfahrung mit Kindern hatte, aber die drei waren trotz ihrer Neugier sehr vorsichtig und schon bald lag der Hund auf dem Rücken. Die drei lachten laut, worauf sich im zweiten Stock eine Tür öffnete und eine krächzende Stimme schrie: „Könnt ihr nicht leiser sein? Schreckliche Gören.“ Und die Tür fiel wieder ins Schloss.

Andrea, Giulia und Luca reduzierten ihr Lachen auf ein Kichern, sie kannten das schon, so angeblafft zu werden.

„Wollen wir mal mit ihm Gassi gehen?“, fragte ich.

„Ich nehm ihn!“, kam aus drei Mündern gleichzeitig.

„Das wird nicht gehen, wir müssen das der Reihe nach machen.“, sagte ich und fühlte mich sehr erwachsen, während ich die Leine holte.

Ich schlug vor, dass Andrea anfangen solle, weil er einfach der älteste war, und erstmal testen sollte, ob Spikey keinen Quatsch machte. Die Jüngeren waren einverstanden und wir setzten uns in Bewegung. Der Hund ließ sich bereitwillig führen, und nur ab und

zu musste ihn der jeweilige Leinenhalter mitziehen, wenn er zu lang schnüffelte oder sich Müll näherte. Nach einer langen Diskussion erklärte Andrea sich bereit, den Haufen einzutüten, den Spikey mitten auf den Gehsteig gesetzt hatte. Angewidert griff er mit langem Arm danach und schleuderte die Tüte dann in den nächsten Mülleimer. Alles in allem klappte es sehr gut und die Kinder waren einverstanden, nach Absprache den Hund auszuführen.

Als wir wieder zu Hause waren und ich die Tür hinter mir geschlossen hatte, atmete ich hörbar auf. Ich war sehr erleichtert, dass ich nun Hilfe hatte.

Wenig später rief Luisa an und alles, was ich mir für die Standpauke für sie zurechtgelegt hatte, verflog, als sie mich begrüßte mit: „Ich bin so froh, dass es dich gibt."

Ich musste unwillkürlich grinsen und sagte nur: „Danke."

„Es tut mir leid, dass ich dich so überrumpelt habe.", sagte sie kleinlaut. „Ich wusste in dem Moment nicht, was ich machen sollte. Wie klappt es denn mit Spikey?"

„Gut." Ich erzählte ihr von dem Chaos, welches er am ersten Tag, an dem er alleine war, angerichtet hatte, dann aber von den Fortschritten, die wir seit dem gemacht hatten und von den Mancinis. Es war verrückt. Es war alles erst ein paar Tage her, ich hatte das Gefühl, es handele sich um Wochen. Dann fragte ich sie, ob sie vorhatte, den Hund wieder zu sich zu holen.

„Ich will ganz ehrlich sein, Lou: Ich wäre sehr glücklich, wenn du ihn behieltest."

Obwohl ich damit gerechnet hatte, fühlte ich mich ein bisschen vor den Kopf gestoßen.

Sie sagte: „Ich wollte immer einen Hund haben, und es war toll mit ihm, aber ich habe eben auch gemerkt, dass ich nicht mit Herz und Seele dabei bin. Es war aus einer Laune heraus, unter dem Einfluss der rosaroten Brille ... ich bin ein schlechter Mensch."

„Na na, jetzt hör schon auf, das bringt uns auch nicht weiter. Also, ich muss sagen, dass es mein Leben hier ziemlich umkrempeln wird, und ich Angst habe, immer gebunden zu sein. Aber ich verstehe auch, dass es für dich momentan schwierig ist. Und zurück ins Tierheim geben können wir ihn ja schlecht. Ich versuche es, okay? Aber, wenn ich merke, dass es mich zu sehr einschränkt, müssen wir nochmal reden."

„Verstanden. Danke, vielen Dank. Ich kann dir monatlich Geld überweisen, für Futter. Und wenn er zum Tierarzt muss, können wir uns die Rechnung teilen, ja?"

„In Ordnung. Und du musst ihn mindestens drei Mal im Jahr besuchen."

Luisa lachte. „Ich komm so oft ich kann, weißt du doch!" „Hat er irgendwelche Papiere, die ich benötige?"

„Ja, also er hat natürlich seinen Impfpass, und dann noch Unterlagen vom Tierheim. Das kann ich dir alles zuschicken."

„Ist gut. Dann meld dich mal, wenn du umgezogen bist. Und schick ein paar Bilder von der Wohnung."

„Das mache ich. Danke nochmal, Lou. Du bist die Beste!"

Kapitel 21

Ich ertappte mich dabei, wie ich an meinen Fingernägeln kaute, und steckte meine Hände schnell in die Taschen meines Mantels. Suchend wanderten meine Augen über die Tische, während ich auf das Indiana Café am Place de la République zulief.

Um diese Uhrzeit war nicht viel los und ich entdeckte ihn an einem Tisch auf der *terrasse*, der halb durch eine der Anzeigetafeln mit dem Menü verdeckt wurde. Er winkte. Ich steuerte auf den Tisch zu.

Es war bewölkt und kühl, und ich zog meinen Mantel weiter zu, dessen Reißverschluss schon länger kaputt war, weswegen ich ihn zuhalten musste. Ich hätte ihn entsorgen sollen, aber es war mein langjähriger Lieblingsmantel und ich hatte mich noch nicht trennen können.

Als ich am Tisch ankam stand Clément auf und gab mir zwei *bisous*. Ich setzte mich und sah mich im Café um. Es war wirklich fast nichts los an diesem Dienstagnachmittag, sodass die Bedienung sofort zu uns kam. Wir bestellten zwei *cafés crème*. Leicht nervös, überlegte ich, was ich sagen sollte, aber er kam mir zuvor.

„Ich wollte nur fragen, ob du nochmal reden wolltest, wegen deiner Mutter."

Das überraschte mich. Ich wusste zwar nicht, was ich erwartet hatte, aber das eigentlich nicht.

„Danke, das ist wirklich nett.", sagte ich, hatte aber gar keine Lust darüber zu reden. Ich wollte lieber über etwas anderes sprechen, um mich abzulenken. Außerdem mochte ich ihn wirklich gern und hatte Lust auf ein nettes Gespräch.

Trotzdem war ich dankbar und sagte: „Ihr geht es nicht sehr gut, glaube ich. Aber wie du schon sagtest, ist man leider machtlos."

Wir schwiegen kurz.

Dann sagte Clément: „Es tut mir wirklich leid, Lou. Wenn ich irgendwas für dich tun kann, sag es einfach."

Ich freute mich, dass er sich so um mich sorgte, es fühlte sich an als hätte ich einen richtig guten Freund, obwohl ich Clément noch kaum kannte. Aber Gemeinsamkeiten durfte man als Vertrauensfaktor nicht unterschätzen.

Trotzdem wollte ich die Zeit lieber nutzen, um ihn besser kennenzulernen, wenn wir schon mal zusammen saßen.

„Erzähl doch mal von deiner Schwester. Du sagtest, sie wohnt in Monaco?"

„Ja, sie ist Zahnärztin und hat einen sehr guten Job in einer Praxis gefunden, die auf ästhetische Chirurgie spezialisiert ist. Naja, Monaco eben. Die Reichen zahlen gut, um schön zu werden ... oder zu bleiben."

„Das klingt spannend ... aber auch oberflächlich."

„Ist es bestimmt auch. Aber meine Schwester mag es. Sie sieht eher die technische Seite, sie findet es spannend, neue Methoden und Verfahren anzuwenden. Sie selber ist überhaupt nicht oberflächlich."

„Wie heißt sie denn? Ist sie älter oder jünger?" Ich wollte mir ein Bild von seiner Schwester machen.

„Aurélie. Sie ist älter, ich bin doch noch super jung!", sagte er gespielt beleidigt. Ich wusste nicht wie alt er war, hatte ihn aber ungefähr gleich alt wie mich, und die meisten anderen im Grand, geschätzt, Mitte zwanzig.

„Ja, stimmt, entschuldige, sie hat wahrscheinlich erstmal lange studiert. Hat sie Kinder?"

„Nein, dafür hat sie keine Zeit."

Ich dachte an Titi und sagte: "Meine ältere Schwester auch nicht. Sie ist ein ... wie sagt man das ... workoholic."

„Ich kenne das Wort. Man würde auf Französisch sagen: *Elle est accro au boulot.*"

Den Begriff „accro" kannte ich, das machte Sinn.

Plötzlich ergriff Clément meine Hand. Ich erschrak ein bisschen und sah ihn erstaunt an.

Er lächelte vorsichtig und fragte: „Darf ich?"

Es war nicht unangenehm, deswegen nickte ich und ließ es geschehen.

Wir blickten beide Richtung Place de la République und sahen uns nicht an. Ich spürte die Wärme seiner Hand die angenehm schwer in meiner lag und wusste nicht, was ich tun oder sagen sollte.

So saßen wir da, ich hatte keine Ahnung wie lange, aber es konnten nur Minuten gewesen sein.

Schließlich sagte er: „Soll ich dich ein Stück nach Hause fahren? Ich bin mit dem Roller da."

Ich sah ihn an und erwiderte: "Ja, sehr gern."

„Ist Bassin de la Villette O.K.?"

Ich nickte. „Klar, von da kann ich laufen."

Er drückte noch einmal meine Hand, bevor er sie losließ.

Wir riefen die Bedienung, bezahlten und erhoben uns. Clément sagte: „Danke für das schöne Treffen."

Ich war überrascht, weil wir ja eigentlich nicht viel gesprochen hatten und es auch recht kurz ausgefallen war. Aber angenehm war es trotzdem gewesen, das hatte ich auch so empfunden.

Wir gingen Richtung Rue du Temple wo an einer Ecke sein Roller stand. Er entnahm dem Fach unter dem Sitz zwei Helme und reichte mir einen.

Kurz darauf schlängelten wir uns zwischen den Autos hindurch über den Boulevard Voltaire. Ich hätte mir bei der waghalsigen Fahrt am liebsten die Augen zugehalten, aber dann hätte ich mich nicht an Clément klammern können, was durchaus notwendig war. Ich war noch nie motorisiert durch den Pariser Verkehr gefahren, immer nur mit dem Fahrrad, und ich merkte erst jetzt wie anstrengend es sein musste und wie langsam man eigentlich vorankam.

Clément fuhr sehr sicher, man merkte, dass er das nicht zum ersten Mal machte. Trotzdem hielt ich bei gewissen Manövern den Atem an und versuchte so still wie möglich zu sitzen, damit ich durch mein Gewicht nichts aus dem Gleichgewicht brachte.

Nach ein paar Minuten entspannte ich mich jedoch und merkte, dass er wirklich sehr sicher fuhr und absolute Kontrolle über das Gefährt hatte. Trotzdem lehnte sich der Roller in den Kurven für meinen Geschmack etwas zu sehr auf die Seite, als führen wir mit einem echten Motorrad mit hoher Geschwindigkeit auf der Autobahn. Auch wenn es wahrscheinlich verboten war, überholten wir immer mehr Autos und fuhren oft nur knapp über eine tieforange Ampel.

Wir kamen am Place de la Bastille vorbei, was eigentlich die falsche Richtung war, wenn er mich nach Hause bringen wollte. Aber ich vertraute darauf, dass er wusste was er tat.

Irgendwann kam die Seine in Sicht, dahinter auf der anderen Seite der *Jardins des Plantes*. War der Himmel noch wolkenverhangen gewesen, zwängten sich plötzlich Sonnenstrahlen durch die graue Decke und brachten das Wasser zum glitzern. Wir bogen auf die Strasse ab, die diesseits der Seine entlangführte und hatten eine grüne Welle, sodass es sich anfühlte als würden wir dahinfliegen.

Plötzlich machte Clément einen Schlenker und wir fuhren direkt auf einem der Quai de Seine am Wasser entlang. Die Wolken waren nun über uns komplett aufgebrochen und ich musste die Augen zukneifen, um nicht geblendet zu werden. Clément machte schlauerweise sein Visier herunter und ich tat es ihm nach.

Wir fuhren jetzt ruhiger, aber am Wasser war es windig und kühl, und ich spürte wie sich auf meinen Armen eine Gänsehaut ausbreitete. Obwohl ich mich nun nicht mehr so stark hätte festklammern müssen, drückte ich mich fest an Clément und spürte gleichzeitig ein großes Gefühl von Sicherheit und Freiheit.

Auf der Seine tummelten sich Lastkähne, private Schnellboote, vereinzelte, mutige Stand-Up Paddler und die allgegenwärtigen Bateaux Mouches. Von manchen Booten tönten Erklärungen in verschiedenen Sprachen blechern aus Lautsprechern. Von anderen hörte man keinen Ton, da alle Passagiere Kopfhörer in den Ohren hatten.

Auf allen sah man Touristen sich über die Reling lehnen, um mit ihren Handys Fotos der sich am Ufer aneinanderreihenden Sehenswürdigkeiten zu machen. Manche allerdings hatten kein Handy gezückt und ließen das, was an ihnen vorbeizog einfach auf sich wirken. Ich erinnerte mich, wie ich mich die paar Male, die ich eine solche Bootstour gemacht hatte, gefühlt hatte. Ich war der Tourist gewesen und hatte eher wehmütig auf das Leben der Pariser, das sich am Festland abspielte, geschaut. Jetzt war es genau andersherum, dachte ich amüsiert und mit einem kleinen Flattern im Bauch. Ich war eine Pariserin, die an den Touristen vorbeifuhr. Ich schmiegte mich noch ein bisschen enger an Clément, es war mir egal, wie er das interpretieren würde, ich war einfach sehr glücklich.

Viel zu schnell fuhren wir wieder hoch auf einen der Boulevards und waren nun in Bercy, wie ich zu erkennen glaubte. Wir entfernten uns dann immer mehr vom Zentrum, bis wir irgendwann am Parc des Buttes Chaumont vorbeikamen und Clément schließlich am Bassin de la Villette anhielt und den Motor ausstellte. Wir nahmen unsere Helme ab, und er verstaute meinen wieder unter dem Sitz.

Nach der Fahrt fühlte sich plötzlich alles so ruhig an, obwohl auch hier Menschen wuselten und man den Verkehr hörte. Aber das beruhigende Geräusch des Rollermotors fehlte, und der Fahrtwind.

Ich wollte mich gerade bei Clément bedanken, als dieser über meinen Kopf hinweg ein Handzeichen gab, als wolle er jemanden herwinken.

Ich drehte den Kopf und schaute in dieselbe Richtung. Auf uns zu kam ein Mann wie ein Disney Prinz. Groß, muskulös, leger aber chic gekleidet und ein Gesicht wie von Bernini persönlich aus Marmor gemeißelt.

Ich merkte wie ich starrte, konnte aber nichts dagegen tun.

Ruhig aber forschen Schrittes kam der Mann auf uns zu. Je näher er kam, umso genauer konnte ich seine makellosen Gesichtszüge und seinen muskulösen Körper erkennen, der, auch wenn die Kleidung nicht eng anlag, sich deutlich abzeichnete.

Bei uns angekommen, schenkte er mir ein strahlendes Lächeln. Ich sog unkontrolliert scharf die Luft ein und kam nicht umhin, Clément einen fragenden Blick zuzuwerfen.

„Ich bin Guillaume.“, stellte der Adonis sich vor und gab mir zwei *bisous*. Eine Wolke aus intensivem, aber angenehmem Parfum umfing mich, dass mir fast schwindelig wurde.

Dann ging er zu Clément und gab ihm einen Kuss auf den Mund.

Ein bisschen perplex versuchte ich zu begreifen, was hier gerade passiert war.

Weil die Männer mich anstarrten, löste ich mich mit Mühe aus meiner Verwunderung und sagte: „Enchantée, ich bin Lou.“

„Lou ist eine Kollegin von mir.“, erklärte nun Clément.

„Es freut mich, dich kennenzulernen, Lou.“, sagte Guillaume. „Clément hat mir bisher noch nicht viele seiner Kollegen vorgestellt.“

Ich spürte einerseits Erleichterung, denn ich wollte Clément gerne als Freund haben, war mir aber kurz nicht sicher gewesen, ob da wieder mal eine andere Nuance war, die dies erschweren würde.

Andererseits fühlte ich mich überrumpelt, dass mir ohne Vorwarnung so plötzlich ein Halbgott gegenüber stand, von dem man nur schwer den Blick abwenden konnte, und der offensichtlich Cléments Partner war.

Ohne weiteren Smalltalk verabschiedete ich mich schnell von den beiden und wandte mich Richtung Bassin, um dann am Ourcq entlang nach Hause zu wandern.

Vor meinem Gebäude angekommen, klingelte ich bei den Mancinis, um meinen Schlüssel abzuholen. Die Kinder waren begeistert von

Spikey, es hatte alles gut geklappt. Ich bedankte mich herzlich und nahm mir vor, mich daran zu erinnern einen Schlüssel nachmachen zu lassen.

Ich ging noch schnell zum Briefkasten, und fand dort einen Brief von Luisa. Das würden Spikeys Papiere sein. *Jetzt ist es offiziell,* dachte ich mit etwas gemischten Gefühlen.

Kapitel 22

Voller Vorfreude nahm ich meine Tasche und ging auf die Damentoilette, um mich frisch zu machen, wie es so schön hieß.

Ich zog mein Jackett aus und legte es sorgfältig auf den Waschbeckenrand. Dann knöpfte ich meine Bluse auf und legte sie darüber. Aus meiner Tasche zauberte ich ein Deo und trug es sorgfältig auf. Ich ging mit meinem Gesicht nah an den Spiegel und betrachtete mich eine Weile. Mein „Make up" befand ich noch als tauglich.

Auf dem Weg zur Arbeit war ich extra noch bei Sephora vorbeigegangen und hatte mir einen Lippenstift gekauft. Vorsichtig trug ich ihn auf, damit er auch ja dezent aussah. Dann zog ich mich wieder an und prüfte noch einmal die Frisur.

Wenig später quetschte ich mich in eine überfüllte *rame* der Linie 8. Wir hatten uns gerade in Bewegung gesetzt, da stieg mir ein beißender Geruch in die Nase und ich versuchte, durch die anderen Fahrgäste hindurch auszumachen, woher der Gestank kam.

Es war jedoch einfach zu voll, man konnte nichts erkennen. Ich hörte nur, wie sich andere auch beschwerten und sah wie manche sich die Hand vor Mund und Nase hielten. Die übernächste Station war République, wo wie immer viele Menschen ausstiegen. Ich schaute durch den Waggon und sah am anderen Ende auf einem ansonsten leeren Vierersitz einen zusammengesunkenen *clochard,* der, hoffentlich, schlief. Wieder wehte aus seiner Richtung ein Gemisch aus Urin, Schweiß und Alkohol durch den Wagen und ich hätte gerne den Waggon gewechselt. Aber da stiegen schon wieder die nächsten Menschenmassen ein. Um den ausdünstenden Körper des armen Mannes herum ließen sie vorsichtig Abstand, weswegen es im restlichen Teil des Wagens wieder zu Gedränge kam. Ich war froh, als ich endlich an meine Station kam, und atmete erst einmal tief ein, als ich auf dem Bahnsteig stand. Dass es auch nur stickige Metroluft war, war mir egal.

Ich straffte die Schultern. Ich wollte einfach nur einen schönen Abend haben, den ließ ich mir jetzt nicht verderben.

Ein Blick auf meine Uhr verriet mir, dass ich noch eine halbe Stunde Zeit hatte. Perfekt.

Beschwingten Schrittes folgte ich den Schildern *Place de l'Opéra*. Außer mir strebten noch andere Menschen, die ihrer Kleidung nach zu urteilen, ebenfalls in die Oper wollten, dem Ausgang zu. Mein Herz machte einen kleinen Freudensprung, als ich schließlich auf dem Platz stand und sich der Palais Garnier vor mir erhob, den ich nun endlich von innen sehen würde. Ich hatte ein Last Minute Ticket für das *Spectacle de l'école de danse* bekommen, dass alljährlich stattfand, und war unglaublich gespannt.

Nervös ging ich die Treppen zum Eingang empor. Ich fühlte mich richtig feierlich und die anfängliche Angst, dass es komisch sein würde einen solchen Abend alleine zu erleben, war augenblicklich verschwunden. Ich konnte mir gerade nichts Schöneres vorstellen, als auf diesen Stufen zu stehen und gleich mein Ticket vorzuzeigen.

Der Besuchereinlass erfolgte allerdings nicht durch den Haupt-, sondern, wie ich ein bisschen enttäuscht feststellte, durch einen Seiteneingang. Man gelangte zunächst in einen Saal, der trotz Mosaiken auf dem Boden, marmornen Säulen und einer Stuckdecke irgendwie schlicht wirkte.

Mein Ticket wurde kontrolliert und als ich weiterging erhob sich über mir ein fast weißes, prunkvoll verziertes Gewölbe. Darunter in der Mitte war ein trockengelegtes Brunnenbecken mit einer Frauenstatue und riesigen Kerzenhaltern. Rechts und links davon zwei Treppenaufgänge.

Ich ließ mich von dem Strom der anderen Besucher mitziehen, bis ich endlich am Fuße der *Grand Escalier* stand. Vor mir erhoben sich zwei imposante Treppenaufgänge aus Marmor über mehrere Etagen. Ähnlich wie in Versailles, jedoch noch aufwendiger und dramatischer in Szene gesetzt, hielten Frauenstatuen komplexe Leuchter in die Luft. Über allem erstreckte sich in schwindelerregender Höhe ein riesiges Gewölbe.

Ehrfürchtig begann ich meinen Aufstieg und versuchte dabei, so viel wie möglich wahrzunehmen. Die Stufen fühlten sich ungewohnt flach an, wahrscheinlich damit die Damen früher nicht über ihre ausladenden Ballkleider stolpern konnten.

Als ich auf der Höhe des Parterre ankam, empfing mich sofort ein Platzanweiser. Er warf einen Blick auf mein Ticket und wies mich an, ihm zu folgen.

Ich konnte es kaum glauben, als ich in den Saal schritt und er mich auf die erste Reihe im Parkett verwies. Vorsichtig schlängelte ich mich an den Knien der bereits Sitzenden vorbei, und ließ mich schließlich auf meinem Platz, genau mittig, frontal zur Bühne nieder. Der üppige Vorhang, der überraschenderweise kein echter, sondern gemalt war, wartete bereits darauf sich zu heben und die Luft knisterte merklich. Gespannt lehnte ich mich in meinem samtenen roten Sitz zurück.

Ich erinnerte mich, mal gehört zu haben, dass Rot in Theatern benutzt wurde, weil es das Licht in vorteilhafter Art und Weise auf Haut scheinen ließ. Heimlich hielt ich meine Hand ein bisschen hoch und betrachtete sie aufmerksam, um zu prüfen, ob es stimmte.

Wenig später erlosch das Licht und als es wieder anging, blickte ich auf den kahlen Hinterkopf des Dirigenten. Ich saß direkt vor dem Orchestergraben.

Die ersten Töne der Ouvertüre von *Coppélia* erklangen. Kurz darauf lüftete sich der Vorhang.

*

Der rauschende Applaus nach dem ersten Akt verebbte nach und nach und die Menschen setzten sich in Bewegung. Ich ließ meinen Blazer auf meinem Stuhl liegen und wartete geduldig bis ich an der Reihe war aufzustehen.

Als ich wieder im Foyer stand, zögerte ich kurz, mir etwas an der Bar zu bestellen, überlegte es mir jedoch angesichts der Schlangen schnell anders. Wahrscheinlich hätte man vorbestellen müssen. Und irgendwie fand ich die Vorstellung dann doch ein bisschen traurig, ein Glas in der Hand zu halten und mit niemandem anstoßen zu können.

Ich traute mich nicht, mich zu weit vom Saal zu entfernen, da ich nicht einschätzen konnte, wie weitläufig das Gebäude tatsächlich war. Also entschied ich mich für eine Richtung, folgte den Zuschauermassen und kam in einen Spiegelsaal, der es problemlos mit dem in Versailles aufnehmen konnte. Gold, Stuck, Kandelaber und die leuchtenden Farben der Wand- und Deckengemälde versuchten sich gegenseitig zu übertrumpfen, dass einem schwindelig wurde.

Ich staunte und schritt langsam durch den protzigen Saal. Den Blick nach oben gerichtet, stieß ich plötzlich unsanft mit jemandem zusammen. Ich erschrak und entschuldigte mich noch bevor ich sehen konnte, wen ich in diesen kleinen Unfall verwickelt hatte. Als ich mich umdrehte und die Person ansah, zuckte ich unwillkürlich zusammen. Aus Höflichkeit versuchte ich aber, mir nichts anmerken zu lassen.

Es handelte sich um einen Mann, nicht groß, aber stattlich und sehr exquisit gekleidet. Er trug keinen einfachen Anzug, sondern eine Art Frack über einer roten, mit feinen Ornamenten bestickten Weste und einem weißen Hemd. Als wäre das alles nicht bereits exotisch genug, fiel über seine Schultern ein dunkles Cape.

Noch faszinierter als von der Kleidung, die aus einer anderen Zeit zu stammen schien, war ich von seinem Gesicht, über deren rechte Hälfte sich ein großes Feuermal zog. Es war gleichmäßig und entstellte ihn keineswegs, er war sogar sehr attraktiv. Seine blauen Augen waren durchdringend, aber freundlich.

Ich musste ihn so erschrocken angestarrt haben, dass er plötzlich schmunzelte.

Dann beugte er sich zu mir und sagte leise: „Ich weiß, was sie denken, Mademoiselle."

Als er weiterging, lüftete sich durch den Windzug das Cape ein bisschen, wie ein kleiner Umhang.

Ich merkte, wie ich ihm ungeniert hinterherstarrte. Es war mir peinlich, aber ich konnte nicht anders. Zum Glück drehte er sich nicht noch einmal um und verschwand bald darauf wie von Zauberhand im Getümmel der anderen Besucher. Ich blieb zurück mit dem Gefühl in ein Zeitportal geraten zu sein.

Nur langsam löste ich mich aus meiner Starre und nahm jetzt wieder das Gerede und die Gerüche der vielen Menschen wahr, die sich bereits langsam wieder in Richtung Auditorium in Bewegung setzen. Die Pause schien sich dem Ende zuzuneigen.

*

Der Applaus wollte nicht versiegen. Immer und immer wieder hob und senkte sich der Vorhang zu den Ovationen des begeisterten Publikums. Meine Hände kribbelten schon vom Klatschen und ich merkte wie mein Ring drohte, vom Finger zu rutschen. Ich stellte mir vor wie stolz die Eltern der *élèves* jetzt sein mussten und bekam ein ganz warmes Gefühl im Bauch. Gleichzeitig fragte ich mich wieviel Arbeit, Zeit, Schweiß und vermutlich Tränen wohl in so eine Ausbildung und die anschließende Karriere flossen. Es musste für die Tänzer, die ihre Kindheit ja gefühlt viel zu früh beendeten, weil sie anfangs vielleicht nur Talent, dann aber eine Berufung verspürten, unglaublich viel Disziplin und Einsatz bedeuten.

Noch schwieriger war es aber vermutlich für deren Eltern. Diese hatten bestimmt nur Drill, lange Tage, Enttäuschung, Konkurrenzkampf, Essstörungen und die kurze Lebensdauer einer solchen Karriere im Kopf, wenn sie von der Berufswahl ihrer Kinder erfuhren. Wie für alle Künste, funktionierte das Ganze wahrscheinlich nur mit absoluter Leidenschaft seitens der Tänzer, und Akzeptanz und Unterstützung seitens der Familien.

Aber jetzt, in diesem Moment, mussten alle einfach wahnsinnig stolz sein. Bei mir hatten die Tänzer es auf jeden Fall geschafft, mich in den Bann zu ziehen und ich war sehr glücklich, dieses Ticket ergattert zu haben. Ich hatte das Gefühl, mit dem Dirigenten per Du zu sein, weil ich über mehrere Stunden seinen Hinterkopf vor mir hatte tanzen sehen.

Auch das Orchester verbeugte sich jetzt zum wiederholten Male, und sowohl unter den Musikern als auch den Tänzern sah man in erleichterte und glückliche Gesichter. Obwohl es ein knallharter Brot - erwerb sein musste, wog die Freude an der Sache und die Begeisterung des Publikums scheinbar alles auf. Das übertrug sich auch auf mich, und als der Vorhang zum letzten Mal fiel an diesem Abend und die Lichter angingen, verließ ich wie auf Watte, als hätte ich einen Schwips, fast wehmütig den Saal.

Nach der Vorstellung durfte man leider nicht mehr lange verweilen und wurde angehalten, seine Sachen an der Garderobe abzuholen. So stand ich wenig später wieder auf dem Vorplatz und machte noch ein Foto der Front, obwohl ich bestimmt schon Hunderte davon hatte. Aber dieses sollte mich an diesen Abend erinnern. An meine Begegnung mit dem wahrhaftigen Phantom der Oper.

Mit Musik und Bildern der Inszenierung im Kopf ging ich noch ein Stück den Boulevard des Capucines entlang, der irgendwann in den Boulevard des Italiens überging, und stieg in die Metro als ich merkte wie müde ich eigentlich war. Es war zum Glück schon spät und die *rames* nicht stark frequentiert. Während ich durch die Pariser Unterwelt nach Hause fuhr, wusste ich, dass oberirdisch über der Opera Garnier der Mond prall und gelb erstrahlte.

Kapitel 23

„Spikey, mach mal langsamer!“ Keuchend rannte ich meinem Hund hinterher, der schon wieder im Sprint auf dem Weg zum nächsten Baum war. Seit neuestem gingen wir morgens oder am frühen Abend, je nachdem wie ich arbeiten musste, so oft ich mich aufraffen konnte, joggen. Anfangs hatte ich ihn natürlich an der Leine gehabt, weil ich überhaupt nicht wusste wie er reagieren würde. Da er aber stramm vorweg lief, war es mit der Leine sehr anstrengend, weil man den Arm nicht mit der natürlichen Laufbewegung mitnehmen konnte. Deswegen hatte ich diese vor ein paar Tagen mal entfernt, weit weg von irgendwelchen Straßen und zu vielen Menschen und vor allem anderen Hunden. Und es hatte erstaunlich gut geklappt. Heute probierten wir es am Ourcq entlang. Er blieb zwar in meiner Nähe, machte aber immer wieder Abstecher zu scheinbar interessanten Geruchsquellen.

Wir drehten eine gute Runde, und als wir wieder zu Hause ankamen, war ich ziemlich aus der Puste. Ich schloss uns auf und während der Hund sofort zu seinem Wassernapf eilte, ging ich zur Spüle und trank ein Glas Wasser. Ich beeilte mich, die Fensterläden und Fenster zu öffnen, damit Licht und Luft in die Wohnung kamen. Es war ein stickiger Tag, wahrscheinlich war das Laufen deswegen so anstrengend gewesen.

Ich griff mein Handy vom Couchtisch und wollte nur schnell draufschauen, war aber sofort alarmiert, als ich sah, dass ich einen verpassten Anruf von meiner Mutter hatte. Sofort machte sich ein mulmiges Gefühl breit und ich beeilte mich zurückzurufen. Es klingelte lange, und ich wollte gerade wieder auflegen, da meldete sich jemand.

„Mama?“, fragte ich überflüssigerweise. „Hallo Schatz.“ Sie sprach leise und klang müde.

„Alles in Ordnung, Mama?“ Ich hatte überhaupt kein gutes Gefühl, sie hatte von sich aus schon lange nicht mehr angerufen.

„Lou, ich kann nicht mehr. Ich muss dir was sagen.“

Panik stieg in mir auf, das klang überhaupt nicht gut. War sie ernsthaft krank?

„Du machst mir Angst, Mama. Geht es dir nicht gut?“

„Ehrlich gesagt, nein, ich komme gerade vom Arzt.“

Die kurze Pause kam mir unendlich lang vor, bevor sie sagte: „Ich habe ein Blutbild machen lassen, weil ich mich wirklich nicht mehr gut fühle, und langsam Angst bekomme. Ich hab das nicht mehr im Griff ... “

Angesichts der plötzlichen Offenheit wusste ich nicht was ich sagen sollte und fragte nur: „Was ist denn beim Blutbild rausgekommen?“

„Meine Werte sind nicht gut. Die Leber ist wohl schon sehr strapaziert.“

Wir sagten beide nichts. „Weiß Papa davon?“, fragte ich dann.

„Nein, ich kann nicht mit ihm reden. Jetzt lass doch mal Papa aus dem Spiel.“

Das klang fast aggressiv, und ich ging auch sofort in Angriffsmodus.

„Mann, Mama! Was ist denn los bei euch? Habt ihr euch gestritten? Wollt ihr euch trennen? Sag doch bitte ganz ehrlich, was los ist, ich halte das so auch nicht mehr aus!“

Die Spannung und Sorge machten kurz einer genervten Wut Platz. Aber ich durfte jetzt nichts Falsches sagen, vielleicht war jetzt der Moment gekommen, meine Mutter endlich unterstützen zu können, wenn sie sich mir anvertraute.

Ich hörte einen Seufzer, dann sagte sie:“ Lou, du hast einen Bruder.“

Kapitel 24

Ich wusste nicht, wie lange der Wecker vom Handy schon gesummt hatte. Er hatte es auf jeden Fall nicht geschafft, mich zu wecken. Das war der Türklingel gelungen, die jetzt zum wiederholten Male schrill in meinen Kopf drang. Innerlich weigerte ich mich immer noch aufzuwachen, aber Spikey kratzte aufgeregt an der Tür und von draußen hörte ich Kinderstimmen.

Bevor ich meine Augen öffnete, versuchte ich, die Gedanken in meinem Kopf zu sortieren. Mama hatte lange erzählt, und ich hatte schweigend zugehört. Am Ende türmten sich in meinem Kopf verrückte Bilder und ich hatte tausend Fragen. Aber keine davon war mir über die Lippen gekommen. Ich hatte Mama gesagt, dass ich erstmal Zeit brauchte und sie hatte Verständnis. Aber als sie sich endlich verabschiedete, hatte sie unendlich traurig geklungen.

Ein weiteres Mal klingelte es und ich öffnete widerwillig die Augen. Im Schlafzimmer war es taghell. Ich schaute auf die Uhr. Kurz nach neun, also hatte ich hoffentlich keine Frühschicht. Dann fiel mir ein, dass Wochenende war und ich frei hatte. Ich schwang die Beine aus dem Bett und ging im Schlafanzug zur Tür. Spikey fiel vor lauter Wedeln fast der Schwanz ab, als er die Mancini Kinder erblickte, die er vermutlich aber ja auch bereits gehört und gerochen hatte.

„Ihr seid aber früh dran.“, sagte ich und unterdrückte ein Gähnen.

„Buongiorno, Lou.“, sagte Andrea gut gelaunt. „Dürfen wir Spikey mitnehmen? Wir wollen zum Bäcker gehen.“

„Ja klar, gerne.“ Dafür, dass ich am Anfang Angst gehabt hatte, mit dem Hund alleine dazustehen, hatte ich mittlerweile ein schlechtes Gewissen, weil er fast mehr mit den Mancinis unterwegs war als mit mir.

Ich holte die Leine und eine kleine Tüte Leckerlis. Die Kinder liebten es, mit ihm unterwegs *Sitz!*, *Platz!* und *Bleib!* zu üben. Ich

glaubte allerdings, dass der Hund sie dabei austrickste, aber solange alle Spass hatten, sagte ich natürlich nichts.

„Möchtest du auch was vom Bäcker?“, fragte Giuli höflich.

„Nein, danke, das ist sehr lieb von euch. Aber *ich* habe was für *euch*. Ich bin froh, dass ihr euch so gut und gerne um Spikey kümmert. Das hilft mir sehr."

Ich kramte in meiner Tasche, die an der Garderobe hing, und zog drei Gutscheine für das Ciné 104 in Pantin heraus.

„Die sind für euch, vielen Dank für eure Hilfe."

Die Kinder bedankten sich überschwänglich und zogen mit Spikey im Schlepptau los.

Ich schloss die Tür und ließ mich auf das Sofa fallen. Mein Kopf dröhnte, als hätte ich am Vorabend zu viel getrunken, dabei waren es „nur" diese unglaublichen Neuigkeiten gewesen, die Mama mir da, teils sachlich, teils unter Tränen, unterbreitet hatte.

Ich konnte es immer noch nicht glauben. Alexis Bachmann war mein Bruder. Ich hatte einen Bruder.

Wie sollte der Kopf das verarbeiten, wenn man mit 25 feststellte, dass man ein weiteres Familienmitglied hatte? Einen großen Bruder! Er war quasi aus dem Nichts aufgetaucht, wie hatte das so lange verheimlicht werden können?

Natürlich war es eine unangenehme Geschichte, denn er war tatsächlich nur mein Halbbruder. Bei dem Gedanken daran wurde mir ein bisschen flau, denn Papa war sein Vater. Aber Mama eben nicht seine Mutter. Ich dachte an meinen Vater und sah ihn plötzlich in einem ganz anderen Licht. Mein herzensguter, liebevoller, alleswissender und alleskönnender Vater war plötzlich zu einer Witzfigur geworden. Nicht, weil er mit einer anderen Frau einen Sohn hatte, den hätte er ja problemlos mit in die Ehe bringen können, sondern weil dieses Kind entstanden sein musste, als meine Eltern bereits ein Paar waren und wahrscheinlich schon über Hochzeit nachgedacht hatten.

Auch sowas passiert wie man so schön sagt „in den besten Familien", aber es dann so lange geheim zu halten, das war schon eine Kunst. Und es machte die Sache nicht besser.

Dennoch konnte ich mir natürlich nicht verkneifen, mir vorzustellen wie es werden würde ihn zu treffen. Ich spürte wie sich auf meinen Armen eine Gänsehaut bildete, als ich mich wieder im Wohnzimmer meiner Eltern sitzen sah, wo ich über dieses Bild gestolpert war. Was hatte mich daran stutzig gemacht? War es Eingebung gewesen? Eine übersinnliche Verbindung zwischen mir und meinem unbekannten Bruder?

Jetzt konnte nur eine Person helfen. Ich griff zum Handy und rief meine Schwester an.

Als erstes hörte ich wie immer das Surren des Hometrainers.

„Meine Güte, Titi, es ist halb zehn Samstag morgens, gönnst du dir denn nie eine Pause?!“, rief ich ins Telefon.

Statt Titi meldete sich eine Männerstimme. „Ähm, sie ist gleich fertig, soll sie zurückrufen?“.

Erschrocken hielt ich das Handy von meinem Ohr weg und starrte es an. War das sowas wie eine männliche Alexa, die ihr Telefon beantwortete? Aber Alexa sagte nie „ähm“.

Zögerlich hob ich das Telefon wieder ans Ohr. „Ja ... bitte.“

„Alles klar. Ich sage ihr Bescheid.“

„Danke.“ Jetzt war ich völlig fertig. Hatte Titi in dieser Situation nichts Besseres zu tun, als sich einen Typen ins Haus zu holen? Hatten wir nicht gerade andere Sorgen?

Dann fiel mir ein, dass sie vielleicht noch gar nicht Bescheid wusste. Hatte Mama es ihr auch schon erzählt oder sich nur mir anvertraut? Es war ja auch egal, ich musste mit ihr jetzt darüber sprechen. Nervös lief ich in meiner Wohnung auf und ab und starrte auf das Handydisplay. Als es nach fünf Minuten klingelte, hatte ich das Gefühl, eine Ewigkeit gewartet zu haben.

„Hi.“, meldete sich Titi.

„HAT MAMA DICH AUCH ANGERUFEN?“, sagten wir dann gleichzeitig, was uns eigentlich zum Lachen gebracht hätte. Jetzt aber war uns nicht danach.

„Ok, offensichtlich ja.“, sagte Titi, und dann leise, etwas vom Telefon weg: „Ich ruf dich später an.“ Er antwortete etwas, das ich nicht verstand, dann fiel die Tür ins Schloss.

„Ich kann es nicht so richtig glauben.“, wandte sie sich wieder an mich.

„Dass wir einen Bruder haben sollen? Oder, wie es so lange geheim gehalten werden konnte." In meiner Stimme schwang leichter Sarkasmus mit.

„Beides. Ich meine, wie konnte das passieren? Doch nicht unser Papa!"

„Tja, das hat man wahrscheinlich nicht immer so unter Kontrolle.", versuchte ich unseren Vater zu verteidigen. "Und es ist über dreißig Jahre her."

Kurz schwiegen wir, jede in ihren Gedanken. Dann sagte Titi: „Es hat mich ganz schön umgehauen. Ich weiß gar nicht, wie ich Papa jetzt gegenübertreten soll."

„Geht mir auch so.", sagte ich und spürte einen Kloß im Hals. Dann schoss mir ein Gedanke in den Kopf. „Meinst du, er weiß es überhaupt?!"

Ich hörte, wie Titi am anderen Ende scharf die Luft einsog.

„Meinst du etwa, er ist gar nicht im Bilde?! Das kann ich mir nicht vorstellen."

„Naja, ich glaube ihm, dass er wirklich nicht Mamas Krankheit mit ... Alexis ..." es fühlte sich komisch an, seinen Namen auszusprechen. „ ...in Verbindung gebracht hat, sondern einfach dachte, ihre körper - lichen Beschwerden würden sie so aus der Bahn werfen."

Ich überlegte kurz. „Andererseits ... als ich ihn das erste Mal auf diese Marta angesprochen habe, ist er ganz schön nervös geworden. Da hatte ich mich schon gewundert, aber mit sowas habe ich natürlich auch nicht gerechnet."

Wie immer blieb Titi den Umständen entsprechend sachlich und schlug vor, am Nachmittag doch einfach mal eine Skype-Konferenz mit unseren Eltern einzuberufen, in der wir endlich alles offen klären konnten. Jetzt, da es raus war, machte es keinen Sinn, in Schockstarre zu verharren und Groll auf wen auch immer zu hegen. Das half niemandem weiter.

Ganz vorsichtig freundete ich mich mit dem Gedanken an, bald meinen Halbbruder kennenzulernen. Es war ja eigentlich was Schönes, festzustellen, dass die Familie größer war als man bisher gedacht hatte. Aber es war natürlich auch schwer zu begreifen, dass die Existenz eines Menschen einem so lange vorenthalten worden war.

Ich willigte ein, mich um 14:00 in Skype einzuloggen und konnte mir, bevor ich auflegte, nicht verkneifen zu fragen, wer denn Titis offensichtlicher Übernachtungsgast gewesen war.

Titi war selten verlegen, aber jetzt konnte ich das verlegene Schmunzeln förmlich hören mit dem sie sagte: „Ein Kollege."

Ich biss mir auf die Zunge, um nicht zu fragen: „Der Kollege?" Und sagte nur: „Cool, er machte am Telefon einen netten Eindruck."

Jetzt lachte Titi laut auf. „ Weil ihr ja so viel telefoniert habt! - Nein, entschuldige, er ist wirklich sehr nett." Sie räusperte sich nervös. „Aber gestern war ich ganz schön gemein zu ihm. Der Arme hat alles mitgehört und hatte nicht viel davon, hier zu sein."

„Vor allem, wenn du dann als erstes morgens gleich wieder auf dem Hometrainer sitzt.", konnte ich mir nicht verkneifen zu sagen.

„Ich musste mich einfach abreagieren. Wir sehen uns später, ciao, Lou."

*

Die Stunden bis zum Skype-Termin vergingen wie erwartet zäh, und ich merkte wie ich immer nervöser wurde.

Nachdem die Mancinis wieder mit Spikey zurückgekommen waren, warf ich mich in meine Joggingklamotten und nahm Kurs auf Canal de l'Ourcq. Ich genoss den Wind und die Luft und die Freiheit, auch mal ohne Hund zu laufen. Langsam entzerrten sich meine Gedanken und ich wollte nun einfach nur, dass alles geklärt wurde, und hoffte, dass meine Eltern sich nicht trennen würden.

Auf dem Rückweg stutzte ich plötzlich, als ich aus dem Augenwinkel eine Person wahrnahm, die mir bekannt vorkam.

Ich lief langsamer und sah genau hin. Die alte Dame trug einen altmodischen, unförmigen Mantel, der schlapp an ihr herabhing. Einige Strähnen ihrer weißen Haare hatten sich aus ihrem Dutt gelöst und wehten ihr ins Gesicht. Ihre Brille saß ganz vorne auf ihrer Nasenspitze und drohte, herunterzurutschen. Sie lief langsam und zog ein Bein hinterher. Sie schien sich schwer auf den leeren Rollstuhl zu stützen, den sie vor sich herschob. Neben ihr lief ein Mann mittleren Alters. Er lief leicht gebeugt und hatte die Schultern hochgezogen. Ich konnte hören, wie er sagte: „Setz dich doch bitte wieder rein, ich glaube, das reicht für heute."

Die Stimme kannte ich. Das war mein Nachbar. Der Mann, der mit Madame Monnier zusammenwohnte. Und die Dame war Madame Monnier, jetzt erkannte ich sie, obwohl ich sie erst ein Mal außerhalb ihrer Wohnung gesehen hatte. Nun wusste ich auch warum, sie schien nicht mehr sehr mobil zu sein.

Ich hielt an und tat so, als müsse ich meinen Schuh zubinden. In Wahrheit war ich neugierig und wollte lauschen.

Madame hangelte sich am Rollstuhl entlang und ließ sich schließlich schwerfällig hineinfallen. Ihr Atem ging schwer und ich sah überrascht, wie der Mann ihr beruhigend eine Hand auf die Schulter legte. Diese vertraute Geste passte gar nicht zu dem sonst so rohen Umgangston zwischen den beiden. Noch überraschter war ich, als Madame im Gegenzug hinter sich reichte und ihre Hand auf seine legte. Kurz überlegte ich, ob es wirklich derselbe Mann war, den sie sonst so oft anschrie. Es gab keinen Zweifel, ich hatte doch seine Stimme erkannt.

„Wir gehen noch eben an der *boulangerie* vorbei und holen dir einen *éclair à la framboise*, die magst du doch so gerne.", sagte er jetzt.

„Danke.", antwortete sie in sanftem Ton, den ich noch nie bei ihr gehört hatte. Der Rollstuhl setzte sich wieder in Bewegung.

Ich hatte meinen Schuh mittlerweile dreimal wieder umständlich zugebunden und es wurde langsam auffällig, obwohl sie mich nicht erkannt zu haben schienen. Es ging mich ja auch nichts an, wie sie miteinander umgingen, aber es war schön zu sehen, dass es scheinbar nicht immer nur Unzufriedenheit und Geschrei zwischen ihnen gab.

Wieder zu Hause angekommen stieg ich, nach einer wie immer überschwänglichen Begrüßung meines Hundes, in die Dusche und ließ mehrere Minuten das vollaufgedrehte Wasser über meinen Körper laufen. Es wechselte mehrfach von heiß zu kalt und wieder zurück, aber das war mir egal, ich wollte meinen Körper spüren, und wenn es wehtat.

Nachdem ich mich abgetrocknet hatte stellte ich mich nackt vor den großen Spiegel, den ich mir trotz des Platzmangels gegönnt hatte.

Prüfend blickte ich mir ins Gesicht. Ich sah müde aus. Aber nicht so, wie wenn man wenig geschlafen hat, sondern generell müde. Eine Müdigkeit, die sich nicht wegschlafen ließ. Mein Blick wanderte zu meinem Dekolleté, meinen Brüsten, meinem Bauch. Hier stoppte ich kurz. Ich zog den Bauch ein und ließ ihn wieder los, bis er wie ein Ballon nach vorne ragte. Ich spannte die Bauchmuskeln an bis es wehtat. Ich drehte mich um und verrenkte meinen Hals um meinen Hintern sehen zu können, stellte aber mal wieder fest, dass man seinen Hintern nicht wirklich aussagekräftig selber sehen kann. Er ist immer in einem unnatürlichen Winkel verdreht. Vorsichtshalber nahm ich mir vor, in der Metro wieder mehr die Treppen zu nehmen als die Rolltreppe.

Im Spiegel sah ich eine junge Frau, die körperlich fit war, aber in ihrem Gesicht und ihrer Haltung konnte man Erschöpfung erkennen. Ich kam mir lächerlich vor. Ein paar Regenwolken über meiner Familie, und mein filigranes Mobile, das ich mein Leben nannte, brach zusammen. Mich selber rechtfertigend fügte ich dann hinzu, dass es ja allerdings nicht ganz alltäglich sei, im Erwachsenenalter plötzlich einen Bruder zu bekommen. Halbbruder, korrigierte ich mich.

Unwillkürlich gingen meine Gedanken zu Raphaël, und wie gerne ich es ihm erzählt hätte. Andererseits, hatte ich es tatsächlich geschafft, über zwölf Stunden nicht an ihn zu denken. Insgesamt hatte ich das Gefühl, dass ich mich in dieser Hinsicht seit einiger Zeit etwas besser im Griff hatte. Ich weiß nicht, ob es daran lag, dass ich gedanklich viel bei meiner Mutter in Deutschland war, oder, weil Clément und ich uns so gut verstanden, dass er sowieso denken musste ich hätte Interesse an seinem Kollegen. Ich wusste nicht, wie viel die beiden privat voneinander wussten, und ob Raphaël Guillaume kannte.

Auf jeden Fall schien es ihm tatsächlich egal zu sein, denn er verhielt sich mir gegenüber unverändert freundlich und höflich, neutral eben. Ich hatte das Gefühl, langsam zu begreifen, dass ich mich über ein Jahr in etwas hineingesteigert hatte, und nun endlich zu mir durchsickerte, dass es eben nur ein Luftschloss gewesen war.

Gedankenversunken zog ich mich an und machte mir einen Kaffee, um die Zeit bis zur Skype-Konferenz totzuschlagen.

Im Hausflur hörte ich, dass die Monniers zurückkamen. Ich fragte mich, was sie mit dem Rollstuhl machten, denn es gab im Haus keinen Fahrstuhl, aber im Gebäude hatte ich ihn auch noch nie gesehen. Sie regten sich immer tierisch auf, wenn Sachen im Flur standen, das hätte Sinn gemacht, wenn sie ihren Fahrstuhl durch die Flure hätten manövrieren müssen. Ich musste Lächeln bei dem Gedanken, wie ich sie „erwischt" hatte, dass sie auch nett zueinander sein konnten, ermahnte mich dann aber, dass es mich nichts anging und konzentrierte mich lieber darauf, gleich meinem Vater in die Augen schauen zu müssen, der, zugegeben vor langer Zeit, meine Mutter betrogen hatte.

Kapitel 25

Genervt stand ich in der Schlange im Super U und verfluchte innerlich die eigentlich süße alte Dame, die mühevoll und mit unendlicher Langsamkeit in ihrem Portemonnaie herumkramte. Die Kassiererin inspizierte geduldig ihre Nägel während sie wartete und ignorierte äußerst professionell die anderen Wartenden in der Schlange, die, im Gegensatz zu mir, anfingen, ihrem Unmut lauthals Luft zu machen. Die Dame hatte zwar Hörgeräte, aber sie waren entweder ausgestellt, oder sie hatte einfach die Gelassenheit, die man sich wünscht zu haben, wenn man alt ist.

Schließlich zählte die Kassiererin die Münzen in ihrer Hand und gab der Kundin einige wieder zurück. Die Dame packte umständlich ihre Waren ein, verfehlte einige Male den Griff ihres Rollators, als sie versuchte, die Tüte daran zu hängen, schob dann aber endlich los, und es ging weiter. Ich bezahlte den Salat und den Trinkjoghurt, welche mein Mittagessen hätten sein sollen, für das es jetzt aber wahrscheinlich zu spät sein würde. Ich hatte allerdings sowieso keinen großen Hunger. Ich war viel zu aufgeregt und würde mich nur schwer auf die noch verbleibenden Stunden Arbeit konzentrieren können.

Heute Abend würde ich Alexis treffen.

Meine Eltern waren extra aus Bremen angereist, und hatten sich in einem schäbigen Dreisterne-Hotel in der Nähe des Gare du Nord ein Zimmer gemietet. Ich hatte es zunächst komisch gefunden, dass sie nicht im Grand übernachten wollten, aber im Endeffekt war es mir so auch lieber, schließlich wusste keiner wie die Stimmung sein würde. In letzter Minute hatte sich auch Titi angekündigt. Sie hatte sich mit Mühe und Not zwei Tage freischaufeln können für den „Quatsch", was schon mal den Grundtenor ihrerseits deutlich machte.

Ich war supernervös, aber natürlich auch neugierig und hätte gleichzeitig lachen und heulen können. Mein Hinterkopf schmerzte, und ich flitzte noch schnell in die Apotheke an der Ecke, bevor meine Mittagspause zu Ende war. Statt Salat und Trinkjoghurt gab es zwei Doliprane und einen Kaffee. Nach kurzer Zeit ging es mir besser, aber durch das Koffein und die Schmerzmittel auf nüchternen Magen war ich so aufgedreht, dass ich Mühe hatte, nicht albern und übermütig Marion vollzuquatschen.

Ich hatte hier in Paris niemandem von meinen neuen familiären Verhältnissen erzählt, weil ich zu niemandem ein solches Vertrauen hatte, dass ich dachte, es würde sie überhaupt interessieren.

Natürlich ging mir fast nichts anderes mehr durch den Kopf, und ich hatte die letzten Wochen viele Stunden mit Titi und Luisa telefoniert, wenn sie denn Zeit hatten. Mit meinen Eltern hatte ich seit dem offenbarenden Skype-Gespräch nur noch über WhatsApp kommuniziert, und auch fast nur mit Mama. Mein Vater hatte sich von einem Tag auf den anderen sehr verändert. Er war noch nie jemand gewesen, der viel redete. Aber wenn er etwas sagte, tat er das mit angenehm ruhiger, selbstbewusster Ausstrahlung, und es hatte Hand und Fuß.

Er war nicht am Boden zerstört und ich hatte nicht das Gefühl, dass unsere Familie oder die Beziehung meiner Eltern in ihren Grundfesten erschüttert worden war, dennoch hatte er sich sehr zurückgezogen und in seinen Nachrichten klang eine gewisse Traurigkeit mit.

Nachdem ich mich vom ersten Schock erholt hatte und wieder einen klaren Gedanken fassen konnte, brannte mir zunächst auf der Seele wie das alles hatte zustande kommen können. Im ersten Moment war ich davon ausgegangen, dass mein Vater es uns verheimlicht hatte, dass er nicht nur unser Vater war. Ich fühlte eine tiefe Enttäuschung und hatte plötzlich nicht mehr meinen Papa, sondern einen fremden Menschen vor mir. Ich fühlte mich ein bisschen entwurzelt.

Dann hatte sich aber herausgestellt, dass Papa all die Jahre gar nichts gewusst hatte. Zunächst konnte ich das nicht glauben, schließlich weiß man ja wie ein Kind entstehen kann, und das merkt man als Beteiligter eigentlich. Es war aber wohl nur ein „Ausrutscher" gewesen, und angeblich war Alkohol involviert. Der Klassiker.

Marta Fernandez und meine Mutter hatten sich im Studium kennengelernt und waren beste Freundinnen. Deswegen schien es nur natürlich, dass, als nach einigen Jahren Berufserfahrung zur Sprache kam, sich selbstständig machen wollen, dies gemeinsam geschehen sollte.

Meine Eltern hatten sich bereits kennengelernt, und Papa arbeitete als festangestellter Architekt in einem großen Büro. Er versuchte, die beiden Frauen so gut es ging zu unterstützen und Marta und er fanden sich auf Anhieb sympathisch.

Wie genau es dann dazu kam, dass sie sich so nahe kamen, hatte mein Vater nicht erzählt. Irgendwie war es ja auch nicht wichtig.

Auf jeden Fall verlor natürlich keiner der beiden ein Sterbenswörtchen, und es wäre vermutlich nie herausgekommen.

Selbst, als Marta von ihrer Schwangerschaft erfahren hatte, hatte sie sich und Papa nicht in Schwierigkeiten bringen wollen. Zunächst versuchte sie noch Kontakt zu meiner Mutter zu halten, offensichtlich war sie ja noch mit Baby Alexis zur Hochzeit meiner Eltern erschienen, aber dann hielt sie es wohl nicht mehr aus und entschied sich, sich von der Freundschaft zu meiner Mutter, der erträumten gemeinsamen Praxis, der bis dahin klar sichtbaren und greifbaren Zukunft, zu distanzieren. Stattdessen nahm sie die immense Herausforderung an, einen triftigen Grund zu erfinden, warum sie plötzlich aus allem ausstieg und ein Kind alleine großziehen wollte.

Ich konnte immer nur denken: Wie krass musste es gewesen sein, meine Eltern heiraten zu sehen, und dabei ein gemeinsames, geheimes Kind mit dem Bräutigam im Arm zu halten.

Andererseits wusste sie wahrscheinlich, dass es zwischen Mama und Papa die große Liebe war und kämpfte gegen ein schlechtes Gewissen und wahrscheinlich eine ganze Menge wilder Gefühle an, um den beiden nicht im Weg zu stehen.

Sie war dann nach Spanien zurückgegangen zu ihren Eltern und hatte Alexis die ersten Jahre dort großgezogen. Meine Mutter war am Boden zerstört gewesen und konnte sich nicht erklären wie es zu diesem plötzlichen Sinneswandel gekommen war. Sie hatte noch lange versucht, wieder mit Marta in Kontakt zu treten, aber diese blockte natürlich total ab, bis Mama es schließlich aufgab und sich schweren Herzens alleine selbständig machte.

Und so vergingen die Jahre, neunundzwanzig, genau genommen.

Marta war, als Alexis sechs Jahre alt war, nach Deutschland zurückgekehrt, damit er eine deutsche Schule besuchen und das Leben in ihrer Wahlheimat kennenlernen konnte. Marta selber war als Studentin nach Deutschland gekommen. Zurück in Spanien hatte sie mit der Hilfe ihrer Eltern schnell wieder anfangen können zu arbeiten, aber sie hatte stets Sehnsucht nach Deutschland und hatte immer ein Auge auf den Stellenmarkt, natürlich möglichst weit weg von Bremen.

Am Strand von Marbella lernte sie schließlich Joachim Bachmann kennen, der sich gerade zum ersten Mal seit er seine eigene Praxis erfolgreich aufgebaut hatte, einen Urlaub gönnte. Zunächst blieb es bei einem Urlaubsflirt, aber als eine Mitarbeiterin kündigte, rief Joachim kurzerhand Marta an, ob sie sich vorstellen könnte, in seiner Praxis zu arbeiten. Sie zögerte nicht lange und ein paar Monate später wohnten Alexis und sie zunächst in einer Mietwohnung in Heidelberg, zogen dann aber schnell bei Joachim ein.

Ich wusste nicht, ob er Alexis adoptiert hatte, auf jeden Fall hatte er mit Marta wohl keine gemeinsamen Kinder und behandelte Alexis wie seinen Sohn.

Bisher wusste niemand, warum Marta es nach all den Jahren plötzlich nicht mehr ausgehalten und sich meiner Mutter anvertraut hatte. Laut Mama hatte sie vor ca. einem halben Jahr eine lange Email geschrieben. Wenn ich zurückrechnete, musste Mama genau in der Zeit eine Woche allein zu Hause gewesen sein, weil Papa da auf einer wichtigen Fortbildung war. Das hatte er noch groß erzählt, weil ihm das so wichtig war.

Wahrscheinlich hatte Mama es nur deswegen so lange für sich behalten können, weil in dem Moment, als die Nachricht kam, niemand da war, dem sie es im Schock sofort hätte erzählen wollen. Sie hatte ein paar Tage Zeit gehabt, alles sacken zu lassen, und sich dann anscheinend dafür entschieden, erst einmal in Ruhe nachzuforschen, ob es wirklich wahr war. Ich konnte es ihr nicht verübeln, ich hätte vermutlich genauso reagiert und nicht gleich die Pferde scheu gemacht.

Irgendwann war der Punkt dann verpasst. So wie man das von Geburtstagsgrüßen kennt, die man erst am Tag selber vergisst und sich dann jeden Tag vornimmt, nachträglich zu gratulieren, bis es irgendwann zu spät ist.

Das hatte dazu geführt, dass sie sich mehr und mehr zurückzog. Ihr Rheuma hatte das Ganze nicht besser gemacht, und sie war in eine leichte Depression gerutscht. Irgendwann war dann der Alkohol ins Spiel gekommen.

Weil Marta auf ihre Mail keine Rückmeldung bekam, hatte sie sich überwunden und angerufen. Mama hatte gesagt, als Marta ihr noch einmal alles erzählte, hatte sie erstmal gar nichts gefühlt und nichts sagen können. Sie hatte nur zugehört und irgendwann einfach aufgelegt. Erst nach ein paar Tagen hatte die Neugier sie gepackt, und sie hatte angefangen, Alexis Bachmann im Internet zu suchen. Scheinbar hatte sie sich extra ein Facebook-Konto angelegt, und hatte ihn dort ja auch tatsächlich gefunden. Es muss ein totaler Zufall gewesen sein, dass sie gerade an dem Tag an Weihnachten wieder sein Profil geöffnet hatte, sodass Titi es hatte sehen können. Vielleicht hatte sie sogar vorgehabt, uns davon zu erzählen, hatte aber dann doch nicht den Mut gefunden.

Ich seufzte laut und schaute dann erschrocken zu Marion, die aber am Telefon war und es nicht gehört hatte. Ich versuchte mich auf meinen Bildschirm zu konzentrieren, aber für eine gefühlte Ewigkeit verschwamm alles vor meinen Augen, weil diese sich nicht fokussieren wollten.

Plötzlich hatte ich Angst. Wie würde er sein? Auf den paar Fotos, die ich von ihm gesehen hatte, sah er aufgeschlossen und freundlich aus, aber es waren halt nur Fotos.

Und wer, außer mir, guckte schon grummelig in die Kamera.

Was, wenn er eingebildet und arrogant war und sich für was Besseres hielt. Titi würde er vielleicht noch ernst nehmen, aber mich würde er als kleinste Schwester, die nicht so richtig wusste, was sie vom Leben wollte, wahrscheinlich belächeln. Er stand doch bestimmt mit beiden Beinen fest im Leben.

Marta hatte noch nichts erzählt, das wollte sie Alexis überlassen.

Vielleicht würde er auch kalt und abweisend sein, schließlich war er ja das uneheliche Kind, das seines leiblichen Vaters beraubt worden war. Vielleicht würde er uns freundlich anlächeln und uns gleichzeitig insgeheim mit fiesen spanischen Schimpfwörtern bombardieren.

Und vor allem: Seit wann wusste er das alles? Hatte er auch gerade erst erfahren, dass Joachim nicht sein leiblicher Vater war? Das war sehr wahrscheinlich, denn sonst wäre es bestimmt viel früher rausgekommen.

Kapitel 26

„Bonjour les gars.“, tönte es wie durch Watte, aber mein Verstand war schlagartig wieder klar, als er die Stimme Clément zuordnete. Schnell versuchte ich zu erfassen, was da auf meinem Bildschirm eigentlich los war, um nicht völlig planlos aus der Wäsche zu gucken und geschäftig zu wirken. Ich nickte ihm zu, und wollte mich gerade wieder meiner Arbeit widmen, als ich aus dem Augenwinkel sah, wie hinter ihm eine Frau den Raum betrat, die ich nicht kannte.

Ich wollte sie nicht anstarren und blickte nur erneut kurz auf, um ihr ein *Salut* zuzuwerfen.

Dann aber stellte Clément sie vor, und Marion und ich nickten ihr freundlich zu und sagten. *Bienvenue*!

Sie war Praktikantin in der *compta*.

Das war ja klar, dachte ich, nirgendwo sonst hatte es bisher Praktikanten gegeben, aber ausgerechnet in der *compta*, zwischen zwei Männern, in einem winzigen Büro, sollte nun diese zwanzigjährige, blonde Schönheit sitzen.

Naja, versuchte ich mich zu beruhigen, ein Praktikum geht ja bekanntlich nicht ewig. Und außerdem ist sie ja viel zu jung.

Ich weiß nicht, warum ich plötzlich mein eigenes Alter ausblendete und mich weise und erfahren fühlte. Das Gefühl hielt aber auch nur ein paar Sekunden an, und dann meldete sich wieder die Eifersucht, die ich selber so hasste.

Soweit ich wusste, war Raphaël ein paar Tage nicht da und das gab mir kurz ein gutes Gefühl, weil er sie nicht sofort kennenlernen würde. Gleichzeitig fühlte ich mich dumm und lächerlich ob dieses Gedankens.

Mir wurde wieder bewusst, wie toxisch und zehrend meine Obsession mit Raphaël war. Ich wehrte mich mit aller Macht dagegen, meine Wolke zu verlassen, auf der es keine anderen Frauen gab, für die er sich interessieren könnte. Ich stand dauerhaft unter Strom, und war schon lange über den Punkt, bis zu dem es noch gesund gewesen wäre.

Als könnte Clément meine Gedanken lesen, zwinkerte er mir, ob gewollt oder ungewollt, unmerklich zu. So als würde er sagen wollen: Mach dir keine Sorgen, sie ist nur eine Praktikantin. Eigentlich hätte es mich beruhigen sollen, aber ich schämte mich dafür, dass ich mich so gar nicht unter Kontrolle hatte, und das scheinbar auch nicht vertuschen konnte.

Irgendwie ging der Arbeitstag rum und um kurz vor acht packte ich meine Sachen.

„Machst du heute noch was?", fragte Marion.

„Ich treffe meine Familie.", sagte ich so unbefangen und natürlich wie möglich.

Marion wirkte ernsthaft überrascht. „Oh, sie sind hier? Das ist ja schön. Das hattest du gar nicht erzählt."

„Nein, stimmt, ich hatte ziemlich viel um die Ohren."

„Ich wünsche euch viel Spaß, was macht ihr denn?"

„Wir gehen Essen irgendwo im 10. arrondissement. Ich habe im Internet ein Restaurant gefunden, das nett aussieht."

„Das klingt doch super, habt einen schönen Abend!" Marion drückte mir zwei *bisous* auf die Wangen.

„Danke, wir sehen uns dann am Montag." Ich ließ mir Zeit beim Herunterfahren des PCs, damit sie auch wirklich schon los war, und ich alleine und mit meinen Gedanken das Hotel verlassen konnte. Wieder mal schlich ich durch die Tiefgarage und hoffte, dass niemand mehr in der Raucherecke stand.

Diese war zum Glück tatsächlich gähnend leer und ich beschleunigte meinen Schritt Richtung Metrostation. Die Mancinis würden sich um Spikey kümmern, ich hatte also einen freien Abend und keine Ausrede, irgendwann nach Hause zu müssen, weil der Hund wartete. Das wusste natürlich niemand und ich war froh über dieses Ass im Ärmel, falls es unangenehm werden sollte.

Ich hatte Titi angeboten, bei mir zu übernachten, aber sie hatte sich ein Hotel in der Nähe des CDG genommen, um am Dienstag bloss nicht ihren Flug zu verpassen.

An der Station Richard-Lenoir stieg ich in die 5, und dann um in die 4 bis Strasbourg – Saint Denis. Die *rames* waren proppenvoll, wie es sich für einen Freitagabend gehörte. Mich störte das nicht, ich mochte es sogar, es gehörte schließlich zu einer Metropole dazu.

Als ich auf den Boulevard Saint-Denis trat, fing mein Herz plötzlich wild an zu klopfen.

Ich spürte plötzlich einen dicken Kloß im Hals und überlegte, wie ich meinen Vater begrüßen sollte. Ob er mich umarmen wollen würde? Andererseits, wie sonst? Wir konnten uns ja schlecht die Hand geben oder einfach mit einem ‚Hallo' zuwinken. Ich hätte nie gedacht, dass ich mir irgendwann einmal solche Gedanken würde machen müssen. Wie schräg war das bitte, sich zu überlegen wie man seinen Vater begrüßen sollte, anders als ihn zu umarmen?

Ich war so in Gedanken, dass ich gar nicht merkte, wie ich von den Menschenmassen einfach weitergeschoben wurde, bis ich an der Porte Saint-Denis stand und mich erinnerte, dass ich hier irgendwo abbiegen musste, um zum Restaurant zu kommen. Ich gab die Adresse in Maps ein und konzentrierte mich jetzt auf den Weg.

Meine Eltern waren bereits da. Sie schauten in die andere Richtung und ich sah schon von weitem den für sie typischen locker, aber sorgfältig geflochtenen Zopf meiner Mutter. Sie hatte sich offensichtlich schick gemacht.

Mein Vater sah irgendwie klein aus, was nicht nur an den High Heels von Mama lag. Er stand ein bisschen zusammengesunken da und zog mehrfach sein Handy aus der Tasche, um kurz drauf zu schauen und es dann direkt wieder hineingleiten zu lassen. Wahrscheinlich prüfte er die Zeit. Ich hätte am liebsten geschmunzelt, weil er immer ein großer Verfechter von Armbanduhren gewesen war, damit man nicht ständig sein Handy rausholen musste, und dann jedes Mal in die Verlegenheit kam, anstatt die Uhrzeit zu prüfen, Nachrichten zu lesen oder zu beantworten. Eigentlich war mir aber nicht zum Schmunzeln zumute und irgendwie tat es mir auch leid, ihn so hilflos zu sehen.

Ich hielt kurz in meinen Schritten inne und holte tief Luft. Dann rief ich „Hallo!" und meine Eltern drehten sich ruckartig um.

Mama kam sofort auf mich zu und umarmte mich. Ich erschrak, sie fühlte sich sehr dünn an. Gleichzeitig wirkte ihr Gesicht etwas aufgedunsen.

„Hallo Lou.“, sagte Papa und schaute mir fest in die Augen, bevor auch er mich umarmte. Ich ließ es geschehen, konnte die Umarmung aber nicht so erwidern wie ich es gerne getan hätte.

„Wie war die Fahrt?“, fragte ich, als er mich wieder losließ. „Lang!“, entfuhr es Mama, die keine begeisterte Zugfahrerin war.

„Aber ganz angenehm.“, fügte Papa hinzu. „Wir hatten Plätze in der ersten Klasse, und es gab kaum Verzögerungen.“

„Das ist gut.“ Ich hoffte, dass Titi bald aufschlagen würde, damit wir nicht weiter Smalltalk machen mussten. Aber den Gefallen tat sie mir nicht. Also fragte ich: “Und wie ist das Hotel?“

Ich sah Mama an, dass sie sich ein Hotel mit einem Stern mehr gewünscht hätte, aber sie hatte den Fehler gemacht Papa buchen zu lassen und der hatte das nächstbeste genommen, was ihm auf Booking.com über den Weg gelaufen war.

Sie sagte aber diplomatisch: „Es ist sehr gut gelegen, ganz in der Nähe des Gare du Nord. Und es ist sauber.“

„Entschuldigt, ich hatte noch einen wichtigen Anruf!“ Erleichtert vernahm ich die Stimme meiner Schwester.

Sie sah umwerfend aus. Und respekteinflößend.

Man hätte denken können, sie war entweder auf dem Weg zu einem hyperwichtigen Geschäftsessen oder zu einer Vernissage.

Zur perfekt sitzenden blauen Anzughose trug sie einen passenden Blazer und darunter ein schlichtes schwarzes Top mit Rollkragen. Gelbe Pumps und dicke Statement-Ohrringe ließen das ganze etwas weniger streng wirken, aber ich hätte meine Schwester fast nicht wiedererkannt in dieser Superpowerfrau, die da auf uns zu kam.

Berufsbedingt trug Titi immer schicke Kleidung, aber heute wollte sie wohl die *femme fatale* verkörpern, warum auch immer.

Hatte sie sich für Paris so angezogen? Oder hatte sie noch spontan einen Geschäftstermin wahrgenommen? Zuzutrauen war es ihr, dass sie noch etwas dazwischenschob, wenn sie sowieso schon hier war.

Vielleicht wollte sie auch einfach von vornherein gegenüber Alexis klarstellen, dass sie eine knallharte Karrierefrau und mit ihr nicht zu spaßen war.

Jetzt verlangsamte sie ihren Stechschritt und blieb schließlich vor uns stehen. Wir starrten sie scheinbar immer noch an, denn sie wiederholte genervt: „Hallo! Tut mir leid, dass ihr warten musstet, ich hatte noch einen Anruf."

Mama fasste sich als erstes wieder und sagte:" Hallo, Liebes." Sie umarmte sie vorsichtig, aus Angst, die Kleidung zu knittern oder den kunstvoll aufgetürmten Dutt zu zerstören.

Ich war weniger vorsichtig und drückte Titi fest an mich. Sie schien nichts dagegen zu haben und drückte mich zurück.

Dann wandte sie sich an unseren Vater und sagte: „Hallo Papa.", blieb aber wo sie war und sah ihn nur an. Auch Papa machte keine Anstalten, sich ihr zu nähern. Ihr Aufzug schien bei ihm schon mal seine Wirkung zu entfalten. Nervös prüfte er nochmal die Zeit, diesmal auf seiner Armbanduhr, und sagte: „Wir sollten reingehen."

Irritiert fragte ich: "Was ist mit Alexis?"

„Wir treffen ihn erst morgen, er hat seinen Flug falsch gebucht."

Titi und ich sahen uns an. In ihrem Gesicht zeigte sich Gereiztheit, in meinem Enttäuschung. Hatte er einen Rückzieher gemacht und würde doch nicht kommen? Oder war er einfach zu blöd einen Flug zu buchen?

Missmutig setzten wir uns in Bewegung und traten hinter unseren Eltern her ins Restaurant. Es war sehr gemütlich und für uns war ein schöner Tisch ein bisschen abseits reserviert. Der Kellner führte uns dorthin und brachte uns, sobald wir uns hingesetzt hatten, eine *carafe d'eau*.

Wir schafften es, bis nach dem Essen, das vorzüglich war, nur Smalltalk zu führen. Titi erzählte von ihrem Job, Mama von dem verrückten neuen Nachbarn, und ich gab Anekdoten von Gästen des Grand zum Besten. Nur Papa blieb den Großteil der Zeit still und lächelte manchmal, was aber eher traurig aussah.

Bevor der Kaffee kam, fragte ich ihn dann: "Hast du Alexis schon getroffen?"

„Nein.", antwortete Papa mit fester Stimme und straffte sich merklich, als wäre er jetzt bereit, über alles zu reden. „Wir haben aber über Video telefoniert, und uns schon ein bisschen kennengelernt."

Und dann stellten wir Fragen. Und er beantwortete geduldig jede einzelne.

*

„Nein, ich wusste die ganze Zeit nichts. Für mich kam es genauso überraschend."

*

„Ja, ich war ziemlich geschockt, vor allem, dass du ... ", er sah Mama an. „ ... es vor mir erfahren musstest. Das hätte ich dir gerne erspart."

*

„Es ist sehr unangenehm. Ich schäme mich, und ich wünschte es wäre nicht passiert. Andererseits darf ich das ja gar nicht sagen, denn es ist ein Mensch entstanden, das kann man ja nicht rückgängig machen wollen."

*

„Eure Mutter und ich haben lange und viel geredet. Natürlich haben wir uns Gedanken gemacht, ob unsere Beziehung noch Sinn macht, und ich habe auch angeboten, auszuziehen."

*

„Ja, ich habe auch Bammel, ihn zu treffen. Ich kenne ihn nicht, ich hatte 28 Jahre lang nur zwei Kinder. Töchter. Ich habe keine Ahnung von Jungs."

Wir lachten leise und ich merkte, wie sich die allgemeine Anspannung etwas löste. Es schien nicht so, dass meine Eltern gar nichts mehr voneinander wissen wollten, obwohl die Beziehung ja nun ganz schön strapaziert worden war. Und wir konnten relativ entspannt als Familie über alles reden, zumindest jetzt noch. Mal sehen wie es sein würde, wenn Alexis vor uns stand. Wenn er denn kommen würde.

Irgendwann fingen die Kellner an, an den Nachbartischen die Stühle hochzustellen. Als wir kurz darauf in der kühlen Nachtluft vor dem Restaurant standen, schwirrte mir der Kopf, aber ich fühlte mich um 100 kg leichter. Titi hatte ihre schweren Ohrringe rausgenommen und durch dezente Stecker ersetzt. Dann war sie in Ballerinas geschlüpft, die sie in ihrer Handtasche dabeihatte, an der jetzt die Pumps an ihren Riemchen baumelten. Sie sah nun wieder nahbar und wie meine Schwester aus.

Titi hakte sich bei mir ein und Papa legte vorsichtig die Hand auf Mamas Schulter als wir uns in Richtung Metro aufmachten. Wir mussten alle in verschiedene Richtungen fahren und machten bevor wir uns trennten ab, dass Papa, der mit Alexis in Kontakt stand, uns am nächsten Tag Bescheid sagen würde, sobald er wusste, wann wir uns wo treffen konnten.

***

Alexis hatte wohl den ersten Flug genommen, und hatte sich schon um 8:00 bei Papa gemeldet, dass er am Flughafen stünde. Ich hatte mich eigentlich aufs Ausschlafen gefreut, war aber natürlich wahnsinnig neugierig und plötzlich hellwach. Spikey freute sich über den frühen Spaziergang.

Wir verabredeten uns auf 10:00 für den Parc des Buttes Chaumont. Es war mein Vorschlag, ich liebte diesen Park, und in Bewegung ließ es sich auch leichter reden, weil man sich nicht in die Augen schauen musste.

Ehrlich gesagt, war ich gestern erleichtert gewesen, dass wir noch ein bisschen Aufschub bekommen hatten. Aber jetzt wollte ich es wissen und entschied mich motiviert, das Rad zu nehmen. Zum Park war es nicht weit, und beim Strampeln, es ging tatsächlich ein bisschen bergauf zu den *buttes (Hügel)*, hatte ich den Kopf frei.

Allerdings spiegelte das Wetter meine Stimmung wider. Schon als ich losgefahren war, türmten sich schwarze Wolken am Horizont auf und nun fing es auf halbem Weg an wie aus Eimern zu gießen.

Merde, dachte ich, und suchte Schutz unter dem Vorsprung eines Gebäudes. Ich stellte mein Rad auf seinen Ständer und begutachtete das Schaufenster des Ladens, der sich im Erdgeschoss befand.

Es war ein Trödelladen. Eigentlich mochte ich solche Läden nicht. Die meisten sahen aus wie eine Abstellkammer, in der alte, muffige Möbel verstaubten und Spinnweben an den Kronleuchtern hingen. In der Gegenwart alter Sachen, die lieblos aufgestapelt eigentlich wie Gerümpel aussahen, und nicht wie etwas, für das Leute viel Geld zahlen würden, empfand ich stets ein starkes Gefühl von Beklommenheit. Ihr Anblick zog mich irgendwie „zurück“ in vergangene, in meiner Vorstellung dunkle Zeiten. Die Gegenstände hatten Menschen gehört, die mal sehr lebendig, nun aber längst gestorben waren. Dieses Bild von Vergänglichkeit, welches ein altes Sofa, ein alter Tisch, auf und an dem niemand mehr saß in mir hervorrief, machte mich stets sehr nachdenklich und fast depressiv.

Auf der anderen Seite liebte ich Museen. Denn da standen einzelne Stücke sorgfältig, sauber und gut ausgeleuchtet in Vitrinen, mit einer Geschichte dazu, das mochte ich.

Mein Blick fiel auf eine Kommode im Schaufenster, die offensichtlich alt war, aber erstaunlich modern aussah. Sie war wieder sehr gut aufgearbeitet worden, deswegen stand sie wahrscheinlich als Paradestück im Schaufenster. Sie war relativ klein, eher wie ein Nachttisch und hatte einen bauchigen Körper und geschwungene Beine. Die goldenen Griffe an den Schubladen waren großzügig, aber nicht kitschig, verziert. Das auffälligste aber war der auf der obersten Schublade pastellig gehaltene Rokoko- Engel, der einen anlächelte. Sein Gesichtsausdruck war nicht nur freundlich, sondern irgendwie aufmunternd.

Plötzlich hätte ich schwören können, der Engel blinzelte einmal. Erschrocken wich ich ein Stück vom Schaufenster zurück und sah mich unwillkürlich um, ob jemand hinter mir stand. Als würde es das weniger unheimlich machen, dachte ich im selben Moment. Es war jedoch weit und breit niemand zu sehen.

Ich schüttelte den Kopf, schob dieses Hirngespinst auf meine Nervosität und erinnerte mich dann, wohin ich eigentlich auf dem Weg war. Erst jetzt bemerkte ich, dass es nur noch nieselte. Ich klappte meinen Fahrradständer hoch und radelte schnell weiter Richtung Buttes Chaumont, ohne mich umzusehen.

Als ich ankam, zeigte sich die Sonne. Ich parkte mein Fahrrad am Haupteingang des Parks und schloss es ab. Um meiner Nervosität Herr zu werden, dachte ich an Luisa, und wie sie mir jetzt gerade die Daumen drückte. Wir hatten heute morgen noch kurz gesprochen, und sie hatte mich nochmal ermutigt und gesagt, wie toll es doch sei, einen großen Bruder zu haben, auch, wenn man nicht mit ihm aufgewachsen sei.

Ich blieb kurz hinter dem Eingang des Parks stehen und sah meine Eltern, die auf den großen See blickten. Als Papa einen Schritt zur Seite machte, sah ich auch Titi, die hinter ihm versteckt und nicht zu sehen gewesen war. Sie sah mich und winkte mir zu.

Erst jetzt nahm ich den jungen Mann wahr, der mit ein bisschen Abstand bei meiner Familie stand. Jetzt sah ich auch, dass meine Eltern sich nicht den See anschauten, sondern in Richtung von ... Alexis. Das musste er sein. Sie unterhielten sich. Mein Herz beschleunigte noch einen Gang mehr, aber das kannte ich ja schon zur Genüge. Ich seufzte leise, Männer jeglicher Art machten das Leben irgendwie kompliziert.

Ich begrüßte meine Eltern und Titi. Dann ging ich auf Alexis zu, der mich offen und unerschrocken ansah und seinerseits einen Schritt auf mich zu machte. Für eine Millisekunde dachte ich, er würde mir die Hand geben, was ja für zwei Deutsche, die sich zum ersten Mal sahen und sich kennenlernten, eine normale Handlung gewesen wäre. Allerdings war er halber Spanier, und ich lebte seit fast drei Jahren in Frankreich, deswegen gaben wir uns, zugegebenermaßen etwas unbeholfen, jeweils einen Kuss auf jede Wange. Allerdings wollte er links und ich rechts anfangen, was dazu führte, dass unsere Gesichter für eine kleine, unangenehme Ewigkeit voreinander her tanzten, bis wir uns einigten und die Luft neben unseren Wangen küssten. Ich merkte wie MEINE Wangen brannten, ich musste puterrot geworden sein. Auch Alexis hatte ein bisschen seine Coolness verloren und lachte nervös.

„Ich bin Mary Lou.“, sagte ich überflüssigerweise und benutzte ausnahmsweise meinen ganzen Namen, weil ich das Gefühl hatte, *Lou* wäre für den Anfang zu vertraut.

Er schmunzelte. „Ich bin Alexis.“ Er hatte eine angenehm tiefe Stimme und ich meinte, einen leichten Akzent zu hören. Aber das war wahrscheinlich Quatsch, er war ja komplett zweisprachig aufgewachsen.

„Sollen wir ein bisschen laufen?“, fragte nun Papa, und alle stimmten sofort zu. Der Park war nicht riesig, aber ich war auch erst ein paar Mal hier gewesen und kannte mich nicht so richtig aus. Also entschieden wir uns, Richtung *passerelle*, einer recht hohen, langen Brücke über den See zu gehen, einem der Hauptanziehungspunkte für Parkbesucher.

Während meine Eltern Alexis wieder in ein Gespräch verwickelten, ließen Titi und ich uns etwas zurückfallen.

„Und?", sagte ich leise, „Wie ist dein erster Eindruck?"

„Ich habe bisher auch nur ein paar Floskeln ausgetauscht, aber er macht einen eher sympathischen Eindruck."

„Kennst du eigentlich Martas Mann, seinen Adoptivvater?"

„Nein, woher?" Titi war etwas laut geworden, und die Drei vor uns sahen sich um. „Marta und Mama hatten ja schon vor unserer Geburt kaum noch Kontakt." Nun flüsterte Titi.

„Ja, stimmt. Komm, lass uns mal aufholen, wir kriegen ja gar nichts mit."

Titi lief rechts, ich links von Alexis. Dieser hatte auf unsere etwas stürmische Kontaktaufnahme hin, sein Gespräch mit meinen Eltern, unseren Eltern, also, unserem Vater, wie auch immer, unterbrochen.

„Wie ist es denn so in Ronda?", fragte Titi unverfänglich.

„Sehr schön. Kennt ihr Ronda?"

„Ich glaube, wir waren als Kinder mal da." Ich blickte zu meinem Vater. „Oder?"

„Ja, waren wir. Aber da wart ihr noch ganz klein. Die Lage der Stadt ist fantastisch." Er blickte aufmunternd zu Alexis.

„Ja, die Lage ist wirklich besonders. Ronda liegt an einer Schlucht, die die Altstadt von der Neustadt trennt."

„Das klingt wirklich toll.", sagte ich.

„Und wir haben eine der ältesten Stierkampfarenen."

So gerne wir auch weiter Smalltalk gemacht hätten, was mit ihm hervorragend ging, brannte uns natürlich vor allem eine Frage auf der Zunge. Titi sprach sie schließlich aus. „Wie lange weißt du es denn schon?"

Er überlegte kurz.

„Wahrscheinlich nicht viel länger als ihr. Ich habe es zwar herausgefunden, aber habe es sofort meiner Mutter erzählt, und sie hat es dann sofort eurer Mutter erzählt. Sie wollte das natürlich selber machen."

Ich wollte etwas sagen, aber Titi war schneller, und stellte im Endeffekt meine Frage, nur etwas direkter: „Und wie ist es für dich?“

Alexis warf Papa einen kurzen Blick zu und sagte dann: „Nach dem ersten Schrecken war ich erstmal ziemlich durcheinander, das ist wahrscheinlich normal. Ich meine, ich wusste, dass Joachim nicht mein leiblicher Vater ist, er und meine Mutter haben sich kennengelernt, da war ich schon vier oder fünf. Aber trotzdem ist er natürlich mein Vater, ich bin mit ihm aufgewachsen.“

Bevor Titi wieder das Wort ergreifen konnte, sagte ich nun: “Was hat Marta dir denn über deinen leiblichen Vater erzählt?“

Wir waren mittlerweile in der Mitte der *passerelle* angekommen und machten eine Pause, um die Aussicht zu genießen.

Alexis räusperte sich. „Sie hat mir nur gesagt, sie hätte ihn noch während der Schwangerschaft verlassen, was ja der Wahrheit entspricht. Aber sie hat nie gesagt warum, und ich habe mich auch nie getraut zu fragen, weil ich dachte, sie wird schon ihre Gründe gehabt haben.“

Titi und ich hingen an seinen Lippen und nickten gleichzeitig. Wir mussten so komisch ausgesehen haben, dass Alexis unwillkürlich lachen musste.

Er deutete eine Verbeugung an. „Danke für eure Aufmerksamkeit.“ Meine Eltern schmunzelten, und ich sah, dass Papa Mama leicht den Arm tätschelte. Sie ließ es zu, blieb aber, wie bereits die ganze Zeit, schweigsam.

Papa hatte Alexis heute morgen bewusst mit dem RER vom Flug - hafen abgeholt, so hatten sie schon ein bisschen Zeit gehabt, zu reden. Es schien zwischen ihnen keinen Groll oder Vorwürfe zu geben, sie wirkten beide recht entspannt.

Insgeheim hatte ich mir das alles schlimmer vorgestellt. Warum und wie genau wusste ich nicht, aber irgendwie schien mir das jetzt alles zu einfach. Und statt mich zu entspannen, wartete ich die ganze Zeit darauf, dass es zu einem Streit zwischen Alexis und meinem Vater oder meiner Mutter und meinem Vater kommen würde.

Andererseits waren wir ja alle erwachsen, und es war lange her.

Wahrscheinlich dachten Alexis und Papa eher, wie schade es war, dass sie sich jetzt erst kennenlernten.

Ich hoffte nun nur, dass Mama sich vielleicht zu einer Therapie überreden lassen würde, jetzt wo sie ihr Geheimnis nicht mehr mit sich herumschleppen musste.

„Dann war es ja bestimmt eine Erleichterung, als du herausgefunden hast, was passiert war.“, sagte ich und sah dabei vorsichtig Mama an. Sie sah nicht so gut aus, obwohl eine riesige Anspannung von ihr abfallen musste. Aber der Versuch, ihre Sorgen zu bekämpfen hatte seine Spuren hinterlassen, und es wurde dringend Zeit, dass sie etwas unternahm. Immerhin hatten ihre schlechten Blutwerte sie wachgerüttelt.

„Ja.“, sagte Alexis. „Ich meine, es ist jedenfalls keine Geschichte von Gewalt oder Missbrauch ... es war „nur“ ein Ausrutscher.“

Kurz schwiegen wir alle und schauten auf das olivgrüne Wasser des Sees inmitten der künstlichen Felsen. Auf einem Stein am Ufer saß ein großer Reiher und schaute scheinbar unbeteiligt in die Ferne.

In Wahrheit hatte er wahrscheinlich seine nächste Beute erspäht und wartete auf den perfekten Moment zum Angriff.

Auf einem hohen Hügel gegenüber erhob sich ein kleiner Tempel, der Temple de la Sybille hieß, das hatte ich mal gelesen. Ich nahm mir vor, in nächster Zeit wieder öfter herzukommen, wenn es wärmer wurde.

Zum Mittagessen ergatterten wir einen Platz auf der *terrasse* des Rosa Bonheur, des Ausflugslokals der Buttes Chaumont.

Ich nippte an meinem *panaché*, der französischen Version von Alster, und sah Alexis an, der sich mit Titi unterhielt.

Endlich konnte ich ihn mir einmal in Ruhe ansehen.

Er war größer als er auf seinen Facebook Bildern aussah und sein Haar war dunkler, wahrscheinlich, weil es dieses Jahr noch nicht so viel Sonne abbekommen hatte. Wie man sich einen Spanier vorstellte, hatte er gebräunte Haut und temperamentvolle braune Augen. Ich schätzte ihn eher sportlich ein. Wenn er lachte, hatte ich den Eindruck, es ähnelte Papas Lachen, aber vielleicht bildete ich mir das auch nur ein. Martas Gene hatten sich sehr dominant durchgesetzt, was es wahrscheinlich sehr viel leichter gemacht hatte, das Geheimnis so lange zu wahren.

Im nächsten Moment runzelte er dann aber die Stirn, und da erinnerte er mich an Titi, die konnte ihre Stirn genauso runzeln. Fasziniert suchte ich nach weiteren Gemeinsamkeiten, aber viel mehr konnte ich in der kurzen Zeit nicht ausmachen. Eigentlich war es ja auch egal, aber irgendwie wünschte man sich doch, ein paar äußere Zeichen zu finden, dass er zur Familie gehörte. Immerhin war er eigentlich noch ein total Fremder.

Ich löste mich aus meinen Gedanken und hörte nun zu, wie Titi von ihrem Job erzählte und Alexis interessiert immer wieder Fragen stellte.

Dann war er an der Reihe. Er erzählte, dass er ebenfalls Physiotherapeut sei, wie seine und meine Mutter, wobei Marta ja mittlerweile Ärztin war. Ich wurde hellhörig, als er sagte, er habe einen Hund.

Das war meine Gelegenheit. „Ich auch!", sagte ich etwas zu laut, und Titi, die mich offensichtlich vergessen hatte, drehte sich irritiert um.

„Wirklich? Was für einen?" Alexis' Augen leuchteten plötzlich. „Einen englischen Cocker, Spikey, ein Rüde."

„Cool, meiner ist ein Mischling, ein Straßenhund, auch ein Rüde."

„Spikey habe ich von meiner Freundin übernommen. Sie hat sich von ihrem Freund getrennt und konnte sich nicht mehr um ihn kümmern."

„Ja, auch Hunde haben ihre Geschichten ... Trennungskind, Obdachloser." Er lächelte, aber seine Augen blieben ernst.

„Wie heißt denn deiner, und wo ist er jetzt?"

„Er heißt Osito, weil er aussieht wie ein Bär. Er ist zu Hause, meine Freundin passt auf ihn auf."

Insgeheim haute ich mir wie im Comic an die Stirn und dachte: Was für eine bescheuerte Frage! Natürlich hatte er ein Leben mit Freundin und Freunden in Spanien. Ich wusste nicht, warum ich ihn mir als Einzelgänger vorgestellt hatte. *Auf der Suche nach seiner Familie*, dachte ich zynisch. Vielleicht hatte er sogar Kinder.

„Hast du Kinder?", hörte ich mich fragen.

„Nein, noch nicht. Ihr?" Die Frage ging an Titi und mich. Wir schüttelten beide den Kopf.

Mama sagte zum ersten Mal etwas in die Runde: „Ihr seid ja auch alle noch jung!", in einem Ton, als würde sie uns von der Idee abhalten wollen, in naher Zukunft Kinder in die Welt zu setzen. Ich dachte an Titis Büroflirt und meinen unerreichbaren Kollegen, und wollte Mama beruhigen, dass wir noch meilenweit davon entfernt waren, fand es dann aber überflüssig.

Papa hatte schon länger stumm dagesessen, als würde er über etwas Wichtiges nachdenken. Jetzt meldete er sich zu Wort.

„Liebe Familie", sagte er und machte eine Pause, um auf die Reaktionen zu warten. Niemand sagte etwas, alle sahen ihn gespannt an.

„Ich weiß ehrlich gesagt nicht genau, was ich tun soll. Ich muss mich bei euch allen entschuldigen. Es tut mir leid, dass wir uns auf diese Art und Weise gefunden haben, und ich weiß wie es vor allem dich ..." er sah meine Mutter an. „ ... belastet hat. Es tut mir leid."

Er machte eine Pause. Mama nickte ihm zu, sagte aber nichts.

„Aber ich möchte nochmal versichern, dass ich von dir, Alexis, nichts wusste. Marta hat es aus guten Gründen vor allen geheim

gehalten, auch vor mir. Einerseits bin ich ihr dafür sehr dankbar, denn sonst hätte ich nicht so eine wundervolle Ehe gehabt und zwei so wundervolle Töchter großziehen können." Er schluckte, und ich merkte, wie der Druck in meinem Kopf stärker wurde, während ich versuchte, die Tränen zurückzuhalten.

„Andererseits spukt mir natürlich im Kopf herum, wie es gewesen wäre, dich, Alexis, aufwachsen zu sehen."

Er räusperte sich, bevor er fort fuhr.

„Jetzt lerne ich dich als fertigen Menschen kennen, das ist auch schön. Ich weiß nicht, wie ihr alle über mich denkt, ihr hättet alle allen Grund, wütend, enttäuscht oder traurig zu sein."

Er räusperte sich erneut.

„Aber ich hoffe, dass wir eine Lösung finden, als eine Form der Familie zu existieren. Alleine, dass wir alle an anderen Flecken der Welt wohnen, macht es natürlich nicht einfacher, aber in diesem Fall bin ich mal dankbar für WhatsApp, Facebook, Skype & Co."

Alexis fasste sich als erster, bzw. ich konnte nicht erkennen, inwieweit die Worte unseres Vaters ihn überhaupt berührt hatten. Ich denke, für ihn war es ohnehin noch schwer, ihn nach so kurzer Zeit als seinen Vater und uns als seine Familie anzuerkennen. Aber ich hatte nicht den Eindruck, dass er uns nicht mochte und keinen Kontakt wünschte.

Er sagte: „Ich bin froh, euch kennenzulernen. Ehrlich gesagt, wusste ich irgendwie immer, dass ich noch weitere Familie habe, irgendwie spürt man das. Ich bin froh, dass ich nachgeforscht habe, sonst hätten wir das hier ..." er machte eine Handbewegung in die Runde. „ ... nie erlebt."

Kapitel 27

Ich wachte auf und wollte meinem Traum nicht loslassen. Er war so real gewesen, dass es förmlich schmerzte, aus ihm herausgerissen zu werden. Ich spürte noch immer den Druck seiner Umarmung und die Wärme seines Körpers. Seinen Atem an meinem Hals.

Mein Herz klopfte, und mein Blick starrte an die Decke auf einen schwarzen Punkt. Eine Spinne oder Fliege, es war noch zu dämmerig, um es genau zu erkennen. Irgendwann fanden meine Gedanken langsam ihren Weg durch die Synapsen, und wie der Tag, dämmerte auch mein Bewusstsein langsam in die Realität. Ich spürte ein letztes wohliges Schaudern meines Körpers, und dann war ich endgültig wach.

Ich merkte, dass mein Nacken schmerzte und dehnte mich noch im Sitzen ausgiebig. Vor meinen Füßen schnarchte Spikey noch, was ungewöhnlich war, denn normalerweise merkte er, wenn ich meine Augen aufschlug und stand sofort parat für den morgendlichen Gang.

Erst als ich ansetzte über ihn hinwegzusteigen, richtete er sich auf und machte gemächlich erst den Downward Facing Dog und dann die Cobra Pose, die Begriffe hatte ich beim Yoga gelernt. Spikey beherrschte sie, wie jeder Hund, in Perfektion. Geduldig blieb ich stehen, bis er fertig war, und dann setzten wir uns beide in Bewegung in Richtung Küche.

Ich fand den hart gewordenen Knust eines Baguettes und warf ihn Spikey zu, der ihn mühelos mit der Schnauze auffing und lautstark kaute. Dann schaltete ich die Kaffeemaschine ein und prüfte im Kühlschrank, ob ich noch Milch hatte.

Jetzt, wo meine Eltern, Titi und Alexis wieder abgereist waren, fühlte sich Paris irgendwie leer und bedrohlich an. Ich fühlte mich zutiefst einsam und auf mich allein gestellt. Auch, wenn die Begegnung mit Alexis unverhofft positiv und vertraut vonstatten gegangen war, war wahrscheinlich alles ein bisschen viel gewesen. Über Monate die Sorge um meine Mutter, und dann natürlich die Aufregung der ganzen letzten Wochen vor dem Treffen, ich fühlte mich hundemüde und ausgelaugt. Irgendwie wäre es schön gewesen, auch mal ein bisschen Zeit alleine mit Alexis gehabt zu haben. Aber das war natürlich in der kurzen Zeit schwierig gewesen, weil alle großes Interesse an ihm hatten. Er hatte versprochen, sich bald zu melden, damit wir mal telefonieren konnten.

Es war schon eine sehr verrückte Vorstellung, neben Titi jetzt noch einen Bruder zu haben, mit dem ich regelmäßig sprechen konnte. Natürlich waren wir noch ganz am Anfang und uns fehlten viele Jahre und eine Vertrauensbasis, auf der wir aufbauen konnten. Aber, wenn er wirklich Interesse an seiner neuen Familie hatte, musste man ja irgendwo anfangen.

Ich versuchte, meine Gedanken ein bisschen zu sortieren und mir einen Plan für den Tag zu machen.

Es war Mittwoch, und ich hatte Spätschicht. Ich schaute in den Innenhof und stellte dabei fest, dass ich gestern Abend vergessen hatte, die Läden zu schließen. Den Himmel konnte ich sowieso nicht sehen, aber eventuell einen Lichtstrahl oder einen Schatten, was auf Sonne hindeutete. Ich sah aber nichts als graue Mauern.

Macht nix, dachte ich, passt zu meiner Stimmung.

Zum Glück stupste mich Spikey an, bevor ich mich in meiner Weltuntergangsstimmung verlieren konnte, und ich streichelte seinen hübschen Kopf. Das blonde Fell war samtweich und die Ohren sahen aus wie fließendes Gold. Wahrscheinlich hatten ihn die Kinder gestern wieder stundenlang gebürstet.

Nachdem ich ihn ordentlich durchgekrault hatte und meine Hose und das Sofa vor lauter Haaren nicht mehr zu erkennen waren, stand ich auf, ging zur Küchenzeile, goss Kaffee und Milch in meinen To Go Becher von Starbucks und schnappte mir die Leine. Spikey sprang wie ein Flummi an mir auf und ab und ich hatte Mühe, überhaupt zur Tür zu kommen, ohne über ihn zu fallen. Irgendwann hatten wir es nach draußen geschafft, und kurze Zeit später waren wir im kleinen Park um die Ecke, der leider eher als Müllhalde und Drogenumschlagplatz diente. Aber, um sich ein bisschen die Beine zu vertreten und ein Häufchen zu machen, reichte es uns.

Ich las gerade eine Nachricht von Titi auf meinem Handy, als mich jemand ansprach.

„Bonjour Mademoiselle.“, sagte eine männliche Stimme.

Ich erschrak und ließ fast mein Handy fallen. Bitte nicht schon wieder, dachte ich, und hatte sofort mein Erlebnis nach dem Sport im Parc de Pantin im Kopf.

Immerhin hatte ich diesmal Spikey dabei, versuchte ich mich zu beruhigen. Als ich mich jedoch umdrehte, stand da mein Nachbar, Monsieur Monnier.

Ich war zwar erleichtert, aber auch nicht hocherfreut. „Bonjour.“, sagte ich zögernd. „Kann ich Ihnen helfen?“

Er räusperte sich nervös. „Also, es ist so. Sie wissen ja, dass meine Mutter ... Stiefmutter, ähm, auf den Rollstuhl angewiesen ist.“

Aha, dachte ich, Stiefmutter. Jetzt wusste ich es also. Eigentlich war es ja nicht relevant, aber irgendwie war es schon mal gut, das Verwandtschaftsverhältnis geklärt zu haben.

„Ja, das weiß ich.“, sagte ich jetzt, eine Spur höflicher und sanfter.

„Leider wird es mit ihrer Hüfte eher schlimmer als besser, und sie wird es bald nicht mehr schaffen, die Treppen hochzukommen.“

„Das tut mir leid.“ Ich meinte das ernst. „Aber wie kann ich Ihnen helfen?“

„Ja, also, wären Sie eventuell bereit, die Wohnungen zu tauschen?“

Das kam überraschend, und ich fühlte mich ein bisschen wie vor den Kopf gestoßen. Meine Wohnung war wahrlich keine Luxusunterkunft und ich hatte mich oft genug über die Dusche, oder die zugigen Fenster, oder die alte, klapprige Küche aufgeregt. Aber irgendwie war es mein Reich, meine Höhle, ich fühlte mich wohl darin. Abgesehen davon konnte ich mir nicht vorstellen, wie die Monniers dort wohnen wollten. Es gab ja nur ein Schlafzimmer, und das Badezimmer war alles andere als behindertengerecht.

Monsieur Monnier sah mich erwartungsvoll an, und ich bemühte mich um eine schnelle Antwort.

„Also, das kommt für mich natürlich jetzt sehr überraschend. Haben Sie die Wohnung denn schon einmal richtig gesehen. Können Sie sich vorstellen, darin zu wohnen?“

„Meine Mutter wird alleine dort einziehen. Ich habe eine Arbeit in Meaux gefunden, und werde dort in die Nähe ziehen.“

„Oh." Mehr brachte ich nicht heraus, ich wollte nichts Falsches sagen. War es nun gut oder schlecht? Gut, dass er eine Arbeit gefunden hatte, oder war es schlecht, weil er von seiner Stiefmutter wegziehen musste?

Er musste meine Unsicherheit bemerken und fügte hinzu. „Ich bin sehr froh, dass ich diese neue Arbeit gefunden habe. Und meine Mutter hat sich bereit erklärt, sich von einem Pflegedienst begleiten zu lassen. Natürlich wird die Wohnung umgebaut und renoviert werden müssen."

„Das hätte sie schon lange werden müssen.", rutschte es mir heraus. „Aber der Vermieter wird da nichts machen, befürchte ich."

„Nein, das stimmt. Ich kenne ihn. Wir haben darüber bereits gesprochen. Netterweise hat Herr Mancini sich bereiterklärt, zusammen mit zwei Kollegen, die wichtigsten Arbeiten zu erledigen. Den Rest müssen wir dann nach und nach angehen, wenn ich einige Zeit gearbeitet habe."

In meinem Kopf ratterte es. Ich wusste nicht, was ich davon halten sollte. Wieso verstanden sich meine Nachbarn plötzlich so gut, dass sie bereits Pläne schmiedeten, was sie nach meinem Rauswurf, so fühlte es sich an, mit der Wohnung machen würden. Natürlich war es kein Rauswurf, sondern lediglich ein Tausch, aber ich kannte die andere Wohnung nicht. Ich wusste, dass sie größer sein musste, aber ob sie nicht auch so eine Bruchbude war wie meine? Und wenn sie größer war, war sie auch teurer, ich wusste gar nicht, ob ich mir das leisten konnte.

„Ich möchte Ihnen gerne entgegenkommen, aber ich benötige bitte ein bisschen Zeit, um darüber nachzudenken. Könnten Sie mir ein paar Daten über Ihre Wohnung schicken? Grundriss, Zustand, Miete?"

„Natürlich. Dürfte ich Ihre Telefonnummer haben?" Ich diktierte ihm meine Nummer und speicherte auch seine ab.

„Vielen Dank, Mademoiselle, dass Sie darüber nachdenken. Ich bin übrigens Jacques."

„Ich bin Mary Lou."

Wir nickten uns zu.

„Ich melde mich bei Ihnen.", sagte ich.

Jacques bedankte sich noch einmal und ging dann schnellen Schrittes davon. Ich blieb ein bisschen überrumpelt zurück, und merkte erst ein paar Sekunden später, dass Spikey sich hingelegt hatte und an den Resten eines Burgers kaute, den er sich zwischen die Pfoten geklemmt hatte.

„Pfui!“, schrie ich angeekelt, hatte aber auch keine Lust, ihm das Ding wieder aus dem Maul zu fummeln, also ließ ich ihn gewähren und hoffte, er würde es vertragen.

Kapitel 28

Als ich auf der Arbeit ankam, herrschte ungewohntes Chaos.

Vor dem Haupteingang stand ein Krankenwagen und in der Lobby sah ich einige Kollegen wild hin und her rennen. Vereinzelt standen Gäste, die gerade einchecken wollten, mit besorgten Gesichtern in den Ecken, um den Sanitätern nicht im Weg zu stehen und klammerten sich an ihre Koffer.

Obwohl ich natürlich gerne gewusst hätte, was los war, schob ich mein Rad weiter in Richtung Personaleingang. Es würde sich sowieso schon bis in die Büros im Untergeschoss herumgesprochen haben.

Ich schimpfte gerade leise auf Deutsch vor mich hin, weil eins meiner Schlösser klemmte, als ich seine Stimme hörte.

„Kann ich dir irgendwie helfen?" Es klang wie immer freundlich und ehrlich. Seine Stimme war tief und einlullend wie immer, aber ungewohnt heiser, was sie nicht weniger sexy machte.

Trotzdem war es komisch, wenn ein idealisierter Mensch Zeichen von Unperfektheit zeigte. Eine Erkältung passte eigentlich so gar nicht in mein Bild von dem makellosen Geschöpf, zu dem ich ihn gemacht hatte. Und ich fand es unmöglich, dass er einfach weiterhin rauchte, obwohl er offensichtlich Halsprobleme hatte.

„Ich weiß nicht.", sagte ich. „Mein Schloss klemmt."

Es war mir unangenehm, und so sehr ich auch immer davon träumte, ihm näher zu kommen, wollte ich jetzt nicht, dass er sich näherte. Nicht, weil er eventuell krank war, sondern weil ich mich heute nicht wohlfühlte in meiner Haut. Ich hatte Augenringe und meine Haare hatte ich nur mit Trockenshampoo bearbeitet, welches ihnen einen leichten Grauschimmer verlieh.

Im nächsten Moment stand er jedoch neben mir und machte sich am Schloss zu schaffen. Es war das einzige von den dreien, dass einen Schlüssel hatte, die anderen waren Zahlenschlösser.

Nach ein paar Sekunden sprang es auf.

„Voilà." Vermischt mit Zigarettenrauch stieg mir sein Aftershave oder Parfum in die Nase. Ich glaubte, es war ein anderes als das, was ich sonst schon ein paar Mal wahrgenommen hatte.

„Merci." sagte ich. Kurz schloss ich die Augen und konzentrierte mich auf seinen Geruch. Dann richtete er sich auf und trat einen Schritt zurück.

„Weißt du was passiert ist?", fragte ich und deutete mit dem Kopf Richtung Haupteingang.

„Ein Gast ist wohl einfach beim Einchecken zusammengebrochen, mehr weiß ich auch nicht."

„Herzinfarkt?"

„Kann sein, *merde*. Hoffentlich können sie ihn stabilisieren. Komm, wir gehen rein." Er ließ seine Zigarette fallen, die er während der Schlossknack-Aktion im Mundwinkel behalten hatte, und trat sie aus.

„Wie war dein Wochenende?", fragte er, während wir durch die Tiefgarage gingen. „Du hattest dir ein paar Tage frei genommen, oder?"

Es überraschte mich, dass er das offensichtlich wahrgenommen hatte.

„Ja, meine Familie war da.", sagte ich nüchtern und wunderte mich, dass ich nicht das Bedürfnis hatte, ihm von meinem Bruder zu erzählen.

„Gab es einen bestimmten Anlass, oder wollten sie dich einfach mal besuchen?"

„Wir, ähm … " weiter kam ich nicht, und war ganz froh darüber.

Luc und Julien kamen uns entgegen und diskutierten aufgeregt über den Vorfall an der Rezeption. Scheinbar hatte sich die Situation aufgelöst, und die beiden brauchten dringend eine Zigarettenpause.

„Und?", fragte Raphaël.

„Sie haben ihn reanimiert und er ist wohl erstmal stabil. Der Krankenwagen ist gerade abgefahren. Wahrscheinlich ein Herzinfarkt."

„*Putain*, das war bestimmt nicht cool. Auch für die anderen Gäste … Habt ihr alle beruhigen und einchecken können?"

„Die anderen sind noch dabei. Wir dürfen erstmal Pause machen, wir haben erste Hilfe geleistet.", sagte Julien.

„Oh Mann, sowas passiert auch nicht alle Tage. Ihr habt aber ja offensichtlich alles richtig gemacht. *Bon courage*! Bis später."

Die beiden gingen Richtung Ausgang und wir setzten uns auch wieder in Bewegung. Ich hatte die ganze Zeit nichts gesagt. Ich hätte nicht gewusst, was. Er hielt mir die Tür auf und ich ging in den Flur mit der Kaffeemaschine und blieb unschlüssig stehen.

„Ich hole mir noch einen Kaffee.“, sagte er. „Möchtest du auch einen?“

„Nein danke, ich bin schon drei Minuten zu spät.“

„Alles klar, bis später.“ Er schenkte mir noch ein Lächeln und beschäftigte sich dann mit der Kaffeemaschine.

Ich ging den Flur entlang und betrat mein Büro, wo Julie und Marion sich über den Vorfall an der Rezeption unterhielten. Das würde natürlich für den Rest des Tages Gesprächsthema Nummer eins bleiben.

In meiner Zeit in der Hotellerie hatte ich sowas sonst noch nicht erlebt, obwohl man tagtäglich so viele Gäste empfing. Wahrscheinlich passierte es zum Glück aber auch nicht so oft.

Später am Nachmittag kam die Nachricht, dass der Mann erstmal über den Berg war und wir hatten keine Ausrede mehr, uns vor unserer Arbeit zu drücken.

Ich gab fleißig Reservierungen ein und merkte erst, dass meine Augen eine Pause brauchen könnten, als die ersten Kollegen Feierabend machten.

„Salut les gars, bis morgen!“, tönte es aus allen Ecken.

In dem Moment hörte ich ein *Pling*, und in meinem Nachrichteneingang wurde eine neue Nachricht angezeigt. Von Raphaël.

Ich öffnete sie und las: *Coucou, ça te dirait d'aller voir une course de chevaux ce week-end? (Hi, hättest du Lust, dir dieses Wochenende ein Pferderennen anzusehen?)*

Ich ertappte mich dabei, wie ich dachte: *Was soll das denn jetzt?*

Ich hatte keine Lust auf eines dieser Treffen, die mir zum x. Mal Hoffnung machten, obwohl ich eigentlich genau wusste, dass er kein Interesse an mir hatte. Diese Treffen waren so sporadisch,

dass ich mich gerade immer wieder eingerichtet hatte, und dachte, ich könne mit allem abschließen, und dann ging es wieder von vorne los.

Trotzdem spürte ich wie meine Finger tippten: *Ça a l'air bien. (Das klingt gut)*

Ein paar Minuten passierte nichts, und ich ärgerte mich, dass er mich aus meiner Arbeit gerissen hatte, denn jetzt konnte ich mich natürlich nicht mehr konzentrieren.

Endlich kam eine weitere Nachricht.

Super. Dimanche, ça te va ? Clément et Eloïse viennent aussi. Et je vais demander à Aminata si elle veut venir aussi. (Super, passt dir Sonntag? Clément und Eloïse kommen auch. Und ich werde Aminata fragen, ob sie auch kommen möchte.)

Na bitte, enttäuscht überlegte ich, ob ich absagen sollte. Ich hatte keine Lust auf ein Treffen mit seinen Bekannten, wo sich alle hervorragend unterhalten würden, während ich stumm daneben saß. Und vor allem mit Eloïse, der Praktikantin.

Dennoch ließ ich allen Stolz beiseite und schrieb: *Ça m'arrange. Une belle idée, merci d'avoir pensé à moi. (Das passt mir gut. Eine schöne Idee, danke, dass du an mich gedacht hast.)*

Von ihm kam dann nichts mehr.

Nach Feierabend hatte ich keine Lust, direkt nach Hause zu fahren und entschied mich, an der Station Jaurès auszusteigen und den Rest am Wasser entlang nach Hause zu laufen. Zwar würde ich dann mit dem Hund nochmal rausmüssen, aber das konnte nicht schaden, ich brauchte Bewegung und frische Luft.

Kapitel 29

Als ich am Samstagmorgen meine Fensterläden öffnete, sah ich Schatten an den grauen Wänden, die Sonne musste scheinen. Und als ich die Fenster aufstieß, strömte ein frühlingshafter Luftzug in meine Wohnung. Ich schloss die Augen und atmete tief ein. Spikey sprang mit seinen Vorderpfoten auf die Fensterbank und schnüffelte aufgeregt.

„Spikes," so nannte ich ihn ab und zu. „Das wird ein interessanter Tag heute," sagte ich. Wie zur Bestätigung wedelte der Cocker wild mit seinem Schwanz.

Wir machten einen langen Gang am Ourcq entlang und es versprach wirklich ein traumhafter Frühlingstag zu werden.

Raphaël hatte vorgeschlagen, dass wir uns um 11:00 an der Porte Maillot treffen sollten. Er hatte das per Mail an alle geschrieben, mir aber auch endlich mal seine Handynummer gegeben.

Ich stand vor dem Spiegel und überlegte was ich anziehen sollte. Ich wollte natürlich gut aussehen, aber mich auch nicht aufbrezeln. Was trug man denn eigentlich zu einem Pferderennen, wenn man nicht gerade die Queen war?

Ich durchwühlte meinen „Kleiderschrank" und fand eine dunkelblaue Dreiviertelhose, die ich mir letzten Sommer mal gekauft, bisher aber nur einmal getragen hatte, weil man im Hochsommer darin schwitzte, da es Synthetik war. Für einen milden Frühlingstag würde es aber gehen. Ich zog sie an und sie saß wie angegossen. Ich drehte mich vor dem Spiegel und war zufrieden. Jetzt fehlte nur noch ein Oberteil. Es war definitiv ein Tag für meinen aktuellen Lieblingspullover, den grauen mit den Silberapplikationen, den ich zu Weihnachten bekommen hatte. Vorsichtshalber zog ich ein schickes T-Shirt darunter, falls es warm werden sollte. Ich prüfte das Outfit noch einmal im Spiegel. Es war perfekt, leger aber nicht übertrieben. Nun fehlten noch Schuhe. Das könnte ein Problem werden, dachte ich und räumte mein Schuhregal aus. Ich besaß eigentlich außer meinen Arbeitsschuhen keine schicken Schuhe. Bzw. ich stellte mir vor, dass wir recht viel laufen würden, deswegen mussten sie auch bequem sein. Meine pinken

Lieblingsturnschuhe passten nicht wirklich zu dem Outfit und sie waren auch schon recht ausgelatscht, weil ich sie gefühlt Tag und Nacht trug.

Ratlos saßen Spikey und ich in unserem Schuhhaufen, als mir plötzlich etwas einfiel. Ich sprang auf und holte meinen Koffer unter dem Bett hervor. Darin fand ich ein paar weiße Turnschuhe von Titi, die sie bei ihrem Besuch vor fast einem Jahr im Sommer gekauft und vergessen hatte, mitzunehmen. Sowohl an Weihnachten, als auch an unserem letzten Treffen mit Alexis hatte ich vergessen, sie ihr mitzubringen. Vielleicht hatte sie sie auch gar nicht mehr auf dem Schirm. Sie waren von einer recht guten Marke, die ich vorher nicht gekannt hatte, aber auch nicht übertrieben teuer. Allerdings hatte Titi kleinere Füße als ich, und als ich mich hineinzwängte, hatte ich Mühe, meine Ferse unterzubringen. Ich probierte es noch einmal mit dünnen Sneakersocken, das ging besser. Sie waren eng, aber ich würde einen Tag darin laufen können. Vorsichtshalber packte ich ein paar Pflaster in meine Handtasche.

Ich räumte die anderen Schuhe wieder ein und merkte, wie ich nervöser wurde. Ein Blick auf die Uhr ließ mich aufschrecken, es war bereits 10:00. Ich hatte nachgeschaut, ich brauchte ca. 50 Minuten bis zur Porte Maillot, das würde gerade so hinkommen.

„Salut, Spikes, bis später.“ Ich drückte ihm einen Kuss auf den Schopf und drehte mich schnell weg, um nicht in seine traurigen Augen schauen zu müssen. Auch nach der langen Zeit, die er nun schon bei mir war, schien er immer noch zu denken, dass ich eines Tages einfach nicht mehr wiederkommen würde.

Ich schnappte meine Metrokarte und meine Sonnenbrille und ließ beides in meine Tasche gleiten, während ich mit der anderen Hand die Tür zuzog.

Um kurz vor 11:00 stieg ich aus dem RER C in Porte Maillot. Am Bahnsteig fand ich sofort Clément und war sehr froh darüber. Mit ihm verstand ich mich nach wie vor sehr gut.

„Salut Lou“, sagte er und gab mir zwei bisous. „Ça va?“

„Ça va, merci. Ich freue mich und bin sehr gespannt. Warst du schon mal bei einem Pferderennen?“

„Ja, schon ein paar Mal, mit meinem Onkel, er liebt Wetten, und Pferderennen im Besonderen. Und du?“

„Nein, deswegen bin ich ganz aufgeregt.“ Ich merkte, wie ich etwas rot wurde, weil ich Clément nichts vormachen konnte. Obwohl wir nie darüber gesprochen hatten, hatte Raphaël ihm ja sicherlich von meinem Geständnis damals in der Tiefgarage erzählt. Er jedoch verzog keine Miene, sondern fragte nur: „Kennst du die Wettregeln?“

„Überhaupt nicht.“, gab ich zu. „Kann man mit Karte zahlen, ich habe gar nicht so viel Bargeld dabei?“

Er lachte. „Ja klar! Meinst du, die Superreichen bringen ihre Millionen in Bargeld mit?“

Ich lachte auch, obwohl mir die Frage im Nachhinein peinlich war.

In dem Moment kamen Raphaël und Aminata um die Ecke. Irgendwie war ich froh, sie endlich mal kennenzulernen, damit sie nicht mehr dieser Schatten war, der in meinem Kopf herumspukte. Wir begrüßten uns alle und warteten jetzt nur noch auf Eloïse.

Die Männer zündeten sich eine Zigarette an. Ich war positiv überrascht, dass Aminata scheinbar Nichtraucherin war. Das war eine ziemliche Ausnahme und machte sie sogleich sympathisch. Ich fühlte mich ermuntert, ein Gespräch mit ihr anzufangen.

„Raphaël hat erzählt, dass die Kinder seiner Schwester recht anstrengend sind. Kommst du gut mit ihnen zurecht?“

Das war eine ziemlich direkte Frage, dafür, dass ich sie nicht kannte. Aber sie antwortete sehr freundlich und schien nicht überrascht.

„Also, sagen wir so, am Anfang war es wirklich nicht leicht. Sie haben mich nicht ernst genommen.“ Sie lachte. „Sie sind mir, genau wie ihren Eltern, auf der Nase herumgetanzt.“

„Ich glaube, ich könnte das gar nicht, mich um Kinder kümmern. Ich bin selber eher schüchtern, und sie würden mich fertig machen.“

Aminata lachte. „Ach, das würde ich nicht so sagen. Kinder, und „meine“ sind ja auch nicht mehr so ganz klein, haben auch schon sowas wie Empathie, die wissen bei wem sie sich was erlauben

können. Ich habe aber auch zwei sehr viel jüngere Schwestern, da habe ich wertvolle Erfahrung.“

Ich mochte sie auf Anhieb und war froh, mitgekommen zu sein. Meine Nervosität war schon lange weg und ich begann, mich in der Gruppe wohlzufühlen. Selbst als Eloïse auftauchte, in einem fliederfarbenen Hosenanzug, perfekt geschminkt und mit gekonnter Out-Of Bed Frisur, ließ ich mich nicht einschüchtern und nahm mir fest vor, mir heute von nichts und niemandem die Freude verderben zu lassen. Es war ein wunderbarer Frühlingstag, und ich würde zu meinem ersten Pferderennen gehen, was gab es Schöneres?

Zum *hippodrome* nahmen wir einen Bus, der uns mitten durch den Bois de Boulogne fuhr. Während der Fahrt erklärte Clément die wichtigsten Regeln.

„Eigentlich sollte man sich auf drei Wettarten konzentrieren, alles andere ist für den Anfang zu kompliziert. Es gibt „Simple Gagnant", man gewinnt, wenn das Pferd, auf das man gesetzt hat, als erstes durchs Ziel läuft. Dann gibt es „Simple Place", was bedeutet, dass man auf mehrere Pferde setzen kann. Bei Rennen mit 4 bis 7 Startern muss dabei eines der gesetzten Pferde unter die ersten 2 kommen. Bei 8 Startern unter die ersten 3. Beim „Couple Gagnant" gewinnt man, wenn man auf zwei Pferde setzt, und beide, egal in welcher Reihenfolge, als Erster und Zweiter durchs Ziel laufen."

Für mich war das alles nicht ganz leicht nachzuvollziehen. In solchen Momenten merkte ich doch die sogenannte Sprachbarriere noch sehr stark. Ich hatte mir aber ja geschworen, mich von so etwas nicht abschrecken zu lassen, und würde es zunächst mit „Simple Place" versuchen.

Nach ca. 20 Minuten waren wir da. Durch ein großes Tor stiegen wir eine Reihe flacher Treppen hoch, an dessen Ende eine bronzene Pferdestatue stand. „Gladiateur", stand auf dem Sockel.

Als wir in der Schlange zum Wettschalter standen, wagte ich Clément zu fragen, wie viel man denn wohl setzen sollte. Und vor allem auf welches Pferd. Er sagte, den Betrag müsse jeder selber wissen, er würde mit 20 Euro und „Simple Place" starten, wie ich mir gedacht hatte. Je nach Quote, konnte man im Falle eines Gewinnes ein Vielfaches des Einsatzes einstreichen. Was das Pferd anging, musste man sich die Liste der Teilnehmer anschauen und entweder auf die offiziellen Favoriten setzen oder seinen eigenen Favoriten heraussuchen. Dazu konnte man sich wieder die Gewinnquoten anschauen. Das Pferd mit der niedrigsten Quote versprach die höchsten Gewinnchancen.

Mein Kopf rauchte bereits, hauptsächlich, weil ich natürlich nichts „falsch" machen und kein Geld verlieren wollte.

Schließlich hielten wir alle die Durchschläge unserer Wettscheine in der Hand und machten uns auf den Weg zu den Tribünen.

Ich hörte Wiehern und Stimmen, die Befehle auszuteilen schienen, verstehen konnte ich nichts. Auf dem Aufwärmplatz hatten die Helfer Mühe, die aufgeregten Vollblüter ruhig zu halten. Das war aber auch gar nicht das Ziel, die Tiere sollten sich ja schon einmal in Rennmodus begeben. Nun tänzelten sie, teilweise bereits mit ihren Jockeys auf dem Rücken an kurzem Strick im Kreis herum.

Da es sich um ein Rennen „hors Grand Prix" handelte, hatten wir freie Platzwahl. Wir fanden Plätze auf der Haupttribüne mit freier Sicht. Ich achtete darauf, nicht neben Raphaël zu sitzen, weil mich das nur wieder unsicher gemacht hätte. Ich fand Platz zwischen Clément und Aminata, setzte meine Sonnenbrille auf und blickte auf das riesige Feld, das die Rennbahn war.

Kurz erinnerte ich mich, einmal schreckliche Bilder von gestürzten Pferden bei Galopprennen gesehen zu haben und rief mir ins Gedächtnis, dass Pferderennen sehr umstritten waren. Ich beruhigte mich damit, dass ein Rennpferd wahrscheinlich rund um die Uhr tierärztlich versorgt und bestens gefüttert wurde, damit es überhaupt ein solches Fitnesslevel erreichen konnte.

Prüfend schaute ich auf meinen Wettzettel. Meine Favoriten waren die Pferde mit den Startnummern 4 und 7, weil ich ihre Namen toll fand. Sundancer und Chilly Silly. Es gingen 8 Pferde an den Start, also musste einer der beiden unter die ersten drei kommen. Ich hatte jeweils zehn Euro gesetzt.

Die Spannung stieg, als die Pferde in die Startboxen geführt wurden. Man konnte nur die bunten Bezüge der Schutzhelme der Jockeys sehen, die auf den tänzelnden Pferden auf- und abwippten, und die unruhigen Beine der Pferde. Ein Schuss, dann öffneten sich die Türen und die Tiere waren nicht mehr zu halten. Mit fliegenden Beinen stürmten sie über die Rennbahn. Sie liefen dicht beisammen an der Innenseite der Bahn und trugen ihre Reiter scheinbar mühelos. Nur die weitgeblähten Nüstern verrieten wie groß die Anstrengung war.

Erst als die Truppe bei uns an der Tribüne vorbeilief, nahm ich die Geschwindigkeit wahr, mit der sich die Tiere fortbewegten. Leider konnte ich auf die Entfernung nicht erkennen, welche meine Favoriten waren, aber ich glaubte, dass die Jockeys beide in blau gekleidet waren. Eins der Paare aus Mensch und Tier bewegte sich aktuell an zweiter Stelle, das andere sehr viel weiter hinten. Manche Zuschauer sprangen auf und feuerten ihre Pferde an, und ich fragte mich, ob das überhaupt erlaubt war, oder die Tiere eher störte. Vorsichtshalber blieb ich sitzen, und das taten meine ... tja, was waren sie denn eigentlich? Kollegen, Freunde, Bekannte? ... auch.

Das kurze Rennen ging über nur 800 Meter, was die Jockeys motivierte, ordentlich Gas zu geben. Als die Gruppe in die Zielgerade eintritt, trieben die Jockeys ihre Tiere noch einmal an, auch unter Einsatz ihrer Peitschen, was brutal aussah. Ich hatte aber mal in einem Artikel über unsere Bremer Rennbahn gelesen, dass die Beschaffenheit und das Einsetzen der Peitschen bei Galopprennen sehr strengen Regeln unterlagen. Unter anderem durfte die Peitsche nur maximal fünf Mal im gesamten Rennen eingesetzt werden, das fand ich interessant.

Gerade sah ich wie Aminata zusammenzuckte, als ein Pferd die Peitsche bekam. Clément wusste jedoch auch etwas zu dem Thema zu sagen und konnte uns ein bisschen beruhigen.

„Es sieht immer schlimm aus, weil die Jockeys so weit ausholen. Aber das müssen sie tun, weil sie die Peitsche vor Benutzung in das Sichtfeld des Pferdes führen müssen."

Ich staunte, dass er sich so gut auskannte und war ein bisschen beruhigt.

Das Ziel näherte sich mit wortwörtlich rasender Geschwindigkeit, und jetzt zeichnete sich ganz klar ab, welche Pferde eine Chance auf den Gewinn hatten. Schließlich lief mit einem minimalen Vorsprung ein Brauner über die Ziellinie und der Jockey jubelte und sprang noch fast im Galopp vom Pferd. Er klopfte es überschwänglich und übergab es dann an seinen Pfleger.

Im Publikum rissen Menschen in Siegerpose die Arme hoch und fielen sich in die Arme. Von uns hatte niemand gewonnen, aber es war spannend gewesen, sodass wir sofort wieder loszogen, um Wetten für das nächste Rennen einzureichen. Ich war generell nicht sehr risikofreudig und hatte lediglich einmal im Urlaub mit meinen Eltern all mein damaliges Taschengeld an einen einarmigen Banditen verfüttert. So wollte ich auch jetzt nicht mein kleines Hotelgehalt aufs Spiel setzen und entschied mich ein weiteres Mal für einen Einsatz von zehn Euro. Diesmal jedoch wollte ich es wissen und wettete auf das „couple gagnant", wobei ich diesmal nicht nach Namen entschied, sondern mir tatsächlich die Quoten vorher genauer ansah, was ein bisschen dauerte.

Da wir nach der Abgabe unserer Wettscheine noch Zeit hatten, holten wir uns etwas zu trinken.

„Das war ziemlich spannend!", sagte Eloïse begeistert, und nippte mit spitzen Lippen an ihrem Prosecco. Ich versuchte, einen freundlichen Gesichtsausdruck zu machen und steuerte ein „Das stimmt." bei. Insgeheim fand ich sie aber schrecklich nervig, mit ihrem hübschen Gesicht, der tollen Frisur und natürlich den Klamotten, die ihre Figur äußerst vorteilhaft betonten. Aus dem Augenwinkel versuchte ich, Raphaël zu sehen, ob er sie schmachtend anstarrte. Als ich jedoch vorsichtig in seine Richtung blickte, schaute er mir direkt in die Augen und lächelte. Wie vom Blitz getroffen, schaute ich schnell wieder nach vorn und griff unbeholfen nach meinem Glas, dass ich auf dem Bistrotisch um den wir standen abgestellt hatte. Ich trank einen Schluck und schaute ihn dann direkt an, um nicht verklemmt zu wirken. Er hatte sich jetzt allerdings umgedreht, und schaute in Richtung Rennbahn, Aminatas Finger folgend, der ihm irgendetwas zeigte. Sie hatte ihre andere Hand dabei leicht auf seinen Rücken gelegt.

Schnell wandte ich mich wieder an Eloïse, entschlossen, einfach mit ihr Freundschaft, oder, wenn das nichts wurde, zumindest meinen Frieden zu schließen.

„Gefällt es dir im Grand?", versuchte ich mich im Smalltalk.

„Ja, es macht Spaß. Ich lerne sehr viel von den beiden Jungs.", sagte sie freundlich. Ihre Stimme war angenehm tief, was gar nicht zu ihrer zierlichen Person passte. Fasziniert starrte ich auf ihren perfekt geschwungenen Mund, den sie leicht fuchsiafarben angemalt hatte, während sie erzählte, dass sie ja in Lyon studiert hatte, aber unbedingt in Paris bleiben wolle.

Tja, wer will das nicht, dachte ich irgendwie wehmütig, obwohl ich es ja selber in der Hand hatte zu bleiben, ich hatte einen unbefristeten Vertrag.

„Wie lange geht denn dein Praktikum?", wollte ich wissen.

„Sechs Monate, dann muss ich schauen. Eigentlich möchte ich auch gar nicht in der Hotellerie bleiben, ich interessiere mich für Mode. Das Praktikum ist nur Teil meines Wirtschaftsstudiums."

In der Mode war sie sicherlich gut aufgehoben, dachte ich, aber nicht sarkastisch, sondern sie hatte wirklich einen sehr guten, authentischen Stil, man konnte sich das gut bei ihr vorstellen. Trotzdem war sie natürlich für meinen Geschmack viel zu aufgetakelt.

Bevor ich noch etwas sagen konnte, setzten wir uns wieder in Bewegung zu unseren Plätzen. Gewohnheitstiere, die wir Menschen nun mal sind, wollten wir uns alle wieder auf unsere ursprünglichen Plätze setzen. Aus irgendeinem Grund tauschte Aminata jedoch mit Raphaël, sodass er plötzlich neben mir saß.

„Ich habe auch auf „couple gagnant" gewettet, allerdings auf andere Pferde als du.", sagte er. „Jetzt wird es spannend, mal gucken, wer gewinnt." Er zwinkerte mir zu.

Da ich nicht gut im zuzwinkern war, nickte ich nur mit dem Kopf und sagte auf Deutsch: „Möge der Bessere gewinnen." Und vorsichtshalber noch auf Französisch: „Que le meilleur gagne."

Und dann ging es auch schon los. Die Pferde wurden in ihre Startboxen geführt, und während die allgemeine Nervosität im Publikum stieg, versuchte ich, die meine unter Kontrolle zu kriegen, was sehr schwer fiel, angesichts seines Oberschenkels an meinem. Mit dem Startschuss war ich jedoch voll bei der Sache und konzentrierte mich auf das Starterfeld. Diesmal hatte ich den Vorteil, dass eines meiner Pferde ein Schimmel, das andere ein Fuchs mit einer breiten Blesse war, die man beide gut von den anderen unterscheiden konnte. Der Schimmel preschte schnell nach vorn und positionierte sich an der

Spitze. Der Fuchs war ganz außen gestartet und musste die anderen erst einmal einholen, was ihm gut gelang, sodass er sich bald an dritter Position bewegte. Plötzlich war ich richtig aufgeregt, auch, wenn es nicht um viel Geld ging. Das wäre aber ja zu einfach, dachte ich. Mein zweites Rennen und gleich auf die Siegerpferde gesetzt ... Andererseits war es ja trotz aller Quoten und Listen, die man einsehen konnte, auch immer noch ein Glücksspiel und alles war möglich. Instinktiv hätte ich gerne die Hand oder den Arm meines Sitznachbarn gegriffen, um der Aufregung Herr zu werden, aber ich konnte mich gerade noch zurückhalten. Nur einen kleinen Seitenblick konnte ich mir nicht verkneifen. Raphaël hatte sich nach vorne gebeugt, um besser sehen zu können und ließ sich zu einem Anfeuerungsruf hinreißen, als ein Brauner mit riesigen Galoppsprüngen aufholte und sich an die Spitze setzte. Das war wohl eins seiner Pferde.

Ich hatte den Eindruck, dass die Pferde in diesem Rennen noch schneller waren als die im ersten. In null Komma nix waren sie auf der Zielgeraden und die Jockeys kämpften verbissen um den Sieg.

Und dann gingen erst mein Schimmel und dann mein Fuchs als erster und zweiter durchs Ziel.

„Yes!“, rief ich und sprang auf. Die anderen schauten mich erstaunt an.

„Wirklich?“, rief Clément. Ich nickte, und zeigte ihm meinen Wettschein. „Wahnsinn, Lou! Dein zweites Rennen, und ein Sieg!“ Er kam zu mir rüber und umarmte mich herzlich. Aminata, die auf den Schimmel auf *Platz* gesetzt hatten, freute sich ebenfalls.

„Que le meilleur gagne. Félicitacions, Lou!“ Raphaël schloss seine Arme um mich. Ich legte meinen Kopf an seine Schulter, es war mir egal, ob das zu übergriffig war, und blieb einfach an ihn geschmiegt stehen. Ich fühlte die Bartstoppeln und roch das Parfum, und wehrte mich dagegen, meine Augen zu schließen, denn dann hätte ich mich vergessen, und ihn nie wieder losgelassen. Er hielt mich fest, aber nicht so, wie man jemanden hielt, zu dem man sich hingezogen fühlte. Es war mir egal, mein Körper und Kopf kapitulierten nach der langen Zeit der Zurückhaltung und des Auf-Distanz-Gehalten-Werdens. Ich hatte keine Kontrolle mehr über mich.

Auch mein Zeitgefühl war ausgeschaltet, und als er sich von mir freimachte, wusste ich nicht wie lange wir so gestanden hatten. Als ich sah, dass die Pferde gerade von ihren Pflegern in Empfang genommen wurden, wusste ich, dass die Umarmung nur ein paar Sekunden gedauert haben konnte. Mir war sie wie eine Ewigkeit vorgekommen. Benommen von meinem Wettsieg und den schlagartig wieder von fast null auf hundert hochgepeitschten Gefühlen durch Raphaëls Nähe, stand ich da und fühlte mich wie betrunken.

Wir wetteten noch zweimal. Einmal gewann noch Clément auf „simple gagnant". Das war ziemlich spektakulär, weil es wirklich nur um Nasenlängen ging, und wir freuten uns riesig mit ihm. Eloïse ging leider jedes Mal leer aus, aber das schien sie nicht zu stören. Sie schien Spaß zu haben und war bester Laune.

Im Anschluss an die Rennen spielte ein DJ und man konnte mit Tanzen und Alkohol entweder seine Siege feiern oder seinen Frust ertränken. Ich trank noch zwei Aperol und hatte genug. Da ich selten viel trank, wurde mir nach den vorangegangenen Proseccos jetzt schon schwindelig. Ich tanzte in der Nähe der anderen und fühlte mich richtig wohl. Eine Party am helllichten Tag, es war erst nachmittags, in einer coolen Umgebung mit chic angezogenen Menschen, was wollte man mehr. Der Alkohol tat seine Wirkung, und obwohl wir keine guten Freunde, sondern eine zusammengewürfelte Gruppe waren, hatte man plötzlich dieses Gefühl der Zusammengehörigkeit, weil man etwas gemeinsam erlebte. Die Musik war elektronisch, eigentlich nicht mein Geschmack, aber die Atmosphäre passte, und da war es egal.

Als ich zur Toilette musste, merkte ich wie angetüdelt ich doch war. Es fiel mir schwer, Stufen zu steigen, und ich musste mich richtig konzentrieren. Die kurze Ruhe von der Musik tat jedoch gut.

Als ich wieder zurückkam, waren Clément und Aminata gerade dabei, aufzubrechen. Sie hatten noch auf mich gewartet, um zu fragen, ob ich mitkommen wollte.

„Wo sind denn die anderen?", fragte ich, und merkte, wie sich Enttäuschung ankündigte, dass Raphaël vielleicht schon weg war, ohne sich zu verabschieden.

Als ich mich suchend umsah, entdecke ich ihn jedoch, und statt Enttäuschung spürte ich einen Schlag in die Magengrube. Er tanzte engumschlungen mit Eloïse. Sie hatte ihre Hände quasi auf seinem Hintern und er die seinen an ihrem Nacken. Jetzt beugte er sich zu ihr. Mir wurde plötzlich übel. Schnell drehte ich mich weg, und sagte zu den anderen Zweien „Allons-y."

Kapitel 30

// You can fly if you only cut loose, footloose,
Kick off your Sunday shoes ... //

Ich kickte, was das Zeug hielt, um meine Enttäuschung und meinen Frust loszuwerden. Was sollte das alles?

Ich ärgerte mich, dass ich mich darauf eingelassen hatte, mitzukommen. Ich fragte mich immer wieder, was in aller Welt ich mir davon erhofft hatte. Und wie sollte es vor allem jetzt weitergehen?

Ich hatte keine Ahnung wie ich den heutigen Arbeitstag überstanden hatte.

Vage konnte ich mich an unsere Rückfahrt von der Rennbahn gestern erinnern. Im Bus hatten sich Clément und Aminata leise unterhalten, vielleicht hatten sie sich auch ganz normal unterhalten, aber ich hatte es nur wie durch Watte wahrgenommen. An der Porte Maillot hatten sie sich dann verabschiedet und ich war wie in Trance in den RER gestiegen. An die Fahrt konnte ich mich nicht mehr erinnern, nur, dass ich es irgendwie geschafft hatte, in die Metro nach Pantin umzusteigen, und irgendwann vor meiner Haustür stand. Ich hatte die Tür geöffnet, mich auf den Boden sinken lassen und war meinem Hund um den Hals gefallen. Als ich sein weiches Fell spürte und seine Zunge, die meine Wange leckte, hatte ich mich nicht mehr zurückhalten können und hatte losgeheult wie ein Schlosshund. Dicke Tränen waren in Spikeys Fell gefallen und er war irgendwann ganz nass gewesen. Unsere Abendrunde war kurz ausgefallen. Spikey hatte noch einen Snack bekommen, und als ich mich aufs Bett warf, war ich auch schon eingeschlafen.

„Kick droite, kick gauche, et squat ... ", hörte ich den Trainer.

Vor mir warf ein junges Mädel mit weißen, fast durchsichtigen Leggings die Beine in die Luft. Beim Squat hatte ich Angst, ihr durchtrainierter Hintern würde die Hose sprengen, so prall sah er aus. Ich schämte mich ein bisschen fremd.

Aber auch das war lediglich eine kurze Ablenkung. Im nächsten Moment war ich mit meinen Gedanken wieder bei Raphaël. Es war schon lange nicht mehr die intensive, aber harmlose Schwärmerei für einen gutaussehenden Kollegen. Ich war ihm, wie man so schön sagte, mit Haut und Haaren verfallen, so wie man es eigentlich nur aus Büchern oder Filmen kannte. Jetzt wusste ich auch wie diese Redewendung zustande gekommen war, denn wenn ich ihn sah, oder nur an ihn dachte, bekam ich Gänsehaut am ganzen Körper und es kribbelte im Ansatz meiner Haare.

Natürlich war ich schon öfter verliebt gewesen, ich wusste nur zu gut, wie man sich in etwas hineinsteigern konnte. Aber die Mächtigkeit dieser Gefühle war mir neu. Sie hielt mich Tag und Nacht im Griff, und dass ich ihn fast jeden Tag auf der Arbeit sah, machte es nicht besser.

Andererseits hatte ich immer gedacht, in Panik zu geraten, wäre er mal nicht aufgetaucht.

Nach gestern war nun aber ja alles anders. Es war der *worst case* eingetreten.

Ich versuchte mit aller Macht, meine Gedanken zu kontrollieren, und den gestrigen Tag auszublenden. Ich hatte richtig Angst davor, alles nochmal Revue passieren zu lassen.

Ohne die Spannung und das permanente Gefühl von Vorfreude würde mir alles trist und grau erscheinen.

Alles was ich an dieser Stadt liebte, würde mich nun melancholisch werden lassen. Paris ohne ihn, bzw. dieses ewige Fünkchen Hoffnung, das konnte ich mir beim besten Willen nicht vorstellen. Ich weiß zwar nicht, was ich die ganze Zeit erwartet hatte, mir war stets bewusst gewesen, dass er eventuell bereits vergeben war, oder jederzeit jemanden kennenlernen würde. Und trotzdem hatte ich es geschafft, dies zu verdrängen und meine Gefühle auf einem angenehmen Level zu halten, ohne zu euphorisch oder gar hysterisch zu werden.

Aber dass es jetzt ausgerechnet Eloïse sein musste, das war einfach zu viel. Heute hatte ich die beiden Gott sei Dank nicht zu Gesicht bekommen. Vielleicht waren sie auch gar nicht da gewesen, lediglich Clément hatte uns besucht. Sofort drohte wieder, Panik aufzukommen, bei der Vorstellung, dass sie sich freigenommen hatten, um den Tag im Bett zu verbringen.

„Chicas, faites un peu plus d'effort!". Unser Trainer drehte die Musik noch einen Ticken lauter und sang mit, um uns zu motivieren. Ich versuchte, mich auf seine Bewegungen zu konzentrieren. Für den Rest der Stunde bewegte ich mich mechanisch wie ein Roboter und boxte und kickte so hart, dass ich erst, als ich zum Cooldown auf dem Boden lag, merkte wie K.O. ich war. Mit meiner Atmung rieselte die Gegenwart in mein Gehirn, und wie ein Schleier, der sich lichtete, wichen die Gedanken an gestern dem Hier und Jetzt, und ich nahm die grelle Deckenbeleuchtung war, und als ich mich auf den Bauch drehte den Geruch des Bodens.

Dann war die Stunde um, der Trainer klatschte uns alle einzeln ab, und ein paar der Mädels kicherten nervös und steckten beim Rausgehen die Köpfe zusammen. Mittlerweile bestand dieser Kurs fast nur noch aus Frauen, obwohl die Sportart an sich ja gar nicht so geschlechterspezifisch war.

Ich ging in die Umkleidekabine, tauschte schnell meine Sport- gegen meine Straßenturnschuhe, schnappte meine Tasche und drängelte mich durch das Gewühl nach draußen. Ich kannte niemanden so richtig in der Gruppe, deswegen verabschiedete ich mich nur mit einem gemurmelten „Salut."

Draußen empfing mich die milde Luft des Frühlingsabends. Unter anderen Umständen wäre ich nach dem Sport in Hochstimmung gewesen und hätte mich auf ein ausgedehntes abendliches Gassigehen gefreut. Aber jetzt wollte ich einfach nur nach Hause, und mich mit Spikey vor den Laptop kuscheln.

Ich schmierte mir ein Brot mit Nutella und versuchte, Luisa zu erreichen. Die ging aber nicht ran. Ich wählte Titis Nummer.

„Ich bin mitten im Geschäftsessen.", flüsterte Titi in den Hörer. „Kann ich dich später anrufen?"

„Nein, lass mal.", flüsterte ich unnötigerweise zurück. „Ist nicht wichtig, hab einen schönen Abend."

„Danke." Sie legte auf.

Ich biss in mein Brot und starrte vor mich hin. Gerne hätte ich mit jemandem geredet. Ich dachte an Alexis, und wie gut ich jetzt einen großen Bruder gebrauchen könnte. Aber dazu kannten wir uns nicht gut genug. Ich wäre mir lächerlich vorgekommen, mich ihm so anzuvertrauen.

„Ach Spikey.", sagte ich laut. „Du bist die treuste Seele von allen. Schade, dass du nicht sprechen kannst."

Er hatte die Ohren hochgezogen und blickte mir, den Kopf schief gelegt, genau in die Augen. Es hätte mich nicht gewundert, wenn er doch plötzlich etwas gesagt hätte.

In dem Moment piepte mein Handy, ich hatte eine Nachricht erhalten.

Bonsoir Mademoiselle, haben Sie sich bereits Gedanken bezüglich unseres Wohnungstausches gemacht? Beste Grüße, Jacques

Oh Mist, dachte ich. Darüber hatte ich noch nicht weiter nachgedacht. Und jetzt hatte ich auch so gar keine Lust, mich damit zu beschäftigen.

Ich schrieb zurück: *Bonsoir Jacques, ich melde mich morgen bei Ihnen. Beste Grüße, Mary Lou*

Laut seufzend legte ich das Handy zur Seite und stützte meinen Kopf auf meine angewinkelten Knie. Spikey stupste an meine Stirn, als würde er wissen wollen, ob alles in Ordnung ist.

„Mann, Spikes!", sagte ich. „Man kann hier noch nicht mal in Selbstmitleid versinken, dann kommst sofort du. Du kannst das nicht verstehen. Wenn du dein Futter und deine Spaziergänge und Streicheleinheiten kriegst, egal von wem, bist du glücklich. Bei Menschen läuft das anders."

Tut es das wirklich?, hinterfragte ich mich selber. Ich wusste überhaupt nicht mehr, was ich denken sollte. Es konnte ja eigentlich nicht von der Natur gewollt sein, dass man einem einzigen Menschen hinterherjagte, obwohl es aussichtslos war. Das war sicherlich nicht im Sinne der Fortpflanzung.

Wahrscheinlich waren wir in unseren modernen, überbevölkerten Zeiten aber einfach nicht mehr abhängig davon, einen möglichst fortpflanzungsfähigen Partner zu finden. Deswegen hatten wir jetzt Zeit und Muße, Phantomen hinterherzujagen.

Ich musste da jetzt einfach durch, wie es so schön hieß. Ich würde mich ein paar Wochen durchbeißen müssen und mich dann einfach irgendwann daran gewöhnt haben. So funktionierte ja zum Glück das menschliche Gehirn. Im Moment war dieser Zustand allerdings noch meilenweit entfernt. Ich merkte, wie bei dem Gedanken daran, ihn mit Eloïse tagtäglich zu sehen, ein unkontrollierbares Zittern meinen Körper schüttelte. Die Vorstellung war im Moment noch so absurd, dass ich befürchtete, die ersten Male, wenn ich die beiden sah, irgendetwas Unpassendes tun oder sagen würde, weil ich mich einfach nicht unter Kontrolle hatte.

Ich wünschte, er hätte mir einfach von Anfang an gesagt: „Danke für das Kompliment, aber ich habe kein Interesse." Dann hätten wir dieses Katz- und Maus-Spiel direkt in der Tiefgarage beenden können.

„Egal.", sagte ich laut, und Spikey spitzte seine Ohren, soweit das bei seinen Schlappohren ging. „Jetzt ist es halt so." Ich gab ihm mein letztes Stück Nutellabrot.

In dem Moment klingelte mein Handy. Es war Titi, die natürlich rausgehört hatte, dass es mir nicht gut ging und nun doch noch zurückrief.

„Hi, wie war dein Geschäftsessen?", fragte ich. „Sehr gut, danke. Wir feiern noch ein bisschen."

„Das hört man.", sagte ich und musste zum ersten Mal seit ca. 24 Stunden leicht schmunzeln.

Im Hintergrund hörte man Gläserklirren, Musik und Gesprächsfetzen von Menschen in Feierlaune.

„Ist was passiert?", fragte Titi nun ein bisschen ungeduldig.

„Nein, also ja ... aber nichts Schlimmes ... also ... doch, irgendwie schon." Ich merkte wie ich anfing zu schluchzen, obwohl ich es nicht wollte.

„Was ist los, Lou?"

Ich erzählte ihr vom gestrigen Tag auf der Rennbahn. Als ich fertig war, war es ruhig bei Titi im Hintergrund. Wahrscheinlich war sie rausgegangen.

„Das tut mir sehr leid, Lou." Sie machte eine kurze Pause. „Ich weiß, das willst du jetzt nicht hören, und es ist so abgedroschen, aber

... wahrscheinlich ist es besser so. Es hätte noch eine Weile so weitergehen können, aber irgendwann wäre es sowieso passiert, das weißt du. Es ist jetzt schon fast ein Jahr her, dass du ihm gesagt hast, dass du ihn magst, und es ist nichts passiert. Ich, als deine Schwester, muss das jetzt aussprechen, Lou: Er hat einfach kein Interesse an dir ... es tut mir leid."

Mit einem Mal war ich merkwürdig ruhig und klar im Kopf. „Du hast Recht, wie konnte ich nur so blöd sein."

„Mit blöd hat das nichts zu tun, das passiert einfach. Man ist nicht mehr man selbst."

„Ja, wahrscheinlich. Trotzdem habe ich jetzt richtig Angst, zur Arbeit zu gehen. Ich will mir das nicht angucken."

„Verstehe. Wäre es denn eine Option, dass du dich in einem anderen Hotel bewirbst?"

„Grundsätzlich schon. Aber ich fühle mich ja eigentlich sehr wohl im Grand. Und jetzt bin ich so lange da, dass ich alle Prozesse kenne und die Arbeit entspannt ist. Woanders müsste ich mich wieder einarbeiten, neue Kollegen kennenlernen ... ach, sorry, das ist ja wahrscheinlich der Sinn der Sache. Ich kann irgendwie nicht klar denken. Ich schau mal. Vielleicht wird es ja auch gar nicht so schlimm. Diese Praktikantin will auch gar nicht in der Hotellerie arbeiten, vielleicht geht er ja gleich mit, wenn sie ihr Praktikum beendet, das wäre die beste Lösung."

„Theresa, kommen Sie?" Eine schon recht alkoholisierte Männerstimme beendete abrupt unser Gespräch. Aber das war okay, es hatte gutgetan, mit meiner Schwester zu sprechen.

Sie sagte noch „Pass auf dich auf, Lou. Und ruf an, wann immer du willst!" Dann hörte ich wieder Musik und Stimmen, und kurz darauf war der Anruf beendet.

Spikey sprang auf und schaute mich erwartungsvoll an.

Ich schaute auf die Uhr, es war tatsächlich Zeit für die Abendrunde.

„Na komm, wir gehen."

Obwohl ich eigentlich erschöpft vom Sport war, hatte ich das Bedürfnis mich zu bewegen. Ich zog eine Leggings und meine Laufschuhe an, und wir joggten los. Wir liefen am kleinen Park vorbei, an der

Tankstelle, unterquerten den *péripherique* bis wir am Parc de la Villette ankamen. Wir liefen bis zur Géode und stoppten kurz an „meiner“ Magnolie. Dann liefen wir ohne Pause den Weg wieder zurück und ich rannte die letzten Meter, dass meine Oberschenkel schmerzten und der Hund Mühe hatte, hinterherzukommen. Wieder zu Hause angekommen, soff er seinen Napf komplett leer, schmiss sich auf seine Decke und schlief sofort ein.

Am nächsten Tag hatte ich den Muskelkater meines Lebens.

Kapitel 31

„Wo soll denn die Lampe hin?" „Die kann noch ins Schlafzimmer, in die Ecke hinten." „Und die Hundedecke?"
„Die kann erstmal vor die Couch."

Während Papa die Lampe ins Schlafzimmer bugsierte, drapierte Mama die Decke liebevoll im Wohnzimmer, und sofort kam auch schon der Hund und legte sich darauf. Er war sicherlich froh, ein festes Plätzchen im herrschenden Chaos zu haben.

Obwohl Mama immer behauptete, sie hätte eine Hundehaarallergie, streichelte sie gedankenversunken Spikeys Kopf. Er nutzte das schamlos aus und drehte sich auf den Rücken, damit sie ihm den Bauch kraulen konnte, was sie auch tat.

Mama sah besser aus. Sie hatte eine Therapie angefangen, aber noch einen langen Weg vor sich. Ihren Alkoholkonsum hatte sie etwas reduzieren können, aber wenn die Schwelle erst einmal überschritten war, kam der Körper eben nicht so schnell wieder davon los.

Und dann würde immer noch die Rückfallgefahr bleiben. Jetzt war es wichtig, dass sie stabil blieb. Papa und sie hatten sich intensiv ausgesprochen und sich erstmal zusammengerauft. Ich hatte den Eindruck, aber vor allem die Hoffnung, dass sie zusammenbleiben würden. Immerhin hatten sie gerade ein gemeinsames Projekt: Mich, bzw. meine neue Wohnung.

Ich hatte dem Wohnungstausch zugestimmt, und meine Eltern hatten es sich nicht nehmen lassen, mir beim Umzug zu helfen. Dass dieser lediglich daraus bestehen würde, ein Bett, einen Spiegel einen Plastikkleiderschrank und ein paar Kleinigkeiten zwei Stockwerke nach oben zu transportieren, hatten sie geflissentlich ignoriert. Und natürlich war im Endeffekt immer doch mehr zu tun als gedacht, sodass ich sehr froh war, dass sie da waren.

Die Monniers hatten auf Absprache hin einige Möbel dagelassen, von denen ich dachte, dass ich sie gebrauchen könnte. Das Sofa sah auch noch richtig gut aus, leider bekam man jedoch auch nach intensivem Lüften nicht den Zigarettengeruch aus den Polstern, sodass wir mein Schlafsofa, dass wir bereits als Sperrmüll an die Straße gestellt hatten, doch wiederholen und das andere runterschleppen mussten. Der Küchentisch hatte bei genauerem Hinsehen einige merkwürdige Flecken und im Bad mussten kleine Reparaturen vorgenommen werden. Papa hatte zum Glück seinen Werkzeugkoffer mitgebracht und versprach, sich darum zu kümmern. Mama und ich beschlossen, zu IKEA zu fahren, damit sie mir einen neuen Küchentisch spendieren konnten.

Als wir wiederkamen, trafen wir meinen Vater und Monsieur Mancini in meinem neuen Bad an. Wir hatten vergessen, die Wohnungstür zu schließen, und Monsieur Mancini hatte jemanden fluchen gehört. Als er vorsichtig um die Ecke geguckt hatte, hatte er meinen Vater angetroffen, der unter dem Waschbecken lag und mit Mühe und Not ein Rohr davon abhielt, sich zu lösen. Als hilfsbereiter Nachbar hatte er sofort Hilfe angeboten, und jetzt verständigten sich die beiden mit Händen und Füßen.

Mama und ich standen eine Weile da und schmunzelten, bis die beiden Männer uns bemerkten.

„Ciao, Lou.", begrüßte Monsieur Mancini mich und gab meiner Mutter die Hand.

Papa drehte eine Schraube fest und strahlte stolz. „Du hast einen sehr netten Nachbarn, Lou."

Monsieur Mancini half ihm auf, und Papa sagte in perfektem italienisch: „Grazie."

Im Laufe des Nachmittags kamen erst die Mancini Kinder vorbei und nahmen Spikey mit auf eine Runde. Mme Mancini brachte irgendwann Kaffee und selbstgebackenen Kuchen, und wir setzten uns auf den Boden und machten eine Pause. Meine Eltern und die Mancinis unterhielten sich so gut es ging auf Englisch. Wenn sie nicht weiter - kamen, versuchte ich, zu vermitteln, das klappte ganz gut. Anschließend bauten wir den neuen Küchentisch auf, entsorgten den alten, brachten die Gardinen an, die wir noch bei IKEA im Ausverkauf ergattert hatten, und rollten den Teppich aus meinem Zimmer zu Hause in Bremen im Wohnzimmer aus. Meine Mum dachte, ein Stück Heimat würde mir guttun.

Gegen Abend sah die Wohnung ganz passabel aus. Den Rest würde ich alleine erledigen können.

Meine Eltern blieben noch den nächsten Tag. Wir verbrachten den Vormittag im Musee d'Orsay. Anschließend spazierten wir durch die Tuilerien und gönnten uns schließlich ein Abendessen auf der *terrasse* des Café de la Paix. Nach dem Essen lehnten wir uns mit einem Glas Wein in unseren Stühlen zurück und beobachteten die gutgekleideten Menschen die aus der Metrostation und dann Richtung Oper strömten, wo heute eine Premiere stattfand. Das hatte mir meine App der Opéra Garnier verraten.

Ich sog die Atmosphäre auf und spürte intensiver als sonst den Puls und die Lebendigkeit der Stadt. Meine Mutter rückte zu mir heran und legte den Arm um mich. Ich lehnte mich an ihre Schulter und war glücklich.

Kapitel 32

Die Wochen nach dem Tag auf der Rennbahn waren wie erwartet nicht leicht gewesen. Und das war untertrieben, es war Horror gewesen. Jeden Tag hatte ich verkrampft vor meinem Bildschirm gesessen und gehofft, dass die *compta* in ihrem Kabuff blieb. Außer Clément, über den hätte ich mich sogar gefreut.

Aber die ersten Tage kam tatsächlich niemand. Wenn ich meine Schicht startete, stellte ich mein Fahrrad außer Sichtweite des Personaleingangs ab. Ich wartete, dass kein Raucher davor stand, und schlich mich dann durch die Tiefgarage in mein Büro. Der schlimmste Teil war, durch den Flur mit der Kaffeemaschine zu kommen, denn da war stets reger Betrieb.

Irgendwie überstand ich die ersten Tage, auch, wenn ich die Mittagspause quasi ausfallen ließ und durch einen Müsliriegel ersetzte und mir zwanzig Minuten Ruhe auf einer Bank auf dem Mittelstreifen zwischen den Fahrbahnen des Boulevard Richard- Lenoir gönnte. Ich hatte mal wieder ein Buch angefangen und las dieses in der Zeit.

Kurz vor Ende meiner Frühschicht am Freitag, ich war schon mit dem Kopf im Wochenende, passierte es dann. Ich hörte zunächst seine Stimme und kurz darauf, wie die Kaffeemaschine arbeitete. Ich wartete darauf, nur noch Cléments Stimme zu hören, in der Hoffnung, dass Eloïse nicht dabei war. Aber dann hörte ich ihr Lachen, und mein erster Impuls war, mich unter meinem Schreibtisch zu verstecken. Ich merkte, wie ich in Panik zu geraten drohte und tat so, als würde ich etwas in meiner Tasche suchen. Wild kramte ich, nach vorne gebeugt mit dem Kopf unterm Schreibtisch, nach etwas, mit dem ich meine Hände beschäftigen könnte, als ich aus dem Augenwinkel sah, wie sie in unser Büro kamen.

„Salut.“, grüßte Marion.

„Salut.“, hörte ich Raphaëls Stimme. „Was gibt's Neues?“

„Viel zu tun.“, sagte Marion. „Ich habe ein paar Reservierungen storniert, die eigentlich nicht mehr storniert werden durften, aber der Reiseveranstalter hat mit Steve gesprochen, sie hatten irgendeinen triftigen Grund. Sie waren schon bezahlt und müssten erstattet werden."

„Alles klar, schickst du mir eine Email dazu?" „Mach ich."

„Du siehst gut aus.", hörte ich Eloïse sagen. „Warst du beim Friseur?"

Du blöde Kuh, dachte ich unter meinem Schreibtisch, *schleim dich ruhig ein.*

Marion fühlte sich aber offensichtlich geschmeichelt. „Danke, ja, war ich. Du bist die Erste, die das merkt."

„Lou, geht es dir gut?", hörte ich jetzt Raphaëls Stimme und fuhr zusammen.

„Ja, danke.", murmelte ich. „Ich suche was."

Um nicht völlig blöd dazustehen, hob ich kurz den Kopf und sah ihn an.

Es tat körperlich weh.

Er sah noch besser aus als sonst, obwohl ich keine äußerliche Veränderung erkennen konnte. Er lächelte so ernstgemeint wie immer, aber ich wünschte, er würde schnell wieder weggucken, ich hielt das nicht mehr länger aus.

Als Eloïse ihn jetzt am Arm fasste, während sie über etwas lachte, das Marion gesagt hatte, sprang ich auf und verließ das Büro. Ich ging schnell durch den Flur, an der Kaffeemaschine vorbei und als ich durch die Tür zur Tiefgarage war, rannte ich los. Ich versteckte mich auf dem Damenklo und atmete schwer. Mich lähmte das Gefühl, nie wieder an meinen Arbeitsplatz zurückgehen zu können.

Ich hatte keine Ahnung, wie lange ich so auf dem Klo gesessen hatte. Als sich meine Atmung beruhigt, und ich das Gefühl hatte, wieder einigermaßen klar denken zu können, stand ich auf, atmete noch einmal tief durch und öffnete vorsichtig die Tür. Ich versuchte zu hören, ob jemand auf dem Weg zur Raucherecke durch die Tiefgarage lief. Es war nichts zu hören. Leise schlich ich zur Tür zum Flur mit der Kaffeemaschine, an der zum Glück niemand stand, und schlüpfte durch den nächsten Flur in mein Büro auf meinen Platz. Marion schaute mich besorgt an.

„Ist alles in Ordnung? Wo warst du?"

„Alles in Ordnung, danke. Ich brauchte ein kleine Pause."

Marion beugte sich ein bisschen vor und flüsterte: „Ist es wegen Eloïse? Ich finde sie auch ein bisschen anstrengend."

Erstaunt sah ich Marion an. Damit hatte ich nicht gerechnet, ich dachte, sie mochten sich.

„Sie übertreibt immer so, und ich finde sie ein bisschen oberflächlich.", sagte Marion, als könne sie meine Gedanken lesen.

„Ja, das finde ich auch. Ich fühle mich nicht so wohl in ihrer Gegenwart."

„Zum Glück macht sie nur ein Praktikum, sie bleibt nicht für immer."

„Ja, das stimmt.", sagte ich wenig beruhigt. Im Grunde war das ja auch alles egal. Gerne hätte ich mich Marion anvertraut, was meine Gefühle für Raphaël anging. Aber dann wüsste es bald das ganze Hotel, also hielt ich mich zurück und litt im Stillen.

Endlich war Feierabend und ich war froh, das Wochenende vor mir zu haben. Als ich in der Metro nach Hause saß, kramte ich mein Handy heraus und war freudig überrascht, eine Nachricht von Alexis zu sehen.

Ich öffnete sie, aber bevor ich alles lesen konnte, musste ich schon umsteigen. Ich steckte mein Handy in die Tasche, und während ich die Gänge und Treppen in République zum *quai* der Linie 5 hinter mich brachte, überlegte ich gespannt, was Alexis wohl wollen könnte.

Die 5 war so voll, dass ich eng gedrängt zwischen anderen Passagieren stehen musste und keine Möglichkeit hatte an mein Handy zu kommen. Erst als ich endlich in Hoche ausgestiegen war, blieb ich stehen und las in Ruhe die Nachricht.

Hola Lou, ich hoffe, dir geht es gut. Was hältst du davon, wenn ich dich spontan für ein paar Tage in Paris besuche? Wir könnten mal in Ruhe reden. Ich kann mir ein Hotel bei dir in der Nähe nehmen. Was denkst du? Alexis

Das war überraschend. Ich überlegte was er wohl mit „spontan" meinte.

Frag doch einfach, sagte ich zu mir selber. Also schrieb ich zurück:

Ich würde mich sehr freuen. Wie spontan wärst du denn? Ich habe dieses Wochenende und Montag frei. Du kannst natürlich länger bleiben, ich arbeite kommende Woche nachmittags. Es gibt ein Ibis nicht weit von meiner Wohnung. Liebe Grüße, Lou

Ich steckte mein Handy ein und lief nach Hause. Schnell zog ich mich um, schnappte mir den Hund und ging Richtung Ourcq. Nach ein paar Minuten kam eine weitere Nachricht. Er sagte, er könne am Sonntag den ersten Flug nehmen und wäre um 8:00 am CDG. Jetzt wurde mir doch ein bisschen mulmig. Ich hatte ihn ja erst einmal gesehen, und nur zusammen mit meiner Familie. Andererseits, was sollte passieren? Und irgendwie mussten wir uns ja kennenlernen. Ich schrieb ihm, dass ich ihn abholen könnte und wir dann gemeinsam zum Ibis fahren könnten. Dann dachte ich: *Oder erstmal irgendwo frühstücken. Und vielleicht unterwegs schon mal was besichtigen.* Plötzlich hatte ich tausend Ideen, was wir alles machen könnten und fing an, mich auf die gemeinsame Zeit zu freuen.

Am Samstag Abend ging ich früh ins Bett, weil ich am nächsten Tag um 6:00 würde aufstehen müssen.

Als der Wecker am nächsten Morgen klingelte, ärgerte ich mich ein bisschen, „so“ spontan zugesagt zu haben. Gerne hätte ich ausgeschlafen. Ich machte den Fehler, auf „snooze“ zu drücken, und schreckte um 7:00 hoch, weil die Mancini Kinder aus irgendeinem Grund bereits wach waren und die Treppe herunterpolterten. Ich schaute auf die Uhr und sprang erschrocken aus dem Bett. So schnell es ging, machte ich mich fertig, stellte aber fest, dass trotzdem keine Zeit mehr für einen Spaziergang mit Spikey gewesen wäre. Kurzerhand entschied ich mich, ihn einfach mit zum Flughafen zu nehmen.

Auf dem Weg zur Metro machte er drei Haufen. Er ließ sich dabei unendlich Zeit und ich wurde schon nervös. Als wir endlich in der Metro saßen, sah ich auf mein Handy, ob Alexis sich irgendwie gemeldet hatte, aber da war nichts. Dann hatte wohl alles geklappt und er saß im Flieger. Am Gare du Nord wechselten wir in den RER B, der uns direkt bis zum Terminal brachte.

Nervös stand ich im Empfangsbereich für die *arrivées* und wartete. Erst kam lange Zeit niemand. Wahrscheinlich gab es ein Problem mit den Koffern. Dann plötzlich öffneten sich die Türen. Reisende strömten heraus und vermischten sich mit den Wartenden. Ich stellte mich auf Zehenspitzen, um besser sehen zu können.

Spikey merkte meine Aufregung und tänzelte um mich herum.

Die Tür öffnete sich wieder, und da kam Alexis. Suchend schaute er sich um und lächelte breit, als er mich sah. Während er auf mich zukam, erblickte er Spikey und sein Lächeln wurde noch breiter. Er stellte seine Reisetasche ab und umarmte mich. Dann kniete er sich hin und kraulte den Hund. Er redete auf Spanisch auf ihn ein und Spikey leckte ihm das Gesicht.

Na, die verstehen sich ja schon mal gut, dachte ich zufrieden. Nach einer ausgiebigen Begrüßung stand er wieder auf und nahm seine Tasche.

„Schön, dich zu sehen.", sagte er.

„Dich auch. Das ist ja Wahnsinn, dass es wirklich so spontan geklappt hat!"

„Ja! Ich habe ein paar Tage frei, und hab' gedacht, ich könnte dich mal besuchen."

„Das freut mich sehr. Was möchtest du denn machen? Sollen wir erst zum Hotel fahren, oder wollen wir irgendwo gemütlich frühstücken?"

„Frühstück klingt gut. Ich bin schon seit drei Uhr wach und sterbe vor Hunger!"

„Ok, dann habe ich eine Idee."

Wir fuhren mit dem RER bis Chatelet und setzten uns auf die *terrasse* eines netten Cafés mit Blick auf den Tour Saint Jacques.

Während wir auf unsere Bestellung warteten, gab es einen Moment der Stille. Ich überlegte, was ich sagen könnte, Alexis kam mir jedoch zuvor und fragte: „Geht es dir gut? Also, mit der neuen Situation?"

„Ja, sehr gut. Es scheint sich alles wieder ein bisschen einzurenken zwischen meinen Eltern."

„Wie geht es deiner Mum?"

„Ich denke, besser. Und deiner?" Für Marta musste das alles auch nicht einfach gewesen sein, aber irgendwie hatten wir wenig über sie gesprochen.

„Sie scheint ehrlich gesagt auch einfach nur erleichtert zu sein, dass es endlich zur Sprache gekommen ist. Es war sicherlich sehr schwer für sie, all die Jahre so ein Geheimnis mit sich herumzuschleppen."

„Das finde ich auch am erstaunlichsten, dass es so lange geheimgehalten werden konnte. Wusste eigentlich dein Vater, also ... Joachim ... Bescheid?

„Ja, er wusste es. Wenn man eine ehrliche Beziehung führen möchte, muss man alle Karten offenlegen. Entschuldige, das klingt jetzt so lehrerhaft, ich selber war in meinen Beziehungen auch nicht immer ehrlich.“ Er machte eine Pause und schaute auf den Boulevard.

„Bist du mit deiner jetzigen Freundin schon lange zusammen? Wie heißt sie überhaupt?“

„Sie heißt Adriana, wir sind seit fast zwei Jahren zusammen.“

Unser Frühstück kam und im Gegensatz zu „richtigen“ deutschen Menschen, wunderte er sich nicht darüber, dass es nur aus einem Kaffee und einem Croissant bestand.

„Bon appétit.“, sagte ich.

„Buen provecho.“, sagte er.

Gedankenversunken aßen wir unsere Croissants, und ich wunderte mich, dass ich die Redepause nicht wie sonst als stressig empfand. Ich hatte nicht das Gefühl, krampfhaft nach einem Thema suchen zu müssen, damit die Unterhaltung weiterging. Ich aß auch mein Croissant mit Genuss und versuchte nicht, möglichst krümelfrei zu essen.

Während er sich vorbeugte und Spikey kraulte, schaute ich mir heimlich, nicht zu offensichtlich, sein Profil an. Und je länger ich ihn ansah, umso mehr erkannte ich die Ähnlichkeit zu Papa. Fasziniert studierte ich die Gesichtszüge.

Als er sich wieder zu mir drehte, hatte ich Mühe, nicht weiter zu starren.

Schnell sagte ich: „Was möchtest du denn machen? Kennst du Paris?“

„Nein, noch gar nicht. Nur vom letzten Mal, aber da habe ich nur den Flughafen und den Park, wie hieß er noch ... ?“

„Buttes Chaumont.“

„Ja, Buttes Chaumont, gesehen. Ich wusste ja überhaupt nicht, was auf mich zukommen würde, deswegen hatte ich nur das Wochenende eingeplant. Und ich musste auch wieder arbeiten.“

„Du hattest erzählt, dass du Physiotherapeut bist, oder?“

„Ja, genau. Das steckt wohl in meinen Genen. Es macht mir Spaß, ich arbeite gerne mit Menschen. Und ich träume davon, irgendwann meine eigene Praxis zu haben."

„Im Moment bist du angestellt?"

„Ja, bei einem Freund meiner Mum." Er hatte scheinbar keine Lust, weiter über sich zu reden und wechselte das Thema: „Hättest du Lust, mir das Hotel zu zeigen wo du arbeitest? Das fänd' ich spannend."

Ich überlegte kurz, ob ich darauf Lust hatte. Eigentlich wollte ich das Wochenende genießen, und nicht an die Arbeit denken, bzw. dort aufschlagen. Zwar wären die Büros jetzt nicht besetzt, das heißt ich würde ihn ganz entspannt herumführen können, ohne irgendwelche Begegnungen mit unerwünschten Kollegen befürchten zu müssen. Trotzdem war die Vorstellung irgendwie unangenehm.

Was sollte ich denn sagen, wer Alexis war? Also, falls das jemanden interessierte. Aber genau das war der Knackpunkt: wahrscheinlich würde es niemanden interessieren, außer vielleicht Julien, aber der hatte glaube ich dieses Wochenende auch frei. Also sagte ich: „Ja, gerne, das können wir machen. Jetzt gleich?"

„Warum nicht. Ich muss nicht erst ins Hotel, meine Tasche kann ich ohne Probleme tragen, die stört mich nicht."

Wir bezahlten und gingen zur Metrostation. Das Wetter war herrlich, also schlug ich vor, in République auszusteigen und den Rest zu laufen. Ein bisschen nervös war ich nämlich doch, und Bewegung würde mir helfen.

Als wir schließlich vor dem Haupteingang standen und die Schiebetüren sich immer wieder öffneten und schlossen, weil ich mir unschlüssig war, ob ich den Hund mit reinnehmen sollte, entdeckte uns Khalil, der offensichtlich eine Veranstaltung hatte, und deswegen eine Sonderschicht schob. Er war im Gespräch mit einem Rezeptionisten, den ich nicht kannte, und guckte erst erstaunt und winkte dann. Die Tür öffnete sich wieder. „Salut, was machst du denn hier? Kann ich dir helfen?"

Die Türen schlossen sich. Ich zeigte auf den Hund und zuckte mit den Schultern. Khalil hob den Daumen zum Zeichen, dass wir reinkommen sollten.

„Salut Lou, was gibt's denn? Hast du nicht Wochenende?", fragte er.

„Doch, ähm...Das ist mein Bruder." Es fühlte sich verrückt an, ihn so vorzustellen.

Aber Khalil kannte meine Familienverhältnisse gar nicht, und sagte nur: „Ah, nice to meet you." Er ging offensichtlich davon aus, dass Alexis kein Französisch verstand, was der Wahrheit entsprach.

Alexis erwiderte die freundliche Begrüßung.

„Ich wollte ihm gerne das Hotel zeigen, aber ich denke, es passt gerade nicht so gut, oder?"

„Wieso nicht? Es ist nur der große Konferenzsaal belegt, und im Innenhof sind ein paar Bistrotische aufgebaut. Ihr könnt euch auch ein paar Zimmer anschauen. Nehmt euch Zeit, so oft kommt dein Bruder ja wahrscheinlich nicht nach Paris. Ich muss wieder los. Viel Spaß!" Er nickte uns zu und verschwand in Richtung des Traktes mit den Veranstaltungsräumen.

Ich wandte mich an den Rezeptionisten und fragte, welche Zimmer wir uns anschauen könnten. Er prüfte im PC die Belegung und gab mir dann drei Schlüsselkarten für Zimmer verschiedener Kategorien.

„Danke.", sagte ich. „Ich bin übrigens Lou."

„Ich bin Javier."

„Javier?", sagte nun Alexis. „Hablas español?"

„Si, un poco.", antwortete Javier mit französischem Akzent.

Er erzählte auf Spanisch, dass seine Mutter Spanierin war, er aber in Frankreich aufgewachsen war und nur wenig Spanisch mitbekommen hatte.

Alexis erzählte von Ronda und dass er auch zwei Sprachen sprach. Das meinte ich zumindest, verstanden zu haben. Als die beiden ihren Smalltalk beendet hatten, fiel mir wieder ein, dass wir Spikey dabeihatten.

„Oh, der Hund darf bestimmt nicht mit in die Zimmer, oder?", fragte ich vorsichtig.

„Nein, leider nicht. Aber lass ihn doch kurz hier an der Rezeption. Ich liebe Hunde. Er ist doch lieb, oder?"

„Absolut, er mag alles und jeden." „Na dann mal her damit."

Ich führte Spikey hinter den Tresen der Rezeption und ließ ihn „Sitz“ machen. Javier ließ ihn seine Hand schnüffeln und Spikey drehte sich darauf direkt auf den Rücken und wartete darauf, am Bauch gekrault zu werden.

Javier lachte. „Ok, das kriegen wir hin. Lasst euch ruhig Zeit.“

„Danke dir,“ sagte ich erleichtert.

Mit Alexis im Schlepptau ging ich zum Fahrstuhl und wir fuhren in den dritten Stock, wo wir uns ein Standardzimmer ansahen. Es war, wie alle Zimmer, in edlem creme-grau gehalten und trotz modernem Design sehr gemütlich. Das nächste Zimmer war ein sogenanntes Deluxe Zimmer, das sich eigentlich nur in seiner Größe vom Standardzimmer unterschied. Das letzte war eine Suite im obersten Stockwerk mit Blick über die Dächer des Marais. Es gab ein getrenntes Schlafzimmer, ein großzügiges und sehr schickes Badezimmer und einen riesigen Ankleidebereich, wobei ich noch nie verstanden hatte, wozu man diesen auf Reisen brauchte. Man nahm ja nicht seinen kompletten Kleiderschrank mit. Obwohl, die Menschen, die sich so eine Suite leisten konnten, hatten wahrscheinlich tatsächlich eine umfangreiche Garderobe dabei.

Wir standen eine Weile am Fenster und genossen die Aussicht. „Das Viertel hier heißt also Marais.“, stellte Alexis fest.

„Genau. Es war tatsächlich ursprünglich ein Sumpfgebiet, *marais* heißt Sumpf, und ist ein super beliebtes Viertel, auch bei den Parisern selbst. Irgendwie hat es den Charme eines kleinen Dorfes, und es gibt viele Boutiquen und Galerien. Und natürlich den Place des Vosges. Da können wir nachher auch mal hin, wenn du Lust hast.“

„Gerne.“ Er drehte sich zu mir um und sah mich an. „Lou, ich könnte mir gerade nichts Besseres vorstellen als mit dir hier zu stehen und über die Dächer von Paris zu gucken.“

Überrascht von dem plötzlichen Gefühlsausbruch fiel mir zunächst keine Antwort ein.

„D-das freut mich.“ Mehr brachte ich nicht heraus. Das tat es wirklich. Ich mochte ihn jetzt schon, seine Gegenwart war sehr angenehm.

„Möchtest du den Außenbereich sehen? Der ist sehr schön.“, lenkte ich ab.

„Klar, ich will alles sehen! Das ist ein ziemlich tolles Hotel, es macht bestimmt Spaß, hier zu arbeiten."

„Ja, eigentlich schon." Ich dachte an die nervenzehrende Arbeitswoche, die ich gerade hinter mich gebracht hatte und blendete aus, dass es am Montag so weitergehen würde.

Alexis ignorierte das „eigentlich" und hielt mir die Tür auf.

Als wir in den Innenhof traten, hatten die Konferenzteilnehmer gerade Pause und bedienten sich an den Kaffeekannen und Keksen auf den Bistrotischen. Wir stellten uns in eine Ecke, um sie nicht zu stören und ließen unseren Blick über die Fassaden der Gebäude schweifen, die den Innenhof umrahmten. Die Bepflanzung an den Balkonen und des Innenhofs selber stand in voller Frühlingsblüte, was wunderschön aussah.

Zum Abschluss gingen wir noch ins Souterrain, wo sich die Büros befanden. Ich zeigte ihm meinen Arbeitsplatz und fühlte mich ganz komisch, weil ich die Räume noch nie so leer und still erlebt hatte. Ich zeigte ihm die berühmte Kaffeemaschine und die berüchtigte Tiefgarage. Zum Glück lag das kleine, stickige Büro der *compta* abseits und war nur von außen zugänglich. So blieb es mir erspart, dort auf irgendwelche Spuren einer wilden Büroromanze zu treffen.

Wir gaben die Schlüsselkarten zurück, sammelten den Hund wieder ein, der sich nur schweren Herzens von Javier trennen wollte, und machten uns auf den Weg zum nahegelegenen Place des Vosges.

Mittlerweile war Mittagszeit. Wir kauften uns ein Sandwich und zwei Flaschen Wasser in einem Monop' und setzten uns auf eine Bank im Park.

Alexis sah sich staunend um. „Wow, ist das schön hier. Genau so habe ich mir Paris immer vorgestellt. Fehlt nur noch der Eiffelturm. Aber der ist glaube ich ganz woanders, oder?"

Ich nickte.

„Bist du eigentlich richtig glücklich hier?", fragte er.

Ich schluckte meinen Bissen hinunter und überlegte, was und vor allem wie viel ich ihm erzählen sollte.

„Soll ich ehrlich sein?"

Er lachte. „Unbedingt!" Und fügte dann hinzu „Wenn du möchtest ..."

„Es war immer mein Traum, in Paris zu leben. Mit meinen Eltern ... " ich stolperte immer noch darüber, wie ich es nun sagen sollte. „ ... also, unserem Vater und meiner Mutter ... "

Er lächelte und nickte.

„ ... waren wir als Kinder oft hier, und ich habe sehr schöne Erinnerungen. Von meinen Eltern habe ich auch die Liebe für Kultur gelernt. Sie haben uns schon als kleine Mädchen durch Museen und ins Theater geschleppt. Ich glaube, ich bin mehr als einmal in einer Vorstellung eingeschlafen."

„Das klingt toll. Ich bin auch mit viel Kultur aufgewachsen, und in Spanien gibt es Gott sei Dank genug davon."

„Aber du hast doch fast die Hälfte deines Lebens in Deutschland gelebt, oder?"

„Also, da muss ich selber mal rekapitulieren. Ich bin mit sechs Jahren nach Deutschland gekommen und habe meine gesamte Schulzeit da verbracht. Direkt nach meinem Abschluss bin ich aber wieder nach Spanien zurückgegangen. Im Gegensatz zu meiner Mutter, die es immer nach Deutschland zog, zieht es mich bis heute eher nach Spanien." Als er das sagte, schwang eine gewisse Nostalgie mit, als vermisse er sein Ronda jetzt schon. Ich überlegte, abends in eine der vielen Tapas Bars zu gehen, falls sein Heimweh zu groß werden sollte.

„Bist du dann direkt nach Ronda gegangen?", fragte ich.

„Nee, ich habe erst noch in Barcelona meine Ausbildung gemacht. Eigentlich wollte ich da auch bleiben, habe aber keinen Job gefunden. Schließlich hat es mich nach Ronda in die Praxis des Freundes meiner Ma verschlagen. Tja, und da bin ich jetzt, und es gefällt mir gut. Nur die Anbindung ist eine Katastrophe. Bis zum nächsten Flughafen muss man fast zwei Stunden fahren. Deswegen komme ich auch nicht so oft raus. Aber jetzt merke ich, dass mir das eigentlich gefehlt hat. Es tut wahnsinnig gut, rauszukommen."

„Also, ich komme dich gerne mal in Ronda besuchen. Das nächste Mal bin ich dann dran."

„Sehr gerne. Mir fällt so viel ein, was ich dir da gerne zeigen möchte. Aber jetzt erzähl mal weiter. Du warst also als Kind viel in Paris."

„Ja, genau. Und dadurch hatte sich über die Zeit, dieses romantische Bild der Stadt in meinem Kopf verfestigt. Und daraus ist über die Jahre eine Sehnsucht geworden, die ich irgendwann einfach stillen musste. Und jetzt bin ich hier.“

„Das klingt ja ganz logisch. Eine Sehnsucht muss man stillen.“

„Naja, vielleicht nicht jede.“, sagte ich zögernd.

Wir gaben beide unser letztes Stückchen Sandwich dem Hund, der die ganze Zeit geduldig, aber uns eindringlich ansehend, vor unseren Füßen gelegen hatte.

„Hast du ein Beispiel?“, fragte er vorsichtig.

Ich rang innerlich mit mir selber. Einerseits wollte ich so dringend mit jemandem über alles reden. Andererseits war es gerade sehr angenehm mit Alexis, und ich wollte eigentlich die Leichtigkeit noch ein bisschen beibehalten bis wir uns besser kannten. Ich wollte ihn nicht gleich mit meinem Liebeskummer und meiner schon an Wahn grenzenden Obsession langweilen. Wenn ich das Thema aber anschneiden würde, wusste ich, dass ich nicht rational darüber reden konnte. Dann würde ich mein Gefühlsleben ziemlich offen darlegen, und dafür war ich noch nicht bereit.

„Lou, träumst du?“, hörte ich ihn sagen.

„Entschuldige, ja, ich war mit meinen Gedanken gerade woanders.“

„Hey, tagträumen kannst du, wenn ich wieder weg bin. Sollen wir noch ein bisschen laufen? Ich glaube Spikey hat auch schon wieder Hummeln im Hintern.“

Ich war ihm dankbar, dass er seine Frage nicht wieder aufgriff.

Wir entsorgten unseren Müll und verließen den Place des Vosges, um uns in das Getümmel in den Gassen des Marais zu stürzen. Ich war schon oft hier gewesen, aber nur mit Mädels, Titi oder Luisa, was immer in einem Shoppingtrip endete. Daran hatte Alexis natürlich kein Interesse und so konzentrierten wir uns auf die wunderschöne Architektur aus dem 15. Und 16. Jahrhundert, die der ansonsten radikalen Umgestaltung von Paris im 19. Jahrhundert durch den Baron Haussmann, standgehalten hatte. Wir kamen am Musée Picasso und am Musée Carnavalet vorbei, in die wir mit Spikey natürlich nicht gehen konnten. Aber Alexis nahm sich vor, mindestens einem der beiden die kommenden Tage einen Besuch abzustatten, während ich auf der Arbeit war.

Wir liefen weiter zum Hotel de Ville und bis an die Seine. Dann merkte ich, wie müde ich und wie schlapp meine Beine waren. Selbst der Hund ließ sich mittlerweile hinterherziehen. Alexis musste richtig K.O. sein, er war ja noch viel früher aufgestanden als ich, aber er ließ es sich nicht anmerken. Trotzdem wirkte er erleichtert, als ich fragte, ob wir unser Sightseeing für heute beenden sollten.

Wir stiegen in die nächste Metro und fuhren zu seinem Hotel.

Alexis hielt seine Zimmerkarte in der Hand und sah nun doch ziemlich müde aus.

„Bis morgen, ihr Zwei.", sagte er. „Was ist mit Frühstück? Zu mir oder zu dir?"

„Ich hätte Lust auf Hotelfrühstück, ich komm zu dir. Um 10:00? Ich kann ein bisschen Schlaf gebrauchen."

„Und ich erst." Er unterdrückte ein Gähnen. „Super, dann morgen um 10:00 hier in der Lobby?"

„Alles klar, ich freu mich. Ich lass Spikes, so nenne ich ihn, dann aber zu Hause, damit wir nicht eingeschränkt sind."

Wir umarmten uns und ich zog mit meinem Hund von dannen. Zehn Minuten später waren wir zu Hause, und ich gab Spikey noch eine große Portion Hundekroketten. Ich hatte auch Hunger, aber ich war zu müde, um irgendwas zuzubereiten. Also putzte ich meine Zähne und fiel ins Bett.

***

Am nächsten Morgen regnete es, aber das konnte mir meine gute Laune nicht verderben. Ich freute mich auf den Tag mit meinem Bruder und hatte im Gefühl, dass auch ihn das nicht stören würde. Er wirkte recht unkompliziert und wir würden uns auf jeden Fall auf etwas einigen, was wir tun wollten.

Das Frühstück war ein ausgiebiges Buffet, wir ließen uns Zeit. Alexis erzählte von seiner Schulzeit, und wie er manchmal gehänselt worden war und die Mitschüler ihm *Olé* oder *Caramba* hinterhergerufen hatten. Ich war schockiert, weil das für mich an Fremdenfeindlichkeit grenzte. Aber er meinte, er hätte das nicht so extrem empfunden. Es wurden auch „deutsche“ Kinder gehänselt, weil sie zu groß, zu klein, zu dick, zu dünn, zu schlau, zu dumm waren.

„Kinder sind grausam.“, sagte er. „Die finden immer irgendwas.“

Ich dachte an meine eigene Schulzeit, und dass mir das selber nie passiert war, und ich es in meinem Umfeld auch nicht bemerkt hatte. Wahrscheinlich war ich einfach sehr behütet aufgewachsen.

„Bist du denn eigentlich Deutscher oder Spanier? Oder beides?“

„Ich bin Spanier. Nur meine Mutter hat mittlerweile die deutsche Staatsbürgerschaft. Sie lebt aber ja auch in Deutschland. Für mich macht es im Grunde keinen Sinn, ich lebe ja in Spanien und möchte da voraussichtlich auch bleiben.“

„In der EU ist das ja auch alles nicht mehr so wichtig.“, sagte ich und mir fiel auf, dass ich noch nie darüber nachgedacht hatte, ob ich jemals, irgendwann mal, die französische Staatsbürgerschaft annehmen wollen würde.

Als wir satt waren und drohten, träge zu werden, standen wir auf und gingen zur Metrostation. Ich hatte ihm vorgeschlagen, bei dem Wetter zunächst in ein Museum zu gehen.

Meine Lieblingsmuseen, wenn ich das überhaupt sagen konnte bei der Fülle, waren das Musee Marmottan, das Musee Rodin und die Grande Galérie d'Evolution im Jardins des Plantes. Ich hatte Alexis alle drei vorgeschlagen, und er hatte sich für das Musee Marmottan entschieden, in dem einige von Monets Seerosen zu sehen waren.

Von der Metrostation waren es noch ein paar hundert Meter zu Fuß bis zu der Stadtvilla, die das Museum beherbergte.

„Ich weiß jetzt schon, dass ich noch sehr oft wiederkommen muss.“, sagte Alexis. „Es gibt so viel zu sehen. Ich bin jetzt schon etwas über 24h hier und habe weder den Eiffelturm, noch den Louvre, noch Notre-Dame, noch Montmartre gesehen.“ Er guckte gespielt empört und ich musste lachen.

„Also, ich bin ja nun schon ein paar Jahre hier, und ich kann dir sagen, ich habe auch noch nicht alles gesehen. Ich weiß gar nicht, ob das überhaupt geht. Man dürfte dann auf jeden Fall nicht arbeiten und müsste den ganzen Tag nur Sightseeing machen."

„Naja, man muss ja auch nicht alles sehen. Und manche Sachen muss man sich wahrscheinlich auch mehrmals angucken, oder? Ich könnte mir vorstellen, dass man sich zum Beispiel nicht den ganzen Louvre an einem Tag angucken kann. Ich kenne den Prado, und da wird man irgendwann irre."

Ich nickte. „Stendhal." „Wer?"

„Stendhal-Syndrom. Man kann tatsächlich irre werden, bzw. Herzrasen kriegen oder in Ohnmacht fallen, wenn man zu lange Kunst ausgesetzt ist."

Er lachte, wurde aber schnell wieder ernst. "Wirklich? Dafür gibt es einen Namen? Das wusste ich nicht."

„Keine Angst, das wird uns nicht passieren.", beruhigte ich ihn scherzhaft. „Wir schauen uns ganz in Ruhe die Seerosen an, und dann können wir vielleicht mal nach Montmartre. Als Kontrastprogramm sozusagen."

„Ich bin offen für alles. Ich würde nur irgendwann heute gerne mal Adriana anrufen."

„Dafür finden wir bestimmt ein ruhiges Plätzchen."

Wir verbrachten gut zwei Stunden im Museum und schauten uns in Ruhe jedes Bild an. Jedes Mal freuten wir uns, wenn wir die Künstlernamen auf den Plaketten unter den Bildern schon einmal gehört hatten, was bei Namen wie Manet, Degas, Gauguin, Chagall nicht schwierig war. Wir hatten sehr viel Spaß über Motive, Farben und Pinselführung zu fachsimpeln.

Alexis war, genau wie ich, kein Kunstkenner, aber er liebte die Atmosphäre von Galerien und Museen und, neben den eigentlichen Artefakten, die fantastische Architektur, die sie in vielen Fällen beherbergte.

Im Saal mit den Nymphéas, den Seerosen, verweilten wir lange, setzten uns auf eine Bank und ließen die Gemälde zunächst von weitem auf uns wirken. Während Alexis sitzen blieb und eine Nachricht an Adriana schrieb, wollte ich mir die riesigen Bilder noch von nahem ansehen. Je näher man kam, verschwand zwar das eigentliche Motiv und man konnte aus den Farben keine Blumen, Wasser oder Himmel mehr ausmachen. Dafür verlor man sich in einem Wirbel aus Farben und Strukturen, die die Pinselstriche hinterlassen hatten, bis einem schwindelig wurde. Schnell kehrte ich zu Alexis zurück, und anscheinend sah ich tatsächlich ein bisschen benebelt aus.

„Stendhal?", fragte Alexis halb ernst, konnte sich aber ein Grinsen nicht verkneifen.

„Ganz so schlimm ist es glaub ich nicht.", antwortete ich. „Aber es ist schon recht intensiv, wenn man sich so nah ran wagt." Ich spürte einen leichten Druck im Kopf. „Aber jetzt reicht es auch. Sollen wir gehen?"

„Ja, ich habe auch ehrlich gesagt schon wieder Hunger. Kann eigentlich nicht sein, nach dem üppigen Frühstück, aber wahrscheinlich macht das Betrachten von Kunst hungrig."

„Bestimmt.", sagte ich. „Schließlich arbeitet das Belohnungssystem im Gehirn auf Hochtouren."

Wir holten unsere Jacken an der Garderobe ab und gingen zurück zur Metrostation.

Fünfzehn Minuten später stiegen wir am Fuße des Butte Montmartre aus.

„Das ist also die berühmte Sacré-Cœur.", sagte Alexis und schaute ehrfurchtsvoll auf die strahlend weiße Gestalt der Kirche, die sich über dem Hügel, der dem Viertel den Namen gab, erhob.

„Du bist doch bestimmt verwöhnt, wenn du in Barcelona gewohnt hast, oder?", neckte ich ihn.

„Du meinst La Sagrada Familia? Die ist schon toll, aber man kann sie eigentlich mit nichts anderem vergleichen. Und es gibt so viele großartige Gebäude auf der Welt. Außerdem ist es ja so: wenn man irgendwo wohnt, schaut man sich die Sehenswürdigkeiten gar nicht mehr so oft an, oder geht's dir nicht so?"

„Naja, ich bin schon viel unterwegs, vor allem an den Wochenenden. Ich habe ja außer Spikey, niemanden, auf den ich Rücksicht nehmen muss. Und ich liebe es, ich kann mich eigentlich nicht satt sehen an Paris..." Ich stockte plötzlich, weil ich soeben mein Privatleben preisgegeben hatte, also „zugegeben" hatte, dass ich Single war.

Na und? Dachte ich im nächsten Moment. Als wär' das was Schlimmes. Scheinbar nicht, denn Alexis ging gar nicht darauf ein.

Wir begannen unseren Aufstieg zur Sacré-Cœur.

„Sag mal, Lou.“, schnaufte Alexis auf halber Höhe. „Verstehst du dich eigentlich gut mit Theresa?“

Es war so ungewohnt, dass jemand sie bei ihrem vollen Namen nannte.

„Ja, eigentlich schon.“

„Eigentlich? Entschuldige, ich will nicht zu neugierig sein, aber ich habe ja sonst keine Geschwister, und ich möchte meine neue Familie gern besser kennenlernen.“

„Klar, das verstehe ich. Mir brennen auch viele Fragen unter den Nägeln.“

Wir lachten beide.

„Schieß los.“, bot Alexis an.

„Nein, zuerst beantworte ich deine Frage. Ja, wir verstehen uns gut, und ich liebe sie, ich denke, du kannst sie übrigens auch Titi nennen, Theresa ist nur fürs Business. Aber wir sind sehr verschieden, wie du ja vielleicht bereits gemerkt hast ... “

„Ja, ähm, „Titi“ scheint sehr ehrgeizig zu sein, sie gibt einem ein bisschen das Gefühl, immer ein bisschen zu langsam zu sein, also, bei Unterhaltungen z.B. Weißt du was ich meine?“

„Ja, das sagen viele. Ich habe mich schon dran gewöhnt, und wir sind mittlerweile auf einer Wellenlänge, aber für Außenstehende ist es schwierig.“

„Hat sie eigentlich einen Partner?“

„Ich weiß es ehrlich gesagt nicht so genau ... “

Ich erzählte von Björn, wobei ich versuchte, möglichst neutral zu bleiben, obwohl ich es immer noch ziemlich fragwürdig fand, wie er Titi abserviert hatte.

„Jetzt geht ab und zu so ein „Kollege“ ans Telefon, wenn man bei ihr anruft. Es scheint aber nichts Ernstes zu sein, das hätte sie mir gesagt. Wenn man sich ihr Arbeitspensum anguckt, kann ehrlich gesagt auch nicht so viel Zeit für eine Beziehung übrig sein. “

Ich merkte, wie er überlegte, ob er die nächste Frage nun doch stellen sollte. Und bevor er sie aussprechen konnte, wusste ich schon, was nun kam.

„Und du?“

„Ich? Nein, ich bin Single.“, sagte ich so neutral wie möglich. Ich wusste nicht, warum mir das immer wieder so unangenehm war.

„Ich stelle es mir ehrlich gesagt auch nicht so einfach vor.“

Jetzt wurde ich neugierig. „Wie meinst du das?“

„Naja, ich finde, um eine Beziehung zu führen, muss man sich schon ziemlich gut verstehen können, also sprachtechnisch. Man braucht eine Sprache, die beide auf einem Level sprechen, sodass man auch Probleme besprechen und Spaß verstehen kann. Und wenn es für einen der Partner nicht die Muttersprache ist, ist da irgendwie ein Ungleichgewicht ... denke ich. Tut mir leid, ich weiß nicht, ob das Sinn macht, was ich hier rede.“ Wir stoppten auf der Aussichtsplattform unterhalb der Basilika und lehnten uns an die Brüstung.

„Doch, doch, das macht es! Ich weiß genau was du meinst. Ich finde mein Französisch ganz passabel, aber ich habe genau das Problem, dass ich mich nicht traue, mich auf Französisch zu streiten oder zu argumentieren. Und ich ärgere mich immer, wenn ich Ironie erst Stunden später verstehe, oder nicht weiß, warum gelacht wird. Das ist oft richtig frustrierend.“

„Das kann ich mir vorstellen. Und es ist eigentlich so toll, wenn man sich traut, in eine andere Kultur, eine andere Sprache, einzutauchen. Aber bis man eine Sprache richtig spricht, kann das Jahre dauern ... wenn man es überhaupt jemals kann.“

„Sprichst du denn Deutsch und Spanisch gleich gut?“

„Ich würde sagen, ja. Es ist natürlich ein Riesenvorteil, wenn man die Chance hat, als Kind zwei- oder mehrsprachig aufzuwachsen.“

Wir schwiegen und schauten über Paris. Auch an dieser Stelle hatte ich schon oft gestanden, mit Titi, mit Luisa, mit meinen Eltern. Aber jetzt hatte ich zum ersten Mal das Gefühl, diesen Blick mit jemandem zu teilen, der ihn genauso zu schätzen wusste wie ich. Der auch diese gewisse Ehrfurcht fühlte vor dem Reichtum und der Bedeutung von Kultur, von Architektur, von Sprachen, vom Sich-Vermischen von Kulturen, von Straßen und Boulevards, den Lebensadern einer Stadt, von Gerüchen, von Kleidung. Von Ästhetik in allem was man sah.

Ich konnte es nicht greifen, aber ich spürte eine Verbindung zu Alexis, die anders war, als ich es bisher je bei einem Menschen gespürt hatte. Wir hatten uns gerade erst kennengelernt, und es waren nicht die schönsten Umstände gewesen, und trotzdem war es irgendwie vertraut, und ich hatte das Gefühl, ihn schon mein Leben lang zu kennen. Es fühlte sich verrückt und gleichzeitig wunderbar an. Es tat so gut, besonders nach der letzten Woche seit dem Erlebnis auf der Rennbahn. Ich merkte richtig, wie sich eine wohlige Wärme in meinem Körper ausbreitete und mein Selbstbewusstsein vorsichtig zurückkam. Plötzlich hatte ich das Gefühl, ihm alles erzählen zu können.

„Sollen wir weitergehen?“, fragte er.

„Ja, ich habe jetzt wirklich Hunger. Bist du bereit für eine Pizza und eine Cola ein Vermögen zu bezahlen?“

„Absolut. Aber dafür möchte ich mich auch so richtig wie ein Tourist fühlen, bitte.“

Ich lachte. „Dann gehen wir doch direkt hoch zum Place du Tertre.“

*

Nach unserer sündhaft teuren Pizza gönnten wir uns sogar noch einen Kaffee, weil wir uns nicht satt sehen konnten an dem Treiben auf dem Platz. Viele Touristen nahmen die Dienste der Künstler in Anspruch und ließen sich porträtieren. Pärchen, Kinder und sogar Hunde wurden vor unseren Augen auf Papier verewigt, man fühlte sich wie in einer Künstlerwerkstatt. Eigentlich fehlte nur noch das Aktmodell, das sich auf einem Podest in der Mitte räkelte.

Alexis telefonierte mit Adriana, und ich hörte fasziniert zu. Natürlich verstand ich nur Bruchstücke, war aber beeindruckt vom Tempo, in dem sie sich unterhielten. Spanisch hatte irgendwie noch eine andere Dynamik als Französisch, obwohl mir das am Anfang auch wahnsinnig schnell vorgekommen war.

Nachdem er aufgelegt hatte, fragte ich, ob Adriana arbeitete und als was. Er erzählte, dass sie als Laborantin in einem Chemielabor in Marbella arbeitete. Sie musste jeden Tag jeweils eine Stunde hin und eine zurückfahren, wobei sie auch ab und zu bei einer Freundin in Marbella übernachtete. Auf die Frage, ob er sich auch vorstellen könnte in Marbella zu wohnen, sagte Alex, dass es natürlich Sinn machen würde, denn für ihn wäre es leichter, den Job zu wechseln, aber er liebte eben Ronda für seine außergewöhnliche Lage.

Marbella hatte Strand und Palmen- und viele Touristen. Aber genau das schreckte sowohl ihn als auch Adriana ab. Zwar zogen gerade

Rondas Lage mit den Bergen und dem Canyon, über den sich die berühmte Brücke spannte, sowie die lange und illustre Geschichte ebenfalls viele Touristen an, aber es waren viele Tagesausflügler, die es abends wieder in die Großstadt am Meer zog.

Zu den Berühmtheiten, die Rondas Charme verfallen waren und Inspiration in ihr gefunden hatten, gehörten u.a. Ernest Hemingway und Orson Welles.

Es gab sogar in einem der Hotels ein Zimmer, dass Rainer Maria Rilke lange bewohnt und schließlich so hinterlassen hatte, wie es noch heute als Museum zu besichtigen ist.

Irgendwann hatten wir uns satt gesehen an den stillsitzenden Modellen und den flinken Händen der Maler. Wir entschlossen uns, durch die Gassen von Montmartre zu schlendern und den Besuch von Sacré-Cœur auf ein anderes Mal zu schieben, weil dort extrem viel los war.

Als es dunkel wurde, warteten wir auf die nächste volle Stunde, und suchten uns einen Platz mit Blick auf den Eiffelturm. Um Punkt 21:00 fing die *Grand Dame* an zu funkeln, so wie ich es schon unzählige Male gesehen hatte. Und trotzdem war es jedes Mal derselbe Ooooh … Aaaah-Moment, begleitet von einem Kribbeln im Bauch.

Ich versuchte einen Seitenblick auf Alexis‘ Gesichtsausdruck zu erhaschen, aber wo wir standen, weit entfernt vom funkelnden Eiffelturm, war es dunkel, außer ein paar Straßenlaternen.

Kapitel 33

Am Montag hatte ich Frühschicht. Das Wochenende über war ich in einer komplett anderen Welt gewesen. In „meinem" Paris, ohne Liebeskummer, ohne Selbstzweifel, ohne an die Zukunft zu denken, einfach im Hier und Jetzt. Und das war Alexis' Verdienst gewesen. Er war so in seiner Mitte, so authentisch, hatte Interesse, an mir und meinem Leben, an der Welt. Es war so leicht gewesen, sich in seiner Gegenwart wohlzufühlen.

Ich hoffte, dass ich dieses Gefühl in meinen Arbeitstag und die gewohnte und geliebte Umgebung des Grand, die mir die letzte Zeit so feindlich erschienen war, mitnehmen konnte. Alexis hatte gebeten, sich Spikey für den Vormittag ausleihen zu dürfen, und ich hatte meinen Zweitschlüssel an die Unterseite meines Briefkastens geklebt.

Weil wir uns nach meiner Schicht treffen und in den Louvre gehen wollten, nahm ich die Metro zur Arbeit. Mit dem Rad hätte es recht lange gedauert, vom Hotel dorthin zu kommen, und so konnten wir später auch gemeinsam zurückfahren. Dann würden wir noch ein bisschen Zeit zum Reden haben. Alexis hatte nämlich seinen Rückflug bereits für den kommenden Tag buchen müssen, zwei Tage früher als geplant, weil er seinen Kollegen vertreten musste, der unerwarteterweise Vater eines Frühchens geworden war. Zum Glück ging es dem Kleinen wohl gut, aber der junge Vater wollte sich verständlicherweise einige Zeit freinehmen.

Als ich das Büro betrat, war Marion noch nicht da. Ich schaute auf die große Uhr an der Wand mittig über unseren Schreibtischen. Es war tatsächlich erst 07:15, ich war fünfzehn Minuten zu früh dran. Die Tür zu Steves Büro war noch zu, dass hieß, er war auch noch nicht da. Ich warf einen Blick in die Gruppenreservierung. Dort saß Julie. Sie war so in ein Blatt Papier vertieft, dass ich sie nicht stören wollte. Aus dem Drucker häuften sich weitere Blätter zu einem Stapel. Mir fiel ein, dass Steve sich in den Kopf gesetzt hatte, dass wir ihn im Wechsel über die kommenden Wochen beim Abteilungstreffen vertreten und einen

Bericht des *Departement de reservations* abgeben sollten. Diese Woche war Julie dran, ich in vier Wochen. Mir graute schon davor, da ich mir nicht vorstellen konnte, überhaupt zusammenhängend und verständlich da irgendetwas zu berichten.

Nachdem ich mich an meinem Arbeitsplatz eingerichtet und alles hochgefahren hatte, schnappte ich meinen Kaffeeschlüssel und ging zur Kaffeemaschine.

Schon von weitem sah ich wie diese rot blinkte. Das tat sie, wenn sie gereinigt werden musste, funktionierte dann aber erst für ein paar Getränke noch ganz normal.

Ich steckte meinen Schlüssel ein und probierte mein Glück. Sie setzte sich in Bewegung, aber wo ein Einwegbecher hätte herausfallen sollen, tat sich nichts. Ich seufzte, einen Kaffee hätte ich gut gebrauchen können. Ich drückte noch einmal, wieder ein Rödeln, aber nichts passierte. Ich würde wohl ohne Kaffee in meinen Arbeitstag starten müssen.

Als ich gerade meinen Schlüssel wieder entnahm, flog die Tür auf und Raphaël kam herein. Mit ihm der Duft seines Aftershaves und der soeben gerauchten Zigarette. Kurz überlegte ich, mich mit einem schnellen *Bonjour* in mein Büro zu flüchten. Dann ermahnte ich mich jedoch, nicht sofort wieder den Kopf in den Sand zu stecken, und sagte: „*Bonjour*, du bist aber früh dran."

Es klang irgendwie vorwurfsvoll, was mir sofort unangenehm war, aber er schien es nicht so empfunden zu haben.

„*Bonjour*, Lou. Ja, das stimmt. Ich fahre heute Nachmittag nach Biarritz und muss früh Feierabend machen."

„Ach so, cool." Mehr brachte ich nicht hervor. Es sollte mir ja nun wirklich egal sein, wo er sich aufhielt und wen er traf, und trotzdem war alles natürlich noch zu frisch, sodass in gewohnter Weise sofort die Alarmglocken läuteten. Es brannte mir auf der Zunge zu fragen, ob Eloïse mitkommen würde, aber ich war wohl doch noch genug Herr meiner Sinne und konnte mich zurückhalten.

Die Frage erübrigte sich auch, als er sagte, dass seine Oma in Biarritz im Krankenhaus lag.

„Das tut mir leid.", sagte ich nun ehrlich bestürzt. „Was Ernstes?"

„Wir wissen es noch nicht. Aber sie ist schon 98, und ich möchte lieber hinfahren, falls was passiert." Er sah jetzt sehr traurig aus.

Ich wehrte mich mit aller Macht gegen das übermächtige Bedürfnis, ihn in den Arm zu nehmen und sagte nur: „Das verstehe ich." Dann nickte ich Richtung Kaffeemaschine. „Keine Becher mehr."

„Oh nein. Ich bin doch so ein Morgenmuffel ohne meinen Kaffee."

Jetzt sah er nicht nur traurig, sondern auch noch hilflos aus. Mein Helfersyndrom drohte wie ein Alien aus mir herauszuplatzen. Ich hätte alles getan, um ihm einen Kaffee herbeizuzaubern.

Plötzlich blitzten seine Augen wie die eines kleinen Jungen. „Sollen wir kurz abhauen?"

Ich war mir nicht sicher, ob ich mich vielleicht verhört hatte. „Abhauen? Wohin?"

„Zum Coffeeshop um die Ecke. Ein „richtiger" Kaffee wäre sowieso viel besser als das hier, oder?"

„J-ja, klar." Ich sah auf meine Uhr. „Aber eigentlich fange ich genau jetzt an zu arbeiten."

„Es dauert nur fünf bis zehn Minuten. Komm!"

Ich war überhaupt nicht spießig, und unsere gesamte Arbeitsumgebung war eher locker. Aber ich war sehr pflichtbewusst und es wäre mir unangenehm, mich dabei erwischen zu lassen, wegen eines Kaffees zu spät zu kommen. Trotzdem klang es in jeglicher Hinsicht verlockend, richtig guter Kaffee und Zeit mit ihm. Also sagte ich: „Ok, ich hole mein Geld."

„Brauchst du nicht, ich hab' welches."

Wir nahmen den Weg an der Rezeption vorbei, weil es kürzer war als den Personaleingang zu benutzen. Eigentlich war es nicht erlaubt, was unseren kleinen Ausflug noch aufregender machte. Natürlich war um diese Uhrzeit noch kein Gast unterwegs, sodass alle drei Rezeptionisten der Frühschicht und der Portier noch untätig in den Startlöchern standen. Als wir die Lobby betraten richteten sich erwartungsvoll alle Augen auf uns, wahrscheinlich in Erwartung eines Gastes.

„Bonjour, les gars. Was habt ihr denn vor?" Erst jetzt erkannte ich Julien und freute mich, sein vertrautes Gesicht zu sehen.

„Wir holen Kaffee, wollt ihr auch einen?", fragte Raphaël.

„Ihr meint, „richtigen“ Kaffee vom Shop um die Ecke? Ja, gern, wenn ihr das schafft, alles zu tragen.“

„Das kriegen wir hin.“, sagte ich schnell, weil ich loswollte, um nicht total zu spät zu kommen.

Julien drückte mir einen Schein aus der Trinkgelddose in die Hand, und wir machten uns auf den Weg, unsere Mission zu erfüllen. Als wir um die Ecke bogen, sahen wir schon die Schlange kaffeedurstiger Pariser vor dem kleinen Coffee Shop. Ich war mir nicht sicher, aber ich glaubte, ganz vorne, bereits am Tresen, Eloïse zu erkennen.

Ja klar, dachte ich, und ärgerte mich, nicht daran gedacht zu haben. Sie fängt auch extra früh an, damit die beiden noch Zeit zusammen haben.

Ich warf einen Seitenblick auf Raphaël, um herauszufinden, ob er sie auch gesehen hatte, aber er machte nicht den Eindruck, obwohl er genau in ihre Richtung sah.

Plötzlich drehte er seinen Kopf und sah mich an. „Hast du noch Großeltern?“

„Leider nein.“, antwortete ich. Ich hätte noch ausführen können, dass die Eltern meines Vaters auch schon sehr alt gewesen waren,

weil er ein Nachzügler war, und dass die Eltern meiner Mutter sich getrennt hatten, und ihr Vater kein großes Interesse an der Familie zeigte, deswegen hatte ich immer das Gefühl, eigentlich keinen Opa zu haben. Meine Oma mütterlicherseits war vor vier Jahren verstorben. Aber ich wollte nicht so ausholen, hier auf der Straße, in der Schlange zum Coffee Shop.

Raphaël dagegen schien plötzlich Interesse an meiner Familie zu haben, denn er fragte:

„Hast du eigentlich Geschwister?“

Ich musste innerlich lachen. Das war ja nun auch nicht gerade ein Thema für Smalltalk. Ich sagte nur: „Ja, eine Schwester und einen Bruder.“

„Jünger oder älter?

„Beide älter, ich bin die Jüngste.“

„Oh, du bist das Nesthäkchen!“ Er sagte „petit poussin“, das kannte ich zwar nicht, aber ich konnte mir die Bedeutung denken.

„Genau. Auf Deutsch heißt das „Nesthäkchen“, das hat die gleiche Bedeutung, der kleine Vogel, der sich am Nest festhält.“

„Nes-dägschen?“, strengte er sich an, den Begriff zu wiederholen.

Ich musste lachen, und er auch. Und dann waren wir auch schon an der Reihe. Der Barista war ein Vollprofi und den morgendlichen Andrang gewohnt, sodass wir schon nach kurzer Zeit wieder draußen waren und jeder von uns ein Tragetablett mit jeweils drei Cappuccinos zurück zum Hotel balancierten.

„Du machst das richtig gut.“, lobte Raphaël.

„Danke.“, sagte ich. „Ich habe mal gekellnert. Ist aber lange her.“

Als wir in die Lobby zurückkamen, war von der Ruhe, die noch zehn Minuten zuvor geherrscht hatte, nichts mehr zu spüren. Wir stellten die Cappuccinos auf der Ecke des Rezeptionstresens ab, nickten Julien zu, und verschwanden dann wieder durch die Schiebetür nach draußen.

„Ich muss jetzt auch dringend anfangen.“, sagte ich mit einem Blick auf die Uhr, und wir beschleunigten unseren Schritt. Als wir vor der Tür des Büros der *compta* standen, wartete ich, bis er aufgeschlossen hatte.

Ich musste es einfach wissen: „Bist du alleine, oder fängt noch jemand so früh an, heute?“, fragte ich in so neutralem Ton wie möglich.

„Ich bin allein.“ Mit einem Mal sah er wieder traurig aus, wahrscheinlich dachte er an den Grund seiner Reise am Nachmittag.

Ich dachte: Dann war es wohl doch nicht Eloïse gewesen, und sagte: „Allez, bon courage.“ Das konnte sich auf die Arbeit und auf seine Oma beziehen und war unverfänglich.

Plötzlich stellte er seinen Kaffeebecher auf dem Fenstersims ab und zog mich in seine Arme. Ich hatte meinen Kaffee noch in der Hand, und verschüttete ein paar Tropfen auf sein Jackett. Er hielt mich so fest, dass ich mich nicht rühren konnte. Ich hätte ihn gerne zurück umarmt, aber ich war, die angewinkelten Arme an seine Brust gedrückt, wie festgeschraubt.

Ich verharrte in Schockstarre, bis er mich wieder freigab.

Er trat einen Schritt zurück und nahm schnell seinen Kaffeebecher, als wäre ihm dieser Gefühlsausbruch, als solchen hatte ich es zumindest empfunden, unangenehm.

Schnell fing er sich jedoch wieder, sah mir in die Augen und sagte: „Danke, Lou. Los, an die Arbeit, wir sehen uns Ende der Woche."

Dann drehte er sich um, betrat das Büro und schloss die Tür. Ich winkte noch vorsichtig, konnte aber durch die Spiegelung nicht erkennen, ob er es überhaupt sah.

Den Kopf voller wirrer Gedanken, rannte ich förmlich das kurze Stück zum Personaleingang. Ich trank meinen Kaffee aus, entsorgte den Becher im Mülleimer der Raucherecke und lief wie auf Wolken bis zu meinem Büro. Mittlerweile war es fast 8:00, und ich ging sofort zu Steve, um mich zu entschuldigen. Der sagte nur: "*Pas de souci!*", und widmete sich wieder dem Gewirr aus Zahlen auf seinem Bildschirm.

Marion steckte in einem Telefonat und nickte mir zu. Ich entspannte, mich, niemand schien sauer zu sein. Einige Minuten starrte ich auf meinen Bildschirm, während meine Gedanken wie ein alter Schwarz - Weiß Film ein bisschen flackernd versuchten, Sinn zu machen aus dem, was in der letzten halben Stunde passiert war.

Der Vormittag verging im Flug und ich konnte es kaum erwarten, Alexis zu treffen. Ich holte die am Morgen verpasste halbe Stunde nach, und war trotzdem genau pünktlich am Treffpunkt, der Station Louvre - Rivoli.

Alexis wartete auf einer kleinen Bank in der Nähe des Ausgangs der Metrostation mit zwei Tüten von McDonalds. Als ich ihn sah, wurde mir richtig warm ums Herz. Ich freute mich wie ein kleines Kind, das aus der Musikschule kommt und seine Eltern sieht, die es abholen. Dieses Gefühl, wenn man schon ein bisschen sein Ding macht, aber am Ende des Tages froh ist, sich in die Arme seiner Eltern fallen lassen zu können.

Alexis hatte mich auch entdeckt und winkte und grinste breit. Er schien sich auch zu freuen. Er umarmte mich und drückte mir eine der Tüten in die Hand. Ich war ihm sehr dankbar, ich starb fast vor Hunger. Während er von seinem Vormittag erzählte, verspeisten wir unsere Burger und Pommes und tranken unsere Cola light.

„Ich war mit Spikey beim Eiffelturm.", sagte er kauend." Also, nicht direkt, aber wir hatten einen wunderbaren Blick auf den Eiffelturm, vom Trocadero." Er sagte das mit spanischem, gerolltem „r".

„Wir sind dann ein Stück an der Seine entlang marschiert, dann wieder Richtung „Stadt“, wenn man das so sagen kann, und waren plötzlich auf den Champs Elysées. Da fand ich es ehrlich gesagt nicht so schön, vor allem für den Hund. Aber wir sind noch bis zum Arc de Triomphe gelaufen und da irgendwo in die Metro gestiegen. Dann waren wir noch ein bisschen im Parc de la Villette, bei dir um die Ecke. Und dann musste ich Spikey auch schon nach Hause bringen und wieder los, um pünktlich hier zu sein.“

„Das klingt doch nach einem spannenden Vormittag.“, sagte ich.

„Das war es. Und bei dir? Du wirkst irgendwie auch sehr zufrieden. Du siehst entspannter aus als die letzten Tage. Das spricht für deinen Job.“

„Ich hatte tatsächlich einen überraschenden Start in den Tag.“, sagte ich und konnte nicht kontrollieren, dass sich meine Mundwinkel zu einem Grinsen verzogen.

„Erzähl!“

„Mache ich. Sollen wir schon mal losgehen? Der Louvre ist riesig, da können wir stundenlang in Ruhe quatschen. Im Flüsterton natürlich.“

„Ich bin schon sehr gespannt.“ Er hob theatralisch seinen Pappbecher in die Luft. „Also, auf den Louvre, und was du zu berichten hast. Gib her.“

Er nahm meinen Müll und entsorgte unsere beiden Tüten im nächsten Mülleimer.

Kurze Zeit später standen wir unter der Glaspyramide des Louvre und scannten unsere Tickets an der Eingangssperre. Auf Audioguides verzichteten wir, weil wir uns einfach treiben lassen wollten. Wir gingen durch den weitläufigen Cour Marly mit seinen Statuen und bogen dann zum Denon Flügel ab, weil dort die Mona Lisa zu sehen war, die Alexis gerne sehen wollte, und ich natürlich auch. Ich hatte zwar schon öfter versucht, einen Blick zu erhaschen, aber es war jedes Mal unmöglich gewesen wegen der ganzen Menschen. Heute würde es vermutlich nicht anders sein, aber wir wollten es versuchen.

Bevor wir die Stufen zum großzügigen Treppenabsatz erklommen, auf dem die Nike von Samothrake thronte, konnten wir es uns nicht verkneifen ein Selfie zu machen. Alexis, mit den längeren Armen, hielt das Handy und knipste. Wir hatten Glück, und es war nicht so voll, sodass für den Moment der Aufnahme die Stufen hinter uns frei waren und die Statue in ihrer vollen Pracht sichtbar war. Mir schoss durch den Kopf, dass dies das erste Foto sein würde, auf dem ich zusammen mit meinem Halbbruder zu sehen war. Wir schickten es an unseren Vater und Marta. Dann baten wir noch einen anderen Besucher, ein Foto von uns zu machen.

Dass ein Museum so viel Platz „verschwendete", um die Wirkung einer Skulptur hervorzuheben, hielt einem noch einmal ungehemmt die schiere Größe des Louvres vor Augen, und natürlich die Bedeutung des Ausstellungsstückes an sich.

Obwohl weder Kopf noch Arme bisher gefunden worden waren, strotzte die sich in Landeposition befindende Göttin mit ihren nach hinten gedrückten, noch luftgefüllten Flügeln und dem flatternden Gewand nur so vor Kraft und Bewegung. Ich spannte ungewollt alle Muskeln meines Körpers an, um mit ihr mithalten zu können.

„Jetzt erzähl doch bitte mal, was heute Morgen so Aufregendes passiert ist.", nahm Alexis unser Gespräch wieder auf.

Ich überlegte kurz, wie weit ich ausholen sollte, und entschied mich, nur eine kurze Zusammenfassung zu geben, weil er schließlich ein Mann war, und keine Frau, die alle Details hören wollte. Außerdem kannten wir uns ja trotz aller Vertrautheit irgendwie kaum.

Wir liefen also durch die beeindruckenden Gänge und Galerien des Denon Flügels, vorbei an den Meisterwerken spanischer und französischer Maler, an da Vincis und Botticellis, und als wir vor dem Saal mit der Mona Lisa standen, war Alexis auf dem Laufenden.

„Hm." ,sagte er. „Das ist wirklich ein bisschen chaotisch. Ich kann dir nur sagen, dass man auch als Mann merkt, wenn eine Frau interessiert ist."

Er grinste herausfordernd, weil ich wahrscheinlich unterschwellig angedeutet hatte, dass Männer vielleicht einfach zu oberflächlich waren.

„Allerdings, schnappen wir dann auch schneller zu. Also, wenn mir eine Frau sagen würde, sie fände mich attraktiv, und ich hätte auch Interesse an ihr, würde ich nicht so lange warten. Vor allem würde ich nicht so ein Katz- und Maus-Spiel veranstalten.“

Ich nickte.

„Andererseits hat er ja offensichtlich heute Morgen deine Nähe gesucht, in einer etwas schwierigen Gefühlslage. Das deutet darauf hin, dass er dich zumindest als Vertrauensperson ansieht, sonst hätte er sich nicht so fallengelassen.“

„Nicht schlecht, Sherlock.“, sagte ich nun grinsend und offenbar etwas zu laut, denn eine Dame mit Headset drehte sich genervt zu mir um, weil sie wahrscheinlich verpasst hatte, was ihr Reiseleiter, der irgendwo anders im Raum stand, gerade gesagt hatte.

„Nein, im Ernst.“, flüsterte ich. „Danke, das hilft schon. Einfach mal eine andere Meinung zu hören.“

„Ich befürchte nur, Lou, ihr seid in der ... “

„Bitte sag es nicht.“, unterbrach ich ihn, und vollendete dann selber den Satz. “Friendzone?“

„Ja, genau. Du hast dich ja scheinbar schon damit beschäftigt.“

„Titi hat es mir auch schon gesagt. Allerdings war das letztes Jahr im Sommer ... Ich hätte eigentlich schon lange den Kontakt abbrechen sollen.“

„Naja, das ist ja schwierig, wenn man zusammen arbeitet. Da solltest du dir jetzt keine Vorwürfe machen. Normalerweise heilt die Zeit bekanntlich alle Wunden, aber ich steckte auch mal in so einer Situation fest. Das war zu meiner Abizeit, noch in Deutschland. Es hat eigentlich nur geholfen, dass das Mädel vor meinen Augen einen anderen Typen kennengelernt hat, und direkt nach dem Abi mit ihm weggezogen ist. Da war ich plötzlich klar im Kopf, und mir fielen ganz viele Dinge auf, die ich sowieso an ihr nervig gefunden hätte. Und dann bin ich selbst weggegangen, und plötzlich war alles neu, und ich wieder der Alte.“

Wir waren mittlerweile ein bisschen näher an die Mona Lisa herangerückt und konnten einen Blick erhaschen. Ich ließ sein Gesagtes noch in meinem Kopf nachhallen, während ich auf das berühmteste Lächeln der Welt schaute. Man sagt ja, dass das Lächeln der Mona Lisa alles in einem sei: freundlich, sexy, arrogant, gelangweilt. In meinen

Augen war es mysteriös und selbstbewusst. Die Mona Lisa hatte bestimmt gewusst was sie wollte, und wäre nicht so herumgeeiert wie ich.

„Unglaublich wie er das hingekriegt hat.“, sagte Alexis.

„Da Vinci.“, fügte er schnell hinzu, weil er wahrscheinlich dachte, ich wäre in Gedanken noch bei Raphaël.

Wahrscheinlich guckte ich ein bisschen zu ernst, denn er legte den Arm um mich und sagte: „Ach Lou, du kannst erstmal verdammt stolz auf dich sein, dass du die Initiative ergriffen hast. Das tun glaube ich nicht viele. Es gehört schon sehr viel Mut dazu, sich so, tja wie soll ich sagen ... zu outen, mir fällt jetzt auch kein deutsches Wort dafür ein. Es ist viel einfacher, es nicht auszusprechen, und somit auch nicht verletzt werden zu können.“

Er sah mich an, und seine braunen Augen waren sanft und ehrlich.

„Danke.“, sagte ich. Mehr fiel mir nicht ein. Wir versuchten, noch ein bisschen näher an das Gemälde heranzukommen, gaben aber auf, weil es zu nervig war, sich zwischen den Besuchergruppen hindurchzuzwängen.

Als wir den Saal verließen, atmeten wir beide hörbar auf und lachten.

„Na, immerhin kann ich jetzt sagen, ich habe die Mona Lisa gesehen.“, stellte Alexis fest.

„Ich finde es auch immer wieder spannend, aber es reicht dann auch einfach. Man wird sie als Normalsterblicher nie in Ruhe anschauen können. Ich könnte jetzt einen Kaffee gebrauchen, du auch?“

„Oh ja, gern.“

Wir gingen ins Café Mollien, kauften zwei Cafés au lait und zwei Croissants und setzten uns auf die Terrasse mit Blick auf das Carrousel du Louvre. Es war bereits viertel nach fünf, um 18:00 schloss das Museum. Die Luft war schwer, wie vor einem Gewitter. Ein Blick in den Himmel, wo sich dunkle Wolken auftürmten, bestätigte, dass es bald donnern und blitzen würde. Es war die Ruhe vor dem Sturm.

Auch in meinem Kopf war alles aufgewühlt. Die letzten Tage waren mir so unwirklich erschienen. Ich hatte mich so wohl gefühlt. Alexis hatte mich auf eine Art und Weise geerdet, die mir das Gefühl gab, ein normaler, zurechnungsfähiger Mensch zu sein. Ich hatte schon Angst gehabt, durch die Geschichte mit Raphaël immer mehr zu einem neurotischen Wrack zu verkommen und irgendwann in das unvermeidliche, riesige Loch zu fallen. Wobei ich mich fragte, ob es noch ein größeres Loch geben konnte als das auf der Rennbahn in Longchamp. Dann erinnerte ich mich an heute Morgen, und da war er wieder, der Strohhalm, an den ich mich klammern konnte.

„Paris ist unglaublich schön.", sagte jetzt Alexis. „Es hat wirklich Spaß gemacht mit dir."

„Mit dir auch. Schön, dass du so spontan kommen konntest."

„Ich bin sehr froh, dass ich mich auf die Suche gemacht habe." Er blickte nachdenklich auf den Triumphbogen, durch den Menschen trotz des drohenden Gewitters in die Tuilerien schwärmten.

„Ich bin sehr froh, dass deine Suche erfolgreich war." Das war ich wirklich. Ich konnte mich schon jetzt kaum noch erinnern, wie mein Leben ohne einen Bruder gewesen war. Es war ziemlich verrückt.

„Es ist nur traurig, dass deine Mum so leiden musste. Ich hoffe, sie schafft es wieder heraus."

„Das hoffe ich auch, aber ich habe ein gutes Gefühl. Sie ist in Behandlung, und eigentlich ist sie eine Kämpferin ... in maßgeschneiderter Kleidung und hohen Schuhen.", schmunzelte ich. „Sie hat eine starke Persönlichkeit, aber DAS hat sie verständlicherweise ziemlich aus der Bahn geworfen ... "

„Ja, verständlich."

Wir schwiegen eine Weile und sahen wie die schwarze Wolkenwand näher rückte. In der Ferne drehte sich das Riesenrad in den Tuilerien. Außer uns saß nur noch ein älteres Pärchen an einem der anderen Tische, aber auch sie packten nun zusammen. Im selben Moment kam die Durchsage, dass das Museum in 15 Minuten schließen würde, und man sich zu den Ausgängen begeben sollte. Wir gaben unser Tablett zurück und reihten uns bald in den Strom der Besucher ein, die sich zum nächstgelegenen Ausgang bewegten. Manche unterhielten sich angeregt, manche träumten vor sich hin. Kinder weinten, weil ihnen langweilig war oder die Beine wehtaten oder sie Hunger hatten.

Bald standen wir auf dem Platz des Carousel du Louvre, als auch schon die ersten dicken Regentropfen auf uns fielen. Wir rannten los Richtung Metrostation, waren aber trotzdem klitschnass als wir diese erreichten. Schweigend gingen wir durch das Gewirr der Gänge zum richtigen Bahnsteig und erwischten sofort eine *rame*, die allerdings proppenvoll war, sodass wir dicht an dicht mit anderen Fahrgästen standen. Manche waren so nass wie wir, manche noch unversehrt trocken.

Plötzlich fühlte ich mich sehr müde von dem langen Tag mit Arbeit und Museum. Ich hatte das Bedürfnis, mich an Alexis zu lehnen, traute mich aber irgendwie nicht. Ich hatte Angst, dass das alles zu schnell ging und musste mir immer wieder sagen, dass er zwar mein biologischer Bruder war, wir uns aber ja wirklich gerade erst kennengelernt hatten. Er dagegen schien keine Berührungsängste zu haben und legte seinen Arm, wie bereits bei der Mona Lisa, brüderlich um meine Schultern. Ich entspannte mich ein bisschen und nahm die Geste dankbar an.

Dieses Mal fuhr ich nicht mehr mit zu seinem Hotel, da ich wirklich erschöpft war und am nächsten Tag wieder Frühschicht hatte. Auf dem Weg nach Pantin hatten wir irgendwann Sitzplätze gefunden und uns noch ein bisschen in Ruhe unterhalten können. Kurz vor der Station Hoche verabschiedeten wir uns und versprachen, auf jeden Fall bald zu telefonieren. Er sagte noch einmal, wie froh er war, hergekommen zu sein, und ich wurde fast ein bisschen wehmütig, als ich aussteigen musste.

Ein letztes Winken, und dann war er auch schon weg.

Zu Hause sprang Spikey wie ein Flummi immer wieder an mir hoch, um im nächsten Moment innezuhalten und intensiv an mir zu schnüffeln. Nach dem Motto: Wo bist du den ganzen Tag gewesen?

Ich nahm Leine und Hundehaufentüten und ließ mich eine Runde um den Block hinterherziehen.

Als ich später im Bett lag, kam eine Nachricht von Alexis. Es war das Selfie mit der Nike. Kurz darauf folgte ein zweites Foto, auf dem wir komplett zu sehen waren. Der nette Herr, der es gemacht hatte, war ein bisschen vom Fokus abgerückt und der Körper der Nike war hinter Alexis versteckt. Nur ihre Flügel waren rechts und links zu sehen, was ihn aussehen ließ wie einen … ich saß plötzlich senkrecht im Bett. Es fiel mir Schuppen von den Augen.

Wie einen Engel.

Und plötzlich machte alles Sinn. Mein erster Traum und die folgenden. Ich hatte es irgendwie gewusst. Mein Unterbewusstsein hatte schon lange vor mir gewusst, dass es ihn gab. Das hätte jetzt unheimlich sein können, aber es machte einfach nur Sinn.

Mein Handy vibrierte wieder.

*Guck mal, ich bin ein Engel *Grinse Smiley**

*Ich weiß. *erstaunter Smiley**, schrieb ich zurück. Und dachte: Mein Schutzengel.

Kapitel 34

Auch nachdem Alexis weg war, hielt sich meine gute Laune noch eine Weile. Es half, dass ich jederzeit an ihn denken konnte, wie an einen guten Freund. In meinen Augen war er bereits ein guter Freund, noch besser, er war mein Bruder. Wir hatten seit seinem Besuch bereits wieder geskypt, und es war lustig und unbeschwert gewesen. Er hatte mir sogar Adriana vorgestellt. Wir hatten uns auf Englisch unterhalten, und sie war sehr sympathisch.

Raphaël kam die Woche nicht mehr wieder. Clément erzählte, dass es seiner Oma nicht gut gehe.

Dafür hing Eloïse vermehrt bei uns rum. Wahrscheinlich weil sie nichts mit sich anzufangen wusste, weil Clément nun für zwei arbeiten musste und sie nicht weiter einarbeiten konnte. Sie versuchte dann, uns Gespräche aufzuzwängen, eigentlich auf ganz nette Art und Weise, aber erstens mussten wir arbeiten, und zweitens hatte ich ihr noch nicht verziehen, dass sie sich an Raphaël rangemacht hatte. So hatte ich es in meinem Kopf verankert und ignorierte, dass es genauso gut von ihm hätte ausgegangen sein können.

Was mich eigentlich hätte quälen müssen, erstaunlicherweise aber nicht tat, war die Tatsache, dass ich immer noch nicht wusste, was daraus eigentlich geworden war. Waren sie jetzt zusammen? Oder war es nur ein Flirt, eventuell ein One Night Stand gewesen?

Auf der Arbeit waren sie zumindest sehr professionell und ließen sich nichts anmerken.

Sie erzählte jedem, dass sie nur im Rahmen ihres Business Studiums im Grand war, und eigentlich gar kein Interesse an der Hotellerie hatte, sondern in die Mode gehen wollte. Ich fand das irgendwie unpassend, weil wir Festangestellten, soweit ich es beurteilen konnte, eigentlich alle mit Herzblut bei der Sache waren und die Branche, und besonders das Grand, liebten.

Die Woche drauf war Raphaël wieder da und Eloïse wie von Zauberhand aus unserem Büro verschwunden. Ich hätte gerne mit ihm geredet und wollte auch wissen, wie es seiner Oma ging. Aber irgendwie ergab sich keine Gelegenheit, weil er nie alleine war. In der Raucherecke nicht, und auch nicht, wenn die *compta* geschlossen zu uns rüberkam.

Er grüßte mich dann und fragte wie es mir ging, aber ich brachte kaum ein Wort heraus, und den Smalltalk übernahm Marion. Ich konzentrierte mich dann immer fest auf meinen Bildschirm und versuchte, nicht aus dem Augenwinkel auf Eloïse zu achten, ob sie ihn in irgendeiner Art und Weise vertraut berührte. Das klappte auch ganz gut, aber ich stand unter großer Anspannung, bis sie sich einen Kaffee zogen und wieder verschwanden.

So ging das ein paar Wochen lang, und ich merkte, wie ich wieder in mein so betiteltes Niemandsland gerutscht war. So fühlte sich eine Phase zwischen zwei „intensiveren" Begegnungen an, wenn wir uns länger unterhalten oder sogar Körperkontakt gehabt hatten. Nach ersten Hochgefühlen oder eben auch Enttäuschung richtete ich mich dann irgendwann wieder auf einem neutralen Level ein, dass es mir erlaubte, meinen Alltag ganz normal zu bewältigen, und auf dem ich verdrängte, dass es entweder noch ein Fünkchen Hoffnung gab oder, dass es sich vielleicht endgültig erledigt hatte. Sprich: Ich vergaß mein eigenes Gerede von Selbstbewusstsein und Zurechnungsfähigkeit, ich war wieder voll drin in meiner Obsession.

So wenig ich Eloïse mochte, umso mehr graute mir vor dem Ende ihres Praktikums. Denn dann würde sich zeigen, ob Raphaël so verknallt war, dass er mit ihr gehen würde. Andererseits konnte es auch einfach sein, dass sie zusammen waren, und er ganz normal im Grand blieb. Mein Kopf schwirrte dauerhaft von meinen eigenen wirren Gedanken, und ich fühlte mich am Ende jeden Tages erschöpft und fiel, mit einer Hand noch den Hund kraulend, ins Bett.

Nach einem besonders anstrengenden und nervigen Tag klingelte mein Telefon, als ich gerade meine Zähne putzte.

Ich sah aufs Display, es war Titi.

Schnell putzte ich zu Ende und ging dann ran.

„Hallo Schwesterherz, alles in Ordnung?"

Die Antwort war ein fast unhörbares „Nein."

Irritiert fragte ich: „Wo bist du, warum musst du flüstern?" „Ich bin zu Hause, aber ich kann nicht laut reden."

Mein Herz fing wild an zu klopfen. Sofort waren Bilder in meinem Kopf. War sie in Gefahr? Wurde sie bedroht? Hatte sie sich irgendwo eingeschlossen, um einem Einbrecher zu entkommen?

„Titi, was ist los?“ Ich versuchte, so ruhig wie möglich zu klingen, um sie nicht noch zusätzlich zu beunruhigen. „Soll ich die Polizei zu dir schicken?“

„Nein, um Gottes Willen, nein, bitte nicht. Ich kann nur nicht reden, weil Lukas es nicht hören darf.“

Ich musste kurz nachdenken. „Dein Kollege? Er ist also bei dir? Bist du in Gefahr? Bedroht er dich?“

„Nein.“ Sie klang jetzt ein bisschen genervt. „Lou, hör zu, ich hab‘ ein Riesenproblem.“

Ich wusste nicht, ob ich mich entspannen sollte, weil sie zumindest nicht bedroht wurde oder ähnliches. Allerdings klang ein Riesenproblem jetzt auch nicht so gut.

„Was ist denn los?“ Ich wurde langsam ungeduldig.

„Lou ... ich bin schwanger.“

Damit hatte ich nicht gerechnet. Ich war für einen Moment sprachlos und wartete darauf, dass Titi noch etwas sagte.

Sie wiederholte jedoch nur: „Ich bin schwanger.“, und klang jetzt verzweifelt.

Ich sammelte mich und sagte unsicher: “Aber ... ist das gut oder schlecht?“

„Ich weiß es nicht.“

„Wie schwanger bist du denn? Also, hast du gerade den ersten Test gemacht?“

„Ja, und der sagt ganz klar: Schwanger 2-3 Wochen.“

Ich atmete tief ein. Irgendwie war ich mit einem Mal richtig aufgeregt. Das ist doch toll, dachte ich. Titi schien aber ja irgendwie nicht so begeistert zu sein, deswegen hakte ich nochmal nach.

„So genau kann der Test das wissen? Wie viele Wochen?“

„Ja klar, das können Tests heutzutage.“, sagte sie fast vorwurfsvoll angesichts meiner Unwissenheit.

„OK, du klingst auf jeden Fall nicht glücklich darüber? Wer ist denn der Vater?“

Und was jetzt kam, setzte meine Schwester in meinen Augen in ein ganz neues Licht, es war so unerwartet wie untypisch.

„Ich weiß es nicht."

Schweigen auf beiden Seiten der Leitung.

„Na gut, dann verstehe ich, dass es vielleicht ein Riesenproblem sein könnte.", fasste ich mich als Erste. „Wer kommt denn als Vater in Frage?"

Ich konnte mir vorstellen, wie unangenehm ihr das jetzt sein musste, selbst vor mir. Die durchorganisierte, alles im Griff habende Titi hatte den Überblick verloren, und das bei einem so heiklen Thema.

„Schieß einfach los.", versuchte ich sie zu ermuntern. „Ich bin deine Schwester."

„Ok, Lukas oder ... ähm ... Björn."

„Björn?", schrie ich fast ins Telefon, sodass Titi hektisch flüsterte: „Nicht so laut!"

„Entschuldige." Ich flüsterte jetzt vorsichtshalber auch. „Aber ... Björn?! Was habe ich denn alles verpasst? Wir müssen mal in Ruhe reden. Melde dich doch bitte nochmal, wenn du in Ruhe sprechen kannst." So neugierig ich auch war, heute würde das nichts mehr werden. Sie konnte ja nicht stundenlang flüsternd auf dem Klo hocken, da würde Lukas irgendwann verständlicherweise misstrauisch werden.

Das sah sie wohl auch ein und sagte: "Na gut, morgen in der Mittagspause. Um eins?"

„Ja, das passt. Ich bin wahnsinnig neugierig, und bitte versuche erstmal, ruhig zu bleiben. Ich stehe hinter dir, egal was passiert, das weißt du ja wohl."

„Ja, das weiß ich. Bis morgen." Und weg war sie.

Ich stand da und alle Müdigkeit war wie weggeblasen. Das Leben wollte es aber auch gerade wissen, dachte ich. Erst einen Bruder, und jetzt wahrscheinlich einen Neffen oder eine Nichte.

Ich überlegte, was ich jetzt tun sollte. Ans ins Bett gehen war jetzt nicht mehr zu denken.

Was wäre wohl besser, dachte ich, Björn oder dieser Kollege, Lukas? Wieso eigentlich Björn? Es war doch schon lange und endgültig vorbei gewesen. Gerne hätte ich jetzt jemandem zum Reden gehabt.

Gut, dass Spikey so ein guter Zuhörer war.

„Spikes, das ist doch alles ziemlich verrückt, oder?“, sagte ich.

Wir hatten unsere abendliche Gassirunde bereits gedreht, und er lag zufrieden auf seiner Decke. Jetzt hob er aufmerksam den Kopf und sah mich an.

„Natürlich, und dich habe ich ja auch noch als Familienmitglied gewonnen.“ Ich ging zu ihm und setzte mich im Schneidersitz neben seine Decke und fing an ihn zu kraulen. Schon bald lag er mit geschlossenen Augen auf dem Rücken.

Du machst es richtig, dachte ich. Guckst einem in die Augen, und schon kommt man angerannt und krault dich. Warum ist Kommunikation unter Menschen bloß so viel komplizierter?

Ich dachte an Raphaël, und wie kurz angebunden er heute gewesen war. Nicht, dass wir sonst viel redeten, aber heute hatte er lediglich ein kaum hörbares „Bonjour“ gemurmelt. Natürlich durfte er auch mal schlecht drauf sein.

Plötzlich hatte ich aber trotzdem das dringende Bedürfnis, ihm zu schreiben. Ich hatte zwar seine Nummer, hatte sie aber noch nie benutzt, wozu auch.

Vermutlich würde ich es später bereuen, ihn genervt zu haben, andererseits hatte ich nichts zu verlieren. Ich stand auf und der Hund blieb einfach so liegen wie er war, wahrscheinlich war er eingeschlafen.

Ich nahm mein Handy und suchte seinen Kontakt.

Eigentlich hatte ich mich ja schon so bloßgestellt, dass es jetzt auch nicht mehr komisch wirken würde, wenn ich ihm ein „Ça va?“ schickte. Er wusste, dass ich ihn toll fand und wäre bestimm nicht überrascht über einen weiteren lahmen Versuch meinerseits, Kontakt aufzunehmen.

Ich dachte wieder an den Tag, an dem er nach Biarritz gefahren war. Warum hatte er sich den Umstand gemacht, seinen Kaffee abzustellen und mich in die Arme zu nehmen. Und zwar nicht so ein Rückentätscheln, sondern eine echte, feste Umarmung? Wahrscheinlich wirklich nur ein Gefühlsausbruch, mehr nicht. Er war traurig und brauchte eine Umarmung, und ich war zur richtigen Zeit am richtigen Ort.

Ich sagte mir noch einmal, dass ich nichts zu verlieren hatte, und unsere „Beziehung" nicht noch unbeholfener werden konnte, als sie eh schon war. Trotzdem schrieb ich etwas mehr, damit er jedenfalls was zum Antworten hatte.

Salut! C'est Lou. Tu avais l'air inquiet aujourd'hui. Tu vas bien? (Hallo, hier ist Lou. Du hast heute Morgen besorgt ausgesehen. Geht es dir gut?)

Um nicht alle zwei Sekunden auf das Display zu starren, legte ich das Handy auf den Couchtisch und ging duschen. Die Dusche in meiner neuen Wohnung funktionierte einwandfrei. Ich hatte 39 Grad eingestellt, und das Wasser kam in einem gleichmäßigen Strahl mit genau 39 Grad heraus. Ich sollte glücklich über die neue Annehmlichkeit sein, aber sie deprimierte mich.

Gefühlt, war es ein Schritt in ein normales, langweiliges Leben. Meine alte Dusche war ein Symbol gewesen für die Überraschung, das Wagnis, das immer Neue, was Paris für mich bedeutete. Selbst in meiner eigenen Wohnung, gab es Herausforderungen zu bewältigen, es gab keinen Stillstand, keine Komfortzone.

Meine neue, funktionierende Wohnung gab mir das Gefühl, älter und erwachsener zu sein, aber nicht im positiven Sinne. Ich hatte das Gefühl, festgefahren zu sein, in meinem Verhalten, meinem Denken und meinem Alltag.

Als ich fertig war, wickelte ich ein Handtuch um meine Haare, trocknete mich ab und zog eine Leggings und einen Kapuzenpulli an. Obwohl es schon Mai war, wurde es abends immer noch empfindlich kühl, aber ich wollte die Heizung nicht mehr anstellen.

Ich machte mir einen Tee, füllte eine Schale mit Keksen, und nahm dann erst mein Handy und setzte mich aufs Sofa.

Da waren zwei Nachrichten. Eine von Titi und eine von Raphaël. Titi schrieb: *Bitte erzähle niemandem was.*

„Natürlich nicht!", sagte ich laut, und war empört, dass sie überhaupt das Gefühl hatte, das nochmal sagen zu müssen.

Natürlich nicht!, schrieb ich.

Raphaël schrieb: *Salut Lou, merci pour ton message. Non, pour être franc, je ne vais pas très bien. Ma grand-mère est décédée hier soir.*

(Hallo Lou, danke für deine Nachricht. Nein, um ehrlich zu sein, mir geht es nicht sehr gut. Meine Großmutter ist gestern Abend gestorben.)

Ich hatte mir schon so etwas gedacht, das war natürlich traurig. Ich ärgerte mich, ihn angeschrieben zu haben und wollte ihn jetzt nicht nerven.

Ich schrieb: *Je suis vraiment désolée. Mes condoléances pour toi et ta famille.*

(Das tut mir wirklich leid. Herzliches Beileid dir und deiner Familie.)

Dann legte ich das Handy weg. Es war trotzdem ein gutes Gefühl, mich gemeldet zu haben. Glück- und Beileidswünsche waren ja eigentlich nie etwas Schlechtes.

Ich lehnte mich zurück und nahm einen Keks. Draußen prasselte der Regen an die Fensterläden, ansonsten war es ruhig um Haus. Ich dachte, dass ich mehr vom Leben im Haus mitbekommen hatte, als ich noch unten gewohnt hatte.

Das Vergnügen hatte jetzt Mme Monnier, die wahrscheinlich nicht sehr glücklich darüber war, obwohl sie sich sehr viel freundlicher und offener zeigte seit unserem Wohnungstausch und sehr dankbar darüber schien.

Ich half ihr ab und zu mit der Post - leerte den Postkasten oder brachte einen Brief weg. Anfangs hatte ich Bedenken gehabt, dass sie ohne ihren Stiefsohn vereinsamen würde. Aber seit er weg war, hatte sie wohl neue Energie bekommen, und man sah nicht selten andere Damen in ihrem Alter vorbeikommen. Die machten bestimmt die schönsten Kaffeekränzchen.

Mein Handy blinkte auf und zeigte eine neue Nachricht von Raphaël an. Ich freute mich, dass er nochmal antwortete.

Da stand: *Merci, Lou, c'est gentil. Comment vas-tu?* (Danke, Lou, das ist nett. Wie geht es dir?)

Mit einem Mal beschleunigte sich mein Herzschlag doch ein bisschen. Er wollte mich offensichtlich zumindest nicht sofort abwimmeln.

Je vais bien, merci. (Mir geht es gut, danke.)

Ich wollte noch etwas schreiben, hatte aber keine Ahnung, was angemessen war. Schließlich hatte er ja seine Schwester, und bestimmt zahlreiche Freunde, und nicht zuletzt wahrscheinlich Eloïse, denen er sich eher anvertrauen wollte als mir jetzt hier über WhatsApp. Aber eins konnte ich mir nicht verkneifen:

Tu veux aller chercher un café demain matin? (Willst du morgen ein Kaffee holen gehen?)

Avec plaisir. Je commence à neuf heures. (Sehr gerne. Ich fange um neun Uhr an)

Ça marche, à demain alors. (Das passt, dann bis morgen)

A demain. (Bis morgen)

Zufrieden legte ich das Handy weg. Das war zwar kein Date, aber immerhin würden wir uns ein bisschen unterhalten können. Es wäre ja auch einfach schön, vielleicht irgendwann befreundet zu sein, log ich mir in die eigene Tasche. Natürlich wäre es das nicht.

*

Unser Kaffee-Date verlief dann leider anders als geplant, da Eloïse sich uns einfach anschloss. Im Endeffekt plauderte also sie die meiste Zeit, und während die beiden zu ihrem Büro gingen, nahm ich verbotenerweise den Weg durch die Lobby, einfach, um irgendwas anders zu machen und nicht wie ein treudoofer Hund hinter den beiden herzulaufen.

Um kurz vor eins verließ ich meinen Arbeitsplatz, kaufte mir ein belegtes Baguette und suchte mir eine Bank auf dem Boulevard. Dann rief ich Titi an.

Sie ging sofort ran. „Hi!“

„Hi, wie geht es dir?“

„Es geht so. Ich stecke ziemlich in der Scheiße.“

„Erzähl doch mal von vorne. Wo kommt Björn denn plötzlich her?“

Sie seufzte, wahrscheinlich überlegte sie, wie weit sie ausholen sollte. Vermutlich war ihre Zeit für die Mittagspause sehr begrenzt, wie alles in ihrem Job einem strengen Zeitplan folgte.

„Es war kurz nachdem wir uns in Paris getroffen hatten, mit Alexis. Björn war aus irgendeinem Grund in Frankfurt, vielleicht war es auch ein Vorwand.“

„Um dich zu schwängern?“, konnte ich mir nicht verkneifen. Sie musste mein Grinsen eigentlich hören können am anderen Ende, aber verständlicherweise verstand sie jetzt keinen Spaß und sagte scharf:

„Mary Lou, das ist wirklich nicht witzig."

Ich entschuldigte mich und bat sie, weiterzureden.

„Auf jeden Fall hat er mich angerufen, ob ich Lust hätte, mich auf einen Kaffee zu treffen. Ich hab' natürlich zugesagt, weil wir uns irgendwie nie richtig ausgesprochen und Dinge geklärt hatten. Und ich wollte ihn auch gerne mal wiedersehen und hören, wie es ihm so ergangen war."

„Ja klar, hätte ich auch gemacht.", sagte ich bestätigend.

„Wir haben uns also getroffen, das war an einem Donnerstag. Es war erst komisch, aber dann wurde es schnell wieder vertraut. Wir haben eigentlich nur über den Job geredet, um alles unverfänglich zu halten. Er hat nichts von Lisa erzählt, und ich auch nichts von Lukas."

Eine junge Frau machte Handzeichen, ob sie sich auch auf die Bank setzen dürfe, ich nickte. Sie packte ebenfalls ein Sandwich aus.

„Das klingt doch gut.", sagte ich ins Telefon. „Es hat ja wahrscheinlich gutgetan, sich mal wiederzusehen."

„Ja, hat es. Aber es geht, wie angedeutet, noch weiter."

Ich grinste über Titis selbstironischen Unterton. Ich mochte ihre Art, mit heiklen Situationen umzugehen.

„Wir haben uns dann verabschiedet und gesagt, dass wir mal wieder öfter telefonieren wollten. Am Samstag rief er an, er sei immer noch da und ob ich Lust auf einen Drink hätte. Ich habe wieder zugesagt, und es war ein sehr schöner Abend. Wir haben viel getrunken und viel gelacht, und letztendlich bin ich mit in seinem Hotel gelandet." Sie seufzte wieder.

„Ja, und, äh ... " Ich hielt die Hand vor den Hörer, obwohl meine französische Banknachbarin vermutlich kein Deutsch verstand. „Habt ihr nicht verhütet?"

„Doch, ich nehme ja die Pille." Pause.

„Ok.", sagte ich nur und wartete.

„Aber ... ich befürchte, dass ich sie in letzter Zeit nicht sehr regelmäßig genommen habe. Auch wegen der vielen Flüge, mit Zeitverschiebung und so."

„Mist.", sagte ich. „Also, verstehe mich nicht falsch, es wäre unglaublich, wenn du ein Baby bekämst, aber wie kann man denn jetzt rausfinden, wer der Vater ist? Und vor allem, wer möchtest du denn, dass er es ist?"

Titi drohte ihre Fassung zu verlieren. „Oh Gott, das kann ich nicht sagen, bzw. ist das wichtig, wenn man es sich eh nicht aussuchen kann?"

Ich merkte, wie sie jetzt nicht mehr richtig denken konnte.

„Naja, du kannst das Kind ja trotzdem mit einem anderen Mann großziehen. Es wird wahrscheinlich viel Papierkram vor und hinterher sein, und einige Nerven kosten, aber möglich ist ja fast alles."

„Du klingt so erwachsen, kleine Schwester." Ich meinte, ein Schniefen zu hören. „Und weißt du, was das Schlimmste wäre?"

„Nein."

„Dass ich dann eine Pause in meinem Job machen müsste und wahrscheinlich nie wieder in die gleiche Position zurück könnte. Dabei hat es mich doch so viel Arbeit gekostet, da zu sein, wo ich jetzt bin."

„Oh, Titi.", sagte ich. „Ich kann verstehen, dass du dir da Sorgen machst. Aber meinst du nicht, dass man auch da eine Lösung finden kann?"

„Lösung, ich hör immer nur Lösung. Ja, es gibt für alles eine Lösung, aber ich kann gerade nicht klar denken. Ich habe wichtige Projekte auf dem Tisch, und ein Kind ... " Sie machte eine Pause. „ ... kommt nun völlig ungelegen."

Meine Banknachbarin stand auf und nickte mir zum Abschied zu. Ich nickte zurück und warf einen Blick auf meine Uhr. In zehn Minuten würde ich zurück im Hotel sein müssen.

„Möchtest du meine Meinung hören?", fragte ich ins Handy.

„Ja.", kam es kleinlaut zurück.

„Wie läuft es denn mit Lukas?"

„Naja, wir sehen uns regelmäßig, und auf der Arbeit ist das auch bekannt, aber so eine richtig feste Beziehung ist es bisher nicht. Ich mag ihn natürlich, aber so richtig gefunkt hat es irgendwie nicht. Ich glaube, er ist mir zu ähnlich. Ich brauche aber einen Gegenpol und nicht noch einen Workaholic, der nur über die Arbeit spricht."

„Also würdest du die Beziehung ohne große Umschweife beenden können?“

„Ich würde sagen ja. Ich weiß, worauf du hinauswillst, Lou. Aber als allererstes müsste ich wissen, wer der Vater ist, darauf würde ich alle weiteren Entscheidungen basieren.“

„Dann finde doch als erstes mal heraus, ab wann man einen Vaterschaftstest durchführen kann und was du dafür brauchst.“

Jetzt lachte Titi laut auf. „Du meinst, ein Haar oder einen Fingerabdruck oder sowas?“

„Du lachst! Irgendwie muss es ja möglich sein, ohne Zustimmung und eventuell Kenntnis des Mannes einen Test durchführen zu können. Sonst würden sich vermutlich sehr viele weigern.“

„Du hast Recht, ich erkundige mich mal. Und wenn nicht?!“

„Dann musst du in den sauren Apfel beißen, und die beiden Herren in Kenntnis setzen.“

„Mann Lou, du sollst nicht immer so ehrlich sein, ich bin echt verzweifelt.“

„Ich weiß, es ist eine blöde Situation. Geh doch mal zum Frauenarzt, das musst du ja sowieso, um die Schwangerschaft bestätigen zu lassen … Und auch, wenn du das Kind nicht möchtest.“, fügte ich vorsichtig hinzu. „Es tut mir leid, meine Mittagspause ist gleich um. Sollen wir die Tage nochmal telefonieren?“

„Ich muss auch los. Ja, ich melde mich. Danke Lou, du bist die Beste. Bitte erzähle nach wie vor niemandem etwas, auch nicht Mama. Ciao.“

„Natürlich nicht! Ciao.“

Ich packte meine Sachen zusammen und ging schnellen Schrittes zurück zum Grand. Als ich wieder an meinem Schreibtisch saß, brauchte ich ein paar Minuten, bis ich mich wieder auf meine Arbeit konzentrieren konnte.

*

Abends rief natürlich ausgerechnet Mama an, und ich hatte Mühe, nicht mit der großen Neuigkeit herauszuplatzen.

Zum Glück erzählte sie selber viel, von ihrer Therapie, und dass sie schon kleine Fortschritte machte. Alexis und Marta hatten sie und Papa kürzlich in Bremen besucht, und Mama hatte sich wohl nach anfänglichem Zögern wahnsinnig gefreut, Marta wiederzusehen. Es schien in der Hinsicht alles gut zu laufen.

„Wie geht es dir denn, Liebes?“, fragte Mama nun.

„Gut. Die Arbeit macht mir nach wie vor sehr viel Spaß.“

„Irgendwie redet ihr alle immer nur von Arbeit, wenn man euch nach eurem Wohlbefinden fragt. Titi ist da besonders schlimm. Wie geht es dir sonst? Hast du Freunde? Machst du Sport? Gibt es jemanden, den du magst?“

Das hatte sie mich seit ich in Paris war noch nie gefragt, dachte ich überrascht. Eigentlich hatte ich keine Lust, wieder die ganze Geschichte zu erzählen. Es reichte, wenn Titi, Luisa und jetzt ja auch Alexis davon wussten. Aber ich wollte Mama gegenüber auch ehrlich sein, deswegen sagte ich:

„Ja, es gibt jemanden. Aber er ist nicht an mir interessiert.“

„Woher weißt du das?“

Ach Mama, dachte ich, *wenn du wüsstest in welchem Tempo mein Herz und mein Kopf über das letzte Jahr Achterbahn gefahren sind.*

Ich sagte: „Das merke ich. Wir arbeiten zusammen und haben auch schon ein paar Mal was zusammen unternommen. Aber ich glaube, mein Französisch ist einfach nicht gut genug.“

„Für eine Beziehung?“

„Ja. Man stellt sich das so einfach vor, aber Sprache ist einfach zu wichtig, als dass man da großartig Kompromisse machen kann. Und du kennst ja die Franzosen, sie sind etwas eigen, was ihre Sprache angeht. Und außerdem hat er glaube ich eine Freundin.“

„Schade. Ich würde dir wünschen, dass du nach der Erfahrung mit ... wie hieß er noch, der in Freiburg?“

„Nils.“

„Ja genau! Dass du nach der Erfahrung wieder jemand Netten kennenlernst.“

„Das werde ich bestimmt, Mama. Aber ich bin auch so ganz zufrieden.“, hörte ich mich sagen, und fragte mich, ob ich das jetzt einfach so rausgehauen hatte, um Mama zu beruhigen, oder ob es vielleicht sogar stimmte.

Vielleicht hatte sich das alles mittlerweile verselbständigt, und es würde einfach irgendeines Ereignisses bedürfen, um die Blase, in der ich mich befand zum Platzen zu bringen. So naiv konnte ja eigentlich noch nicht mal ich sein, zu glauben, dass nach einem Jahr und ja doch einigen Begegnungen, und meinem Geständnis, noch etwas Spektakuläres passieren würde. Andererseits schaffte ich es auch, auszublenden, was in Longchamp passiert war. Was für eine Art Ereignis musste es also sein, das mir die Augen öffnete?

Das alles musste mir innerhalb von Sekunden durch den Kopf geschossen sein, denn Mama sagte:

„Dann ist gut. Pass auf dich auf, mein Schatz. Und melde dich doch öfter Mal bei Titi und Alexis, es ist wichtig, den Kontakt zur Familie zu halten."

Ich musste schmunzeln, und freute mich sehr, dass sie von Alexis bereits als Familie sprach.

„Das mache ich, Mama." Ich musste an Titi und ihr Vaterschaftsproblem denken, sagte aber nichts.

Wir verabschiedeten uns, und ich versprach, mich auch öfter bei ihr zu melden.

Ich dachte noch eine Weile darüber nach, ob mein Leben wirklich so von Raphaël bestimmt war, oder, ob ich mir das selber nur einredete. Natürlich kam ich zu keinem zufriedenstellenden Schluss.

Kapitel 35

Ein paar Tage später meldete sich Titi endlich wieder.

Ich hatte auf Kohlen gesessen und selber schon recherchiert, aber wichtig war, was die Frauenärztin nun sagte.

Titi war tatsächlich schwanger, so viel stand schon mal fest. Einen Vaterschaftstest konnte man bereits am Embryo ab der 9. Woche vornehmen. Auch das war eine gute Nachricht.

Um einen Test durchzuführen, benötigte man allerdings das Einverständnis der in Frage kommenden Väter. Man konnte nicht einfach heimlich ein Haar klauen, oder einen Fingerabdruck von der Kaffeetasse nehmen. Somit stand meine Schwester immer noch vor dem Dilemma, die beiden einweihen zu müssen.

So unangenehm es auch war, so wenig würde sie drum herumkommen. Im Endeffekt waren wir alle erwachsen, und was immer auch passierte, würden sowohl Titi als auch Björn und Lukas früher oder später damit klarkommen müssen. Wobei Lukas sich natürlich nichts vorzuwerfen hatte, er war schließlich nur betrogen worden. Da wir nicht wussten, ob Björn noch mit dieser Tina zusammen war, beziehungsweise, ob überhaupt jemals etwas zwischen ihnen gelaufen war, war der vielleicht auch aus dem Schneider. Vor allem, weil er ja nicht wusste, dass Titi eigentlich in einer Beziehung war. Was sie ja laut ihrer Aussage gar nicht war, weil es keine echte Beziehung war, aber das ist natürlich Auslegungssache. Ganz korrekt hatte sie sich auf jeden Fall nicht verhalten, und daran hatte sie sehr zu knapsen, weil sie doch immer sehr darauf bedacht war, ehrlich und fair zu sein.

All das bezog sich aber ja nur auf die „Schuldfrage". Abgesehen davon wurden, wenn Titi sich entschied, das Kind zu bekommen, sie und einer der beiden Männer ungewollt Eltern, daran war nicht mehr zu rütteln.

All das erörterten wir in einem langen Telefonat, und am Ende sagte Titi:

„Ich hasse mich."

„Ich kenne das Gefühl, leider bringt es einen auch nicht weiter."

„Ohne diesen verdammten Alkohol wäre das nie passiert. Wieso hat Björn sich bloß wieder gemeldet, es war doch alles gut. Und diese blöden Geschäftsreisen, durch die kommt alles durcheinander ... “

„Naja, jetzt beschuldigst du gerade jeden anderen, nur nicht dich.“, sagte ich schmunzelnd. „Ich weiß, es klingt jetzt wieder oberschlau, und ich kann auch nur so klar denken, weil es mich nicht direkt betrifft, also, außer, dass ich vielleicht Tante werde ... du weißt was ich meine.“ Und dann konnte ich mir nicht verkneifen zu sagen: „Ich werde die verrückte, alleinstehende, kinderlose, Tante Lou aus Paris.“

Jetzt lachte Titi, und ich war froh darüber.

„Meine Tante aus Pariiis, wenn sie kommt ... “ sang sie, fing sich dann aber sofort wieder. „Entschuldige, diese ganzen Hormone, die ich wahrscheinlich schon habe, führen dazu, dass ich mich gehen lasse, tut mir leid.“

Ich lachte auch. „Alles gut, es ist schön, dich mal nicht so ernst zu erleben.“

„Ok, nochmal im Klartext: Eine Abtreibung würden weder der Vater des Kindes, noch unsere Eltern, noch ich mir verzeihen. Und du wahrscheinlich auch nicht.“, wurde sie wieder ernst.

„Naja, es ist dein Körper und dein Leben, da darf dir eigentlich, außer vielleicht wirklich der Vater des Kindes, niemand reinreden. Ich verstehe auch, dass du Angst um deine Position bei CPM hast, und ich kann mich dir nicht als Mutter, die halbtags arbeitet vorstellen. Dafür arbeitest du viel zu gerne ... und bist auch einfach zu gut.“

„Danke.“

„Und das weiß sicherlich auch dein Arbeitgeber, deswegen würde ich es, wenn es irgendwie geht, erstmal langsam angehen lassen. Wenn es dir gut geht, hast du ja noch Zeit bis man überhaupt was merkt. Und bei deinem sportlichen Körper, wird wahrscheinlich nur der Bauch wachsen, und der Rest wird so bleiben, sodass du nach wie vor normale Klamotten tragen kannst. Du kannst dich ja mal vorsichtig umhören, wie realistisch es ist, mit Baby wieder in deine alte Position einzusteigen.“

„Du hast Recht. Aber ich glaube, es wird nicht so einfach. Ich könnte natürlich den Vater das Kind betreuen lassen, wenn der es denn will, oder eine Nanny einstellen. Aber ich wäre halt viel unterwegs und hätte selber nichts von meinem Kind."

In dem Moment erschien eine Nachricht auf meinem Handy, das auf Lautsprecher gestellt war. Ich wollte sie eigentlich nicht während unseres Telefonats lesen, aber sie war von Mama, und als ich sagte, ich hätte eine Nachricht von Mama bekommen, wollte Titi natürlich auch wissen worum es ging.

Mama schickte einen Link zu einem Artikel über interkulturelle Partnerschaften, Schwerpunkt: Sprache.

„Warum schickt sie das?", fragte Titi.

„Ich habe ihr flüchtig von Raphaël erzählt, und dass Sprache ein sehr wichtiges Element in einer Beziehung ist. Sprich: mein Französisch ist nicht gut genug, um eine Beziehung mit einem Franzosen zu führen."

„Ist das so? Da habe ich ehrlich gesagt noch nicht so richtig drüber nachgedacht."

„Ich empfinde es so. Aber natürlich auch wieder nur in eine Richtung. Wenn mein Partner kein perfektes Deutsch spräche, fände ich das nicht schlimm."

„Du bist unverbesserlich! Sag nie wieder, ich sei die Perfektionistin unter uns.", sagte Titi gespielt empört.

„Auf jeden Fall wird es Zeit, dass du Mama von deiner Schwangerschaft erzählst. Sie hat definitiv zu viel Muße, sich mit meinem Liebesleben zu beschäftigen."

„Sehr witzig. Erstmal muss ich es den Männern sagen, die haben ein Recht darauf. Wie mache ich es denn am besten?"

„Ich würde mit Lukas anfangen. Es ist immerhin wahrscheinlicher, dass er der Vater ist, als Björn, mit dem du eine Nacht verbracht hast."

„Das stimmt. Aber er wird fragen, warum ein Vaterschaftstest notwendig ist."

„Ähm, ja, darüber habe ich nicht nachgedacht.", gab ich zu. „Ok, du musst ihm von deinem Ausrutscher erzählen. Aber wenn er es ist, braucht ihr Björn ja erstmal gar nichts zu sagen."

„Erstmal nicht. Ich hoffe nur, dass der sich jetzt nicht öfter meldet, weil ... " ihr fiel kein Grund ein. „Warum auch immer. Und spätestens, wenn das Baby da ist, wird er wahrscheinlich hellhörig werden, wenn er nachrechnet, wann er in Frankfurt gewesen ist."

„Machen Männer sowas?", fragte ich, dachte dann aber an das, was Alexis im Louvre gesagt hatte, dass Männer nicht so oberflächlich und naiv waren wie man immer dachte. „Na gut, dann musst du ihm aber lediglich sagen, dass du zu dem Zeitpunkt eures Treffens mit jemand anderem zusammen warst, und dann ist das schon so lange her, dass es für ihn keine Bedeutung mehr hat."

„Nicht schlecht, Lou. Ganz schön abgebrüht, so kenne ich dich gar nicht."

Es klingelte an meiner Tür.

„Du, es klingelt. Meldest du dich, wenn du mit Lukas gesprochen hast? Wenn du magst ... "

„Ja klar. Danke für deine Hilfe, Lou. Mach's gut, bis bald!"

„Bis bald." Ich legte auf und öffnete die Tür. Es war Andrea, der den Hund ausführen wollte.

„Du heute mal allein? Wo sind denn die anderen?", fragte ich erstaunt.

„Die müssen erst noch ihre Hausaufgaben fertig machen, das kann dauern. Ich gehe mit dem Mädchen von nebenan, wenn das OK ist." Ich hatte den Eindruck, er wurde etwas rot.

„Na klar!", sagte ich und dachte: Na toll, der 15-jährige Nachbarsjunge hat mehr Dates als ich.

Natürlich freute ich mich eigentlich für ihn, bzw. ich wusste ja gar nicht, ob es sich überhaupt um ein Date handelte. Spikey war auf jeden Fall Feuer und Flamme, eine Runde zu drehen, und so zogen sie von dannen.

Ich sah ihnen nach, bis sie aus dem Innenhof verschwunden waren und überlegte dann, was ich am Wochenende machen könnte. Es war bereits Donnerstag. Morgen hatte ich Frühschicht und könnte danach zum Sport gehen, das hatte ich irgendwie vernachlässigt.

Ich ließ die letzten Wochen noch einmal Revue passieren und war immer wieder erstaunt, wie normal es sich schon anfühlte, dass Alexis in unser Leben getreten war. Es war wirklich ein schönes Wochenende mit ihm gewesen. Ich grinste, als ich an das Stendhal-Syndrom denken musste, und dachte, das würde bestimmt ein running gag unter uns werden, jedes Mal, wenn wir ins Museum gingen.

Als ich an die Seerosen im Marmottan dachte, fiel mir ein, dass ich es immer noch nicht geschafft hatte, nach Giverny zu fahren.

Ich googelte die Öffnungszeiten und wie man dort hinkam. Es waren etwas über zwei Stunden mit Zug und Bus, das war nicht ohne. Mir war nicht klar gewesen, dass Giverny in der Normandie lag und nicht mehr zur Ile de France gehörte. Andererseits, wann würde ich sonst Zeit haben, wenn nicht am Wochenende. Spikey konnte ich hoffentlich bei den Mancinis unterbringen. Ich nahm mir vor, direkt am Samstagmorgen loszufahren, da sollte das Wetter gut sein und ich würde gleich einen schönen Start ins Wochenende haben.

Um ein bisschen vorbereitet zu sein, ging ich auf die Website und las in Ruhe alles durch, um meinen Besuch voll auskosten zu können.

Vom Gare St Lazare musste man bis Vernon-Giverny fahren, und dann mit dem Bus weiter zum Anwesen, das, wie ich las, dank der Fondation Claude Monet nach dem Tod Monets wieder aufgebaut und jetzt von ihr verwaltet wurde.

43 Jahre hatte Monet in Giverny verbracht. Ich schaute nach, wie alt er überhaupt geworden war, und war überrascht. Trotz diverser gesundheitlicher Probleme war er stattliche 86 geworden.

Es gab das Clos Normand, das Haus mit einem Blumengarten und auf der anderen Seite der Straße die Wassergärten mit dem berühmten Seerosenteich und der ihn überspannenden japanischen Brücke, die in so vielen Bildern auftauchte.

Monet hatte anscheinend eine regelrechte Obsession mit seinen Seerosen entwickelt, was man an seinen zahlreichen, teilweise riesigen Gemälden der „Nymphéas" ja auch sehen konnte.

Auf einer Seite fand ich eine genaue Beschreibung, welche Blumen in welchem Monat blühten. Im Mai gab es wohl im Clos Normand eine regelrechte Tulpenexplosion, dazu Vergissmeinnicht und ein paar exotische Arten. Auch Mohnblumen, Schwertlilien und Pfingstrosen würden die Pfade säumen. Nicht, dass ich großes botanisches Wissen hatte, aber diese drei sagten mir sogar etwas.

Im Wassergarten würden die Bäume, wie der japanische Ahorn und die hundertjährige Rotbuche beginnen ihr Frühlingslaub zu zeigen, während die Rhododendren und japanischen Azaleen zu blühen begannen. Auch der Blauregen, der sich um die berühmte Brücke rankte, würde bereits seinen Duft verströmen.

Es klang wundervoll, und ich sah mich bereits wie in einem Gemälde Monets durch die Gärten wandeln.

Da stand, dass die Seerosen erst im Juli und August in voller Blüte standen, aber das machte nichts. Es klang so, als würden die Gärten das ganze Jahr über mit irgendetwas blühen. Und ich hatte auch großes Interesse, das Haus zu sehen.

Ich las weiter. Nach seinen zahlreichen Reisen im In- und Ausland hatte sich Monet in seinem Haus in Giverny niedergelassen und wollte dort sein eigenes Paradies erschaffen. Laut Zeugnissen aus jener Zeit, hatte der Künstler selber es aber wohl weniger genießen können, denn seine Arbeit glich eher einer 30 Jahre andauernden Studien-und Forschungsarbeit als inspirierendem künstlerischen Schaffen.

Weiter hieß es, Monet war wohl schon immer ein begeisterter Gärtner gewesen. Doch erst in Giverny hatte er seinen Traum eines perfekten Gartens umsetzen können. Mit großer Sorgfalt plante er die Blumenbeete mit Blick auf die Harmonie der Farben der einzelnen Arten und der Zeit ihrer Blüte.

In seinem Paradies empfing er unter anderem Persönlichkeiten wie Cézanne und Rodin. Letzterer war ein loyaler Freund gewesen.

Auf der Website gab es Fotos und sogar einen Rundgang in 3D durch das Haus. Das Innere war unglaublich farbenfroh und sah sehr einladend aus. Es gab anscheinend eine Sammlung japanischer Drucke, die, so hieß es, Monet zu seinem Wassergarten inspiriert hatten. In manchen Räumen würde man Gemälde von Monets Freunden - Cézanne, Sisley, Renoir, Manet bestaunen können.

Ich klickte mich noch ein paar Minuten durch die Bilder und klappte dann den Laptop zu. Ich freute mich auf den morgigen Tag.

***

Als ich in Giverny aus dem Bus stieg, schien die späte Vormittagssonne vom strahlend blauen Himmel. Ich überquerte den Parkplatz und reihte mich in die Schlange vor dem Eingang ein. Kurz ärgerte ich mich, nicht geprüft zu haben, ob man online ein Ticket hätte kaufen können. Im Endeffekt ging es aber erstaunlich schnell voran und schon bald stand ich, neben zahlreichen anderen Menschen, in einem Ozean von Farben und Gerüchen.

Ich verstaute meine Eintrittskarte in meiner Tasche und nahm den Plan zur Hand, den ich am Eingang bekommen hatte. Rechts ging es zum Haus, und es war kein Teich in Sicht, also musste ich mich zunächst im Clos Normand befinden. Ich folgte dem Besucherstrom zum Haus und entschied mich, dieses trotz des Andrangs als erstes zu besichtigen. Jetzt hatte ich noch Energie. In den Gärten würde sich dann wahrscheinlich alles ein bisschen mehr verlaufen.

Angeblich war alles so gut es ging im Originalzustand erhalten worden, und die Zimmer waren so farbenfroh wie die Blumen im Garten.

Manchmal empfand ich es als zu viel des Guten, wie zum Beispiel beim knallgelben Esszimmer. Es erschlug mich irgendwie und ich hätte es angenehmer gefunden, wenn die ein oder andere Ecke in einer anderen Farbe gehalten worden wäre.

Monets Schlafzimmer dagegen war sehr angenehm in hellen Tönen gestaltet, mit einfachen Möbeln und drei großen Fenstern, die auf den Garten blickten. Da hätte ich mich auch wohlgefühlt.

Die Küche, komplett mit blauen Fliesen versehen, war auch gemütlich.

Nach dem Besuch des Hauses schlenderte ich durch den Garten und ließ mich von all den Stauden mit ihren Farben und Gerüchen, dem sanften Wind, der fast liebevoll durch die Bäume strich und den warmen Strahlen der Sonne in einen sanften Rausch versetzen. Ich blendete die anderen Besucher so gut es ging aus, und stellte mir vor, wie Monet auf diesen Pfaden gewandelt war, um sich für seine Werke inspirieren zu lassen. Das Summen der Bienen, die hier ein Paradies vorfanden und von einer prächtigen Blüte zur nächsten schwirrten, war unnatürlich laut in meinem Kopf.

Auf einem Schild stand, dass anstelle der Obstbäume, die anscheinend Kirsch- und Aprikosenbäume aus Japan waren, ursprünglich eine Apfelplantage und ein Gemüsegarten gewesen waren. Wo jetzt Metallbügel den Weg zum Haus überdachten, hatten ursprünglich alleeartig Zypressen und Fichten gestanden.

Als leidenschaftlicher Gärtner hatte Monet seinen Garten mithilfe seiner malerischen Kenntnisse gestaltet. Um das Spiel von Licht und Schatten besser beobachten zu können, hatte er sich bemüht, Schattenbereiche zu intensivieren und interessante perspektivische Effekte zu schaffen.

Ich fragte mich, wieviel Arbeit wohl in so einem Gartenprojekt steckte, um es permanent in makellosem Zustand zu halten.

Nach einer gefühlten, wunderbaren Ewigkeit war ich an der unterirdischen Passage zum zweiten Teil des Gartens, dem Jardin d'Eau, angekommen. Der Eingang zur Passage bestand aus mehreren Stufen aus sehr glattem, fast weißem Stein. Der Tunnel an sich war schlicht, aber in einem schönen Rosa gestrichen und mit grünem Gitterwerk verziert.

Auf der anderen Seite angekommen setzte ich mich zunächst auf eine Bank und las in der Broschüre.

Schon bevor er sich in Giverny niederließ, hegte Monet eine große Faszination für das Spiel zwischen Licht und Wasser. So entstanden seine zahlreichen Bilder in denen sich der Himmel, vor allem Wolken, im Wasser spiegeln.

Als er 1893 das Grundstück am Ende des Clos Normand auf der anderen Seite der Eisenbahnlinie erwarb, erfüllte er sich seinen Traum vom eigenen See. Dazu leitete er einen Arm des Flusses Epte um. Der so entstandene Teich wurde zum "Wassergarten", der heute, auf Leinwand gebannt, an den Wänden der größten Museen der Welt zu sehen war.

Die berühmte Japanische Brücke, die sich über den Teich spannte, wurde bekanntlich der Höhe- und Mittelpunkt vieler Bilder.

Monet verbrachte Stunden in seinem Wassergarten und empfing dort auch gerne Gäste. Hierzu musste alles stets perfekt aussehen, weswegen ein Gärtner in Vollzeit mit der Pflege betraut war.

Schließlich pflanzte er Seerosen auf den Grund des Teiches, und als diese sich zum ersten Mal an der Oberfläche zeigten, begann seine lebenslange Faszination. In seinem Bestreben, die Atmosphäre des Wassers zu jeder Tageszeit, unter verschiedenen Lichtverhältnissen zu erfassen, schuf Monet seine großen Meisterwerke.

„Lou?“

Ich spürte wie ich plötzlich fröstelte, obwohl mir bisher noch mollig warm gewesen war. Mein Gehirn musste wirklich benebelt sein von der ganzen Schönheit hier, ich hörte schon Stimmen.

Irritiert starrte ich auf den Boden vor der Bank, auf dem sich Licht und Schatten durch die Bewegung der Bambuspflanzen abwechselten. Ich hörte das Singen der Vögel und das Rascheln der Trauerweide.

„Lou!“

Erschrocken fuhr ich herum. Es war nicht mein Gehirn, das mir einen Streich spielte.

Er kam langsam auf mich zu, im Schlepptau zwei Kinder und, in einigem Abstand, ein Mann und eine Frau, die auch dazuzugehören schienen.

Er begrüßte mich mit bisous und schob dann die Kinder nach vorne.

„Das sind Jeanne und Timothée, meine Nichte und mein Neffe.“ Dann zeigte er auf mich. „Das ist Lou.“

Wohl erzogen sagten die Kinder im Chor: “Enchantés.“

„Enchantée.“, gab ich zurück, und hoffte, dass mein Lächeln nicht eher eine Grimasse war.

Ich war ehrlich gesagt ein bisschen überfordert mit der Situation.

Wie konnte es sein, dass er IMMER dann auftauchte, wenn ich mich gerade wohlfühlte und einfach mal mit mir selbst zufrieden war. Es war schon ziemlich komisch, so als würde er es mit Absicht machen. Aber das machte keinen Sinn, und insgeheim konnte ich natürlich eine gewisse Freude, ihn zu sehen, nicht unterdrücken.

Nun war auch das Paar, als solches interpretierte ich es, angekommen und stellte sich vor.

„Hallo, ich bin Camille, Raphaëls Schwester.“ Sie beugte sich zu mir zum *bisous*. Sie roch nach einem starken, aber angenehmen Parfum, irgendwie orientalisch. Das konnten allerdings auch die Blumen um uns herum sein.

„Ich bin Lou, eine Kollegin von Raphaël.", sagte ich.

Auch der Mann drückte mir zwei Luftküsse auf die Wangen. „Mathéo, Camilles Mann, sehr erfreut."

Nachdem wir uns alle bekannt gemacht hatten, setzten sich die Kinder nach kurzer Absprache mit ihrer Mutter im Laufschritt in Bewegung Richtung Japanische Brücke. Wir folgten ihnen etwas langsamer, die Eltern Hand in Hand vor uns schlendernd.

Raphaël sagte: „Das ist ja ein witziger Zufall, dich hier zu treffen. Bist du alleine da?"

Ja, ich bin mal wieder alleine unterwegs, dachte ich ein bisschen patzig, sagte aber: „Ja, ich bin alleine hier. Das ist wirklich ein Zufall."

„Ich war noch nie hier, und wäre glaube ich auch nicht auf die Idee gekommen. Aber meine Schwester hat mich überredet, oder eher die Kinder. Und ich muss sagen, es lohnt sich."

„Ja, es ist wirklich schön, vor allem bei dem Wetter." Ich fühlte mich plötzlich sehr unwohl in seiner Gegenwart, und merkte, wie ich verzweifelt meinen Kopf durchwühlte, ob ich nicht über etwas anderes als das Wetter sprechen konnte.

Zum Glück drehte sich Camille zu uns um, und sagte: „Gut, dass wir dich getroffen haben Lou, vielleicht kannst du Raphaël ein bisschen aufmuntern."

Ich schaute sie erstaunt an, und warf dann einen vorsichtigen Seitenblick auf ihn. Er wiederum sah seine Schwester entrüstet an. Sie blieb jedoch unbeeindruckt und blieb am Anfang der Japanischen Brücke stehen, an der wir mittlerweile ebenfalls angekommen waren.

„Sei vorsichtig Jeanne.", mahnte Mathéo seine Tochter, die mit den Fußspitzen bereits im Wasser war.

Ich traute mich nicht, weiter zu fragen, was Camille gemeint hatte, deswegen schwieg ich und blickte aufs Wasser.

Giverny entfaltete wahrscheinlich seine eigentliche Faszination wirklich nur bei Sonnenschein, ich hatte also Glück. Nur wenn die Sonne das Wasser zum Glitzern brachte und das Spiel mit dem Schatten herausforderte, sah man, was Monet gesehen haben musste.

Plötzlich spürte ich eine Hand sich in meine schieben und sah einen kleinen Lockenkopf neben mir auftauchen.

„Läufst du mit mir über die Brücke?“, piepste Jeanne mit ihrer Mädchenstimme und sah mich mit ihren großen braunen Augen an. Die hatte sie von ihrem Vater. Camille hatte grünliche Augen wie Raphaël, was aber auch die einzige körperliche Ähnlichkeit war. Im Kontrast zu Raphaëls schwarzen Locken, hatte sie glattes, helles Haar. Die Locken von Jeanne kamen dann vielleicht wieder von einem Eltern- oder Großelternteil Raphaëls und Camilles. Genetik war wirklich faszinierend.

„Gern.“, sagte ich und ließ mich an der kleinen Hand hinterherziehen. Jeanne hatte einfach Lust, über die Brücke zu rennen, aber ich hielt sie sanft zurück als wir mitten drauf standen und zeigte aufs Wasser. Der Blick von der Brücke über den Teich war atemberaubend. Der Blauregen ergoss sich von allen Seiten und spiegelte sich im Wasser, zusammen mit dem Blau des Himmels. Die Reflexionen der Sonne tanzten zwischen den Seerosenblättern. In den meisten Bildern und Fotos sah man die Brücke als Hauptmotiv, so gut wie nie wurde einem dieser Blick, auf der Brücke stehend, offenbart.

Jeanne drückte ihren kleinen Körper an meinen, was mir ein Lächeln entlockte. Wir hatten uns ja gerade erst kennengelernt, aber sie hatte kein Problem damit, ihr kindliches Zutrauen zu mir offen zu zeigen. Kinder konnten schon toll sein. Kurz dachte ich an Titi und ihr zukünftiges Baby.

An der anderen Seite gesellte sich nun Raphaël zu uns, und auch er kam ungewohnt nah an mich heran, so dass sich unsere Schultern berührten. Für einen kurzen Moment fühlte sich alles sehr vertraut an. Fast wie eine Familie, traute ich mich zu denken. Normalerweise hätte ich bei solchen Gefühlen gedanklich sofort zurückgerudert, um mich nicht in irgendetwas hineinzusteigern, aber jetzt ließ ich es geschehen und merkte, wie sich mein ganzer Körper entspannte. Es war einfach zu schön, an einem Ort zu stehen, wo einer der berühmtesten Maler der Welt tausende von Stunden verbracht haben musste. Die wärmende Sonne über mir, eine weiche Kinderhand in meiner, und Raphaël an meine Schulter gelehnt.

„Mamaaaaan, ich habe Hunger!“

Wie jeder schöne Moment, musste auch dieser enden, und dieses Mal war es Timothée, der die Idylle durchbrach.

Camille kramte in ihrer Tasche und beförderte einen Apfel zu Tage.

„Oh non, keinen Apfel, ich habe HUNGER!“

„Tja, chéri, dann müssen wir wohl ein Restaurant suchen.“

Mathéo sah auf seine Uhr und sagte: „Oh ja, es ist auch schon spät, Zeit für ein Mittagessen.“

Ich warf ebenfalls einen Blick auf die Uhr, es war tatsachlich schon früher Nachmittag.

Gerade wollte ich mich verabschieden und ihnen noch einen schönen Tag wünschen, da fragte Camille: „Lou, kommst du mit was essen?“

Ich zögerte, weil ich mir irgendwie komisch vorkam, ihren Familienausflug zu stören. Und weil ich auch nicht sicher war, ob ich es nicht bei diesem kurzen, bisher noch angenehmen, Treffen belassen wollte.

Andererseits schien Camille niemand zu sein, der aus Höflichkeit fragte, deswegen sagte ich einfach: „Ja, gern.“

Ich suchte trotzdem Raphaëls Blick, um zu sehen, ob er auch einverstanden war, und er sah mich mit einem leichten Lächeln an. Irgendwas schien ihn wirklich zu bedrücken oder zumindest zu beschäftigen, er wirkte nicht ganz frei in seinem Kopf.

Wir entschieden uns, direkt ins „Les Nymphéas“ zu gehen, das dem Clos Normand angeschlossen war. Trotz der Proteste der Kinder, gingen wir aber zunächst noch einmal um den Seerosenteich herum, da wir nichts verpassen wollten.

Ich hatte eine kleine Packung Kekse eingepackt, eigentlich für die Rückfahrt. Als ich diese jetzt hervorzauberte, sah ich leuchtende Kinderaugen, und sofort fielen sie wie Heuschrecken darüber her.

Camille warf mir einen entschuldigenden Blick zu, aber ich lachte nur. Ich hatte schon öfter gehört, dass Kinder eigentlich immer hungrig waren.

Mir war zwar etwas flau im Magen, aber das lag nicht daran, dass ich Hunger hatte.

Die Kinder rannten vor und versuchten sich gegenseitig die Kekse wegzunehmen. Ihre Eltern versuchten sie zu ignorieren und unterhielten sich angeregt.

Raphaël und ich hatten uns etwas zurückfallen lassen und ich hätte ihn gerne gefragt, was ihm denn widerfahren war, dass er nun Aufmunterung brauchte.

Schließlich sagte ich aber nur: „Deine Schwester und ihre Familie scheinen sehr nett zu sein."

Er lachte. „Sie sind super, ich liebe sie. Aber die Kinder können auch sehr anstrengend sein. Sie leiden schon ein bisschen darunter, dass ihre Eltern so wenig Zeit für sie haben."

„Ja, du hattest erzählt, dass sie viel arbeiten, und deswegen ist ja auch Aminata da. Wie geht es ihr eigentlich?"

„Ihr geht es gut, sie ist gerade für ein paar Wochen nach Hause geflogen und macht Urlaub."

„Das ist schön für sie ... denke ich. Also ... sie besucht ja sicherlich ihre Familie." Ich kam plötzlich ins Stottern, weil ich merkte, wie wenig ich über afrikanische Länder wusste. Ob es in der Elfenbeinküste zur Zeit sicher war, zum Beispiel.

Raphaël schien meine Unsicherheit nicht zu merken, wechselte aber trotzdem das Thema.

„Wie geht es dir denn? Bist du noch glücklich in Paris. Und im Grand?"

Ich war nicht darauf vorbereitet, dass er mir so eine recht persönliche Frage stellen würde, und überlegte kurz, was ich antworten sollte. Über meine Antwort wunderte ich mich selbst.

„Ja, ich bin ziemlich glücklich in Paris, ich mag die Stadt sehr. Im Grand fühle ich mich auch noch wohl, aber ... " Ich stockte, weil meine Gedanken sich plötzlich verselbständigten, und ich nicht wusste, wie ich es formulieren sollte.

Ich merkte, wie er mich von der Seite ansah. „Aber?"

„Also, es ist viel passiert bei mir in der Familie, und deswegen weiß ich noch nicht, ob ich in Frankreich bleibe." Ich erschrak über meine eigene Aussage. Wie kam ich denn da plötzlich drauf? Es war mir einfach so rausgerutscht, obwohl das eigentlich überhaupt nicht zur Debatte stand. Oder?

Mir kam der Verdacht, dass ich es insgeheim schon länger im Hinterkopf gehabt hatte, aber jetzt sprach ich es zum ersten Mal aus. Vielleicht wollte ich für Mama da sein, oder für Titi.

Ich merkte, wie er seinen Schritt verlangsamte. Irritiert sah ich ihn an. Seine grünen Augen wirkten wach und ein bisschen traurig. Komischerweise merkte ich dieses Mal kein Kribbeln im Bauch. Ich war auch nicht nervös und hielt seinem Blick mühelos stand.

„Meinst du das ernst? Was ist denn passiert?“

Wir beschleunigten wieder unsere Schritte, um die anderen nicht zu verlieren. Ich überlegte, wo ich anfangen sollte, denn ich hatte plötzlich das Bedürfnis, ihm alles zu erzählen.

Schließlich fing ich ganz von vorne an, beim Alkoholproblem meiner Mutter, und wie wir ein halbes Jahr gebraucht hatten, um herauszufinden was dahintersteckte. Ich erzählte von Alexis und schließlich von Titi und ihrem Baby-Malheur. Es war eigentlich schnell erzählt, aber mir kam es sehr lang vor. Vor allem, weil ich ab und zu nach Vokabeln suchte, und er erraten musste, was ich meinte.

„*Putain*, das ist wirklich viel.“, sagte er schließlich.

Nach einer Pause fügte er hinzu: „Man hat dir aber die ganze Zeit nichts angemerkt, du wirkst immer sehr ausgeglichen.“ Ich fasste das als Kompliment auf.

Plötzlich sagte er: „Also ... ich fänd es sehr schade, wenn du gehen würdest.“

Ich wusste nicht, was ich darauf antworten sollte.

Zum Glück mussten wir gerade wieder durch die Passage zum Clos Normand gehen, und die Kinder schrieen so laut, dass man kein Wort mehr verstand. Durch diese Unterbrechung nahmen wir das Gespräch auch nicht wieder auf, weil Mathéo dann eine Anekdote seiner letzten Geschäftsreise nach Japan erzählte.

Als wir schließlich am Restaurant ankamen, war es eher Zeit für Kaffee als für Mittagessen. Da die Kinder eh nur Pommes verlangten, und es noch Salate und Suppen gab, konnten aber alle zufriedengestellt werden.

Raphaël saß neben mir und ich spürte die ganze Zeit seinen Oberschenkel an meinem. Irgendwie schien er heute Körperkontakt zu suchen, wie auch bereits auf der Brücke. Ich hatte natürlich nichts dagegen, aber wie immer konnte ich ein gewisses Misstrauen nicht abschütteln, warum er das tat. Und ich wunderte mich nach wie vor über meine Gelassenheit ob seiner Gegenwart.

Dadurch, dass die Kinder dabei waren, die es irgendwie nicht ertragen konnten, dass sich Erwachsene in Ruhe unterhielten, wurde jegliches Gespräch ständig unterbrochen, was aber irgendwie auch amüsant war. Timothée mit seinen sieben Jahren konnte sich schon ganz gut unterhalten und stellte mir viele Fragen.

*

„Was für ein schöner Tag." Camille zog ihren Kragen hoch, da es doch wieder kalt geworden war seit die Sonne sich verabschiedet hatte. Mathéo legte fürsorglich einen wärmenden Arm um sie und den anderen um seinen Sohn, der neben ihm stand.

Raphaël hatte Jeanne auf dem Arm, und sie hatte ihre Ärmchen um seinen Hals gelegt.

„Ja, ich fand es auch sehr schön.", sagte ich. „Und es war toll, euch kennenzulernen."

„Dich auch, Lou. Tut mir leid, dass wir dich nicht mitnehmen können, aber unser Auto ist voll.", bedauerte Camille.

„Das ist überhaupt kein Problem. Gleich fährt ein Bus zum Bahnhof, und es ist ja noch nicht spät."

„Salut Lou." Mathéo verabschiedete sich als erster. Er machte Timothée ein Zeichen, sich auch zu verabschieden und ich bekam zwei schüchterne Luftküsse von ihm.

Camille drückte mich herzlich und nahm Raphaël dann die kleine Jeanne ab, die schon recht müde wirkte.

Kurz sah er aus, als hätte er das Kind gerne auf dem Arm behalten, sozusagen als Schutzschild, damit er sich nur mit einem schnellen „Salut" verabschieden konnte. Den Gefallen tat seine Schwester ihm aber nicht, und ich meinte, aus dem Augenwinkel zu sehen, dass sie ihm leicht zunickte.

Ich machte den Anfang und trat auf ihn zu, um zu zeigen, dass ich nichts gegen eine vernünftige Verabschiedung hätte. Gleichzeitig sackte mein Herz in die Hose, weil ich mir nicht erklären konnte, warum er nach so einem schönen Tag nun noch nicht mal mehr zu zwei kleinen *bisous* fähig war.

Im Endeffekt endeten wir in einem peinlichen Knäuel aus ungelenker Umarmung und einem versehentlichen „echten“ Kuss“ meinerseits auf seine Wange.

Nun war ich es, die schnell loswollte. Ich rief noch einmal ein Salut in die Runde und ein „A lundi“ zu Raphaël. Dann drehte ich mich um, um Richtung Busparkplatz zu marschieren.

„Salut Lou.“, hörte ich Jeanne noch murmeln, die schon fast an der Schulter ihrer Mutter eingeschlafen war.

Kapitel 36

„Lou, ich bin's!"

„Hi Alex! Mann, tut das gut dich zu hören."

„Das freut mich. Ist alles in Ordnung?"

„Ja."

„Wirklich?" Er kannte mich einfach schon zu gut.

„Naja, ehrlich gesagt könnte ich gerad jemandem zum Reden brauchen."

„Na, dann schieß los. Ich habe Neuigkeiten, aber die können warten."

„Nee, warte, dann du zuerst!"

„Nein, du! Vielleicht sind die Neuigkeiten gar nicht relevant für dich. Erzähl!"

„Es geht um Raphaël." Ich konnte mich selber schon nicht mehr hören.

„Schon wieder? Immer noch?"

„Schon wieder, aber eigentlich war es ja irgendwie nie ganz vorbei. Es tut mir leid, ich weiß, es nervt."

„Alles gut, Lou, dafür bin ich doch da."

Ich spürte in meinem Herzen eine tiefe Verbindung zu meinem Bruder. Ich war so wahnsinnig froh, dass Alex in mein Leben getreten war. Ich konnte es mir gar nicht mehr ohne ihn vorstellen. Er gab mir Halt und meinem Leben einen Sinn, auf eine andere Art noch als Titi.

Ich erzählte von meinem Ausflug nach Giverny. Er hörte geduldig zu, ohne zwischendurch ein Wort zu sagen. Als ich fertig war, war ich fast außer Atem, so viel hatte ich geredet. Am anderen Ende des Telefons hörte ich ein Rascheln, wie ein Bonbon, das ausgewickelt wurde.

„Okay.", sagte Alex. „Ich bin vielleicht nicht der richtige Ansprechpartner, weil ich anders ticke, aber vielleicht reicht es ja, dass ich ein Mann bin."

Ich stellte mir sein leichtes Grinsen vor. „Auf jeden Fall scheint er irgendein Problem zu haben."

Problem? Ich wurde hellhörig.

„Du hast ja selber schon mehrfach festgestellt, dass es merkwürdig ist, dass er dich einerseits so auf Distanz hält, und andererseits immer wieder Kontakt sucht. Und was du von gestern erzählst, das war ja fast schon eine Liebeserklärung seinerseits, dass es SEHR schade wäre, wenn du gehen würdest." Jetzt hörte ich eindeutig sein Schmunzeln.

„Najaaa.", sagte ich langgezogen, und musste auch lachen. „Liebeserklärung? Dann ist er aber sehr tollpatschig was das angeht. Ich hatte das Gefühl, er wollte nur mal wieder seinen Müll abladen und brauchte ein bisschen Nähe. Da kam ich natürlich mal wieder gelegen, als kleines Hündchen, dass ihm brav hinterherläuft."

„Na na, jetzt übertreib mal nicht. *No exageres.*" (übertreibe nicht) Das „s" am Ende klang wie ein englisches „th". „Wie seid ihr denn verblieben?"

„Gar nicht. Also, bis auf „à lundi", aber das ist ja klar, wir sind ja Kollegen."

„Auf jeden Fall scheint er sich seiner Gefühle nicht sicher zu sein, sonst hätte er dich nicht so lange ... ja, hingehalten ... irgendwie ist es das ja."

Es tat weh, das zu hören, aber er hatte Recht.

„Mit Problem meine ich, es gibt vermutlich irgendwo und irgendwie noch jemand anderen, der ihn beschäftigt."

Eloïse, dachte ich, und sagte: „Ja, das ist sehr wahrscheinlich."

Nach einer kurzen Pause sagte Alex: „Oh Mensch, Lou, das ist mir auch zu kompliziert. Gibt es nicht noch andere Franzosen?"

„Bestimmt! Aber die sehe ich irgendwie nicht. Ich suche ja auch nicht krampfhaft jemanden, das hat sich nur so ergeben."

„Ja, ein waschechter „crush". Wie heißt das auf Französisch?"

„Flash. Also, man sagt: J'ai flashé sur quelqu'un."

Alex amüsierte sich köstlich darüber. „Also, du willst mir sagen, dass das Volk, das die Liebe erfunden zu haben glaubt, und bis heute angeblich die größten Lover hervorbringt, kein eigenes Wort dafür hat, wenn man Hals über Kopf in jemanden verknallt ist?"

Ich hatte das Gefühl, die Franzosen verteidigen zu müssen und schoss zurück." Gibt es denn ein Wort in Spanisch?"

Er musste tatsächlich kurz überlegen. „Naja, man sagt: *estar loco por alguien*, nach jemandem verrückt sein."

„Das trifft es ja ganz gut.", sagte ich beschwichtigend. Spanisch klang sehr schön, wenn auch völlig anders als der französische Singsang, den ich so liebte.

Mir fiel wieder ein, dass Alex mich wegen was ganz anderem angerufen hatte, bevor wir mal wieder beim leidigen Thema gelandet waren.

„Was wolltest du denn eigentlich?", fragte ich neugierig.

Er schien es völlig vergessen zu haben und sich jetzt zu erinnern.

„Ach ja! Also, ähm, ich weiß ja nicht, ob dich das interessiert, aber wenn du sagst, du hast vielleicht gar keine Lust mehr, im Grand zu arbeiten ... „

Er machte eine Pause, weil er sich irgendwie unsicher war. Ich wartete gespannt, wie es weitergehen würde.

„Ein Freund von mir eröffnet ein kleines Hotel hier in Ronda. Also, es ist mehr ein B&B, aber mit acht Zimmern, und sehr professionell." Er machte wieder eine Pause.

„Und er sucht noch jemanden?", hakte ich nach.

„Ja, er sucht jemanden, der das Ding selbständig leitet, weil er selber dazu eigentlich gar keine Zeit hat, er ist Schauspieler."

„Schauspieler? Kenne ich denjenigen?"

„Nein, das glaube ich nicht. Er ist kein Hollywood-Star." Alex lachte. „Er hat bisher in ein paar spanischen Serien mitgespielt, und es macht ihm Spaß. Aber er kann davon aktuell noch nicht leben, und es ist so unsicher. Er braucht ein einigermaßen festes Einkommen. Er hat das Haus von seinem Onkel „geerbt". Der lebt noch, hat aber keine Kinder und hat Luis das Gebäude bereits überlassen. Es musste allerdings auch sehr viel renoviert werden, aber jetzt ist es fast fertig, und Luîs sucht jemanden, weil er natürlich ausgerechnet jetzt, du kennst ja die Ironie des Lebens, seine erste große Rolle bekommen hat."

„Das ist ja wirklich verrückt, wie schön für ihn. Aber wieso hast du da an mich gedacht? Ich spreche doch kein Wort Spanisch, und es ist auch was anderes, so ein Etablissement zu leiten, als als kleiner Mitarbeiter in einem großen Hotel Reservierungen zu bearbeiten."

„Das kann ich zwar nicht wirklich beurteilen, aber ja, das ist bestimmt nicht zu vergleichen. Andererseits kannst du ja alles lernen, sowohl die Sprache als auch das Handwerk sozusagen. Hattest du nicht mal gesagt, du willst raus aus deiner Komfortzone?", versuchte er mich zu locken.

„Ja, kann sein, dass ich das mal gesagt habe." Ich hatte mit einem Mal bunte Bilder im Kopf. Plötzlich taten sich vor mir ganz neue Perspektiven auf. Ich war natürlich, trotz aller Angst vor einer Veränderung der aktuellen, bittersüßen Situation, nicht davon ausgegangen, ewig im Grand zu bleiben. Aber in Paris hatte ich mich eigentlich schon noch für ein paar Jahre gesehen. Ich wüsste nicht, wo ich sonst hingehen sollte. Außer meiner Familie und Luisa zog mich eigentlich nichts zurück nach Deutschland. Aber an ein anderes Land hatte ich bisher noch gar nicht gedacht! Die Vorstellung, in Spanien zu leben, schien mir gleichzeitig reizvoll, aber auch furchteinflößend. Französisch hatte ich mehrere Jahre gelernt, bevor ich nach Paris gegangen war. Und auch, wenn es etwas völlig anderes ist, in einer Sprache theoretisch gut zu sein oder im Alltag mit Muttersprachlern zu reden und in einer Fremdsprache zu arbeiten, hatte ich eine gute Basis gehabt und mich schnell eingefunden.

Spanisch müsste ich von der Pike auf lernen, und ich wusste auch nicht, ob ich durch meine bisherige Arbeit genug Erfahrung gesammelt hatte, um alle Prozesse in einem, wenn auch kleinen, Hotel zu überblicken, geschweige denn, alles am Laufen halten zu können.

Ich fand meine Worte wieder. „Ach Alex, ich freue mich, dass du mir das zutraust, und Ronda klingt wirklich sehr schön, und natürlich wäre es auch toll, in deiner und Adrianas Nähe zu sein."

„Aber?"

„Aber ... ich bin hier noch nicht fertig." „Fertig?"

„Ja, fertig. Ich kann mir aktuell nicht vorstellen, Paris zu verlassen, ich liebe diese Stadt. Sie hält mich fest. Und ich meine wirklich, die Stadt, nicht Raphaël!"

„Das kann ich nachvollziehen. Was ich gesehen habe, war sehr beeindruckend, ich verstehe dich. Ich würde gerne auch noch ganz oft wiederkommen, um mehr zu sehen."

„Dann mach das doch! Du bist jederzeit herzlichst willkommen, das weißt du ja. Aber ich komme gerne demnächst auch mal nach Ronda, dann kann ich mir ja zumindest alles mal angucken. Und vielleicht merke ich ja, wie viel schöner es ist als in einer stinkigen, dreckigen Metropole. Vielleicht sind die Spanier auch viel toller als die Franzosen … “

„Na, das steht ja wohl außer Frage.“, neckte Alex mich, wurde dann aber wieder ernst und sagte: „Ich denke, wir würden hier immer irgendwas für dich finden, solltest du kommen wollen. Adriana und ich sind sehr gut vernetzt. Aber ich habe dich ja gesehen, wie du mit leuchtenden Augen durch Paris läufst. Und wenn du von der Stadt sprichst, dann klingt es eindeutig wie eine Liebeserklärung … Anders als bei deinem Franzosen.“, konnte er sich nicht verkneifen.

Ich lachte und fühlte mich viel leichter und für den morgigen Arbeitstag ein bisschen mehr gewappnet.

„Danke, Alex.“, sagte ich. „Gracias.“

„Wofür?“

„Fürs Zuhören, wie immer, und für das Jobangebot.“

„Kein Ding. Und ich könnte mir dich einfach ganz gut vorstellen bei uns hier in Ronda. Ich kann dir ja mal Fotos vom B&B schicken.“

„Sehr gern, es klingt super. Ich muss jetzt auch aufhören, Spikey tigert schon durch die Wohnung, weil er raus muss.“

„Alles klar. Kraul ihn von mir. Bis bald, Lou!“

„Salut, Alex.“

Nachdem ich aufgelegt hatte, war Spikey nicht mehr zu beruhigen. Er schien zu verstehen, dass es jetzt losgehen konnte und rannte zur Haustür.

Wir liefen durch strömenden Regen unsere Runde um den Block. Dafür, dass gestern noch wunderbares Wetter gewesen war, war es ganz schnell ins Gegenteil umgeschlagen, und ich war morgens aufgewacht, weil dicke Regentropfen gegen die Holzläden im Wohnzimmer prasselten.

Den ganzen Tag war es dunkel und nass geblieben. Jetzt, gegen Abend, kam noch Wind dazu. Spikey lief ungerührt wie eine Nähmaschine neben mir her. Der Vorteil war, dass er bei dem Regen scheinbar keine große Lust hatte, jeden Zentimeter abzuschnüffeln.

Da Sonntag war, blieb jeder, der nicht zwingend raus musste, zu Hause und die Straßen waren ungewöhnlich leergefegt. Ich sah mich trotz des Regens aufmerksam um und prägte mir die Details dieser Häuser und Straßen ein, die ich schon so oft gesehen hatte.

Es war nicht schön, es war ein Pariser Vorort, aber es war mein aktuelles Zuhause.

Ich dachte an die Mancinis, die mir gestern Abend, nachdem ich aus Giverny wiedergekommen war, den Hund und einen riesigen Teller Pasta vorbeigebracht hatten. Und ich dachte an Giverny, und all die anderen mehr oder weniger nahen Ziele, die ich von hier aus jederzeit aufsuchen konnte. Nein, ich war wirklich noch nicht fertig hier, es gab noch viel zu sehen und zu erleben. Ich fühlte mich hier gut aufgehoben.

Klitschnass kamen wir zu Hause an, und ich rubbelte als erstes den Hund trocken, bevor der sich schütteln konnte. Dann zog ich mir trockene Sachen an und nahm den Rest Pasta aus dem Kühlschrank, um ihn aufzuwärmen. Gedankenversunken stand ich am Herd und rührte, als plötzlich das Display meines Handys leuchtete.

Es zeigte eine Nachricht von Raphaël an, und plötzlich war das Herzklopfen doch wieder da.

Als ich sie allerdings öffnete, stand da: *Ce message a été supprimé.* (Diese Nachricht wurde gelöscht)

Langsam wurde es echt lächerlich, ich hatte wirklich das Gefühl, dass er mit mir spielte.

Eine neue Nachricht: *Désolé, mauvais numéro.* (Tschuldigung, falsche Nummer.)

Das kam mir jetzt wirklich komisch vor. Es war ewig her, dass wir uns geschrieben hatten, ich musste also ziemlich weit unten in der Liste seiner Nachrichten auftauchen. Da konnte er nicht aus Versehen auf meinen Kontakt gekommen sein. Er musste schon bewusst runtergescrollt haben.

Aber ich hatte keine Lust zu rätseln, was er wohl geschrieben hatte, und an wen es eigentlich gerichtet war. Wenn ich ehrlich war, nervte es langsam nur noch. Ich war sehr froh, einen Teil seiner Familie kennengelernt und mit ihnen einen wunderschönen Tag verbracht zu haben. Aber sein Verhalten war mehr als merkwürdig, und ich merkte, dass ich dessen langsam einfach müde wurde.

Ich dachte, wie froh ich war, meine eigene Familie zu haben, jetzt auch noch Alex, und wenn alles gut ging, bald einen kleinen Neffen oder eine kleine Nichte.

Ich brauchte dieses Spiel, oder was immer es zwischen uns war, eigentlich nicht mehr. Ich wollte mich befreien und einfach nur Paris genießen. Und vor allem ohne Herzflattern oder schlechte Laune jeden Tag ins Grand gehen und meinen Job gut machen.

In Giverny hatte es doch eigentlich richtig gut geklappt. Ich war kein bisschen nervös und ziemlich in meiner Mitte gewesen.

Ich würde einfach versuchen, morgen so gelassen wie möglich zur Arbeit zu gehen und nicht in meine alten Muster zurückzufallen. Sprich: nicht den Kopf unter den Tisch stecken, wenn er rüberkam, oder nervös auf der Toilette ausharren, um bloß niemandem zu begegnen.

Ich schüttelte die Nudeln auf einen Teller und setzte mich mit meinem Laptop aufs Sofa. Spikey, der eigentlich nie bettelte, legte sich vor mich und sah mich eindringlich an.

Ich ignorierte es, bis mir siedendheiß einfiel, dass er noch nicht gefressen hatte.

Seufzend stand ich wieder auf und ging zum Schrank, in dem der Sack mit dem Hundefutter stand. Ich füllte eine ordentliche Portion in Spikeys Napf und stellte es ihm an Ort und Stelle vor die Nase. Er haute rein, wie immer. Und ich konnte mir, wie immer, ein Lächeln nicht verkneifen, wenn ich seinen äußerst gesunden Appetit sah.

Als ich den Schrank wieder schließen wollte, fiel mein Blick auf eine Bodendiele unter dem Schrank, die nicht so festsaß wie die anderen. Ich stutzte, weil mir das noch nie aufgefallen war. Den Schrank hatte ich von den Monniers übernommen und ehrlich gesagt, seit meinem Einzug noch nie darunter saubergemacht, weswegen ich das bisher wahrscheinlich nicht wahrgenommen hatte.

Bei alten Gebäuden wie den unseren war es sicherlich auch nicht ungewöhnlich, dass das ein oder andere Element nicht mehr so festsaß. Und eine lose Bodendiele unter einem Schrank störte ja auch nicht. Allerdings war der Holzboden in der übernommenen Wohnung in erstaunlich gutem Zustand, weswegen diese kleine Unebenheit auffiel.

In zu vielen Filmen hatte ich gesehen, wie Menschen unter alten Bodendielen die tollsten Geheimnisse fanden. Auch, wenn ich mir ein bisschen blöd vorkam, konnte ich der Versuchung also nicht widerstehen.

Ich versuchte, den Schrank ein Stück zur Seite zu schieben, stellte aber schnell fest, dass er viel zu schwer war. Ich kniete mich hin und untersuchte die Diele genauer. Spikey war auch neugierig geworden und steckte aufgeregt seine Nase unter den Schrank.

Mit meinen Fingern konnte ich die Diele nicht anheben, also überlegte ich und sah mich nach etwas um, mit dem ich eine Hebelwirkung erzeugen konnte. Mir fiel nichts Besseres ein als mein langes Brotmesser. Ich bezweifelte, dass es stabil genug war, aber ich versuchte es trotzdem. Es war wahrscheinlich ein Bild, bei dem sich ein Außenstehender die Augen zugehalten hätte, um sich das unvermeidbare Abrutschen oder Zerbrechen des Messers nicht ansehen zu müssen. Mit der einen Hand hielt ich die Hundeschnauze zur Seite, mit der anderen schob ich das Messer in den Spalt, der sich durch die gelöste Diele gebildet hatte und versuchte es unter diese zu schieben. Zunächst tat sich gar nichts, und das Messer bog sich bedenklich durch. Doch plötzlich rutschte es mit einem Ruck in die Spalte, und sowohl der Hund als auch ich erschraken uns heftig. Nun aber konnte ich den Griff herunterdrücken, und tatsächlich hob sich das Holz an.

Ich weiß nicht was ich erwartet hatte, aber irgendwie nicht noch mehr Holz.

Enttäuscht schaute ich auf eine weitere, massive Holzdiele. Das kurze Gefühl, auf Indiana Jones‘ Spuren zu wandeln, war genauso schnell wieder vorbei wie es gekommen war.

So schnell wollte ich aber nicht aufgeben und klopfte mit dem Griff des Messers auf der Diele herum. Es klang dumpf und solide, obwohl man nicht wenige winzige Löcher sehen konnte, durch die sich wahrscheinlich vor langer Zeit fleißige Würmer gebohrt hatten. Ich drückte mit einem Handballen auf die Diele, um zu sehen, ob sie morsch genug war, dass man sie einfach durchbrechen konnte, aber dann drängte Spikey ungeduldig meine Hand zur Seite und stocherte mit seiner Nase wie ein Wahnsinniger auf dem Holz herum. Irgendetwas schien er zu riechen.

Ich ließ ihn gewähren und stand auf, um erstmal meine Nudeln zu essen.

Gerade hatte ich mich hingesetzt, als ich ein lautes Krachen hörte. Im selben Moment sah ich aus dem Augenwinkel, wie der Hund wie von der Tarantel gestochen mit einem riesigen Satz zurücksprang, nur, um dann die Verfolgung aufzunehmen, von irgendetwas, dass aus dem nun sichtbaren Loch im Boden gekommen zu sein schien.

Vorsichtshalber zog ich meine Beine an und hob den Teller mit meinen Nudeln hoch über meinen Kopf. Spikey rannte erst im Kreis, dann im Zickzack durch das Wohnzimmer, und ab und zu konnte ich einen kleinen Schatten ausmachen, der vor ihm zu flüchten schien.

„Aus!“, schrie ich, weil ich keine Lust hatte, dass er dieses, was auch immer es war, erlegte, oder im Gegenzug von ihm gebissen wurde, wenn es versuchte, sich in seiner Todesangst zu wehren.

Doch es schien ein recht starker Jagdtrieb in ihm zu stecken, und er nahm mich gar nicht wahr. Nach dem ersten Schrecken fasste ich mich und stellte meine Nudeln wieder ab.

Ich sprang auf und versuchte den Hund am Halsband zu packen, was mir beim dritten Versuch auch gelang. Ich hatte Mühe ihn zurückzuhalten, aber jetzt konnte ich endlich sehen, was da aus unserem Boden gekommen war. Es war eine kleine Maus. Erleichtert atmete ich auf, immerhin keine Ratte oder Kakerlake, oder was sonst noch seinen Weg aus den *égouts de Paris* in meine Zwischendecke gefunden haben mochte.

Die Maus rannte noch ein paar Mal hin und her, bis sie, zu meinem Erschrecken, wieder im Boden verschwand. Ich weiß nicht, was eine bessere Alternative gewesen wäre, aber dass sie nun wieder unter meinem Boden verschwunden war, gab mir irgendwie das ungute Gefühl, dass es da eventuell eine Art Gängesystem gab, in dem noch mehr Mäuse lebten.

Ich wartete ein paar Sekunden, bis ich Spikey losließ, der sofort wieder mit seiner Schnauze im Loch verschwand. Nun war ich auch neugierig, was die zerbrochene Diele wohl freigegeben hatte außer den kleinen Eindringling, der mit seinem kurzen Auftritt für ordentlich Adrenalin gesorgt hatte.

Ich wartete bis Spikey sich beruhigt hatte und mir bereitwillig Platz machte. Ich sah, dass die alte Diele tatsächlich an mehreren Wurmlöchern entlang in zwei Teile zerbrochen war. Vorsichtig zog ich an einer Hälfte, nahm meine Hand aber sofort wieder zurück und wartete, ob die Maus sich noch einmal zeigte. Nichts passierte und ich zog mutig ein bisschen stärker, bis sich das Teil löste, und ich es herausnehmen konnte.

Vorsichtig entfernte ich auch die andere Hälfte.

Unter meinem Boden kam nun ein Hohlraum zum Vorschein, was mich eigentlich nicht hätte überraschen sollen, denn irgendwo musste die Maus ja hergekommen sein. Dennoch spürte ich, wie mein Herz schneller klopfte in der Erwartung, vielleicht doch etwas zu finden.

„Spikes, wir brauchen Licht.“, sagte ich und stand auf, um mein Handy zu holen. Vorsichtig leuchtete ich in den Hohlraum und hatte mit einem Mal ein mulmiges Gefühl, dass ich tatsächlich irgendetwas finden würde, was ich vielleicht gar nicht finden wollte.

Ich hielt nach Spinnen Ausschau, sah aber nur eine ordentliche Schicht Staub, die ich versuchte wegzupusten. Spikey nieste und schüttelte den Kopf. Ich wurde etwas mutiger und nahm eine Hand zu Hilfe, um den Staub zur Seite zu wischen. Und plötzlich glänzte im Schein der Handytaschenlampe etwas auf.

Ich spürte ein Kribbeln im Bauch. Hatten wir tatsächlich einen Schatz gefunden?

Obwohl ich nicht umhinkam, mir bildlich vorzustellen, wie etwas nach meiner Hand schnappte, sei es ein Tier oder ein Mechanismus, der den Finder davon abhalten sollte, diesen Schatz zu entnehmen, nahm ich allen Mut zusammen, legte mein Handy zur Seite und griff beherzt mit beiden Händen in die Dunkelheit. Ich spürte Metall unter meinen Fingern, suchte die Ecken des Behältnisses, fasste unter den Boden und hob es zusammen mit einer weiteren Staubwolke aus seinem Versteck.

Spikey war der beste Schatzsucherkumpel und schien genauso gespannt zu sein wie ich. Er legte sich flach auf den Boden, platzierte den Kopf auf den Vorderpfoten und wedelte langsam und erwartungsvoll mit dem Schwanz.

Ungläubig saß ich vor meinem Fund. Ich konnte es nicht glauben. Ich hatte eine alte Metalldose unter einer Bodendiele gefunden. Wie im Film. Vorsichtig wischte ich den letzten Staub weg und zum Vorschein kam eine Schrift.

Die Dose war silbern und wies starke Rostflecken auf. über den Deckel spannten sich zwei blaue Bögen, einer nach oben, einer nach unten, sodass es wie ein Auge aussah, oder wie ein Fisch. Auf dem oberen Bogen stand *Lefèvre -Utile*, auf dem unteren *Nantes.* In jeder Ecke konnte ich zwei Kreise ausmachen, die wie Münzen oder Medaillen aussahen. Vieles war bereits abgekratzt, aber man konnte noch erkennen, dass über diesen Kreisen Städtenamen standen. Zwei davon konnte ich entziffern: Bordeaux und Bruxelles. Darunter stand jeweils etwas, das Grand Prix bedeuten konnte und jeweils eine Jahreszahl dahinter. So neugierig ich auch war, was sich in der Dose befand, wollte ich trotzdem erst wissen, was Lefèvre -Utile denn, scheinbar sehr erfolgreich, produziert hatte.

Ich sah im Internet nach und war überrascht, auf LU, die Butterkekse, zu stoßen. Klar kannte ich die Marke, aber was dahinter steckte hatte ich bisher nicht gewusst.

Ein gewisser Jean-Romain Lefèvre hatte 1846 in Nantes eine Zuckerbäckerei eröffnet, die schnell mit großem Erfolg Butterkekse verkaufte. Durch die Heirat mit Pauline-Isabelle Utile, die durch ihre Geschäftstüchtigkeit das Unternehmen noch größer und erfolgreicher machte, waren der Doppelname und später die Abkürzung LU entstanden.

Das war schonmal interessant, dachte ich, zufrieden, meine Allgemeinbildung etwas erweitert zu haben.

Ich widmete mich wieder der Metalldose und drehte sie in meinen Händen, um die Seiten und die Rückseite zu betrachten. Auf den Seiten stand:

Veritable Petit Beurre (Der „echte" Butterkeks)

Garanti exempt de margarine et de graisse végétale (Garantiert ohne Margarine und pflanzliches Fett)

Über die letzte Zeile musste ich schmunzeln. Ich wusste nicht genau aus welchem Jahr die Dose stammte, aber wo heute immer mehr Menschen versuchten, auf tierische Produkte zu verzichten, war es damals wohl genau andersherum.

Ich freute mich wie ein Kind. Allein diese Dose war für mich bereits ein kleiner Schatz, weil sie wie eine Zeitkapsel war.

Vorsichtig zog ich am Deckel, der nach einigem Sträuben nachgab. Gerne hätte ich gewusst, wie viele Jahre er nicht geöffnet worden war.

Spikey schnüffelte aufgeregt an der geöffneten Dose und zog die Schnauze kraus, bevor er einmal kräftig nieste. Ich musste lachen, was ihn animierte, aufzuspringen und mich mit der Nase anzustupsen.

Zuoberst lagen Fotos. Ich nahm das erste zur Hand. Es zeigte ein Schloss. Ich fand, es sah aus wie Chenonceau, es konnte aber jedes beliebige Wasserschloss sein.

Auf dem zweiten waren zwei Menschen mit dem Schloss im Hintergrund zu sehen, ein Mann und eine Frau.

Ich sah mir Foto für Foto an. Es waren viele, auf denen nur Landschaft, oder Architektur, oder Architektur in Landschaft zu sehen waren. Dann aber kam ein Foto, dass wieder Menschen zeigte, diesmal war die Kamera näher dran. Es waren wieder Mann und Frau und im Hintergrund ein rennendes Kind.

Als ich mir das Gesicht der Frau genauer ansah, stutzte ich plötzlich, da ich das Gefühl hatte, es würde mir bekannt vorkommen.

Die Dame war vielleicht Anfang dreißig. Sie trug ein sehr schickes Kleid, das eng am Oberkörper saß, und sich dann glockenförmig öffnete. Ihre Haare waren wie ein Ballon am Hinterkopf aufgetürmt, was an Audrey Hepburn erinnerte. Der Mann trug eine Stoffhose und ein Hemd, was für mich als Modebanause in jede Zeit hätte passen können.

In der Hoffnung, weitere Anhaltspunkte zu finden nahm ich das nächste Foto in die Hand und da fiel es mir wie Schuppen von den Augen.

Es war Madame Monnier!

Eigentlich war es nicht sonderlich überraschend, denn schließlich war das hier ja ihre Wohnung gewesen. Aber irgendwie hatte es doch etwas Geheimnisvolles, dass sie eine Dose mit Bildern unter dem Boden aufbewahrt und bei ihrem Umzug vergessen hatte mitzunehmen.

Mit neuer Motivation schaute ich die Bilder weiter durch. Es waren keine weiteren Bilder mit dem Kind zu sehen, aber noch ein paar mit dem Paar, ich nahm einfach an, dass sie eines waren, in verschiedenen Situationen, aber nie intimer als zusammen auf einer Parkbank oder ähn - liches. Also keine Bilder häuslicher Szenen, oder Feiern mit Freunden.

Auf jeden Fall war ich mir nun sicher, dass es sich um Madame Monnier handelte. Unter den Fotos fand ich noch eine Handvoll Briefe, die ich aber nicht las. Ich nahm mir einfach vor, ihr bei nächster Gelegenheit die Dose zurückzugeben. Wahrscheinlich

hatte sie sie tatsächlich vor Jahren dort unter der Diele versteckt und sie dann einfach beim Umzug vergessen.

Ich hoffte auf jeden Fall, sie würde sich freuen, sie wiederzubekommen, und dass sie sie nicht mit Absicht in ihrem dunklen Versteck verborgen gelassen hatte.

Ich stand auf und stellte die Dose auf den Couchtisch. Vorsichtshalber sah ich Spikey scharf an und sagte „Pfui.“, falls er auf die Idee kommen sollte, sie zu untersuchen und wohlmöglich herunterzuwerfen.

Ich fühlte mich irgendwie erschöpft angesichts dieses unerwarteten Fundes. Vor allem aber war ich berührt und fühlte mich ein bisschen schuldig, ungewollt in das Leben eines ja eigentlich fremden Menschen eingedrungen zu sein.

In Gedanken versunken aß ich meine kalten Nudeln und schaute noch einmal aufs Handy in der blassen Hoffnung, eine Nachricht von Raphaël vorzufinden, aber der Bildschirm war gähnend leer.

Mit einer wilden Mischung aus Gefühlen und Gedanken ging ich ins Bett. Ich sah noch wie Spikey sich neben mir auf dem Boden zusammenrollte, dann war ich auch schon eingeschlafen.

Kapitel 37

Die nächste Gelegenheit Madame Monnier einen Besuch abzustatten hatte ich ein paar Tage später. Ich hatte Frühschicht gehabt, war pünktlich rausgekommen und hatte morgens mitbekommen, dass sie nachmittags Handwerker erwartete, das hieß, sie würde auf jeden Fall zu Hause sein. Nicht, dass sie viel unterwegs war, schließlich war sie aufgrund ihrer Gehbehinderung nicht sehr mobil und auf Assistenz angewiesen. Aber der Pflegedienst, der regelmäßig kam, forderte sie ganz schön und motivierte sie bei jeder Gelegenheit, das Haus zu verlassen.

Auf dem Weg von der Metro nach Hause kaufte ich in der Boulangerie um die Ecke noch zwei Himbeer-Eclairs und vorsichtshalber eine Packung hauseigenen gemahlenen Kaffee, falls sie nichts im Haus hatte, und weil ich die Hausmarke sehr lecker fand.

Ich ging zunächst in meine Wohnung, wo Spikey mich ungeduldig empfing. Die Mancinis waren für ein paar Tage in Italien, und ich musste ihn gerade komplett selber versorgen, was zugegebenermaßen ziemlich ungewohnt war.

Unsere Runde drehten wir wahrscheinlich schneller als ihm lieb war, aber ich wollte Madame Monnier endlich ihre Kiste zurückgeben. Ich versprach dem Hund, die Abendrunde etwas auszudehnen, schnappte mir die Box und ging nach unten.

Nachdem ich geklingelt hatte, merkte ich, wie ich ein bisschen nervös wurde. Schließlich war es ja eine sehr persönliche Angelegenheit, und ich war mir immer noch nicht sicher, ob sie sich überhaupt freuen würde.

Zunächst tat sich gar nichts. Ich wollte mich schon enttäuscht abwenden, als sich die Tür öffnete und ein junger Mann im Blaumann vor mir stand.

„Es ist eine junge Dame, Madame.“, rief er nach hinten in die Wohnung.

„*Entrez!*“, hörte ich Madame Monniers rauchige Stimme.

Der Handwerker ließ mich herein, schloss die Tür hinter mir und ging ins Badezimmer. Ich schaute mich um und war positiv überrascht, was aus meiner ehemaligen Bruchbude geworden war.

Eine moderne Couchgarnitur stand im Wohnzimmer, gekrönt von einem sehr futuristisch anmutenden Sessel, der mithilfe einer Fernbedienung eine Vielzahl von Funktionen ausführen zu können schien. Madame Monnier stand auf ihren Rollator gestützt in der ebenfalls sehr modernen Küche und ließ sich nicht dabei stören, einen Kaffee in ihrem Vollautomaten zuzubereiten.

„Möchten Sie auch einen Cappuccino?“, fragte sie, ohne sich zu mir umzudrehen.

„Ja, gern ... danke.“, stammelte ich etwas verlegen und kam mir etwas blöd vor, den Kaffee für die vermeintliche Filtermaschine mitgebracht zu haben.

„Ich habe Eclairs mitgebracht.“, sagte ich und reichte ihr die Tüte.

„Oh, das wäre doch nicht nötig gewesen. Vielen Dank, Mademoiselle.“

Ein paar Sekunden stand ich unschlüssig da, während Madame umständlich mit ihrem Rollator ins Bad schob und dem jungen Mann eine Tasse Cappuccino überreichte.

Zum Glück sagte sie dann: „Setzen Sie sich doch.“, und wies mit dem Kopf auf das Sofa, bevor sie wieder zur Kaffeemaschine schob. Während sie zwei weitere Cappuccinos zubereitete, machten wir ein bisschen Smalltalk über das Wetter. Aus dem Bad hörte man Bohren und Hämmern, sodass wir ziemlich laut sprechen mussten.

„Entschuldigen Sie, gerade heute ist dieser junge Mann da, um meine Dusche zu reparieren. Sie lässt sich schwer einstellen und wird entweder sehr heiß oder sehr kalt.“

Ich musste schmunzeln und wunderte mich, dass es ihr jetzt erst, nach einigen Monaten, aufzufallen, bzw. sie zu stören schien. Dabei hatte sie nämlich eigentlich schon eine neue, moderne Dusche eingebaut bekommen, und sicherlich einen vernünftigen Thermostat. Vielleicht war das einfach der Fluch dieser Wohnung, dachte ich, und spürte einen Anflug von Heimweh nach meiner kleinen, verrückten Wohnung.

Zum Glück nahm Madame Monnier in dem Moment das Gespräch wieder auf und fragte: „Entschuldigen Sie, ich muss Sie noch einmal hochscheuchen. Würden Sie bitte die Eclairs servieren, Teller finden Sie hier im obersten Schrank."

„Natürlich.", sagte ich, froh, etwas tun zu können.

Ich nahm zwei kleine Teller und legte auf jeden einen Eclair. Dann ging ich zurück und stellte die Teller auf dem Couchtisch ab, bevor ich mich wieder auf das Sofa setzte.

„Vielen Dank, Lou, das sind meine Lieblingséclairs, wie konnten Sie das wissen?"

„Ach, das ist Zufall, ich mag sie auch gerne.", sagte ich und fühlte, wie ich ein bisschen rot wurde, wie immer, wenn ich nicht ganz die Wahrheit sagte.

Sie schien das aber nicht zu merken, lächelte mich neugierig an und fragte: „Was beschert mir denn Ihren Besuch?"

Ich merkte, wie mein Herz klopfte. Ich räusperte mich und sagte: „Ich habe etwas gefunden, das glaube ich Ihnen gehört.", während ich die Dose aus meiner Tasche zog und sie ihr überreichte.

Vorsichtig studierte ich ihren Gesichtsausdruck, als sie sie entgegennahm, konnte ihn aber nicht so recht deuten. Ich meinte, eine Mischung aus Überraschung und Traurigkeit erkennen zu können.

Vorsichtig drehte sie die Dose in ihren Händen und schien mit ihren Gedanken in einer anderen Welt zu sein. Lange sagte sie nichts, und man hörte nur ein leises Fluchen aus dem Bad. Ich wagte auch nichts zu sagen, nippte an meinem Kaffee und beobachtete die alte Dame wie sie bedächtig den Deckel der Dose anhob. Ich hatte mich bemüht, die Fotos wieder in der Reihenfolge hineinzulegen, in der ich sie vorgefunden hatte, und das Foto mit dem Schloss lag wieder zuoberst.

Madame starrte lange auf das Foto, dann sagte sie: „Caerphilly."

Ich wusste nicht, was das bedeutete und schwieg weiter, obwohl es mir langsam unangenehm wurde.

Plötzlich sprach sie weiter. „Wir waren einen ganzen Sommer lang in England, es war wunderschön."

England, dachte ich, da lag ich ja völlig falsch, von wegen Chenonceau.

Ich räusperte mich und sagte: „Ich habe die Dose durch Zufall unter einer Diele unter dem Vorratsschrank gefunden."

Sie löste den Blick von dem Foto und sah mich direkt an.

„Das ist unglaublich, Lou. Ich wusste nicht, dass es diese Bilder noch gibt.“ Ihre Stimme zitterte unmerklich, aber ihr Lächeln sagte, dass mein Fund positive Erinnerungen in ihr weckte.

„Wann war das?“, fragte ich, in der Hoffnung, nicht zu aufdringlich zu sein.

Sie überlegte kurz. „1956. Da war gerade die Olympiade in Melbourne, das weiß ich noch.“

Als sie das nächste Bild aufdeckte, auf dem Sie mit dem Mann zu sehen war, glaubte ich, doch eine kleine Träne in ihrem Augenwinkel zu sehen. Langsam ging sie Foto für Foto durch. Ich aß meinen Eclair und hätte wahrscheinlich einfach gehen können, aber irgendwie saß ich da wie festgenagelt und hatte das Gefühl, noch von Nutzen sein zu können.

Nach ein paar Minuten kam dann auch tatsächlich der Handwerker und fragte mich, ob ich ihm behilflich sein und ein paar Sachen anreichen könnte, während er einen Schaltkasten fixierte, den er von der Wand gelöst hatte, um an die Kabel zu kommen.

Dankbar nahm ich die Bitte an, um Madame in Ruhe die Fotos ansehen zu lassen.

Als ich mein ehemaliges Badezimmer sah, traute ich meinen Augen nicht. Es wirkte viel größer als ich es in Erinnerung hatte, obwohl die neue Duschkabine sehr viel geräumiger war, um einen ausklappbaren Sitz beherbergen zu können. Alles war neu gefliest worden, und statt des alten Boilers hing an der Wand ein moderner Kasten mit einem Display auf dem alle möglichen Werte angezeigt wurden.

Trotzdem schien das Problem der Temperaturextreme nicht so einfach zu beheben zu sein. Dem Klempner standen die Schweißperlen auf der Stirn, während er Kabel sortierte und sich von mir ein Werkzeug nach dem anderen anreichen ließ, bis er schließlich einigermaßen zufrieden wirkte und den Kasten wieder zuschraubte.

„Ich glaube, das wird so gehen.“, sagte er und wischte sich die Hände am Blaumann ab. Er klappte den Sitz in der Dusche herunter, setzte sich und trank seinen kalten Cappuccino.

„Wohnen Sie auch in diesem Haus?“, fragte er.

„Ja, ich wohne im dritten Stock, aber ich habe über zwei Jahre in dieser Wohnung gewohnt. Da war sie allerdings noch nicht renoviert."

„Es ist ein Problem mit diesen alten Gebäuden. Jahrzehntelang wird nichts gemacht, weil der Wohnungsbedarf so groß ist, dass sie sich in jedem nur denkwürdigen Zustand vermieten lassen. Die Vermieter nutzen das natürlich aus und lassen erst Sachen machen, wenn es wirklich gar nicht mehr geht. Dann wird es erfahrungsgemäß sehr teuer." Er sah müde aus, der arme Kerl, hoffentlich hatte er bald Feierabend.

Ich nahm ihm seine Tasse ab. Er stand auf, packte seine Werkzeuge zusammen, wischte mit einem Tuch den Boden sauber und zog einen Zettel hervor, auf den er eine Unterschrift setzte. Dann näherte er sich vorsichtig Madame Monnier, die gedankenversunken die Fotos beiseitelegte.

Sie unterschrieb und drückte dem jungen Mann einen Schein in die Hand, den sie bereits zurechtgelegt hatte. Er bedankte sich und zog nach dem Verlassen der Wohnung leise die Tür hinter sich zu.

Ich stand etwas unschlüssig da, die abgenommene Kaffeetasse noch in der Hand.

„Bitte setzen Sie sich, Lou, ich möchte Ihnen etwas erzählen.", sagte Madame, die, wenn auch sichtbar berührt, sich Mühe gab, gefasst zu wirken.

Ich setzte mich wieder und merkte, wie mich eine nervöse Spannung ergriff. Ich machte mich bereit, eine tragische oder zumindest traurige Lebensgeschichte zu hören.

„Als junge Frau träumte ich davon, auf dem Land zu leben. In einem großen Haus, am besten noch viel Land und Tiere dabei. Weg von der Stadt und seinen toxischen Bewohnern und ihren schrecklichen Gewohnheiten."

Sie machte eine Pause und drehte einen der Briefe aus der Dose in ihren Händen, bevor sie fortfuhr.

„Ich bin in Paris geboren und aufgewachsen. Man würde sagen, ich hatte eine schöne, entspannte Kindheit. Meine Eltern arbeiteten beide, dadurch hatten sie zwar nicht viel Zeit für uns Kinder, aber wir hatten immer Geld. Leider nur war die Ehe meiner Eltern glaube ich eher zweckmäßig als eine Verbindung aus Liebe. Selbst, wenn sie es am Anfang gewesen war, hatte sich dies bereits als wir im Schulalter waren gedreht. Unsere Eltern funktionierten gut als Ernährer der Familie, aber ansonsten herrschte zwischen ihnen eine emotionale Kälte, die auch unserer kindlichen Naivität nicht verborgen blieb."

Ich dachte an meine eigenen Eltern, und wie ich bei ihnen eigentlich das Gefühl hatte, dass sie sich wirklich liebten, auch, wenn die letzte Zeit ihre Beziehung natürlich auf eine harte Probe gestellt haben musste.

„Ich bin die Älteste und kümmerte mich so gut es ging um meine Geschwister, aber eigentlich wäre ich gerne noch länger Kind geblieben. Die Verantwortung lastete schwer auf mir. Irgendwann, ich glaube, ich war ein junger Teenager, merkte ich, wie unwohl ich mich in der Stadt fühlte. Der Schmutz, die Hektik, der Verkehr, das alles erschöpfte mich mehr als andere. Den Eindruck hatte ich jedenfalls, vielleicht wollten es sich die anderen auch einfach nicht eingestehen oder zugeben. Je älter ich wurde, umso stärker verspürte ich den Drang, der Stadt zu entfliehen. Ich sehnte mich nach Grün und Weite, Wind in Kornfeldern und flirrender Sommerhitze an einem kühlen See anstatt auf dem Asphalt der Pariser Straßen."

Ich hörte gebannt zu und dachte, wie verrückt es war, dass manche Menschen das Leben in einer Stadt wie Paris als so belastend empfanden, während ich es so liebte.

Als könne sie meine Gedanken lesen, sagte sie jetzt: „Bitte verstehen Sie mich nicht falsch, mir ist bewusst, was für eine wundervolle Stadt Paris sein kann, für diejenigen, die das Stadtleben zu schätzen wissen. Aber meine Vorstellung von Lebensqualität war eine andere. Wie so oft im Leben, war es mir jedoch verwehrt, meinen Traum zu verwirklichen. Ich machte eine Ausbildung, heiratete jung, um meinem frostigen Elternhaus zu entfliehen, und kam schnell in einen Trott aus Arbeitsalltag und unerfüllter Ehe. Mein Mann und ich hatten uns zu früh und zu schnell kennengelernt und, ich kann es nicht beschönigen, uns als jeweils erstbesten Partner vom Fleck weg geheiratet. Leider merkten wir schnell, dass wir nicht gut zusammenpassten, machten aber gute Miene zum bösen Spiel, denn eine Scheidung war undenkbar. Die Jahre vergingen, und unsere Eltern wurden angesichts unserer Kinderlosigkeit bereits nervös, als das Bekanntwerden einer Affäre meines Mannes mit dem Kindermädchen einer Freundin das Fass zum überlaufen brachte. In einer Nacht- und Nebelaktion packte ich meine Koffer und flüchtete zu einer Bekannten in die Normandie. Sie beherbergte mich, bis ich einen Job gefunden hatte und mir eine Wohnung leisten konnte. Ich glaube, ich hatte noch nicht erwähnt, dass ich Konditorin bin. Ich fand einen verhältnismäßig gut bezahlten Job in einer Konditorei in Deauville. Eine wunderschöne Stadt, übrigens."

Ich war auch schon einmal in Deauville gewesen. Es war wirklich eine malerische Stadt, allerdings eher für die Reichen, fand ich.

Ich traute mich zu fragen: „Und was wurde aus Ihrer Ehe? Ließen Sie sich letztendlich scheiden?"

Madame seufzte, gefolgt von einem leisen, leicht verbitterten Lachen.

„Nein, ich konnte nicht. Ohne seine Zustimmung war eine Scheidung nicht möglich. Ich hatte aber große Angst, ihm oder meinen Eltern unter die Augen zu treten und hielt mich quasi versteckt. Ich flüchtete mich in meine Arbeit und harrte einfach der Dinge, in der Hoffnung, dass die Zeit mir helfen und sich von selbst eine Lösung finden würde." Sie machte eine Pause und betrachtete den Brief, den sie immer noch in der Hand hielt.

Jetzt wollte ich natürlich wissen, wie es weiterging. Da sie mir bisher so viel anvertraut hatte, fühlte ich mich ermutigt zu fragen: „Und ... fand sich eine Lösung?"

„Naja, als Lösung würde ich es nicht bezeichnen, aber in dem Moment war es wie eine Erlösung, und es hat mein Leben verändert ... Und mich zu einem Menschen gemacht, der an die Kraft menschlicher Leidenschaft glaubt."

Ich war gespannt wie ein Flitzebogen und konnte kaum erwarten, dass sie weitersprach. Zunächst bat sie mich jedoch, für uns beide Gläser und die Wasserkaraffe zu holen.

Ich holte alles und schenkte uns beiden ein.

„Ich hatte mich mit meinem neuen Leben arrangiert. Ich war nicht glücklich, aber auch nicht unglücklich. Natürlich schwelte immer über mir, dass ich nach wie vor verheiratet war ... Was ich vermutlich bis heute bin, es sei denn, man wird tatsächlich automatisch irgendwann geschieden. Gestorben zu sein scheint er auf jeden Fall nicht, das hätten meine Geschwister mir gesagt. Ich weiß, es klingt komisch, dass jemand einfach so untertauchen kann und nie gefunden wird, wenn man es geschickt anstellt. Aber es gab eben noch kein Internet."

Ich lachte leise und auch Madame Monnier ließ sich zu einem Schmunzeln hinreißen.

„Ab und zu spukte in meinem Kopf herum, dass ich, solange es nicht öffentlich geklärt war, nicht wieder heiraten und demnach eigentlich auch keine Kinder bekommen konnte. Uneheliche Kinder und ihre Mütter hatten es damals nicht so leicht wie heute. Ich setzte mir einfach das Ziel, so viel Geld zu verdienen, dass ich mir ein kleines Haus mit Grundstück auf dem Land kaufen konnte. Ich wollte mein eigenes Gemüse anbauen, ein paar Hühner halten und Kuchen und Torten backen, die ich dann auf dem Markt im nächsten Ort verkaufen wollte. Ich würde ein simples, aber erfülltes Leben führen. Aber mein Traum sollte sich weiterhin nicht erfüllen, denn eines Tages stand ein Mann vor meinem Tresen in der Konditorei."

Der Noch-Ehemann, dachte ich, und fieberte mit wie bei einem guten Krimi.

„Er sprach Französisch, oder versuchte es zumindest, denn er hatte einen so starken Akzent, dass ich ihn kaum verstehen konnte. Nach einigem Hin und Her und mithilfe unserer Hände hatten wir uns jedoch bald verständigt, und er verließ den Laden mit einer Auswahl an Stücken der besten Torten. Ich vermutete, er hatte entweder eine große Familie oder wollte seiner Zukünftigen Anregungen für die Hochzeitstorte liefern. Zwei Tage später stand er jedoch wieder im Laden. Diesmal war es einfacher, weil er einfach einen Haufen Baguettes brauchte, das verstand ich auch trotz seines Akzents, den ich als britischen identifiziert hatte. Die folgenden Wochen kam er mindestens einmal die Woche und kaufte immer andere Sachen. Er gab viel Geld aus, er musste also gut verdienen. Ich fragte mich, was er ohne Sprachkenntnisse in Deauville machte. Ich konnte natürlich spekulieren, aber ohne eine richtige Unterhaltung würde ich es wahrscheinlich nie erfahren. Deswegen kaufte ich mir ein Französisch-Englisches Wörterbuch und suchte mir ein paar Vokabeln zusammen, um zumindest ein bisschen Smalltalk machen zu können. Er nahm meine Geste dankbar an und bemühte sich seinerseits, sein Französisch zu verbessern. Unsere Unterhaltungen wurden immer leichter und komplexer, und, Sie können es sich wahrscheinlich denken, wir verliebten uns."

Ich merkte, wie mein Handy in meiner Tasche summte, aber ich wagte nicht, es rauszuholen, und ich wollte es auch gar nicht. Gespannt hing ich an Madame Monniers Lippen, wie die Geschichte weitergehen würde.

„Lou, es war eine große, erfüllende, aufrichtige Liebe. Gerne hätte ich auch gesagt, dass sie unbeschwert war, aber das war sie natürlich nicht."

Ich spürte einen Kloss im Hals. Da sie in der Vergangenheit sprach, war wahrscheinlich auch diese Liebe nicht gut ausgegangen.

„Trotz der anfänglichen Startschwierigkeiten aufgrund der Sprachbarriere, spürte ich sofort sein Charisma. Die Anziehungskraft, die von ihm ausging, war so stark, dass mir manchmal schwindelig wurde, wenn ich nur an ihn dachte."

Ich merkte, wie es mir ein bisschen unangenehm war, dass diese alte Dame, die ich ja eigentlich kaum kannte, mir solch intime Dinge erzählte. Außerdem wurde *mir* jetzt ein bisschen schwindelig, weil sie zudem Gefühle beschrieb, die ich nur zu gut kannte.

„Und ... wie ging es weiter?", hörte ich mich leise fragen. „Nun, er war Witwer und hatte einen Sohn, Jack."

Es fiel mir wie Schuppen von den Augen. Im Nachhinein hätte ich den leichten englischen Akzent hören müssen, dachte ich.

„Nach dem Tod seiner Frau, hatte er es in seinem kleinen Dorf in England nicht mehr ausgehalten, sich seinen Sohn geschnappt und war nach Deauville gekommen, ohne zu wissen, was ihn dort erwarten würde. Er machte sich selbständig mit einer kleinen Privatschule für Englischkurse. Deswegen hat er auch immer so viel bei uns eingekauft, weil er für seine Schüler, die in den meisten Fällen aus minderbemittelten Familien stammten, regelmäßig ein Frühstück zubereitete. Man muss dazu sagen, dass die Schule von der Gemeinde unterstützt wurde."

Sie sah auf ihre Armbanduhr und sagte dann: "Lou, es ist schon spät. Wenn Sie gehen möchten, sagen Sie es mir."

Ich fragte nicht wie spät es denn war, denn es war eigentlich egal. Ich wollte auf jeden Fall wissen, was passiert war. Ich fühlte mich geehrt, dass sie mir ihre Lebensgeschichte erzählte und hatte den Eindruck, dass es uns beiden guttat.

„Ich möchte bleiben.", sagte ich. „Bitte erzählen Sie weiter."

Sie nahm einen Schluck Wasser, bevor sie weitersprach.

„Wir wurden also ein Paar. Erst heimlich, aber, auch wenn Deauville nicht klein ist, sprach es sich doch zumindest in unserer Gemeinde ziemlich schnell herum. Die Leute liebten „meine" Konditorei und waren stolz auf ihre kleine Englisch-Schule, deswegen wollte uns niemand etwas Böses. Es wussten ja auch nur wenige, dass ich offiziell noch verheiratet war, daher war es auch kein Skandal. Aber da Jeremy, so hieß er, ein Kind mitbrachte, war es eben auch keine ganz normale Verbindung. Ich war froh, dass Jacques, eigentlich Jack, mich mochte, und wir lebten wie eine normale Familie. Es war nicht immer einfach, weil natürlich weder ich perfekt Englisch sprach, noch die beiden fließend in Französisch waren. Es ist eine Herausforderung, mit einem anderssprachigen Partner eine vollwertige Beziehung zu führen. Aber wie du vielleicht selbst in deinem jungen Leben schon bemerkt hast, kennt die Liebe keine Grenzen ... nur politische oder religiöse ... leider. Neben einigen Schwierigkeiten aufgrund der verschiedenen Sprachen und Kulturen, mit denen wir uns konfrontiert sahen, Engländer sind nun mal ganz anders als Franzosen, kann ich aber nur sagen, dass unsere Beziehung mich ... ja, geheilt hat."

Sie machte eine Pause und trank noch einen Schluck Wasser. Wahrscheinlich bereitete sie sich darauf vor, nun zum traurigen Teil zu kommen, denn offensichtlich war Jeremy nicht mehr in ihrem Leben, zumindest war er nicht hier in Paris ... oder?

„Eines Tages kam ein Brief aus England. Ich sah sofort, dass es sich um etwas Offizielles handelte. Da Jeremys Eltern beide früh verstorben waren, hatte einer seiner Onkel ihn als Teenager als sein Mündel in Obhut genommen. Er hatte selber einen Sohn, und die beiden Cousins verstanden sich gut und verbrachten die verbleibenden Jahre bis zur Volljährigkeit wie Brüder im Hause des Onkels. Leider war, wie so oft, auch in jener Familie irgendwann etwas passiert, was sie auseinanderbrechen ließ. Jeremy hat nie davon erzählt, selbst mir nicht, es musste für ihn sehr schmerzhaft gewesen sein. Umso größer war nun, neben der Trauer über den Tod des Onkels, die Überraschung, dass dieser ihm etwas vererbt hatte. Und, Lou, an dieser Stelle meines Lebens hatte ich nun zum wiederholten Male die Hoffnung, meinem Traum vom Haus auf dem Land näherzukommen, denn er hatte, es war zu schön, um wahr zu sein, ein altes Herrenhaus auf dem Land geerbt."

Ich konnte mir nicht verkneifen zu fragen: „Das Schloss?! Caer...äh ... kenny?"

Sie lachte als sie mich verbesserte: „Caerphilly, das ist in Wales. Nein, das ist ein Schloss, bzw. eine Burg, und vor allem eine Ruine, wenn auch gut erhalten. Die Fotos sind von einem unserer Urlaube. Von dem Haus habe ich nie Fotos gesehen."

Sie wurde wieder ernst.

„Jeremy musste, und wollte natürlich auch, nach England fahren, um alles zu klären und das Erbe anzunehmen oder abzulehnen." Sie stockte und tat sich offensichtlich schwer, weiterzusprechen.

„Von dieser Reise ist er nie zurückgekommen."

Ich erschrak richtig, damit hatte ich nicht gerechnet. Ich wagte nicht, sie anzusehen.

„Was ist denn passiert?", fragte ich vorsichtig.

Ihre Stimme klang rau und schwach: „Ich weiß es nicht."

Ich verstand nicht. Wie war es möglich, dass er einfach verschwunden war?

„Sie haben nie wieder etwas von ihm gehört?", fragte ich.

„Nein."

„Und Jaques und Sie waren alleine in Deauville, ohne eine Nachricht oder ein Lebenszeichen von Jeremy?"

„Ja. Wir konnten es uns nicht erklären und waren natürlich völlig geschockt. Unsere Welt brach zusammen. Von einem Tag auf den anderen war unsere Familie keine mehr, und obwohl ich wahnsinnig darunter litt, meine große Liebe verloren zu haben, hatte ich noch größere Angst um das Wohlbefinden von Jacques, der zwar schon fast erwachsen war, aber immer noch viel zu jung, um nun Vollwaise zu sein, wie sein Vater fast im selben Alter. Denn davon gehen wir bis heute aus, dass Jeremy plötzlich verstorben war. Aber wir wissen es nicht mit Sicherheit. Er ist damals einfach verschwunden."

Ich hatte Gänsehaut. Das war eine unerwartete und unheimliche Wendung der Geschichte.

Mir fiel nichts ein, was ich noch weiter sagen konnte, außer: „Das tut mir sehr leid, Madame."

„Es ist lange her, Lou. Ich bin dann mit Jacques nach Paris zurückgegangen, damit er die bestmögliche Schulbildung bekam und nachher alle Möglichkeiten haben würde, sich sein Leben aufzubauen. Aber er hat mich nie verlassen, erst jetzt. Er hat zwar studiert und sogar sehr erfolgreich seinen Abschluss gemacht. Er hatte immer fair bezahlte Jobs und hat mich, seit ich nicht mehr arbeite, mitversorgt, aber er ist nie losgekommen von mir. Hat nie geheiratet, ich weiß nicht, ob er jetzt alleine wohnt oder vielleicht endlich jemanden gefunden hat. Ich würde es ihm so wünschen."

„Haben Sie denn keinen Kontakt?"

„Doch natürlich. Aber er ist sehr schüchtern und würde mir das wahrscheinlich nicht sofort unter die Nase binden." Jetzt lächelte sie zum Glück wieder. „Es hat uns beiden gutgetan, dass wir uns räumlich getrennt haben. Wir haben die ganzen Jahre vielleicht gebraucht, um alles zu verarbeiten, aber jetzt war es an der Zeit, wieder freier zu sein, und ich möchte meine mir verbleibenden Jahre nicht in Trauer verbringen."

„Das verstehe ich." Plötzlich hatte ich ein schlechtes Gewissen, ihr die Dose gebracht zu haben, die alles wieder präsent gemacht hatte.

Sie schien es an meinem Gesicht zu sehen, denn sie sagte: „Trotzdem freue ich mich sehr, dass Sie die Dose gefunden haben. Sie muss Jacques gehören, er muss sie unter der Diele versteckt und vergessen haben. Wenn er diese Woche noch vorbeikommt, wird er staunen."

Heimlich warf ich einen Blick auf mein Handy, und sah, dass es wirklich schon sehr spät war. Spikey saß bestimmt schon auf Kohlen.

Ich bedankte mich für das Vertrauen, das Sie mir mit dem Erzählen ihrer Geschichte entgegengebracht hatte und fragte, ob ich noch irgendetwas für Sie tun könne.

„Das können Sie. Tun Sie mir den Gefallen, Lou, und machen sie genauso weiter. Seien Sie Sie selbst, genießen Sie, dass Sie den Schritt gewagt haben, ins Ausland zu gehen. Sich einer so großen Herausforderung gestellt zu haben. Seien Sie stolz auf sich, und sagen Sie um Himmels Willen „Ja" zur Liebe, wenn sie sich zeigt, ganz wichtig."

Am liebsten hätte ich sie umarmt, aber damit wäre ich vielleicht einen Schritt zu weit gegangen und hätte das Gefühl von Vertrautheit, was sich über die letzten Stunden zwischen uns aufgebaut hatte, wieder kaputtgemacht.

Meine Beine waren steif, als ich vom Sofa aufstand, und mein Kopf war einerseits total klar, anderseits klang diese leider ja nun doch recht tragische Geschichte noch in meinen Gedanken nach. Das Gute war, dass mein eigenes Leben jetzt so einfach schien, und ich nahm mir vor, mir dieses Gefühl noch so lange wie möglich zu bewahren.

Als ich in meine Wohnung trat, klaffte dort noch immer das Loch im Boden. Ich nahm mir vor, es am Wochenende einmal richtig zu schließen, damit wir nicht wieder unerwarteten Mäusebesuch bekamen.

Kapitel 38

Es war brütend heiß im Büro, und ich fühlte, wie der Schweiß an der Innenseite meiner Schenkel herunterlief. Es war ein unangenehmes Gefühl, und ich wünschte ich hätte eine Hose angezogen anstatt des Sommerkleides, aber dann wäre die Hitze wahrscheinlich gar nicht auszuhalten gewesen.

So modern die Zimmer des Grand auch waren, so alt und wenig in Schuss gehalten waren die Büroräume im Tiefparterre. Eine Klimaanlage wäre wahrscheinlich auch übertrieben gewesen, angesichts der wenigen wirklich heißen Tage in Paris. Trotzdem sehnte ich mich heute nach einem Ventilator oder zumindest einem Fächer.

Mein Wunsch wurde erhört und ich spürte einen Luftzug in meinem Nacken. Erschrocken drehte ich mich um und sah einen Stapel Papier vor mir auf- und abwedeln. Ich hob meinen Blick und sah, dass die wedelnde Hand zu Julien gehörte.

Ich schloss meine Augen und genoss ein paar Sekunden die kühle Luft, bis Julien keine Lust mehr hatte zu fächern.

„Danke.“, sagte ich. „Es ist wirklich heiß.“

„Hier ist es ja kaum auszuhalten. Bin ich froh, dass es bei uns oben klimatisiert ist.“ Er zwinkerte mir zu, bevor er den Stapel Reservierungen auf meinen Tisch fallen ließ. „Die sind alle bei uns oben im Fax angekommen. Viel Spaß.“

„Danke.“, sagte ich nochmal und griff nach meiner Wasserflasche. Das Wasser war lauwarm.

„Trainierst du eigentlich auch bei solchem Wetter?“, fragte ich.

„Na klar, darauf wird keine Rücksicht genommen, wenn man Profi ist. Heute ist aber kein Training. Hast du nach der Arbeit schon was vor?“

Ich verneinte, und er schlug vor, sich irgendwo an die Seine zu setzen.

„Ich hätte total Lust, aber ich muss irgendwann dann mit Spikey gehen.“

„Wir können auch zu dir an den Ourcq gehen, dann kannst du ihn eben schnell rausholen ... Oh, und noch besser, da sind doch die Schwimmbassins im Bassin de la Villette!“

Davon hatte ich noch nie gehört, obwohl ich dachte den Kanal in- und auswendig zu kennen. Schwimmen im Ourcq? So richtig verlockend klang es nicht. Andererseits wäre jegliche Art von Abkühlung mehr als willkommen, also sagte ich zu.

Nach der Arbeit fuhren wir gemeinsam mit der 5 bis zur Station Jaurès, wo Julien schon einmal ausstieg, während ich weiterfuhr nach Hause, um Spikey zu holen. Ich brauchte ja sowieso noch einen Badeanzug und ein Handtuch. Julien würde einfach in seinen Shorts schwimmen, ich packte noch ein Handtuch für ihn ein.

Kurze Zeit später stürmte Spikey mit mir im Schlepptau über den Kies der Uferpromenade auf Julien zu. Der hatte sich bereits bis auf die Unterhose, aka Badehose, ausgezogen und ließ seine langen Beine im Wasser baumeln. Ich hatte ihn noch nie so wenig bekleidet gesehen und konnte nicht umhin, seine Rückenmuskeln zu bewundern. In seinen Arbeitsklamotten sah er zwar sportlich, aber nicht so durchtrainiert aus.

Lange konnte ich mir diesen Anblick allerdings nicht gönnen, denn da war der Hund schon bei Julien angekommen und stupste mit seiner feuchten Nase von hinten in seine Achselhöhle als Aufforderung zum sofortigen Streicheln.

Julien erschrak sich kurz, lachte dann aber sofort herzlich und tat Spikey den Gefallen.

Ich ließ die Leine los und setzte mich neben die Beiden. Ein paar Meter entfernt sah ich einen Menschenauflauf, das mussten die Pools sein. Was für eine tolle Idee, dachte ich, machte mir aber gleichzeitig Gedanken, wie sauber das Wasser des Ourcq wohl war. Naja, da werden die sich ja Gedanken gemacht haben, beruhigte ich mich und wandte mich an Julien.

„Und, bereit, ins kühle Nass zu springen?"

„Auf jeden Fall, aber was machen wir mit Spikey?", fragte er.

Darüber hatte ich nicht nachgedacht. Ich hatte ihn bisher noch nie irgendwo angebunden, um etwas zu erledigen. Ich wusste nur, dass er selber gerne schwamm und es vielleicht nicht billigen würde, dass wir ohne ihn ins Wasser gingen.

Wir würden es trotzdem versuchen. Ich zog meine Klamotten aus, bis ich auch im Badeanzug dastand. Ich kam mir ein bisschen komisch vor, so wenig bekleidet „mitten" in Paris zu stehen. Natürlich war ich nicht die einzige, und es gab ja eine offizielle Bademöglichkeit, sodass mich niemand überhaupt zur Kenntnis nahm, geschweige denn sich an meinem Outfit störte.

Ich band Spikey an einen Baum neben einer Bank an der Promenade und machte mich selbstbewusst auf den Weg zu einem der Bassins. Julien war bereits reingesprungen und tauchte gerade wieder prustend auf. Das Wasser schien nicht ganz so warm zu sein.

Als ich gerade die Einstiegsleiter erreicht hatte, ertönte ein markerschütterndes Jaulen, gefolgt von einem wütenden Bellen. Erschrocken fuhr ich herum und sah, wie mein Hund senkrecht auf den Hinterbeinen stand, gehalten von der Leine, die sich zwischen ihm und dem Baum spannte. Die Leute um uns herum sahen zuerst ihn mitleidig und dann mich vorwurfsvoll an. Peinlich berührt sprintete ich zu ihm zurück. Kaum war ich da, war er ruhig und schmiegte sich an meine Beine. Ich kraulte ihn und versuchte es dann nochmal. Diesmal wartete er nicht, bis ich an der Leiter angekommen war, sondern bellte los, sobald ich mich umgedreht hatte. Wir wiederholten das Spiel ein paar Mal, bis ich mich frustriert neben ihn auf die Bank setzte und Julien beim Baden zusah.

Irgendwann wunderte der sich, warum ich immer noch nicht im Wasser war, und sah zu mir herüber. Plötzlich strahlte er übers ganze Gesicht und wedelte wie wild mit den Armen. Irritiert winkte ich zurück, bis ich merkte, dass er eventuell gar nicht mich meinte.

Ich drehte mich um und erkannte seine Freundin, die sich der Bank näherte. Freudig überrascht stand ich auf und ging ihr entgegen, um sie zu begrüßen. Ich hatte sie nur einmal kurz kennengelernt, aber auf Anhieb sehr nett gefunden.

„Salut, Lou.“, sagte sie. „Julien hatte mir gesagt, dass ihr hierherkommen wolltet, da hab ich mich auch auf den Weg gemacht. Es ist so tolles Wetter!“

„Ja, es ist perfektes Badewetter.“, stimmte ich zu. „Leider will Spikey mich nicht gehen lassen.“ Ich warf dem Hund einen vorwurfsvollen Blick zu.

„Ich kann auf ihn aufpassen, wenn du ins Wasser willst. Ich gehe dann später.“, bot Céline an.

„Wirklich?"

„Ja, ich bin ein bisschen erschöpft und würde gerne eine Weile hier auf der Bank sitzen."

„Ok, danke.", sagte ich und startete erneut den Versuch, mich dem Wasser zu nähern. Als ich mich noch einmal umdrehte, sah ich wie Spikey seinen Kopf auf Célines Knie gelegt hatte und sie ihn kraulte. Sie nickte mir aufmunternd zu.

Endlich konnte ich ins kühle Wasser steigen und war überrascht, wie gut es sich anfühlte. Mir fiel auf, dass ich ewig nicht im Schwimmbad gewesen war, seit meinem Umzug nach Paris eigentlich noch gar nicht.

Die ersten Züge fröstelte ich noch, aber dann war es herrlich. Das Bassin war nicht groß, und auch recht voll, aber es reichte, um kleine Bahnen zu schwimmen. Julien tauchte regelmäßig ab, was ich mich in dem undurchsichtigen Wasser nicht traute.

„Herrlich, oder?", sagte jetzt Julien, der neben mir aufgetaucht war.

„Fantastisch, danke für die tolle Idee! Ich geh mal raus und löse Céline ab." Ich machte Anstalten, zum Ausstieg zu schwimmen.

„Brauchst du nicht, ich kann auch zu Spikey gehen.", hielt Julien mich zurück. „Lass dir Zeit, genieße es einfach mal. Mit einem Hund ist es ja so ein bisschen wie mit einem Kind, um das man sich immer kümmern muss."

„Naja.", protestierte ich. „Das ist glaube ich noch ein bisschen was anderes."

Julien hatte plötzlich so einen besonderen Blick, als würde er mir gerne etwas sagen, besann sich dann aber, es nicht zu tun.

Ich wunderte mich kurz, schwamm dann aber weiter und fühlte tatsächlich eine gewisse Unbeschwertheit, wissend, dass mein Hund in guten Händen war.

Ich sah, wie Julien sich das Handtuch umwarf, das ich ihm mitgebracht hatte, es sah an ihm winzig aus, und zu Céline ging. Er gab ihr einen Kuss und wehrte Spikey ab, der an ihm hochsprang.

Céline kam zum Bassin und legte ihre Sachen ab. Als sie ihr Kleid auszog, schwamm ich gerade an ihr vorbei und erschrak fast ein bisschen, einfach, weil ich damit nicht gerechnet hatte. Ihr Bauch wölbte sich in einer kleinen, aber gut sichtbaren Rundung nach vorn.

Ich weiß nicht, warum es mich so aus dem Konzept brachte, aber ich spürte eine gewisse Traurigkeit in mir aufsteigen. Ich fragte mich, ob es war, weil Julien mir nichts davon gesagt hatte, oder weil es einfach immer komisch ist, wenn jemand, der sich mal für einen interessiert hatte, plötzlich den Partner fürs Leben gefunden zu haben schien. Selbst, wenn man selber gar keine romantischen Gefühle für denjenigen hegte.

Ich versuchte, mir meine Unsicherheit nicht anmerken zu lassen, als Céline zu mir ins Bassin stieg und war mir nicht sicher, ob ich überhaupt irgendetwas sagen sollte. Es war die Art von Bauch, bei der man im Zweifelsfall auch noch schief liegen konnte. Allerdings war sie sonst so schlank, dass es doch offensichtlich war.

Mein unsicherer Blick war wohl auch offensichtlich, denn sie sagte lächelnd: "Wir bekommen ein Baby."

„Wie schön. Herzlichen Glückwunsch!" Ich fühlte mich ertappt.

Aber ich meinte es wirklich. Trotzdem spürte ich innerlich ein Gefühl, dass dem von Sehnsucht ähnelte, aber noch eine andere Nuance hatte. Es war nicht an sich unangenehm.

Ich musste an Titi denken, und wie unglücklich sie anfangs über ihre Schwangerschaft gewesen war. Ich musste sie die nächsten Tage unbedingt anrufen, ob es schon etwas Neues gab bezüglich der Vaterschaft.

Nostalgisch dachte ich, dass Kinder irgendwie bisher noch so weit weg gewesen waren in meinem Bekanntenkreis. Aber jetzt schien es so langsam loszugehen.

„Wann ist denn der Geburtstermin?", fragte ich, während wir nun auf der Stelle paddelten.

„Mitte Januar. Es dauert noch, zum Glück." Sie lachte. „Wieso zum Glück?", fragte ich erstaunt.

„Naja, so richtig vorstellen kann ich es mir noch nicht wie es mit einem Baby sein wird. Ehrlich gesagt fühle ich mich noch ein bisschen zu jung, um Mutter zu werden, aber natürlich freue ich mich auch. Und Julien auch."

„Es klingt abgedroschen, aber es gibt wahrscheinlich nie den perfekten Zeitpunkt, um Kinder zu bekommen." Wieder dachte ich an meine Schwester.

„Nein, du hast Recht. Es fühlt sich zwar wie eine riesige Herausforderung, aber richtig an. Wir müssen uns allerdings noch Gedanken um die Wohnsituation machen, wir wohnen ja gar nicht zusammen. Und so viel Geld verdienen wir aktuell auch nicht. Du weißt ja, was man in der Hotellerie verdient. Und ich studiere noch und jobbe nur ein bisschen. Ich habe die Hoffnung, dass ich auch mit Baby mein Studium in der Regelzeit schaffe. Und wenn es dann in die Krippe gehen kann, kann ich mir einen Job suchen." Sie machte eine Pause. „Das ist der Plan."

„Es klingt durchaus machbar.", fand ich. „Ich freue mich auf jeden Fall für euch. Ich löse Julien mal ab, dann habt ihr auch noch ein bisschen was voneinander."

„Danke, Lou. Ich habe eine Flasche Wein dabei, und ein leckeres Getränk für mich. Damit können wir es uns gleich noch am Ufer gemütlich machen."

„Gerne, das klingt gut!" Ich stieg aus dem Becken, wickelte mich in mein Handtuch und gab Julien ein Zeichen, dass er seinen Posten verlassen könne.

Später saßen wir an der Kante der Promenade, tranken Wein und Eistee und redeten. Der Hund hatte sich zwischen uns zusammengerollt und schien die abendliche Sommerstimmung genauso zu genießen wie wir.

Ich war glücklich. Es war einer dieser Momente, in denen die Zeit stillzustehen schien, und in denen man das Gefühl hatte, sein ganzes Leben noch vor sich zu haben, egal wie alt man war.

Kapitel 39

Mit zusammengekniffenen Augen versuchte ich bei gleißendem Sonnenlicht etwas auf meinem Handy zu erkennen.

Titi hatte ein Foto geschickt, und da ich länger nichts von ihr gehört hatte, war ich gespannt, ob es Neuigkeiten gab.

Ich schaute mich um, ob ich irgendwo einen schattigen Platz finden konnte. Den gab es aber nur unter den Markisen der Cafés um mich herum. Kurzentschlossen ließ ich mich auf einer der *terrasses* nieder und bestellte einen Café au lait. Ich holte mein Handy wieder heraus und ging erneut in den Chat mit Titi.

Mein Herzschlag beschleunigte sich, als ich endlich erkennen konnte, um was es sich handelte. Zu sehen war eine graue Masse aus der sich ein rundliches schwarzes Feld abzeichnete, in dem ein kleiner Wurm zu schwimmen schien.

Meine Nichte ... oder mein Neffe, dachte ich und spürte sofort eine ungewohnte Zuneigung zu dem kleinen Wurm.

Ich versuchte, nachzurechnen, wie viele Wochen es schon waren und entdeckte dann in der rechten oberen Ecke ein paar Daten, aus denen ich die Schwangerschaftswoche interpretierte.

Es war also noch nicht offiziell, aber ich wollte endlich wissen, wer denn nun der Vater war. Kurzerhand rief ich Titi an und ging davon aus, dass sie sowieso nicht rangehen würde, weil sie eigentlich auf der Arbeit sein müsste.

Es klingelte lange, und ich wollte schon enttäuscht auflegen, als sie sich doch meldete.

„Hi Lou!“ Sie klang gut gelaunt, was mich freute.

„Hallo, danke für das Foto! Ist alles in Ordnung?“, fragte ich gespannt.

„Ja, es sieht alles gut aus. Ich fühle mich allerdings noch nicht wirklich anders, außer, dass ich keinen Kaffee mehr trinken kann.“

„Du meinst: Darfst?“

„Nein, ich dürfte, aber ich kann nicht. Allein vom Geruch wird mir übel.“

„Aber sonst hast du keine ...“, ich stutzte kurz. „ ... Symptome?“ Ich musste lachen und Titi auch.

„Nein, eigentlich nicht, toi toi toi.“

„In welcher Woche bist du denn? Ist das Ultraschallbild aktuell?“

„Ja, es ist von heute. Ich hatte mir schon alles Mögliche überlegt, wie ich mich für diesen Termin auf der Arbeit entschuldigen könnte, weil es ja noch nicht offiziell ist. Aber dann habe ich spontan einen Außentermin bekommen, der super kurz ausgefallen ist, aber für den zwei Stunden veranschlagt waren.“

„Deswegen kannst du jetzt auch telefonieren?“

„Naja, ich darf auch sonst mal zwischendurch privat telefonieren, so ist es ja nicht, aber jetzt bin ich gerade auf dem Rückweg ins Büro, ja.“

„Und was gibt es sonst noch Neues?“

„Ich habe es Mama und Papa erzählt.“

„Oh! Und?!“

„Sie freuen sich natürlich. Aber sie waren auch sehr überrascht, naja, du weißt ja wegen Björn, bzw. Lukas, von dem sie allerdings gar nichts wussten ... also, sie haben sich wahrscheinlich gewundert wo das Baby herkommt ... auf jeden Fall weiß ich jetzt, wer der Vater ist.“, rutschte es ihr endlich heraus.

Ich merkte, wie ich aufrecht saß und die Spannung kaum noch aushielt.

„Björn.“, sagte sie schließlich. Ich war irgendwie erleichtert, obwohl ich nicht wusste, ob das für Titi nun gut oder schlecht war. *What are the odds?,* dachte ich.

„Und, äh, was sagt er dazu?“, fragte ich vorsichtig.

„Er freut sich. Ach Lou, ich bin so erleichtert. Plötzlich ist alles nur noch halb so schlimm, also mit meinem Job und so. Ich habe das Gefühl, dass wir das alles hinkriegen werden.“

„Ihr zusammen? Also, wollt ihr wieder zusammenwohnen? ... Seid ihr wieder zusammen?!“

„Ich weiß es ehrlich gesagt nicht. Wir haben uns noch nicht wieder gesehen, seit wir das Ergebnis haben. Er kommt jetzt am Wochenende nach Frankfurt, dann wollen wir reden.“

„Ich finde es schön, ich mochte Björn immer. Und er wird bestimmt ein toller Vater, auch wenn er seine Besuche im Fitnessstudio vielleicht ein bisschen reduzieren muss. So viel Zeit wird er wahrscheinlich nicht mehr haben." Ich machte eine kurze Pause. „Und wie geht es jetzt weiter, also, wann sagst du auf der Arbeit Bescheid?"

„Ich möchte auf jeden Fall die 12. Woche abwarten, gerne auch länger, aber ich muss schauen wie es mir geht, und wie lange ich es überhaupt geheim halten kann. Ich denke auch, wenn ich fair bin und es möglichst früh sage, stehen die Chancen höher, dass man mir meinen Job wiedergibt, wenn es soweit ist. Ich habe mich nämlich mal unter Kollegen erkundigt, CPM ist gar nicht so mütterunfreundlich wie es immer den Anschein macht. Die meisten kommen in ihrer Position mit reduzierten Stunden ganz gut klar, selbst, wenn sie ein paar Sachen abgeben müssen. Viele wollten wohl auch gar nicht zurück und sind mit weniger Verantwortung ganz zufrieden ... das kommt für mich aber nicht in Frage ... "

Ich schmunzelte. Das war meine Schwester, so ein Baby würde sie nicht aufhalten können. Ich hatte allerdings Vorbehalte, ob es auch noch so aussehen würde, wenn das Baby tatsächlich da war, aber ich hielt brav meinen Mund.

„Sagst du mir Bescheid, wenn du weißt, ob es ein Junge oder ein Mädchen ist? Wann weiß man das denn eigentlich?"

„Klar sage ich Bescheid, du wirst doch die Tante! Ich musste das auch erstmal nachgucken. Das geht wohl schon ab drei Monaten, wenn das Kind günstig liegt, aber es kann auch viel später sein."

„Es ist ja auch ganz egal, oder hast du einen Wunsch? ... Mir kannst du das ruhig sagen."

„Das weiß ich, Lou, würde ich auch, aber ich glaube, mir ist es wirklich ganz egal. Es klingt so kitschig, aber es ist doch was dran an: Hauptsache gesund."

Ich lachte. „Ja, natürlich ist da was dran."

Ich hörte wie das Summen des Motors, das unser Gespräch begleitet hatte, verstummte. Ich fragte mich, warum sie in Frankfurt mit dem Dienstwagen fuhr, aber das ging mich ja nichts an, und vermutlich war der Termin etwas außerhalb gewesen.

„Lou, ich muss auch wieder an den Schreibtisch.“, sagte sie und ich hörte die Wagentür zuschlagen. „Ich melde mich nach dem Wochenende wieder, OK? Wenn ich mit Björn gesprochen habe.“

„Ja, gern.“

Sie schien noch einmal nachdenklich zu werden, denn sie sagte: „Manchmal kann ich es noch immer nicht so richtig glauben, dass ich Mutter werde. Ich wollte das eigentlich penibel planen, und hatte mich drauf eingestellt, dass es vielleicht gar nicht sofort klappen würde, wenn ich mich dafür entschieden hätte. Vielleicht ist es so besser, dass ich einfach mal ins kalte Wasser geworfen werde. Bis dann Lou, ich muss rein!“

„Ciao Titi!“

Ich legte auf und sah mir noch einmal das Ultraschallbild an. Es war schon ein Wunder, dass aus diesem Wurm ein Mensch werden sollte.

Kapitel 40

Er hatte gekündigt. Ich fühlte mich als würde mir der berüchtigte Boden unter den Füßen weggezogen werden. Mir war schwindelig und ich musste mich an die Wand lehnen aus Angst, einfach umzukippen. Ich hatte wirklich gedacht, ich hätte es geschafft und sei über ihn hinweg, aber das haute mich jetzt einfach um.

Wie sollte es nun weitergehen? Ich hatte mich so eingerichtet, dass es mir genügte, zu wissen, dass er da war. Wenn er jetzt weg war,' warum ging ich noch ins Grand? Mir wurde mit schonungsloser Brutalität klar, dass es doch die ganze Zeit nur um ihn gegangen war.

Natürlich nicht bei meiner Entscheidung, nach Paris zu kommen, aber seit meinem ersten Tag im Grand, seit er in mein Leben getreten war, war irgendwas passiert, was mich zu dem liebestrunkenen Zombie gemacht hatte, der ich jetzt war. Beziehungsweise, jetzt war ich nur noch ein am Boden zerstörter Zombie.

Ich spürte die Kühle der Wand im Damenklo, auf das ich mich mal wieder geflüchtet hatte und das mir so vertraut war. Jetzt fühlte es sich jedoch fremd und unheimlich an. Das Grand erschien mir wie ein Gruselschloss, in dem Geister herumwandelten und ich verzweifelt nach einem anderen menschlichen Wesen suchte, dessen Anwesenheit ich immer hatte spüren können, das aber auf einmal verschwunden zu sein schien. Die Damentoilette war der Kerker, aus dem es keinen Ausweg gab.

In meinem Kopf spielten sich bereits Szenen ab, wie ich auf dem Weg nach Spanien war. Ich hatte plötzlich ein starkes Bedürfnis nach familiärer Nähe und wollte nur noch weg hier. Meine Zukunft erhob sich vor mir wie eine schwarze Wand. Sonst war da nichts.

Ich fühlte mich schuldig, weil man angesichts meiner Gefühle denken musste, es sei jemand gestorben, so endgültig schien alles. Also versuchte ich mich in den Griff zu kriegen, aber es gelang mir nur schwer. Ich saß da, atmete mechanisch, weil ich musste, und ließ meinen Gedanken freien Lauf.

Ich hatte keine Ahnung wie lange ich so dagesessen hatte. So wie die Gedanken erst gerast waren, fühlte mein Kopf sich jetzt schwer und leer an.

Die folgenden Tage verschwimmen bis heute in meiner Erinnerung, sind teilweise komplett gelöscht.

Es ist ein Wunder, dass mir nicht gekündigt wurde, denn ich hatte keine Kontrolle mehr über mich. Wahrscheinlich hat es geholfen, dass ich meine Abläufe mittlerweile im Schlaf kannte, und es keinen Unterschied machte, ob ich geistig voll anwesend war oder nicht.

Ich träumte fast jede Nacht von ihm, so lebendig, dass ich nach dem Aufwachen erst einmal zwei Minuten brauchte, um in die Realität zurückzukommen und zu realisieren, dass das nicht echt gewesen war.

Erst nach ungefähr zwei Wochen lichtete sich der Nebel in meinem Kopf etwas. Ich merkte es daran, dass ich plötzlich lauthals lachte, als Spikey sich seinen Ball schnappte und anfing, mit sich selbst zu spielen. Er kickte ihn weg, um ihn dann schnell wieder zu fangen. Ich erschrak richtig, als ich mein Lachen hörte. Es kam mir unnatürlich laut vor.

Dieses Lachen schien aber einen Knoten zu lösen, und ich verspürte plötzlich eine unbändige Lust, rauszugehen. Und zwar nicht nur, weil ich musste, sei es wegen der Arbeit oder wegen des Hundes, sondern ich hatte Lust, unter Menschen zu sein.

Spikes, der große Empath, schien meinen Sinneswandel gemerkt zu haben, ließ umgehend seinen Ball liegen und sprang an der Leine hoch, die an der Wand hing.

Ich lachte noch einmal. „Woher weißt du denn, dass du mitkommst?“, neckte ich ihn, wohlwissend, dass er keinen Spaß verstand. Versöhnlich nahm ich dann schnell Leine und Hundehaufentüten und wir gingen Richtung Ourcq.

Die warme Sommerluft weckte auch meine restlichen Lebensgeister, und mit jedem Schritt fühlte ich mich freier. Die abendliche Stimmung, die Bäume in sattem Sommergrün, das Stimmengewirr und Gläserklirren, das war die echte Welt, die mir, wie ich mir noch einmal schmerzlich eingestehen musste, für eine Zeit abhanden gekommen war.

Das Leben geht weiter - *La vie continue.*

Es machte mir ein bisschen Angst wie sehr ich mich in die Sache hineingesteigert hatte und was das mit mir gemacht hatte. Es würde sehr schwierig werden, das nächste Mal nicht in Panik zu verfallen, wieder in eine solche Abhängigkeit zu geraten.

Aber ein nächstes Mal war noch weit weg.

Ich wollte versuchen, es positiv zu sehen. Endlich konnte ich mich an meinem Arbeitsplatz frei bewegen, ohne einen Affentanz um einen, zugegebenermaßen äußerst attraktiven, Kollegen zu vollführen. Es schmerzte zwar nach wie vor, wenn ich mir seine smaragdenen Augen vorstellte, und die Fältchen die sich an deren äußeren Winkeln zeigten, wenn er lächelte. Aber ich war nicht mehr dieses nervliche Wrack aus Panik und Verzweiflung. Es würde weitergehen.

Die Arbeit im Gruselschloss wurde tatsächlich von Tag zu Tag leichter, nur manchmal erfasste mich Panik, wenn ich mir klar machte, dass er nie wieder einfach so um die Ecke kommen würde. Dabei war es ja genau das gewesen, was mich stets gestresst hatte ... ich merkte wie verrückt meine Gedanken und wie verworren das alles gewesen war.

Über die nächsten Wochen sprach ich viel mit Alexis.

Er hatte mir Fotos und Informationen zu dem B&B Projekt geschickt, und ich fand, es sah wirklich interessant aus.

Ich stöberte im Internet nach online Sprachkursen für Spanisch und überlegte, ob ich nicht jemanden kannte, mit dem ich im Tandem lernen konnte. Mir fiel Javier von der Rezeption ein, vielleicht würde ich ihn mal fragen.

Ich könnte natürlich auch einfach Alexis oder besser noch Adriana fragen, ob sie mir regelmäßig online ein bisschen was beibringen konnten. Möglichkeiten gab es viele.

Ausreden, es nicht zu tun, ebenso viele.

Ich war hin- und hergerissen, weil ich natürlich Respekt davor hatte, schon wieder einen kompletten Neustart zu wagen. Eigentlich war gerade alles sehr bequem.

Derjenige, der Raphaëls Posten in der Buchhaltung eingenommen hatte, war Schweizer, ein absoluter Geek und nicht sehr sympathisch. Das komplette Gegenteil von seinem Vorgänger. Der arme Clément kam sehr viel öfter als nötig zu uns rüber, um sich über ihn aufzuregen, und wir lachten viel.

Insgesamt hatte ich das Gefühl, mich mit allen meinen Kollegen besser zu verstehen. Aber das hatte ich wahrscheinlich schon immer getan, nur war ich so auf den einen Menschen fixiert gewesen, dass ich die anderen gar nicht wirklich an mich rangelassen hatte und für ihr Interesse nicht zugänglich gewesen war.

Der Neue sprach zwar Deutsch, aber ich verstand kein Wort von dem, was er sagte. Da wir uns beide unsympathisch waren, meinerseits, weil er so arrogant war, seinerseits, weil ich in seinen Augen so dilettantisch französisch sprach, vermieden wir es sowieso miteinander zu reden, wenn es nicht unbedingt notwendig war.

Immerhin war Eloïse nun wie erwartet auch weg. Als bekannt wurde, dass Raphaël gehen würde, hatte sie ihr Praktikum um die letzten Wochen verkürzt.

Die Nostalgie, was meine alte Wohnung betraf, hatte ich seit dem Gespräch mit Mme Monnier abgelegt, weil ich sah, wie sie seit dem Tausch aufgeblüht war, und ich es ihr von ganzem Herzen gönnte.

Ich lernte auch zu schätzen, dass meine neue Wohnung größer war und ich mir endlich einen richtigen Kleiderschrank und ein vernünftiges Bett leisten konnte.

Ich hatte noch sehr oft über Jeremy nachgedacht, und was wohl damals passiert war. Es war schon ungewöhnlich, dass nie jemand herausgefunden hatte, was ihm nach seiner Abreise, um das Erbe anzutreten, zugestoßen war. Es konnte ja eigentlich nicht mit rechten Dingen zugegangen sein, wenn man noch nicht einmal wusste, ob er noch am Leben war.

Das Leben.

Das Leben schrieb schon verrückte Geschichten, sowohl traurige als auch heitere. Manchmal schloss das eine das andere noch nicht mal unbedingt aus.

Seit ich es geschafft hatte, Raphaël mehr oder weniger aus meinen Gedanken zu verbannen, hatte ich wieder viel mehr Zeit, mich für andere Sachen zu öffnen. Ich nahm alte Gewohnheiten wieder auf. An einem Wochenende las ich zwei Bücher. Ich fragte aktiv, ob jemand Lust auf ein Afterwork hatte. Und, ein bisschen öfter als gesund war, setzte ich mich mit Spikey und einer Flasche Wein an den Kanal, um den Sonnenuntergang zu zelebrieren.

Wenn ich morgens aufstand, tat ich das zwar manchmal mit Kopf- aber ohne Bauchschmerzen, so empfand ich das häufige, heftige Kribbeln in der Magengegend im Nachhinein. Und wenn ich mein Fahrrad am Hintereingang parkte, freute ich mich darauf, jemanden in der Raucherecke anzutreffen.

Ich hatte mein Leben im Griff.

Nur die Nächte waren schwierig, wenn der Kopf zur Ruhe und ungewollte Gedanken kamen.

Kapitel 41

Ich würde den Hund mitnehmen müssen.

Allerdings hatte ich keine Ahnung, ob er Hunde mochte. Er hatte Spikey noch nie gesehen, und ich glaubte, er wusste gar nicht, dass ich einen Hund hatte.

Unentschlossen wog ich ab. Ich könnte auch die Mancinis fragen.

Andererseits, dachte ich, wenn er keine Hunde mochte, würde es mir viel leichter fallen, ihn endgültig zu vergessen. Außerdem würde ich mich sicherer fühlen, etwas in der Hand zu haben, die Leine, und zur Not ein bisschen Smalltalk über Haustiere machen zu können.

Seit er mir vor zwei Tagen die Nachricht geschickt hatte, war mit mir nichts mehr anzufangen gewesen. Ich hatte eigentlich permanent Herzklopfen und hatte schon Angst, ich hätte plötzlich einen Herzfehler und es würde nie wieder aufhören. Es fiel mir sehr schwer einzuschlafen, und wenn ich es geschafft hatte, verfiel ich in wilde Träume.

Erschöpft war ich die letzten zwei Tage morgens aufgewacht und hatte mich zur Frühschicht geschleppt. Mein ganzes Ich - hab - mein-Leben - im - Griff - Gerüst hatte angefangen zu wackeln, aber es hielt Stand, dank purer Willenskraft.

Ich hatte es erst nicht glauben können, als ich nach dem Sport auf mein Handy geschaut und eine Nachricht von ihm vorgefunden hatte.

Salut Lou. Est-ce que tu pourrais me rejoindre vendredi après-midi après le travail? Mon nouveau boulot est à La Défense. J'en serais ravi, Raphaël

(Hallo Lou. Könntest du mich Freitagnachmittag nach der Arbeit treffen? Mein neuer Job ist an der Défense. Ich würde mich freuen).

Ich hatte die Nachricht mehrfach sorgfältig gelesen und fieberhaft überlegt, was bzw. wie ich antworten sollte.

Im Endeffekt hatte ich auf cool gemacht, und geantwortet: *Oui, c'est possible. À quelle heure et où exactement?* (Ja, das ist möglich. Um wieviel Uhr und wo genau?)

Anschließend hatte ich völlig uncool den ganzen Abend auf mein Handy gestarrt und auf eine Antwort gewartet.

Die kam mitten in der Nacht.

Ich hatte mein Handy ausnahmsweise auf laut gestellt und war nach dem ersten Ton hellwach. Ich zögerte das Lesen der Nachricht für ein paar Sekunden heraus, weil ich Angst vor einer konkreten Verabredung hatte, aber da musste ich nun durch, ich hätte ja auch absagen können.

Er schlug vor, dass wir uns auf den Stufen des Grande Arche trafen, das sei in der Nähe des Mercure wo er seinen neuen Job angetreten habe.

So sehr ich ihn auch vergötterte, fand ich es jetzt recht arrogant, dass ich, erstens: Zu ihm kommen sollte, und zweitens: Ihn dann auch noch, wie es klang, finden sollte. Irgendwo auf den Stufen des Grande Arche.

Trotzdem lag ich mit klopfendem Herzen und weit geöffneten Augen im Bett und hatte Mühe, nicht wieder Hoffnung aufkeimen zu lassen.

Ich weiß nicht warum, denn es machte überhaupt keinen Sinn, aber ich ging davon aus, dass Eloïse dabei sein würde. Aber warum sollten die Beiden sich mit mir treffen wollen?

Ich weiß nicht, wie lang sich die Gedanken in meinem Kopf so drehten und einer den nächsten jagte, aber irgendwann schlief ich dank Spikeys leisem, beruhigenden Geschnarche wieder ein.

Am nächsten Tag hatte ich mich etwas beruhigt und stieß auf dem Rückweg von der Arbeit auf eine kleine Boutique mit einer reinen Kinderkollektion. Bereits im Schaufenster sah ich schicke Kleider, Jacken, Hosen, alles in klein. Sogar Hüte, die zu einem Pferderennen passen würden, gab es in Miniaturformat. Die Stücke erinnerten eher an Puppenkleidung und hatten stolze Preise. Trotzdem öffnete ich die Tür und betrat unter dem Geläut einer kleinen Glocke den Laden.

„Bonjour Mademoiselle.“, begrüßte mich eine sehr gepflegte Dame mittleren Alters. „Wie kann ich Ihnen behilflich sein?“

Eigentlich wusste ich gar nicht, was ich suchte. Seit Titis Schwangerschaft wurde ich des öfteren magisch von Kinderkleidung angezogen, obwohl es eigentlich noch viel zu früh war, um etwas zu kaufen.

Ich sagte, dass ich nur schauen wollte und stöberte durch die liebevoll sortierten und präsentierten zwergenhaften Kleidungsstücke.

Schließlich stieß ich in der Abteilung *nouveau-né* auf einen winzigen Body in Mintgrün. Da ich noch nicht wusste, welches Geschlecht das Baby haben würde, wäre diese Farbe perfekt. Ich zögerte, ob ich wirklich schon zuschlagen sollte, konnte im Endeffekt aber nicht widerstehen.

Als handelte es sich um ein sündhaft teures Designerstück, wurde der Body mit viel Liebe und Ruhe zunächst in eine Art Pergament gelegt und dann mit edlem Geschenkpapier umhüllt. Oben drauf kam eine Schleife in der Komplementärfarbe zu der des Bodys, wie die Dame mir erklärte. Ich staunte und fragte mich, ob ich überhaupt erwähnt hatte, dass es sich um ein Geschenk handelte.

Sie sagte: "Der erste Body wird meistens aufbewahrt. Er passt in der Regel nur einige Wochen und erleidet keinen größeren Schäden, da die Babys sich nicht bewegen und nichts essen können. Die Qualität unserer Produkte ist so hoch, dass ich schon von Bodys gehört habe, die mehrere Generationen überlebt haben. Ist der für Sie?"

„Nein, für meine Schwester."

„Sie wird sehr viel Freude daran haben. Eine gute Wahl."

Als ich mit einer Tüte, die man zur Not auch mal als Handtasche verwenden konnte, so schick war sie, in der Hand wieder auf dem Gehweg stand, dachte ich, wie wertvoll es war, wenn jemand mit so viel Überzeugung hinter seinen Produkten stand und sie fast mit so viel Liebe behandelte wie der Mensch, der sie tragen würde, erfahren würde.

Später las ich auf der Website des Ladens, dass es Teil des Konzeptes war, jedes Kleidungsstück wie ein Geschenk zu verpacken, auch wenn es für den eigenen Bedarf war. Schließlich war jedes Produkt, welches man sich kaufen konnte wertvoll, wenn man bedachte, dass ein Großteil der Menschheit gar nichts besaß.

Das war ein sehr schöner Gedanke, den ich mir zu eigen machen wollte. Auch ich nahm vieles als viel zu selbstverständlich hin.

Kapitel 42

Er sah überrascht aus, als er den Hund erblickte, aber auf eine positive Art.

Als wir bei ihm angekommen waren, drohte mein Herz aus meiner Brust zu hüpfen. Die Schmetterlinge in meinem Bauch flatterten so wild durcheinander, dass ich Angst hatte, man könne sie durch meinen Pulli hindurch sehen.

Zum Glück ging er zunächst auf die Knie, um den Hund zu streicheln. Erleichtert ließ ich die Leine locker und atmete tief durch. Ich blickte auf seine dunklen Locken und hatte das übermächtige Bedürfnis, meine Finger durch sie gleiten zu lassen, hielt mich aber wie immer zurück und konzentrierte mich auf meine Atmung.

„Wie lange hast du ihn schon?“, fragte er. „Äh, ungefähr ein Jahr.“ „Er ist sehr hübsch.“ „Danke, das finde ich auch.“

„Wie sein Frauchen.“ Er richtete sich auf und sah mich an. Mir wurde schwindelig und ich hatte Angst, kein weiteres Wort hervorbringen zu können. Ich versuchte, ihn anzusehen, hielt dem Blick seiner grünen Augen jedoch nur schwer stand.

Er wurde ernst und sagte: „Lou, ich muss dir etwas sagen.“

Plötzlich hatte ich richtig Angst vor dem was nun kommen würde. Erschöpft und völlig überfordert von dem Auf und Ab an Gefühlen des letzten Jahres, war ich mir sicher, dass nun das endgültige Ende kommen würde. Und ich hatte große Angst, es nicht mit sehr viel Fassung tragen zu können.

So sehr ich auch immer wieder gehofft hatte, dass wir uns näherkommen würden, so sehr hatte ich eigentlich auch die ganze Zeit gewusst, dass wir uns nie über das Kollegensein hinausbewegen würden.

Am liebsten hätte ich ihm jetzt ins Gesicht geschrien: „Wir sind ja noch nicht mal mehr Kollegen!“

Ich besann mich jedoch eines Besseren, hob meinen Kopf und sah ihm mutig in die Augen.

Er lächelte jetzt, und es schmerzte, denn ich hatte Angst, dieses Lächeln bald nie wieder zu sehen. Ich wollte ihm sagen, welche Gefühle er in mir auslöste, und wie groß meine Angst war, nicht weiterleben zu können, ohne ihn in meiner Nähe zu wissen.

Aber ich hatte noch genügend Stolz, mich nicht jetzt noch völlig bloßzustellen und mir ein letztes bisschen Würde zu erhalten.

Innerlich wandte ich mich schon zum Gehen ab, als er plötzlich einen Schritt auf mich zu machte. Ich erschrak und wich einen

Schritt zurück, sodass wir wieder die gleiche Distanz wie vorher zwischen uns hatten.

Er lachte nervös und machte einen weiteren Schritt auf mich zu.

Dieses Mal wich ich nicht zurück und blieb an Ort und Stelle stehen, den Blick wieder auf den Boden geheftet.

„Lou.“, hörte ich seine Stimme, die auch jetzt Gänsehaut über meinen Körper jagte. „Guck mich bitte an.“

Ich hatte das Gefühl, etwas hielte mit aller Macht meinen Blick am Boden fest, um nur ja nicht in seine Augen zu sehen, die mich unwillkürlich noch mehr aus dem Konzept bringen und mich völlig willenlos machen würden.

Schließlich sagte er: „Lou, es tut mir leid.“

Da war es endlich, ich fühlte mich wie der Stier kurz vor dem Todesstoß. Langsam wurde ich panisch, so dramatisch kannte ich mich gar nicht, was war bloß los?

„Es tut mir leid, dass ich dich so lange hingehalten habe.“

Das Wort „hingehalten“ schnitt mir wie ein Messer direkt ins Herz. Eine Mischung aus Wut und Scham überkam mich, dass ich so viel Zeit, Nerven und Gefühle für diesen einen Menschen geopfert hatte. Deswegen überhörte ich auch zunächst seinen Zusatz.

„Aber jetzt bin ich frei.“

Nur langsam drang das Gesagte in meinen aufgepeitschten Kopf. Was meinte er?

Zuerst spürte ich kaum, dass er meine Hand nahm. Verwirrt hob ich endlich meinen Kopf und sah ihn an.

Plötzlich durchfuhr mich von meiner Hand, die in seiner lag, ausgehend ein so intensives Kribbeln, dass es sich anfühlte, als würde ich unter Strom stehen. Ich hatte das Gefühl, mein ganzer Körper würde vibrieren und war mir mit einem Mal intensiv bewusst, dass wir in -

mitten von Menschen standen. Ich hatte Angst, sie könnten sehen, dass ich wie Espenlaub zitterte.

Ich wollte heulen, aber es kamen keine Tränen. Mein Körper drohte einfach in sich zusammenzufallen, während langsam und zäh die Erkenntnis durchsickerte, dass das alles vielleicht doch noch eine völlig unerwartete Wendung nehmen könnte.

Ich spürte, wie er meine Hand losließ und mich in seine Arme zog. Zunächst fühlte es sich einfach nur fest an, und ich stand viel steifer da als ich wollte. Aber dann wurde sein Griff weicher und ... ich hatte Angst, es falsch zu interpretieren, aber es ließ sich irgendwann nicht mehr leugnen ... liebevoller.

Ich merkte, wie ich mich zunächst nur langsam entspannte und ließ mich einfach in die Umarmung fallen. Ich traute mich nicht, meine Arme um ihn zu legen und war tatsächlich froh, zumindest in einer Hand die Hundeleine zu haben. Aber mit jeder Faser meines Körpers, die seinen berührte, fühlte ich nun, wie sich ein Feuerwerk in mir zu lösen schien, und jetzt zitterte ich wirklich.

In einem notdürftigen Versuch, es zu verbergen, erwiderte ich endlich seine Umarmung und drückte mich so fest an ihn, dass ich Angst hatte, ihm die Luft abzuschnüren. Aber ich hatte mich nicht unter Kontrolle. Ich hörte, wie er leise lachte, und es war in dem Moment das einzige Geräusch, das ich inmitten des wuseligen Treibens auf der Esplanade wahrnahm.

Nach einer gefühlten Ewigkeit, in der ein Wirbelsturm aus Gefühlen in mir tobte, löste er sich vorsichtig und sah mir direkt in die Augen.

„Du bist eine mutige Frau, Lou."

Noch bevor er überhaupt Anstalten machte, mich zu küssen, schloss ich die Augen.

Ich wurde nicht enttäuscht. Die Lippen, die ich so oft angestarrt hatte, wie sie sprachen oder lächelten oder an einer Zigarette zogen, fühlten sich warm und weich an. Sie schmeckten auch jetzt leicht nach Zigarettenrauch.

Nach dem Kuss barg ich mein Gesicht an seinem Hals und sog vorsichtig den Duft seines Aftershaves ein, das mir so vertraut und dennoch immer so weit weg erschienen war.

Es dauerte eine Weile, bis ich meine Worte wiederfand.

„Warum hast du gekündigt?“, flüsterte ich an seinem Hals.

„Weil ich glaube, dass es so einfacher ist.“, murmelte er zurück.

Dann löste er sich leicht von mir und fügte hinzu: „Und weil ich Lust auf Veränderung hatte, beruflich.“

Ich fühlte mich ganz benommen von all den Emotionen, die mich in den letzten Minuten überrollt hatten und konnte das alles noch nicht wirklich glauben. Ich hatte Angst, dass es doch nur ein Traum war und ich gleich aufwachen würde. Deswegen schlug ich vor, ins nächstbeste Café zu gehen, damit wir ein bisschen reden konnten.

Er nahm wie selbstverständlich meine freie Hand und führte mich zu einem Café in der Nähe.

Spikey hatte sich die ganze Zeit ruhig verhalten, als wüsste er, was los war. Erst jetzt merkte ich überhaupt, dass er ja auch noch da war. *Er hat mehr Empathie als so mancher Mensch*, dachte ich stolz.

Das Grinsen auf meinem Gesicht schien selbst den uninteressierten Parisern nicht zu entgehen, und nach anfänglicher Angst, man könnte mich für verrückt halten, versuchte ich auch nicht mehr, es zu unterdrücken. Es kostete zu viel Kraft.

Immer wieder sah ich ihn heimlich von der Seite an, bewunderte sein schönes Profil und konnte nicht glauben, dass es wirklich passiert war. Ab und zu erwischte er mich und grinste zurück.

Als wir im Café saßen, rückten wir nah aneinander und er legte seine Hand auf meinen Oberschenkel. Ich hatte immer noch Schwierigkeiten, ihm in die Augen zu sehen und studierte konzentriert die Karte, um dann einen simplen Kaffee zu bestellen, als die Bedienung kam.

Während wir auf unsere Getränke warteten, küsste er mich noch einmal, dieses Mal nicht so vorsichtig und mit etwas mehr Nachdruck. Ich hatte noch immer Angst, mich zu entspannen und seinen Kuss genauso leidenschaftlich zu erwidern. Ich befürchtete, in nächster Sekunde aus einem Traum aufzuwachen oder auf eine versteckte Kamera hingewiesen zu werden.

Als er mich wieder freigab, fasste ich all meinen Mut zusammen und stellte ihm die Frage, die mir wie Feuer auf der Seele brannte:

„Warum hast du so lange gewartet?“

Zum ersten Mal wirkte er nervös, und ich hatte das Gefühl er hätte gerne eine Zigarette geraucht. Dann aber sah er mich fest an. Das Grün war durchzogen von goldenen Punkten, die das frühe Abendlicht in seine Augen zauberte.

„Ich ... ich war mir nicht sicher."

Ich unterdrückte den Impuls zu fragen, warum er sich denn jetzt so plötzlich sicher war und wartete geduldig, dass er weitersprach.

„Du kamst zu einem Zeitpunkt ins Grand, als ich gerade eine ziemlich schwierige Zeit hinter mir hatte. Meine Eltern hatten sich getrennt und meine Schwester hatte Verdacht auf MS gehabt."

„Camille?", fragte ich erschrocken und überflüssigerweise.

„Ja. Ich habe nur sie, sonst keine Geschwister." Er lächelte vorsichtig. „Ich habe bisher noch kein weiteres Familienmitglied dazubekommen so wie du."

Ich nickte und lächelte auch bei dem Gedanken an Alexis.

In vorsichtiger Erwartung, dass ich Raphaël nun vielleicht endlich kennenlernen und er sich mir öffnen würde, fasste ich Mut und nahm seine Hand. Bisher waren die meisten Berührungen von ihm ausgegangen.

Er hob seine Hand an und küsste den Rücken der meinen, die auf seiner lag. Ich spürte ein Kribbeln durch meinen Arm ziehen und dann ein überwältigendes Glücksgefühl, das wie Dominosteine nach und nach in meinen Bauch purzelte. Mein Herz, das eine kurze Erholungsphase eingelegt hatte, fing nun wieder wild an zu klopfen. Eigentlich wollte ich mich einfach nur in seine Arme kuscheln, seine Wärme spüren und seinen Geruch wahrnehmen. Aber ich war zu neugierig, wie es nun weiterging.

Schnell nahm ich das Gespräch wieder auf: „Verdacht heißt aber, dass es sich als falsch herausgestellt hat?"

„Ja, zum Glück. Sie war zwar ernsthaft krank, aber es war wohl „nur" Stress gewesen, der den ganzen Körper angegriffen und sie außer Gefecht gesetzt hatte."

„Zum Glück."

„Ja. Aber sie muss bis heute Beruhigungsmittel nehmen und ihren Blutdruck überwachen. Und die Kids hatten natürlich auch dazu beigetragen, dass es überhaupt so weit kommen konnte." Er machte eine kurze Pause. „Deswegen kam dann ja auch Aminata."

Ich wusste nicht, ob ich innerlich über mich lachen oder mich schämen sollte, dass ich so eifersüchtig auf Aminata gewesen war.

Plötzlich dachte ich an Titi, ob sie nicht auch so eine Kandidatin war, die bei dem Versuch Karriere und Kind zu jonglieren, irgendwann einfach zusammenklappen würde. Ich hätte ihm gerne mehr über meine Schwester erzählt, aber erst wollte ich natürlich wissen, was er noch zu sagen hatte.

„Ok, das war bestimmt keine leichte Zeit, das glaube ich." Ich hoffte, er würde dort wieder anknüpfen.

„Naja ... und ich war in einer Beziehung."

Ich wurde wieder meiner Hand in seiner gewahr.

Obwohl nun völlig wider Erwarten das eingetreten war, was ich so oft in meinen Träumen und Gedanken durchgespielt hatte, konnte ich nicht umhin mir vorzustellen, dass er die ganze Zeit über mit einer anderen Frau zusammen gewesen war.

Plötzlich schoß mir Eloïse in den Kopf, die hatte ich in dem ganzen Gefühlschaos verdrängt. Ein Anflug von Enttäuschung drohte, bei der Vorstellung, dass er obwohl er eine Freundin gehabt hatte, mit einer anderen rumgeknutscht hatte.

Bevor wieder Zweifel aufkamen und ich mich in wilden Spekulationen verlieren konnte, entschied ich mich, ganz direkt zu fragen.

„Aber ... Eloïse?"

Er lachte, wie ich fand, ein bisschen beschämt.

„Ach, Eloïse ... ich komme mir im Nachhinein richtig blöd vor. Ich musste einfach ein bisschen Dampf ablassen und brauchte Ablenkung ..."

„Ihr habt euch also vor kurzem erst getrennt? Also, du und deine Freundin? " Ich versuchte nachzurechnen, wann wir in Longchamp gewesen waren.

„Ja, offiziell haben wir uns erst vor zwei Monaten getrennt."

Das musste ich erstmal sacken lassen. Es musste passiert sein, als wir uns in Giverny getroffen hatten, deswegen auch die Bemerkungen seitens seiner Schwester.

Ich versuchte zu verdrängen, dass er schon vorher mit Eloïse geknutscht hatte, und wollte verstehen, woher jetzt plötzlich seine Gefühle für mich kamen. Wahrscheinlich sah er mir an, dass ich mich mit den bisherigen Informationen nicht zufrieden geben würde, also fuhr er fort.

„Es lief schon länger nicht mehr so gut. Wir hatten von Anfang an eine Fernbeziehung gehabt, sie wohnt in Biarritz."

„Da wohnte doch auch deine Oma, oder?", platzte es aus mir heraus. Im selben Moment ärgerte ich mich, sie erwähnt zu haben. Ich wollte nicht, dass er jetzt traurig wurde.

Aber er sagte nur: „Ja, genau. Naja, und wir hatten uns eigentlich schon auseinandergelebt, aber wie das so ist, beendet man eine langjährige Beziehung eben nicht so leicht." Er zögerte kurz, und sagte dann:"Aber dann kamst du."

Ungläubig sah ich ihn an. Ich wollte etwas sagen, brachte aber keinen Ton heraus.

„Du bist mir am allerersten Tag im Grand aufgefallen." Als ich noch immer keine Reaktion zeigte, sprach er weiter: „Es hieß, es hätte ein hübsches Mädel aus Deutschland in der Reservierung angefangen. Du weißt, in einem Hotel spricht sich alles schnell herum."

Ich nickte nur.

„Als du mich in die Tiefgarage zitierst hast, war ich sehr überrascht und fühlte mich geschmeichelt. Aber ich war eben in einer Beziehung, und wenn ich ehrlich bin, warst du mir ein bisschen unheimlich."

Mit einem Mal löste ich mich aus meinem Schweigen und sagte mit halb gespielter, halb ernster Empörung: „Unheimlich? Das hat mir noch nie jemand gesagt."

„Es gehört wirklich sehr viel Mut dazu, jemandem aus heiterem Himmel seine Gefühle zu gestehen, ohne zu wissen, was derjenige empfindet oder wie er reagieren wird."

„Ja, wahrscheinlich hast du Recht, ich weiß auch nicht, was da mit mir los war. Ich dachte, ich hätte nichts zu verlieren."

Er lachte und zog mich zu sich herüber. „Hattest du ja auch nicht. Es war einfach nur wahnsinnig mutig, und man ist erstmal überrascht und weiß nicht wie man sich verhalten soll."

Ich schmiegte mich an seine Schulter und wagte mich weiter vor.

„Also, eigentlich wirkst du immer sehr souverän. Aber wieso hast du mich denn so zappeln lassen? Warum hast du nicht gesagt, dass du eine Freundin hast, und warum ... “ ich wollte nicht schon wieder mit Eloïse anfangen, er hatte ja bereits eine Begründung dafür geliefert. Also sagte ich: „ ... warum bin ich jetzt nicht mehr unheimlich?“

Er lachte. „Ich hatte ja genügend Zeit, dich zu beobachten und mir ein genaueres Bild zu machen.“

Jetzt war ich es, die ein komisches Gefühl hatte. *Beobachten?,* dachte ich und sagte: “Ich hatte eher den Eindruck, dass du mir nicht sehr viel Aufmerksamkeit geschenkt hast.“

„Ich habe dich natürlich nicht „beobachtet", ich bin kein Stalker. Aber durch unsere Ausflüge und Treffen, geplant oder zufällig, konnte ich dich ein bisschen kennenlernen.“

Ich musste ihn einfach ärgern. “Hast du den Eindruck, mich zu kennen?“

Gespielt beleidigt schob er mich ein Stück weg und sagte: “Natürlich nicht. Aber was ich weiß hat gereicht, um mich in dich zu verlieben.“

Wären wir in einem Film gewesen, wäre jetzt der Zeitpunkt gewesen, wo ich in Ohnmacht falle.

Ich hätte noch so viele Fragen gehabt, aber er sah mir direkt in die Augen und zeigte ein unergründliches Lächeln, wie die Mona Lisa.

Er beugte sich vor, um mich zu küssen, aber ich legte einen Finger auf seine Lippen und hielt ihn auf, weil ich noch eine letzte Sache loswerden wollte.

„Es tut mir leid, aber ich habe über das letzte Jahr eine ziemliche Odyssee an Gefühlen durchgemacht, du kannst dir vielleicht nicht vorstellen, wie verrückt du mich gemacht hast. Ich muss einfach wissen, dass du mich nicht als Ablenkung nutzt, so wie ... Eloïse.“

Ich hatte das Gefühl, er erschrak richtig.

„Oh nein, Lou, das ist etwas völlig anderes. Am liebsten hätte ich dich schon in Longchamp geküsst! Aber ich wusste nicht, wo mir der Kopf stand. Ich wollte mich trennen, aber ich brauchte einen Beweis, dass ich wirklich keine Gefühle mehr für meine Freundin hatte. Da musste Eloïse herhalten, denn an dir wollte ich es nicht testen … Ich war ein totaler Arsch."

Dazu wollte ich nichts mehr sagen. Es war tatsächlich nicht sehr fair gewesen, aber das konnte jedem mal passieren. Ich dachte nur, dass Eloïse damit umgehen könne, sie hatte das nötige Selbstbewusstsein.

Wir saßen noch lange im Café und als wir uns trennen mussten, er wohnte in einer WG am Place d'Italie, hatte ich Mühe, ihn gehen zu lassen aus Angst, er würde sich einfach wieder verflüchtigen.

Es war alles zu schön, um wahr zu sein. Wenn es nach mir gegangen wäre, hätte ich bereits an diesem ersten Abend jegliche Vernunft und jeglichen Anstand über Bord geworfen und ihn am liebsten mit nach Hause genommen. Aber er war ganz der Gentleman und versprach, mich am nächsten Abend zum Essen einzuladen.

Als er im Eingang der Metro verschwunden war, stand ich da und wusste nicht, was ich zuerst tun sollte. Ich wollte lachen, schreien, weinen, rennen, springen, singen und, vor allem, mit jemandem reden.

Kapitel 43

Ich musste zweimal hinsehen, um Björn zu erkennen. Er hatte sich wieder einen Bart wachsen lassen, allerdings nicht so einen kleinen dezenten Flaum, sondern einen ausgewachsenen Vollbart.

Titi sah aus wie immer, aber ich hatte den Eindruck, an ihr diesen gewissen Glow zu erkennen, den man Schwangeren nachsagte.

Auf jeden Fall war ich sehr froh, die beiden wieder zusammen zu sehen. Sie waren in meinen Augen einfach füreinander gemacht.

„Hallo!", sagten wir alle im Chor und mussten lachen.

„Es ist schön, dich zu sehen, Lou.", sagte Björn im Hintergrund. „Ich hab' dich vermisst."

Die Internetverbindung war instabil, sodass seine Lippenbewegungen nicht mit dem Ton übereinstimmten.

„Wo seid ihr?", fragte ich.

„Irgendwo in der Pampa, ich habe schon länger kein Ortsschild mehr gesehen." Während er sprach kniff er die Augen zusammen, um anscheinend ein Schild in der Ferne zu erkennen.

„Ich wollte unbedingt was vernünftiges zu Abend essen und nicht auf einer Raststätte.", sagte nun Titi. „Wir sind runtergefahren und haben auch tatsächlich einen netten, kleinen Gasthof gefunden. Als wir allerdings zurück auf die Autobahn wollten, war da ein Riesenstau. Jetzt versuchen wir es über Land."

„Oh Mann, viel Glück, dass ihr gut durchkommt. Wie war es denn bei Mama und Papa?"

Titi sagte etwas, klang aber abgehackt wie ein Roboter.

„Ich verstehe kein Wort, wollen wir es später nochmal versuchen?", schrie ich ins Telefon, als könne sie mich dadurch besser verstehen.

Ich meinte von ihren Lippen zu lesen: „Nein warte, ich rufe an.", und legte auf.

Und tatsächlich klingelte es einige Sekunden später wieder.

„Besser?", fragte Titi.

„Ja, jetzt höre ich dich."

„Es war richtig schön. Ich habe Mama schon lange nicht mehr so entspannt gesehen."

„Das freut mich sehr. Aber was haben sie denn zu eurer Versöhnung gesagt?" Ich erwartete eigentlich nichts anderes, als dass sie sich gefreut hatten, weil sie im Grunde sehr unkompliziert waren und Titi stets vertrauten, dass sie die richtigen Entscheidungen traf.

„Warte ich stelle dich auf laut, dann kann Björn mitreden."

„Sie haben mich mit offenen Armen empfangen, ich war ehrlich gesagt erleichtert.", hörte ich Björns Stimme. „Ich wollte niemandem wehtun, aber ich brauchte wirklich eine Auszeit."

Titi hatte mir erzählt, dass zwischen Björn und Lisa zwar tatsächlich was gelaufen war, aber nur für ein paar Wochen. Er hatte wohl schnell gemerkt, dass es etwas ganz anderes war, sie als Kumpel zu haben oder mit ihr intim zu sein. Die körperliche Anziehung hatte sich demnach schnell verflüchtigt und Björn hatte Sehnsucht nach Titi bekommen. Aber um sich keine Blöße zu geben, hatte er sich nicht bei ihr gemeldet, und beide waren ihres Weges gegangen. Bis zu Björns Besuch in Frankfurt.

„Willst du eigentlich wissen, was es wird?", spannte mich nun Björn auf die Folter.

„Ihr wisst es schon?!" Damit hatte ich nicht gerechnet.

Obwohl es ihr schwer fallen musste, überließ Titi es Björn, diese einmalige Information zu überbringen. In meinen Augen war das ein Zeichen, wie sehr sie ihm vertraute und davon überzeugt war, dass es richtig war, mit ihm ein Kind grosszuziehen.

„Es wird ein ... "

„Warte, warte, ich habe noch eine Frage!", unterbrach ich ihn. „Wohnt ihr denn jetzt wieder zusammen in Frankfurt?"

„Ja, wobei wir schon auf der Suche nach was neuem sind, unsere aktuelle Wohnung wäre ja zu klein für ein Baby."

Ich lachte und sagte: "Für ein Baby vielleicht nicht, aber dieses Baby wird ja irgendwann größer."

„Ja, also ein bisschen Zeit haben wir noch, das stimmt. Mensch Lou, du bist doch sonst nicht so diszipliniert, willst du jetzt wissen was es wird?!"

„Ja, ich will!"

„Es wird ein Junge."

Ich weiß nicht, welche Gefühle mich übermannt hätten, wenn es ein Mädchen gewesen wäre, aber mein Herz machte einen kleinen Satz, und ich fühlte mich plötzlich sehr verbunden mit meiner Schwester und eine Welle von Zuneigung überrollte mich.

Es war verrückt, dass in Titis Bauch ein Mensch heranwuchs, der bald Teil unserer Familie sein würde. Jahrelang waren da nur Mama, Papa, Titi und ich gewesen, abgesehen von der weiteren Verwandtschaft.

Das Auftauchen von Alexis war so unwirklich wie es schön gewesen war. Wie würde nur ein Baby unsere Familie bereichern?

Am anderen Ende der Leitung hörte ich ein Klopfen, Titi schien einen weiteren Anruf reinzukriegen.

„Oh Mist, das ist einer unserer größten Kunden!", hörte ich sie sagen. „Und ich hab kein richtiges Netz, so ein Sch ... Björn, wir müssen weiter, fahr schnell irgendwohin, wo es eine vernünftige Verbindung gibt! Sorry, Lou, ich muss auflegen!"

„Alles klar, bis b ..." schaffte ich noch zu sagen, da hatte sie schon aufgelegt.

Ich schmunzelte, meine unverbesserliche Schwester. Ich stellte sie mir vor mit Baby an der Brust, Telefon zwischen Ohr und Schulter geklemmt und mit einer Hand wild auf ihrem Laptop tippend.

Es würde eine spannende Zeit werden, und ich fragte mich, ob Björn schon mal darüber nachgedacht hatte, in Elternzeit zu gehen.

Kapitel 44

Die Blätter lagen dicht an dicht und dämpften unsere Schritte. Die Herbstsonne spielte mit der Palette an Brauntönen und die Schatten der Bäume wurden langsam länger.

Menschen hüllten sich in frisch entstaubte Mäntel, vereinzelt sah man bereits die ersten Schals und Mützen. Nur einige Jogger drehten nach wie vor in kurzer Hose und T-Shirt ihre Runden.

Die Stühle um das Grand Bassin waren fast ausnahmslos besetzt und das symmetrische Gesicht des Palais de Luxembourg spiegelte sich im leicht vom Wind aufgewühlten Wasser.

Spikey stoppte so abrupt, dass ich ins Stolpern kam und hielt die Schnauze in die Luft.

„Was hast du denn, Junge?" Raphaël kniete sich neben den Hund und strich ihm über den Kopf.

„Irgendwas liegt in der Luft, das spüre ich auch.", sagte ich und hielt ebenfalls die Nase in den Wind. Baumkronen raschelten und weitere Blätter rieselten zu Boden. Eins landete auf Spikes' Nase. Er nieste lautstark und ich musste lachen.

„Meinst du den Crêpe Duft?" Raphaël erhob sich und nahm meine Hand. „Hast du Hunger?

„Einen leckeren Crêpe würde ich nie abschlagen."

Ich spürte ein Kribbeln und die Wärme seiner Hand, die meine fröstelnden Finger umschloss.

Er sah fantastisch aus in seinem schicken Mantel und mit den vom Wind zerzausten Haaren. Ich konnte nicht umhin, den Gesichtsausdruck jeder uns entgegenkommenden Frau zu studieren, ob sie ihn genauso anhimmelte wie ich. Ich war nicht krankhaft eifersüchtig, aber es fiel mir noch schwer, mich komplett auf ihn einzulassen, und nicht ständig Angst zu haben, dass er wieder verschwinden würde.

Ich hatte allerdings schnell gemerkt, dass er nicht, wie es manchmal den Anschein hatte, ständig flirtete, sondern einfach freundlich und höflich war. Meist waren es eher die Reaktionen der Frauen, die es für einen Beobachter aus der Distanz wie einen Flirt wirken ließen.

Schnell konzentrierte ich mich lieber wieder auf meine Hand in seiner, und als wir am Crêpes Stand anhielten, gab ich ihm einen schnellen Kuss, um zu zeigen, dass er zu mir gehörte. Das war die besitzergreifendste Handlung, die ich mir ab und zu gönnte.

„Zucker oder Nutella?", fragte er.

„Zucker, bitte."

Er bestellte und wir nahmen kurze Zeit später unsere dampfenden Crêpes entgegen und setzten uns auf eine Bank. Spikey war so zufrieden, dass er sich vor unsere Füße legte und nicht bettelte. Vielleicht wusste er sowieso, dass er mein letztes Stück Crêpe bekommen würde, er kannte mich schließlich in- und auswendig.

„Wann kommt eigentlich das Baby deiner Schwester?", fragte Raphaël zwischen zwei Bissen.

Ich wollte antworten, musste aber zunächst lachen, weil er Nutella in den Mundwinkeln hatte. Als ich ihn darauf hinwies, wischte er sich beschämt den Mund ab.

„Anfang des Jahres, im Januar. Dann würde ich gerne nach Frankfurt fahren."

„Ich würde gerne mitkommen ... wenn ich darf."

„Ich würde mich sehr freuen.", sagte ich ruhig, obwohl ich ihm am liebsten um den Hals gefallen wäre und laut gejubelt hätte. Natürlich war es noch eine Weile hin, aber ich war sehr glücklich, dass er meine Familie kennenlernen wollte. Vielleicht würde sogar Luisa da sein.

„Lou!" Ich sah nach rechts und da kam Jeanne angerannt, gefolgt von ihrem Bruder und ihrer Mutter. Sie fiel zunächst Raphaël und dann mir um den Hals. Timothée war etwas zurückhaltender und gab mir zwei schüchterne Küsschen.

„Hallo, ihr beiden. Schön euch zu sehen." Camille begrüßte uns ebenfalls und machte Anstalten sich auf die Bank zu setzen.

„Wir wollen Crêpes!", ertönte es jedoch einstimmig, bevor ihr Po überhaupt die Bank berührt hatte.

Sie seufzte und stellte sich in die Schlange vor dem Crêpes Stand.

„Die Beiden sind echt nicht gut erzogen, Schwesterherz.“, konnte Raphaël sich nicht verkneifen zu sagen.

Camille nahm es mit Humor.

„Naja, vielleicht würde es helfen, wenn du, als ihr Onkel, sie ab und zu mal auf den Boden der Tatsachen zurückbringen würdest. Du hast dich ein bisschen rar gemacht.“, konterte sie und zwinkerte mir zu.

Kurz fühlte ich mich schuldig, aber sie lächelte ihn an und fügte hinzu: „Aber du hast ja einen guten Grund.“

Raphaël hatte den Mund voll und konnte nicht reden, nickte aber bestätigend.

Nun schaltete sich Jeanne ein: „Mama, können wir ein Boot fahren lassen?“

„Bitte esst doch erstmal eure Crêpes.“, sagte Camille und händigte jedem einen aus, wohl darauf bedacht, dass es nicht so aussah als hätte einer mehr Nutella als der andere.

Die Kinder fingen schmatzend an zu essen und Camille wischte unermüdlich im Wechsel die schmierigen Hände und Münder ihrer Kinder mit einem Taschentuch ab.

„Aber danach?“, kam Timothée wieder auf das Boot - Thema zurück.

Camille wandte sich an uns und fragte, was unsere Pläne seien. Wir erwiderten, dass wir keine hätten, also gingen wir gemeinsam zum Verleih der Miniboote, nachdem die Crêpes im Rekordtempo vertilgt worden waren.

Wenig später steuerte Timothée sein Boot souverän über das Wasser, während Jeanne noch ein bisschen die Hilfe ihrer Mutter benötigte.

Raphaëls Arme legten sich von hinten um meine Taille und er flüsterte mir ins Ohr: „Darf ich heute Abend mit zu dir kommen?“

Abgesehen davon, dass die Frage total überflüssig war, wusste ich nicht, was ich adäquates antworten sollte, also schmiegte ich einfach meinen Kopf in seine Halsbeuge und schloss für einen Moment die Augen.

Als ich sie wieder öffnete, sah ich am anderen Ufer des Bassins auf einer Bank zwei Menschen sitzen, die sofort meine Aufmerksamkeit auf sich zogen.

Der Herr war groß und stattlich, das sah man selbst im Sitzen. Seinen braun melierten Mantel trug er offen, sodass man darunter einen schicken Anzug sehen konnte. Um den Hals hatte er locker, aber sorgfältig einen leichten Schal geknotet, dessen Farbe zu seinen ergrauten Schläfen passte.

Die Dame war deutlich kleiner, saß aber kerzengerade aufrecht und sah ihm unverwandt in die Augen, während er sprach. Sie trug einen weinroten Rock und einen dazu passenden Pulli unter einem halbgeschlossenen hellgrauen Mantel. Ein eleganter Hut saß vorsichtig auf ihrem weißen Haar, das darunter sorgfältig frisiert war. Neben ihr stand ein Rollstuhl.

Die Beiden schienen die Welt um sich herum auszublenden, denn als ein Betrunkener lautstark grölend gefährlich nah auf sie zuwankte, zuckten sie nicht zusammen und blickten nicht auf.

Erst als ein Windstoß den Hut der Dame von ihrem Kopf zu heben drohte, sprang der Herr auf und fing diesen mit einer eleganten Bewegung und einem „I got it!" wieder ein.

War ich mir bisher noch unsicher gewesen, sah ich es nun klar und deutlich. Ein Gefühl friedlicher Erleichterung erfüllte mich plötzlich. Es gab tatsächlich noch Geschichten mit Happy End. Sie hatten es geschafft.

„Jeremy.", flüsterte ich.

„Wer?" Raphaël ließ mich los und drehte mich zu sich um. Ich schmunzelte. War er etwa eifersüchtig?

„Das ist eine lange Geschichte.", sagte ich und zeigte auf das Paar auf der anderen Seite, das jetzt näher zusammenrückte, damit er die Fotos ansehen konnte, die sie aus ihrer Handtasche gezogen hatte.

„Da drüben ist gerade ein Wunder geschehen."

– la fin –